Mord zwischen Lachs und Lametta

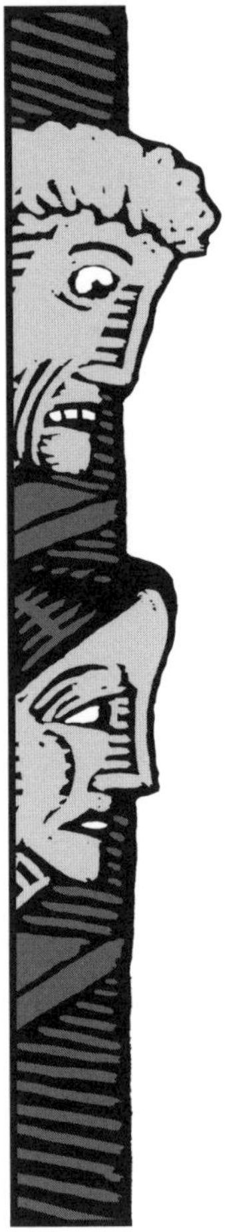

Herausgegeben von
Andrea C. Busch und
Almuth Heuner

Mord zwischen Lachs und Lametta

21 Krimis und
viele internationale
Festtagsmenüs

Illustriert
von Bengt Fosshag

GERSTENBERG

Geschichten und Gerichte

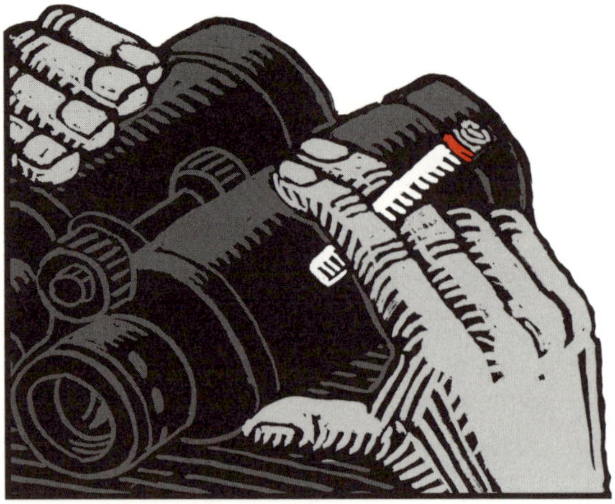

Valentinstag, der letzte

Gabriele Wolff

Helfen Sie mir! Roland bringt mich um

Damit brach die Nachricht ab. Das Adressfeld der Mail war nicht ausgefüllt. Wen hatte Elvira Engel, siebenundvierzig, um Hilfe bitten wollen? Wer war Roland? Und warum bestraft kein Mensch Eltern, die ihrer Tochter den Namen Elvira geben ... Elvira Engel. Der Name hatte ihr jedenfalls kein Glück gebracht. Einen Schutzengel schon gar nicht. Mit ausgebreiteten Flügeln hätte er sie sonst doch, am Ende der Nachtreise, nach taumelndem Sturzflug vom Balkon, sanft auffangen müssen. Am Valentinstag sollte es solche Wunder der Liebe geben. Stattdessen lag ein Bündel Mensch auf regennassem Asphalt, die Glieder in verrückten Winkeln abgespreizt, das Gesicht unkenntlich. Die Schweinwerfer hatten das Dunkelrot um den Körper zum Glitzern gebracht. Schwarz und Weiß und Rot, Schneewittchen, fiel ihr zu diesem Bild ein. Doch dann erinnerte sich die Kommissarin genauer. Schneewittchen hatte ebenholzschwarze Haare, schneeweiße Haut, einen blutroten Mund – oder brachte sie schon wieder etwas durcheinander? Blut. Es gab nur noch Gewalt auf dieser Welt, das war es. Nach zwanzig Jahren in der Mordkommission gab es nichts weiter als das Große Böse und die kleinen privaten Fluchten.

Die Kommissarin stand auf und streckte sich. Das Wesen auf dem Asphalt, das einmal Elvira Engel gewesen war, hatte blondierte, halblange Haare. Trug ein schwarzes Nachthemd aus schimmerndem Stoff. Die breiten Träger waren aus Spitze, ebenso der Saum. Ein teures Stück, das die helle Haut zur Geltung kommen ließ. Finger- und Fußnägel waren lackiert. Elvira hatte sich sicherlich geschminkt und Parfum aufgelegt. Es hing noch in der Luft, hier oben in ihrer Wohnung im fünften Stock. Die hygienisch saubere Wohnung war karg, aber geschmackvoll möbliert. Die Farbe Blau dominierte. Im Wohnzimmer befand sich ein kleiner runder Glastisch. Elvira hatte für zwei Personen gedeckt. Im Sektkühler war eine angebrochene Flasche Champagner, zwei halbvolle Gläser ohne Lippenstiftspuren standen ... also hatte sie sich doch nicht geschminkt? Das konnte nicht sein. Das passte nicht ins Bild, das so klassisch kerzenlichtwarm erhellt war. Die Kommissarin ging ins Badezimmer. Hier war alles weiß und strahlend und aufgeräumt. Der Hängeschrank mit den Spiegeltüren enthielt Zahnpastatuben, Deospray, eine verpackte Zahnbürste, Shampoo, Duschgel, Gesichtsreiniger, Feuchtigkeitscreme, eine Tube Haarfärbemittel Brillantblond, Kamm und Bürste, eine Packung Einmalrasierer, ein batteriebetriebenes Epiliergerät, originalverpackt, eine kleine Hausapotheke mit den üblichen rezeptfreien Präparaten. Die Kosmetikabteilung war noch übersichtlicher: Lippenstift, Nagellack, Rouge, alles nahezu unbenutzt, alles von einer Firma, alles in derselben Farbe Nr. 38, ein warmer herbstlicher Rotton, der zu dem Divenblond nicht passte. Die Kommissarin stellte sich eine brünette Frau vor, die widerspruchslos, geradezu eingeschüchtert, eine Stilberatung über sich ergehen lässt und mit typgerechten Präparaten wohlversehen das Kaufhaus verlässt. Die sich danach in den nächsten anonymen Drogeriemarkt begibt, um dort Kerzen, Tischdekoration, Raumspray, Papiertaschentücher und eine Packung Haartönung in einer Farbe zu kaufen, die ihr nicht steht. Darüber hinaus gab es in dem Hängeschrank einen Wimperntuscher, schwarz, und eine nicht angebrochene Dose mit ölgetränkten Pads zum Abschminken. An allen Kosmetika klebte noch das Preisschild. Elvira hatte sich für Roland schön gemacht. Oder schön machen wollen? Ganz und gar ungeübt in dieser Kunst war sie jedenfalls gewesen. Keine Präservative, keine Tampons. Vielleicht war Elvira schon in den Wechseljahren? Auch die Kommissarin war siebenundvierzig Jahre alt. Die Wechseljahre kannte sie nur aus der Lektüre von Zeitungen, die ihr weismachen wollten, dass dieser Wechsel eine behandlungsbedürftige Krankheit sei. Die Kommissarin hatte nichts gegen Wechsel. Lieber das als das ewig Immergleiche. Ihr eigenes Badezimmer, nein, ihre gesamte Wohnung war der krasse Gegensatz zu diesem Elvira-Kosmos an Ordnung und Leere. Sie selbst vielleicht auch?

Die Kommissarin schloss die Türen des Hängeschrankes und sah prüfend in den Spiegel. Ihr gewohntes Gesicht blickte prüfend zurück. Keine Frage blieb offen. Doch, da war noch eine: Wo war das Parfum?

Auf dem Nachttischschrank fand sie eines jener Proberöhrchen, wie man sie nach einem Einkauf in einer gutsortierten Parfümerie oder nach einem Friseurbesuch erhält. Ein Eau de Toilette nur: Pure Wish von Chopard. Sie träufelte ein wenig von der wasserhellen Flüssigkeit auf ihr Handgelenk. Nach wenigen Minuten war die anfängliche aggressive Schärfe des Duftes verschwunden. Auf der Haut blieb ein dunkler exotischer Hauch zurück, der bald verfliegen würde. So also roch Wunscherfüllung. Ein Zipfel der dunkelblauen Bettdecke war einladend zurückgeschlagen. Satinbettwäsche. Die Kommissarin öffnete den Kleiderschrank und suchte nach dem Fach mit der Bettwäsche. Gute Baumwollqualität und kuschelig aufgerauhte Biberbettwäsche für die kalten Tage fand sie vor, genau das, was sie erwartet hatte. Dass selbst Träume so genormt waren wie alles andere, erschreckte sie.

Sie begab sich wieder in das Wohnzimmer und betrachtete den Tisch. Zwei Teller mit frischen Feigen und Parmaschinken, unberührt. Ein angebrochenes Baguette und ein fast leeres Töpfchen mit Kräuterquark. Die Brotkrümel wirkten wie Fremdkörper auf der spiegelblanken Glasfläche, vielleicht auch deshalb, weil sie nicht mehr in ihrer natürlichen Ordnung neben den Tellern lagen, sondern von den Puderquasten der Spurensicherer zu kleinen Häufchen zusammengeschoben waren. Vergebens. Keine Fingerspuren zu finden. Die Kommissarin betrachtete ihre Kollegen, die schweigend und routiniert ihrem Handwerk nachgingen. Sie mussten nicht denken. Nicht über Elvira und ihr misslungenes Rendezvous mit Roland nachdenken. Manchmal beneidete sie die Tatortarbeiter. Die waren schon glücklich, wenn sie Fingerspuren fanden, naturwissenschaftlich überprüfbare Materie oder biologische Spuren, die für eine DNA-Untersuchung ausreichten. Hieb- und Stichfestes also. Was die Spuren bedeuteten, musste die Kommissarin herausfinden. Wo also gab es Spuren, aus denen sich ergab, was hier heute Abend geschehen war?

Welchen Gang hätte Elvira als nächsten serviert?

Auf einer der vorderen Platten des Elektroherdes stand ein Topf. Der Herd war abgeschaltet, der Topf fühlte sich kalt an.

»Hat einer von euch den Herd abgeschaltet?«, rief sie in Richtung Wohnzimmer.

»So was überlassen wir den Weibern!«, schrie ein Kollege zurück. Der vorlaute Benjamin Siebold natürlich.

Die Kommissarin war zu müde, ihm die passende Antwort zu geben. Außerdem musste sie nachdenken. Während sie nachdachte, hob sie den Deckel vom Topf und sog den Duft einer Kartoffelcremesuppe mit Kresse ein. Fischig roch es auch. Sie nahm den Kochlöffel, der neben dem Herd lag, und rührte die Suppe um. Lachs und Krabben. Diese göttliche Kombination musste auch kalt schmecken. Sie probierte einen Löffel. Roland hatte etwas verpasst, das ihm den Rest gegeben hätte. Ein sahniger, milder und doch würziger Geschmack mit so vielen Ober- und Untertönen ... Wie in einem Gedicht. Mystische Naturlyrik. Aber die Suppe war eiskalt, und das gab zu denken. Bereits nach dem Amuse-Gueule und den ersten Schlucken Champagner musste es, noch vor der Vorspeise, zu einem abrupten Stimmungswechsel gekommen sein. Ein Stimmungswechsel, der nicht die äußerliche Ordnung berührte – denn nichts deutete auf einen Kampf hin –, der aber tödlich war und Todesangst ausgelöst hatte. Roland musste das Wohnzimmer für einen kurzen Moment verlassen haben. Eine Zeitspanne, die Elvira Gelegenheit gegeben hatte, ihre verzweifelte Mail zu schreiben. Wo hatte Roland sich in dieser Zeit aufgehalten? Doch wohl nicht auf der Toilette ... In der Küche vielleicht, um, in rasender Wut, ein Messer zu holen? Aber auch in der Küche gab es keine Unordnung, keine herausgezogenen Schubladen, gar nichts. Denkt jemand, der vor Wut rast, daran, noch schnell die Herdplatte auszuschalten? Geht jemand, der gerade einen Menschen vom Balkon gestoßen hat, in die Küche, um nachzusehen, ob vielleicht die Suppe anbrennt? Elvira jedenfalls hatte keine Zeit mehr gehabt, den Herd abzuschalten. Die Kommissarin hasste Spekulationen. Sie nahm sich vor, bis auf weiteres davon auszugehen, dass Elvira die Herdplatte bereits abgeschaltet hatte, als der Besucher klingelte. Sie konnte ja nicht wissen, wieviel Zeit vergehen würde, bis man zur Suppe kam. Eine cremige, sinnlich-sämige Suppe, die nur allzu schnell anbrannte, wenn man nicht dauernd rührte ... Die Kommissarin schloss die Augen. Sie hörte das Klingeln oder Summen der Türschelle, sah Elvira, wie sie zum Herd rannte, den Topf von der Platte riss, den Herd abstellte ... Richtig, er stand auf der Schnellkochplatte. Der falsche Ort für solch eine Suppe. Danach also rannte sie zur Wohnungstür, ihren Atem kontrollierend, drückte auf den Türöffner – niemals hätte Elvira ihren Verehrer Roland in einem nachthemdähnlichen Gewand empfangen. Die Kommissarin war sicher, dass Roland das erste Mal in dieser Wohnung gewesen war. Die gesamte sorgfältige Inszenierung sprach dafür ... Sie ging wieder ins Wohnzimmer. Die Kollegen packten gerade die letzten Gegenstände ein und etikettierten die Tüten. Sie würden perfekte Arbeit abliefern, wie immer. Sie konnte sich auf sie verlassen.

»Wo ist Ebert?«, fragte sie kurz.

»Befragt die Nachbarn«, antworte Siebold. »Wir sind soweit fertig. Alles klar?«

»Keineswegs«, murmelte sie. Ihr Blick war auf unendlich gestellt. Roland gab artig sein Valentinssträußchen ab, Elvira nahm seinen Wintermantel entgegen, führte den Besucher ins Wohnzimmer ... In einer

Kristallvase auf der Mahagoni-Anrichte stand ein Strauß weinroter Gerbera mit Schleierkraut und diesen langen, harten Gräsern, deren Namen die Kommissarin immer vergaß. Ein mehr als konventionelles Arrangement. Ob es Elvira wohl enttäuscht hatte?

Die Kommissarin ging wieder in die Küche. Elvira war eine ordentliche Mülltrennerin. Obenauf in dem Plastikkasten, in dem die Papierabfälle lagen, war das Papier eines Blumenladens. »Herderich am Hauptbahnhof«, lautete die Aufschrift. Eine erste Spur, die sie morgen verfolgen würde. Also wieder zurück ins Wohnzimmer. Auf dem blauen Sofa lag ein langes schwarzes Samtkleid, hochgeschlossen und mit dreiviertellangen Ärmeln. Der Reissverschluss war offen. Nichts zerrissen. Größe 44. Elvira kochte gut. Das passte zu der Kleidergröße. Wie hatte sie überhaupt ausgesehen? Photoalben gab es nicht, das war ihr sofort aufgefallen, auch, dass es hier keine Bücher gab außer Ratgebern, Bildbänden, Lexika, Sachbüchern. Keine richtigen Bücher also. Ihre Träume musste Elvira demnach aus dem Fernsehen bezogen haben. Das Fernsehgerät im Wohnzimmer war groß, mattschwarz und teuer. Flachbildschirm. Wovon hatte sie eigentlich gelebt? Elvira hatte also ihr Kleid ausgezogen. Oder es sich ausziehen lassen, noch bevor man zur Vorspeise gekommen war. Man tauschte Zärtlichkeiten aus. Was, zum Teufel, war dann passiert?

Die Kommissarin wusste gar nichts von ihr. Sie kannte nur ihre letzte, mit Roland zusammenhängende Verzweiflung. Und sie wusste, dass Elvira tot war. Ein unnatürlicher Tod. Unnatürlich wie ihr Leben? Sie wandte sich wieder dem Computer zu, der das letzte Lebenszeichen von Elvira preisgab.

Die Kommissarin öffnete das Adressbuch der Toten. Ganz wenige Eintragungen nur. Eine Bank, eine Ferienhausvermietung, Mailing-Listen zum Thema Mobbing und Übergewicht, einige Firmenadressen, nichts Privates. Bis auf diesen roland.paris@gmx.de. Die Kommissarin seufzte. Eine Postfachadresse. Das würde Zeit kosten, die wahren Personalien des Adresseninhabers herauszubekommen ...

Die Kommissarin öffnete den Posteingang. Roland über Roland, seit drei Monaten. Eine sehr frühe Mail hatte einen Anhang. Sie öffnete ihn. Ein Photo, das einen schwarzhaarigen, wehmütig lächelnden Mann um die vierzig zeigte. Er trug ein weit aufgeknöpftes weißes Hemd, das den Blick auf glatte haarlose Haut mit zarter Muskelbildung lenkte. Seine Augen waren hell und träumerisch. Sein Mund von großer Sinnlichkeit. Ein romantischer Mann, einer, in den man sich verlieben konnte. Zart, fragil, und doch männlich. Die Kommissarin seufzte schon wieder. Sie verstand Elvira sofort.

Sie öffnete seine letzte Mail.

Liebste –
ich sage Dir ganz offen, dass ich vor unserem ersten Treffen Angst habe. Könnte es denn sein, wirklich sein, dass die Realität das einlöst, was ich mit Dir, Du schöne Seele, schon so lange habe (und auch nicht verlieren will)? Wirst Du von mir, der ich »in Wirklichkeit« eher schüchtern bin, nicht enttäuscht sein? Ich stelle mir so oft Deinen wunderbaren Körper vor, will Deine Haut berühren, träume davon, Dich zu lieben ... Ich habe schon viele Phantasien über Dich gehabt, von denen ich Dir nur einen kleinen Teil berichtet habe; die letzte war, wie ich Mousse au praliné und Vanilleeis über Deinen Körper verteile, eine Weintraube in Deinen Bauchnabel lege, und Du dann mein Dessert bist, das ich ganz langsam genieße, meine Zunge wandernd bis zur Pforte des Glücks, und wir dann beide, ekstatisch, zum Letzten und Größten gelangen. Elvira, verzeihe mir diese Träume – oder besser: Mach' sie wahr für mich. Du verstehst mich auf eine Weise, wie es noch keiner Frau zuvor gelungen ist. Ich mag ohne Deine Worte nicht mehr leben: Sie setzen mich zusammen auf die einmaligste Art und Weise. Ich erkenne mich nicht mehr wieder und bin Dir so dankbar, dass ich's gar nicht sagen kann. Meinst Du wirklich mich? Ich kann es nur wünschen ... Wir sehen uns also am 14. Februar, dem Tag, der für uns wie geschaffen ist. Welche Blumen magst Du eigentlich?

Sehr hoffend,
Roland

Gott. Das konnte ja nicht gutgehen. Aber dass es gleich so extrem schiefgehen musste, ist auch nicht nachvollziehbar. Jedenfalls für mich nicht, dachte die Kommissarin. Sie öffnete die Auflistung der gesendeten Objekte und klickte eine relativ frühe Mail an Roland an, die einzige, die einen Anhang hatte. Die Anlage bestand aus einem Photo, auf dem eine hellblonde, schlanke, ungefähr fünfunddreißigjährige Frau, Arm in Arm mit einem halbwüchsigen hübschen Mädchen, zu sehen war. Beide lachten frei und offen in die Kamera. Sie saßen an einem Strand, das Meer dahinter und der weite Himmel über ihnen verliehen den beiden Würde und Gelassenheit; ein Photo, das wahres Glück zeigte und Harmonie und überhaupt alles, worauf man neidisch sein konnte. Die dazugehörige Mail lautete:

Lieber Roland,
wenn Du mich glücklich sehen willst, dann auf diesem Photo mit meiner Tochter. Ich bin ja schon lange allein, wie ich Dir schrieb, aber ganz allein bin ich nie, denn es gibt dieses wunderbare Wesen, meine Tochter Mathilde, die irgendwie immer auch für mich da ist (auch wenn dieses Photo schon etwas älter ist und Mathilde nun eigene

Wege geht). Wenn ich mich sehr einsam fühle, sehe ich dieses Photo an und weiß, dass mein Leben einen Sinn hatte und noch immer hat.
Bilde Dir also bitte nichts darauf ein, dass ich Dir zuletzt schrieb, dass Du der Sinn meines Lebens seist! So ganz stimmte das nicht, auch wenn ich eigentlich nichts davon zurücknehmen möchte. Ganz abgesehen davon, dass ich sehr lebendig bin und Dich als Mann begehre – Dein Photo hat mich in die schönsten Verwirrungen gestürzt! War es ein Jugendphoto? Manchmal klingst Du weiser und erfahrener als Du aussiehst ...
Lieber, sei bitte ganz ehrlich mit mir. Wenn Du wüsstest, wie sehr ich Dich und Deine Zuwendung brauche, könntest Du einfach nicht lügen.

Von Herzen,
Elvira

Die Kommissarin schluckte. Wie hätte sie den beiden das Glück gegönnt ... Aber es war ganz anders gekommen. Bevor sie die letzte Mail von Elvira an Roland öffnen konnte, klingelte es. Das musste Ebert sein. Sie öffnete die Tür. Er sah abgekämpft aus, müde, desillusioniert. Und war doch erst dreißig, ein athletischer junger Mann, nicht schön, nicht hässlich, sie sah ihn schon nicht mehr richtig an nach achtjähriger Zusammenarbeit.

»Komm rein, Ebertchen«, sagte sie. »Was bei rausgekommen beim Klinkenputzen?«

»In so einem Hochhaus?« Immerhin, seine blauen Augen leuchteten auf. Ob es Sarkasmus war oder Ironie, wollte sie jetzt nicht entscheiden. »Nada, keiner weiß was, keiner hat was gehört. Die Engel hat zurückgezogen gelebt und nie Besuch gekriegt.«

»Nicht mal von ihrer Tochter?«, fragte die Kommissarin.

»Tochter? Sie ist doch alleinstehend, Eltern tot, nie verheiratet gewesen ...« Ebert lachte kurz auf. »Okay, das ist kein Grund. Nein, von einer Tochter hat keiner was erzählt.«

»Dann komm mal mit.«

Als Ebert das Photo sah, stutzte er. Seine Augen verengten sich. Die Brauen zogen sich zusammen. Zwischen ihnen entstand eine steile Falte, die sich in wenigen Jahren permanent eingraben würde.

»Das ist doch ...«, murmelte er.

»Was?«, drängte die Kommissarin.

»Die Nachbarin. Gleich nebenan. Mit ihrer Tochter. Das ist nicht unsere Elvira Engel. Hast du ihre Papiere gefunden?«

»Mach mal«, sagte sie nur. Jetzt hatte er glitzerndes Jagdfieber in den Augen. Ebert stürzte sich auf Schreibtisch und Schubläden. Die Kommissarin öffnete Elviras letzte Mail an Roland.

Liebster,
wie ich mich freue! Meine Lieblingsblumen sind Gerbera. Und wenn Du so großzügig und nachsichtig bist, wie ich es in Deinen Worten gefunden habe, dann wirst Du mich erkennen, auch wenn ich mich äußerlich verändert habe. Die Augen der Liebe blicken tiefer. Das kann ich Dir, was Dich angeht, jedenfalls versprechen.

Bis zum Valentinstag dann,
Deine Elvira.

P.S.
Mousse au praliné wird es, für alle Fälle, geben ...

Die Kommissarin rannte schon wieder in die Küche. Sie öffnete den Kühlschrank. Da stand sie, die Glasschüssel mit einer selbstgemachten Mousse ... Sie konnte nicht widerstehen, tauchte einen Finger hinein, zog ihn wieder heraus und leckte ihn ab. Erleseneres hatte sie nie gekostet. Die perfekte Balance zwischen Bitterkeit und Süße mit einem ganz unaufdringlichen alkoholischen Nachgeschmack, die Synthese von poröser Erstarrung und duftiger Leichtigkeit. Ein Traum eben. Auch den hatte Roland verpasst ... Den Geschmack noch auf der Zunge, noch immer vor dem Kühlschrank kniend wie in Anbetung, hörte sie zwar Eberts Schritte, nahm sie aber nicht wahr.

»Chefin«, sagte er mit rauher Stimme. »Sieh mal.«

Er hielt ihr einen Personalausweis hin. Den von Elvira Engel. Das amtliche Lichtbild zeigte eine matronenhafte Frau mit kindlichem Blick, maushaarig, schüchtern lächelnd, leicht übergewichtig. Eine Frau, wie sie an jedem Bankschalter sitzen könnte. Eine, die einem vage bekannt vorkommt, wenn man ihr auf der Straße begegnet. Eine, die den Reflex auslöst: Woher kenne ich sie bloß?, nur dass einem niemals einfällt, woher man sie kennt.

»Wir machen Schluss für heute«, entschied die Kommissarin.

»Da gibt es keine Tochter«, wiederholte der plötzlich eifrige Kollege.

»Ich weiß«, sagte die Kommissarin. Sie selbst war plötzlich sehr müde. Sie ahnte, was geschehen war. Und sie hatte zuviel Mitleid, um heute noch funktionieren zu können.

In dieser Nacht weckte sie ihren Freund. Sie war wild und verzweifelt, und sie genossen einander auf eine Art, die sie schon nicht mehr für möglich gehalten hatten nach den langen Jahren der Gewöhnung. Sie weinte ein wenig nach dem Höhepunkt, dem sonst nur selten erreichten, und er fragte nichts, wofür sie ihm dankbar war.

Die weiteren Ermittlungen waren Routine. Elvira hatte die Gerbera in dem Blumenladen am Hauptbahnhof selbst gekauft. Die Nachbarin bestätigte, dass sie und ihre Tochter auf dem Photo abgebildet waren und dass sie dieses Photo schon lange vermisst habe. Es gab keine fremden Fingerabdrücke in Elviras Wohnung. Da waren keine Verletzungen an ihrem Körper, die nicht auf den Aufprall nach einem Sturz aus dem fünften Stock zurückzuführen gewesen wären. An beiden Champagnergläsern hatte das Labor lediglich DNA-Spuren von Elvira Engel festgestellt. Roland bringt mich um den Verstand, hatte sie vielleicht schreiben wollen. Dann war die tödliche Botschaft der ersten vier Worte eingesickert, hatte Besitz von ihr ergriffen ... So oder so ähnlich musste es gewesen sein. Nachdem die Kommissarin die Adresse von Roland, der in Wirklichkeit Gerd Lehmann hieß, ermittelt hatte, suchte sie ihn auf.

»Elvira hat sich umgebracht«, sagte sie.

Der kleine, glatzköpfige, sechzigjährige Mann, der ihr arglos die Tür geöffnet hatte, erschrak. Zutiefst. Bis ins Mark.

»Weil ich nicht gekommen bin?«, fragte er. Seine Stimme zitterte.

»Es sieht so aus«, antwortete die Kommissarin. Lange könnte sie diesen Job nicht mehr ertragen. Der kleine Mann und seine Erschütterung machten sie fertig.

»Ich hatte Angst«, murmelte er. »Ich war ja ein Anderer. Aber dann – auch nicht?«

Für Absolutionen war sie nicht zuständig.

»Sie hätten mehr Mut haben sollen. Und den Worten vertrauen«, erwiderte sie schroff. Dann ging sie. Den Valentinstag würde sie ewig hassen. Einen Feiertag wie diesen durfte es einfach nicht geben. War ja schlimmer als Weihnachten.

Verführungsmenü zum Valentinstag

Alle Gerichte für 2 Personen

Seit mehr als fünfhundert Jahren schenken sich Verliebte am 14. Februar, dem Tag ihres Schutzpatrons St. Valentin, Blumen und schreiben sich Karten. Besonders beliebt ist der Brauch in England und den USA, seit dem Zweiten Weltkrieg auch in Deutschland, Österreich und der Schweiz.

Bellini-Cocktail

Zutaten für 4 Gläser:
200 g weiße Pfirsiche
80 ml Sahne
1 Vanilleschote
Prosecco oder Champagner

❖ Pfirsiche schälen, entsteinen, durch den Wolf drehen und durch ein Sieb passieren. Mit Sahne und dem Mark der Vanilleschote gut verquirlen.
❖ In jedes vorgekühlte Glas 5 cl Pfirsichpüree geben und mit 10 cl gekühltem Prosecco oder Champagner auffüllen, dabei ständig umrühren.

Parmaschinken auf frischen Feigen

4 frische Feigen
8 Scheiben Honig- oder Oger-Melone
1 Baguette

❖ 4 frische Feigen, geviertelt, oder 8 Spalten Honig- oder Oger-Melone auf einem Teller anrichten und mit 8 Scheiben Parmaschinken, zu Rosetten gerollt, dekorieren. Mit Baguette und Kräuterquark servieren.

Feiner Kräuterquark mit Baguette

je 3 Zweige frischer Thymian und Oregano
1 Zweig frischer Rosmarin
250 g Quark
Mineralwasser
1 Prise Currypulver
Salz, Pfeffer

❖ Kräuter waschen, trocken tupfen und fein hacken. Quark mit Mineralwasser verrühren, bis gewünschte Konsistenz erreicht ist.
❖ Mit Kräutermischung verrühren und mit Curry, Salz und Pfeffer abschmecken.
❖ Mit Baguette servieren.

Samtige Lachs-Kartoffel-Suppe

1 Zwiebel
Saft von 1 Zitrone
Salz
200 g Lachsfilet
100 g Krabben
500 g Kartoffeln
350 ml Milch
schwarzer Pfeffer, Muskatnuss, Safran, Zucker, Knoblauch (nach Geschmack)
100 ml Crème double
Kresse zum Garnieren

❖ Zwiebel schälen und mit Zitronensaft in etwa 750 ml kaltem Salzwasser aufkochen. Hitze reduzieren, bis es nicht mehr kocht, und darin Lachs und Krabben wenige Minuten gar ziehen lassen. Fisch herausnehmen, Zwiebel wegwerfen und Sud beiseite stellen.

❖ Geschälte Kartoffeln klein würfeln und in Salzwasser weich kochen. Abgießen und pürieren, langsam Fischsud und Milch zufügen, bis gewünschte Konsistenz erreicht ist. Gewürze nach eigenem Geschmack zugeben. Vorsichtig erhitzen und Crème double einrühren. Lachs in mundfertige Stücke schneiden und mit Krabben zufügen. Mit Kresse bestreut servieren.

❖ Am besten schmeckt die Suppe, wenn sie am Vortag zubereitet und dann vorsichtig unter Rühren erhitzt wird.

Mousse au praliné

50 g gute Vollmilchschokolade
25 g dunkle Herrenschokolade
1 Blatt Gelatine
200 g Schlagsahne
1 Ei
50 ml Amaretto
Puderzucker
Sauerkirschen

❖ Beide Kuvertüren im Wasserbad auflösen. Gelatine in kaltem Wasser einweichen. Sahne halbfest schlagen. Ei in einer Schüssel im Wasserbad schlagen, bis es hell wird und an Volumen zunimmt. Schüssel herausnehmen, Gelatine unterrühren, bis sie sich auflöst. Schokolade zufügen und glatt rühren. Likör einrühren. Ein Drittel der Sahne unterziehen, dann den Rest. Mousse zugedeckt 3 Stunden im Kühlschrank stehen lassen. Zum Servieren Nocken abstechen, mit gedünsteten Sauerkirschen umlegen und mit Puderzucker bestäuben.

Sonnenmandelcracker mit Gorgonzola-Walnuss-Creme

Zutaten für 24 Stück:
130 g gemahlene Sonnenblumenkerne
90 g gemahlene Mandeln
1 TL Backpulver
2 EL Milch
1 Eigelb
2 EL zerlassene Butter
30 g Sesamkörner

❖ Ofen auf 190 °C vorheizen. 30 g gemahlene Sonnenblumenkerne zum Ausrollen beiseite stellen. Den Rest mit Mandeln und Backpulver in einer Schüssel mischen.
❖ Milch und Eigelb verquirlen, mit Butter und Mandelmischung gut verrühren. Vorsichtig zu einem feuchten Teig kneten und auf einer mit gemahlenen Sonnenblumenkernen bestreuten kühlen Fläche (Nudelholz auch bestreuen, damit es nicht klebt) 5 mm dick ausrollen.
❖ Teig mit Sesam bestreuen und 5 cm große Kreise ausstechen. Auf beschichtetes Backblech setzen. Cracker etwa 10 Min. hellbraun backen. Auf Kuchengitter auskühlen lassen.
❖ Variation: Einige Cracker vor dem Backen mit Mohn bestreuen.

Für die Creme:
150 g Gorgonzola
30 g weiche Butter
15 ml Portwein
50 g Walnüsse, gehackt

❖ Käse, Butter und Portwein im Mixer glatt rühren. Walnüsse mit einer Gabel unterheben.
❖ 2 Stunden im Kühlschrank ziehen lassen. Vor dem Servieren noch einmal durchrühren, mit Walnusshälften garnieren und mit Crackern und blauen Weintrauben zu einem Glas Portwein reichen.

Aschermittwoch

Andrea C. Busch

Haben Sie sich schon mal gefragt, warum manche Menschen zu Familienmördern werden?

Ich kann es Ihnen sagen.

Eine eigene Familie hatte ich nicht; ich bin im Heim aufgewachsen. An meine Mutter kann ich mich nicht erinnern. Mir wurde gesagt, sie hätte »Probleme gehabt«. Noch heute frage ich mich, welcher Art die Probleme meiner Mutter waren: Nahm sie Drogen? Saß sie im Gefängnis? Oder war sie einfach nur überfordert? Es ist mir bisher nicht gelungen, das herauszufinden. Von einem Vater war nie die Rede gewesen, und auf meiner Geburtsurkunde steht »unbekannt«.

Und so war ich begeistert, als ich Torsten kennen lernte und er mir von seiner großen, wunderbaren Familie vorschwärmte. Noch mehr begeisterte mich natürlich Torsten selbst; ich verliebte mich über beide Ohren in ihn. Wir heirateten bei einem Urlaub in Dänemark und stellten seine Familie vor vollendete Tatsachen.

»Du wirst sehen, die freuen sich riesig«, sagte Torsten zu mir. »Sie werden dich lieben.«

Und so sah ich meiner Zukunft frohgemut entgegen. Endlich eine Familie!

»Er hätte sie nicht heiraten sollen. Mischehen gehen niemals gut.«

Schwiegervaters Ton ließ keinen Zweifel daran, dass mein Mann nur deshalb bei einem Verkehrsunfall ums Leben gekommen war, weil er eine Katholikin geehelicht hatte. Ich wusste zwar, dass er mich nicht leiden konnte, aber dass er schon eine Stunde nach der Beerdigung sein Gift verspritzen würde, hätte ich nicht gedacht.

Wir saßen im Wohnzimmer unseres Hauses – des Jugendstilhauses, das ich zehn Jahre lang mit meinem Ehemann bewohnt und das wir liebevoll restauriert hatten.

Schwiegervaters Augen leuchteten, als sein Blick über die Stilmöbel wanderte. Er überlegte vermutlich, wie er sie sich unter den Nagel reißen und teuer verkaufen konnte. Aber da hatte er sich geschnitten. Ein Viertel des Erbes würde er bekommen, weil wir keine Kinder hatten, aber die Möbel gehörten nicht dazu. Da konnte er glotzen und geiern, so viel er wollte.

Nein, es gab kein Testament. Wer dachte denn an so was mit Mitte dreißig? Und Torsten hatte nicht geahnt, wie sehr seine Familie mich hasste. Ich lange Zeit übrigens auch nicht. Familie war ja etwas Neues für mich, sozusagen ein Spiel, dessen Regeln ich erst lernen musste. Und Torsten hatte so von allen geschwärmt, dass ich sehr lange brauchte, um zu begreifen, dass Cousine Sigrid zum Beispiel nicht ungeschickt war, sondern mir bei Tisch häufig absichtlich etwas über die Kleidung kippte. Oder dass Schwägerin Karin, die eine große Fußpflegepraxis betrieb – für Torsten Ehrensache, dass wir dort hingingen – mir regelmäßig mit Absicht in den Fuß schnitt.

Torsten brauchte ich mit diesen Beobachtungen nicht zu kommen, denn wenn er dabei war, ließen die Manieren seiner Familie mir gegenüber nichts zu wünschen übrig.

Wissen Sie, wie verwirrend das ist, wenn Sie abwechselnd in Freundlichkeit gebadet und mit Bosheiten überhäuft werden?

Die ersten Jahre dachte ich, es läge an mir; ich bemühte mich Dinge zu tun, die von mir erwartet wurden, mich anzupassen, aber die Familie änderte ihre Ansprüche an mich so schnell, dass ich gar nicht mehr hinterherkam. Irgendwann gab ich erschöpft auf und hielt mich so gut es ging von ihnen fern.

Das Leben mit Torsten dagegen war wunderbar. Er zeigte mir eine Welt, die ich bisher nicht gekannt hatte – für Kunst, Haute Cuisine und Weltliteratur ist in einem Heim nämlich kein Platz. Ich zeigte ihm die kleinen Freuden meines Lebens: Karneval, Roggenbrot mit Leberwurst, lange Waldspaziergänge – sinnliche Erfahrungen, für die man keinen dicken Geldbeutel brauchte. Es war für uns beide eine unglaubliche Bereicherung. Ich konnte mir einfach nicht vorstellen, dass das jetzt alles zu Ende sein sollte. Nie wieder die Mischung von Torstens Schweiß und Holzlasur riechen, wenn er ein Möbelstück aufgearbeitet hatte, nie wieder beim Aufwachen auf den widerspenstigen Wirbel auf seinem Hinterkopf schauen, nie wieder ...

Ich schreckte aus meinen Gedanken hoch, als es an der Tür klingelte. Es war Cousine Sigrid, den ewig schwangeren Bauch weit vorgewölbt, ihre vier Blagen dicht um sich geschart. Sie lehnte sich an den Türrahmen, legte den Handrücken auf die Stirn und stöhnte. »Mein Gott, ich war wieder so müde heute morgen, ich musste unbedingt zum Arzt und meine Eisenwerte checken lassen.«

Ich verkniff mir die Bemerkung, dass sie ihre Eisenwerte nicht während der Beerdigung hätte checken lassen müssen. Oder dass sie sich bei ihrer fünften Schwangerschaft ja langsam damit auskennen sollte. Ich trat nur beiseite und ließ sie ein.

Dieter, ihr Mann, kam aus dem Wohnzimmer. Er musterte seine Frau mit dem Stolz eines Züchters, der eine gesunde, trächtige Stute begutachtet. »Alles in Ordnung?«

Cousine Sigrid nickte ergeben, wankte ins Wohnzimmer und wollte von mir bedient werden. Ich biss die Zähne zusammen. Sie war hochschwanger und unausstehlich, aber ich sah auf ihre geschwollenen Füße, und ein Hauch von Mitleid flog mich an. Ich goss ihr einen Kräutertee auf und brachte ihr ein Stück Kuchen. Sie hatte nicht einmal genug Anstand, danke zu sagen.

»Tja, Maria, dieses Jahr wirst du ja wohl auf dieses lächerliche Karnevalsgetue verzichten müssen«, sagte Schwägerin Karin, als ich mit einer Kanne frischen Kaffees das Wohnzimmer betrat.

Dass sie mir unterstellte, dass ich überhaupt Karneval feiern können wollte – drei Wochen nach der Beerdigung meines Mannes –, war wie ein Schlag ins Gesicht. Einer von so vielen, die ich im Lauf der Jahre eingesteckt hatte. Und ich war es so leid, so gottserbärmlich leid. Was hatte ich ihnen denn getan? Nichts, gar nichts. Und dieses Geschwätz von Schwiegervater über Mischehen, die nicht gut gingen, und für die kalvinistische Verwandtschaft sei unsere Heirat ein Affront – in welchem Jahrhundert lebte der Mann eigentlich? Er lehnte alles ab, was er auch nur im entferntesten mit Katholizismus in Verbindung bringen konnte. Er hatte mich doch tatsächlich gefragt, was heutzutage Ablassscheine so kosteten – ob aus Bosheit oder Dummheit, weiß ich nicht.

Vielleicht gefiel es ihm nicht, dass in meiner Vorstellung auch arme Leute in den Himmel kamen; zu meinem großen Erstaunen hatte ich mitbekommen, dass er allen Ernstes glaubte, man könne am Wohlstand eines Menschen erkennen, ob er ein gottgefälliges Leben führt. Je reicher, desto gefälliger. Das erklärte vielleicht auch, warum er so gegen unsere

Verbindung war: Ich hatte im Heim zwar eine Schulbildung bekommen und durfte den Beruf der Krankenschwester erlernen, der mir auch große Freude bereitet hatte, aber reich wurde man damit nicht. Andererseits hatte ich bis zu meiner Heirat keinen Tag gefaulenzt, sondern seit meinem siebzehnten Lebensjahr immer gearbeitet und meinen eigenen Unterhalt verdient. Was konnte man von einem jungen Menschen denn mehr verlangen?

Torsten war allerdings der Ansicht gewesen, ich brauche nicht arbeiten zu gehen, er verdiene genug. Und so nutzte ich meine Zeit, um in der Kirchengemeinde zu helfen und für diejenigen etwas zu tun, die es nicht so gut getroffen hatten wie ich.

»Karin hat ganz recht«, sagte Schwager Jürgen, dessen Stimme wie ein Peitschenschlag durch den Raum knallte. »Ich verstehe sowieso nicht, warum Torsten dir diesen ganzen Unsinn erlaubt hat.«

»Ich bin ganz deiner Meinung.« Schwägerin Heidrun tätschelte den Arm ihres Bruders. »Wenn Torsten schon kein Verantwortungsgefühl hatte, müssen wir uns der Sache annehmen, denn Karnevalfeiern kommt nicht in Frage. Es geht schließlich um den Ruf der Familie.«

Zu diesem Ruf hätte ich einiges zu sagen, schließlich habe ich die männlichen Mitglieder der Familie fast alle schon ins Bordell gehen sehen, wenn ich in den nicht so schicken Gegenden unserer Stadt Gemeindemitglieder besuchte. Aber sicher war das nur geschäftlich gewesen und nicht zum Vergnügen und daher für den Ruf der Familie völlig unschädlich. Genauso wie der Geiz von Schwiegervater, der nach Ansicht aller Nachbarn meine Schwiegermutter frühzeitig ins Grab gebracht hatte. Ein bisschen Karneval feiern konnte da den Ruf der Familie doch nur aufbessern, oder?

Ich köchelte leise vor mich hin vor Zorn. Ich war dieser ganzen Familie von Anfang an doch freundlich begegnet, hatte mich um ihre Zuneigung bemüht, war hilfsbereit gewesen. Hielten sie das etwa für Schwäche? Glaubten sie allen Ernstes, ich würde ihnen jetzt, wo Torsten tot war, weiterhin die andere Wange hinhalten? Oder mir gar von ihnen etwas vorschreiben lassen? Seinetwegen hatte ich die ganze Zeit den Mund gehalten, war friedlich geblieben und hatte so viel eingesteckt. Und heute, am Tag seiner Beerdigung, würde ich sein Andenken nicht entweihen, indem ich einen Streit vom Zaun brach. Aber lange konnte es nicht mehr dauern.

Drei Tage später, ich saß gerade beim Frühstück, bekam ich einen Anruf von einer alten Freundin, mit der ich mir im Heim das Zimmer geteilt hatte.

»Mein Beileid, Maria. Ich habe es in der Zeitung gelesen. Es tut mir so leid für dich. Wie kommst du denn zurecht?«

Ich seufzte. »Ich bin immer noch wie gelähmt. Ich sitze hier herum und warte darauf, dass die Tür aufgeht und Torsten hereinkommt. Es ist alles so unwirklich. Na, wenigstens lässt mich seine Familie jetzt erst mal in Ruhe.«

Meine Freundin räusperte sich. »Das kann man so oder so sehen.«

Verdutzt starrte ich auf den Hörer; ich begriff nicht, was sie meinte. »Kannst du mir das mal näher erklären?«, fragte ich schließlich.

»Du weißt doch, Maria, dass ich auf dem Amtsgericht arbeite«, sagte sie langsam.

»Ja, sicher weiß ich das.«

»Seit kurzem bin ich auf der Nachlassstelle. Dein Schwiegervater hat heute einen Erbschein beantragt.«

Daraufhin musste ich erst mal schlucken. »Du meinst –?«

»Ich meine, dass er an Torstens Konten will.«

»Kommt er denn damit durch?«

»Ich bin mir nicht sicher.« Meine Freundin begann zu flüstern. »Die Akte wird von einem Kollegen bearbeitet, der deinen Schwiegervater gut kennt. Der wird sicher jeden Ermessensspielraum ausnutzen. Ich geb' dir einen Rat: Wenn du eine Vollmacht über den Tod hinaus hast, räum' die Konten sofort ab und bringe alles in Sicherheit, bis das mit dem Erbe geklärt ist. Ich muss auflegen.« Es knackte im Hörer.

Ich fragte mich, ob ich eigentlich nie etwas dazulernte. Nun hatte die Familie am Beerdigungstag ja gezeigt, wie sie zu mir stand, und ich dumme Kuh hatte tatsächlich geglaubt, sie ließen mich erst mal in Ruhe trauern, bevor es ans Eingemachte ging.

Nein, Trauer konnte ich mir jetzt nicht leisten. Handeln war angesagt. Zum Glück waren Torsten und ich sehr ordentlich, sodass ich genau wusste, wo alle nötigen Papiere lagen.

Als ich in sein Büro ging und den Jugendstilsekretär öffnete, sah ich, dass die Unterlagen durchwühlt worden waren. Es fehlte allerdings nichts, und so machte ich mich sofort auf den Weg zur Bank, um den Rat meiner Freundin zu befolgen.

»Tritt dem Teufel auf den Kopf, bevor er dir drauftritt«, hatte eine unserer Erzieherinnen immer gesagt. Und da ich einen guten Rat zu schätzen weiß, hatte ich die ganze teuflische Bande zu mir gebeten, um über das Erbschaftsviertel zu sprechen, das ihnen zustand. Kaffee und Kuchen standen auf dem Tisch. Ich war gut vorbereitet.

»Und was ist mit uns?«, jammerte Cousine Sigrid.
»Was soll mit euch sein?«, erwiderte ich kühl.
»Erben wir denn gar nichts?«, nahm Dieter die Klage seiner Frau auf.
»Wenn keine Kinder da sind, geht die Hälfte des Erbes an den Ehegatten«, referierte ich. Schließlich hatte ich die letzten Tage genutzt, um mich sachkundig zu machen.
»Und was ist mit der anderen Hälfte?«, warf Jürgen ein.
»Von der anderen Hälfte erhält der Ehegatte –«
»Du kriegst noch mehr?« Er sprang auf.
Ich spielte demonstrativ mit dem Messer, das ich gerade zum Anschneiden der Birnentorte benutzt hatte. »Wenn du mich ausreden lässt?«
Jürgen setzte sich wieder.
»Also, von der anderen Hälfte bekommt der Ehegatte eine Hälfte, also ein Viertel vom Gesamtvermögen, als Zugewinnausgleich. Das restliche Viertel geht an die Eltern. Da Schwiegermutter nicht mehr lebt, bekommt Schwiegervater nur die Hälfte des Viertels, und das andere Achtel geht an die Geschwister.«
Es dauerte einen Moment, bis sie es begriffen hatten.
»Vier Geschwister, und wir sollen uns auch noch ein Achtel teilen?«
»Was ist mit den Cousinen?«
»Wieso bekomme ich nur ein Achtel?«
Alle schrieen durcheinander. Ich fühlte mich plötzlich so unendlich müde. »Ich lege mich eine halbe Stunde hin«, sagte ich. »Vielleicht habt ihr euch in der Zwischenzeit geeinigt. Andererseits gibt es eigentlich nicht so viel zu einigen, das Gesetz ist eindeutig. Und eines noch: Euch steht nur Geld zu. Alles, was im Haus ist, bleibt bei mir.«
Ich ging nach oben, ohne mich um das Gekeife zu kümmern, das hinter mir im Wohnzimmer ausbrach.

Eine Dreiviertelstunde später ging ich barfuß auf dem dicken, flauschigen Teppich die Treppe hinunter in die Küche, um mir ein Glas Wasser zu holen. Kaum zu glauben, ich hatte nicht einmal von der Teufelsbande geträumt! Allerdings wurde ich jetzt jäh in die Wirklichkeit zurückgeholt, denn durch die dünnen Holzschiebetüren der Durchreiche hörte ich Cousine Sigrids Stimme.
»Es ist ungerecht, dass wir nichts von den schönen Möbeln bekommen sollen«, jammerte sie. »Die Kommode da drüben würde ganz wunderbar ins Kinderzimmer passen.«
Ja, und Torsten würde sich im Grab umdrehen, weil deine Brut sein mühsam restauriertes Stück mit Filzstift bemalen würde.

»Ist es nicht komisch, dass sie sich so gut in Erbschaftsfragen auskennt?« Das war der Beitrag meiner Schwägerin Karin. »Bestimmt ist sie von Anfang an nur hinter Torstens Geld hergewesen.«

Einen Augenblick war ich in Versuchung, ins Nebenzimmer zu stürmen und ihr eine runterzuhauen, aber es war ja nur der Dreck in ihrem eigenen Kopf, den sie anderen zutraute. Mir mir hatte das nichts zu tun.

»Jedenfalls lassen wir uns das nicht gefallen«, sagte Dieter. »Wenn das rechtlich wirklich alles sattelfest ist, werden wir uns unseren Anteil eben anders holen.«

»Wie meinst du das?« Das war die Stimme von Schwiegervater.

»Wir werden sie so lange terrorisieren, bis sie die Stadt verlässt. Sie wird freiwillig auf das Erbe verzichten, glaubt mir. Wir machen sie so fertig, dass sie froh sein wird, wenn sie alles hinter sich lassen kann. Wir geben ihr ein hübsches kleines Taschengeld, die paar Tausend Euro werden wir verschmerzen, und dann singen wir ein letztes Ave Maria.« Er kriegte sich gar nicht mehr ein über seinen Scherz.

Es herrschte einhellige Begeisterung über diesen Plan.

»Und wisst ihr, womit wir anfangen?« Cousine Sigrid kicherte verschwörerisch. »Wenn Maria am Aschermittwoch wieder das Büßergewand anzieht, kochen wir bei ihr und laden die ganze Familie zum Essen ein.«

»Damit wird sie nicht einverstanden sein.«

»Das ist doch gerade der Spaß! Wir machen es hinter ihrem Rücken und lassen ihr das ganze Geschirr stehen. Bis sie zurück kommt, sind wir längst weg.«

Schwiegervater seufzte glücklich. »Pfeffersteak mit Bratkartoffeln würde ich gern mal wieder essen.«

»Gut«, sagte Cousine Sigrid. »Das Haus wird garantiert tagelang danach riechen.«

Leise schlich ich mich aus der Küche und die Treppe hinauf. Mein erster Gedanke war: »So gemein können noch nicht mal die sein.« Ich wollte einfach nicht glauben, dass sie so etwas wirklich tun würden. Andererseits kamen sie ja auch ohne zu klingeln einfach ins Haus geplatzt. Das hatten sie schon vor Torstens Tod getan, aber nur, wenn sie wussten, dass er nicht da war. Nur einmal hatte ich es ihm erzählt. »Liebling, du musst dich irren. Bestimmt hast du die Klingel nicht gehört, und Sigrid (wahlweise Dieter, Karin, Jürgen oder sonst wer) hat sich Sorgen gemacht und wollte nach dem Rechten sehen.«

Meinen Einwand, dass es doch ganz normal sei und kein Grund zur Sorge, wenn Bewohner nicht vierundzwanzig Stunden anwesend waren, wischte er ebenso beiseite wie meine Frage, warum sie eigentlich den

Schlüssel, der ursprünglich für Notfälle bei den Schwiegereltern deponiert worden war, schon dabei hatten.

Nein, wenn es um seine Familie ging, war Torsten blind und taub.

Aber trotz allem, was ich gehört hatte, wollte irgendetwas tief in mir einfach nicht wahrhaben, was ich gehört hatte. Das war doch Torstens Familie! Er war ein so herzlicher, liebenswerter Mensch gewesen, irgendwo musste er das doch herhaben?

Was sollte ich denn nur tun? Die Schlösser austauschen lassen, damit sie nicht reinkamen? Oder am Mittwoch zu Hause bleiben?

Nein, seit Jahren schon war ich am Aschermittwoch in der Kirchengemeinde unterwegs. Morgens besuchte ich den Gottesdienst und ließ mir das Aschenkreuz auf die Stirn malen. Es war ein Zeichen der Buße und inneren Einkehr, der Beginn der Fastenzeit, in der wir aufgefordert waren, über unser Leben, unsere Werte und unser Verhalten nachzudenken, uns auf Grundsätzliches zu beschränken. Danach half ich im Pfarrheim beim Vorbereiten des traditionellen gemeinsamen Heringsessens, und vom Nachmittag bis zum Abend besuchten wir Gemeindemitglieder, die nicht mehr aus dem Haus konnten.

Nein, es kam nicht in Frage, dass ich meine Gemeinde im Stich ließ. Ich wusste ja, wie sehr die Leute sich über unsere Besuche freuten.

Den ganzen Abend, nachdem die Teufelsbande längst das Haus verlassen hatte, grübelte ich, was ich tun sollte. Als ich beim Abendessen nach der Pfeffermühle griff, um meine Tomaten zu würzen, war sie leer. Auf dem Weg zum Vorratsschrank im Keller kam ich an dem Schrank vorbei, in dem ich Blumensamen aufbewahrte. Durch die Glastür des Schrankes fiel mein Blick auf das Glas mit den Engelstrompetensamen, die ich in unserem Garten gesammelt hatte, um sie in diesem Frühjahr im Pfarrgarten auszusäen. Der Frauenkreis hatte nämlich die Pflege des Gartens übernommen, und von dem Geld, das im Etat dafür vorgesehen war, wurde jetzt ein Nachhilfelehrer für die Flüchtlingskinder bezahlt.

Die Samen der Engelstrompete sehen für den flüchtigen Betrachter Pfefferkörnern sehr ähnlich. Sie sind in der Drogenszene beliebt, weil sie Halluzinationen auslösen. In größeren Mengen verschluckt, können sie sogar tödlich wirken.

Das ist eure Chance, Teufelsbande, dachte ich. Lasst ihr mich in Ruhe, lass ich euch in Ruhe. Ihr habt es in der Hand. Ich nahm das Glas heraus und stellte es draußen auf den Schrank.

Bei einer toten Großfamilie im Haus stellt die Polizei jede Menge Fragen. Sie wollten zuerst nicht glauben, dass ich nichts von dem Essen gewusst hatte. Aber ich war den ganzen Tag nicht zu Hause gewesen und konnte nahezu über jede Minute meines Tages Rechenschaft ablegen. Außerdem trugen meine Küchenutensilien einschließlich Pfeffermühle, Engelstrompetensamenglas und Geschirr reichlich frische Fingerabdrücke von Cousine Sigrid und Schwägerin Karin. Gut war, dass Cousine Sigrid bei ihrer Nachbarin mit dem Streich, den sie mir heimlich spielen wollten, geprahlt hatte.

Man erkannte also auf einen tragischen Unglücksfall. Nur um Sigrids Brut tat es mir leid; ich hatte nicht erwartet, dass sie sie mitbringen würde. Und vielleicht wären ja aus den kleinen Teufeln mit liebevoller Erziehung doch noch Engel geworden.

Aschermittwochs-Fastenspeise

Alle Gerichte für 4 Personen

Der Aschermittwoch bildet den Abschluss der »tollen Tage« vor der Fastenzeit. Die fleischlosen Wochen vor Ostern sollen der seelischen Läuterung dienen. Vegetarische Kost, vor allem Fisch, gilt als typische Fastenspeise.

Roter Heringssalat

3 EL Mayonnaise
3 EL Joghurt
Gurkensud oder milder Essig, Salz, Pfeffer
1 Prise Zucker
500 g Heringsfilets
1 großer säuerlicher Apfel
2 rote Zwiebeln
2 Gewürzgurken
3 EL eingelegte rote Bete in Scheiben

❖ Mayonnaise und Joghurt glatt rühren. Mit Salz, Pfeffer, Zucker und Gurkensud oder Essig abschmecken.

❖ Heringsfilets und Gewürzgurken würfeln. Apfel waschen und mit der Schale würfeln. Zwiebeln fein hacken. Hering, Gurke und Apfel mit Zwiebel in die Marinade geben. Rote Bete vorsichtig unterheben.

❖ Salat min. 30 Min. ziehen lassen. Bei Zimmertemperatur mit Pellkartoffeln oder Roggenbrot servieren.

Wer keinen Hering mag, kann die Fastenzeit auch mit Dampfnudeln einleiten.

Dampfnudeln

500 g Mehl
25 g Hefe
250 ml lauwarme Milch
80 g Zucker
1 Prise Salz
2 Eier
100 g Butter, zerlassen
2 EL Butterschmalz

❖ Mehl in eine Schüssel sieben. Vertiefung in die Mitte drücken und darin etwas lauwarme Milch mit 1 TL Zucker verrühren. Hefe darin auflösen und mit wenig Mehl zu einem Vorteig verrühren. 30 Min. abgedeckt gehen lassen. Eier, Milch, Zucker und Butter zufügen. Einen weichen, nicht klebrigen Teig kneten und Klöße formen. Im Ofen auf niedrigster Stufe 30 Min. gehen lassen. In einem Bräter Butterschmalz erhitzen, fingerbreit Wasser angießen, Klöße hinein setzen. Tuch um den Deckel legen und Topf schließen.

❖ Bei mittlerer Hitze 30 Min. garen. Erst öffnen, wenn es im Topf knistert. Mit Zucker und Zimt, Obst und Vanillesauce servieren.

Die St.-Patrick's-Leiche

Ulrike Gerold und Wolfram Hänel

Es ist Mittwoch Morgen. So gegen zehn oder elf. Pat und Brownie hocken in der Kneipe. In irgendeinem Kaff irgendwo zwischen Kilnarovanagh und Reenascreena.

Die Zeiten haben sich verändert. Und nichts ist mehr so, wie es früher war, da sind sich Pat und Brownie einig. Und auch der Wirt ist ihrer Meinung. Aber seine Meinung zählt nicht wirklich. Ist unterm Strich besehen kaum mehr wert als die Meinung von Willie, dem Friseur. Wirte und Friseure sagen immer alles, was ihre Kunden hören wollen. So ist das eben, weiß doch jeder.

Obwohl es diesmal vielleicht wirklich anders ist. Weil es den Wirt persönlich betrifft. Weil es ihm nämlich an die eigene Tasche geht. Ans Eingemachte sozusagen. Sieht man ja schon daran, dass nur Pat und Brownie in der Kneipe hocken. Die anderen haben die Schwänze eingezogen. Sitzen wahrscheinlich zu Hause im Kuhstall und zählen die Fliegen an der Wand. Klar, was sollen sie auch sonst machen? Aber ist ja ihre eigene Schuld, wenn sie sich einschüchtern lassen ...

»Erbärmliche Feiglinge alle miteinander«, knurrt Pat zum wiederholten Mal vor sich hin und nimmt einen tiefen Schluck vom guten Guinness. Auch zum wiederholten Mal.

»Weicheier«, nickt Brownie und zieht nach. Leckt sich den Schaum von den Lippen und lässt einen gewaltigen Rülpser los.

»Vergiss es«, knurrt Pat und starrt trübsinnig auf das fleckige Holz der Theke. Brownie nickt. Wo Pat Recht hat, hat er Recht. Und der neue Priester stellt tatsächlich so was vor wie den Untergang der westlichen Welt. Ach was, der gesamten zivilisierten Welt!

Jeden Sonntag wettert der verdammte Bastard nun von der altehrwürdigen Kanzel herunter gegen die Trinker im Dorf, die sie alle miteinander wären und sonst gar nichts. Und jetzt hat sich sogar der bärtige Eamon kirre machen lassen und kommt nicht mehr! Obwohl er sonst immer gekommen ist.

Aber morgen! Morgen wird noch einmal alles so sein, wie es früher war. Als noch alles in bester Ordnung war. Morgen ist St. Patrick's Day. Und St. Patrick zu Ehren werden sie sich morgen volllaufen lassen, bis sie nicht mehr geradeaus gucken können. Vom Gehen ganz zu schweigen. Sie alle zusammen. Wie früher. Und kein gottverdammter Priester wird sie daran hindern! Niemals.

»Da kommt der verschissene Bastard!«

Der Wirt nickt zum Fenster hin. Pat springt auf. Polternd kracht der Stuhl zu Boden. Pat beugt sich vor und zieht die Gardine zur Seite. Brownie tritt neben ihn, das halbvolle Pintglas in der Hand.

Der Regen läuft in dicken Schlieren über die Scheibe. Und der Marktplatz ist so leer wie ein Teller, den gerade ein Hund abgeleckt hat. Bis auf den schwarzen Morris Minor, der gefährlich schlingernd einen großen Bogen fährt und dann mit einem Ruck genau vor der Kneipe zum Stehen kommt. Exakt zwei Meter vom Bordstein entfernt. Als der Priester den Rückwärtsgang einlegt, kreischt das Getriebe um Erbarmen. Brownie zieht die Schultern hoch, als würde er frieren. Und Pat sieht aus wie beim Zahnarzt, wenn der ihm den Bohrer zwischen die zusammengepressten Kiefer zu schieben versucht.

Der Priester setzt unbeirrt den Blinker und gibt Vollgas. Allerdings ohne dabei den Fuß ganz von der Kupplung zu nehmen. Der Motor heult auf. Den Kopf weit nach hinten gedreht und wie wild am Lenkrad kurbelnd parkt der Priester ein. Rasant wie ein Rennfahrer. Und noch mal vor. Und wieder zurück. Als der linke hintere Kotflügel gegen den eisernen Papierkorb kracht, würgt er den Motor ab. Stille. Nur der Regen rinnt. Unaufhörlich. Und ab und zu rüttelt der Wind böse an den Fensterläden.

»Was soll das?«, murmelt Brownie irritiert vor sich hin. »Warum zum Teufel tut er so, als müsste er das verdammte Ei in eine Parklücke kriegen, wenn weit und breit kein anderes Auto zu sehen ist?«

»So haben sie es ihm beigebracht«, erklärt Pat, ohne den Blick von der Straße zu nehmen. »In der Hauptstadt«, setzt er in einem Ton hinzu, dass jedem klar wird, was er von jemandem hält, der in der Hautstadt Auto fahren gelernt hat. Ganz abgesehen davon, was er von der Hauptstadt hält.

»Genau«, murmelt Brownie und kratzt sich gedankenverloren am Nacken. Und dann am Hintern.

»Er kann nicht anders«, lässt sich der Wirt von der Theke her vernehmen, während er mit einem alten Unterhemd die Messinghähne poliert. »Er ist ein verschissener Bastard, und er wird immer ein verschissener Bastard bleiben.«

»Verschissene Bullenscheiße«, erklärt Pat. »Er soll bloß nicht glauben, weil er neu ist, könnte er sich alles rausnehmen hier.«

»Genau«, wiederholt Brownie und nimmt einen großen Schluck von seinem Guinness. Wischt sich mit dem Handrücken den Schaum von den Lippen und nimmt noch einen Schluck. »Genau ...«

Der Priester klettert aus dem Minor. Ein Windstoß reißt ihm fast die Tür aus der Hand. Er beugt sich über die Rückbank und fördert einen gewaltigen Regenschirm zu Tage. Der nächste Windstoß fährt dem Priester unter die Soutane, dass er für einen Moment aussieht wie ein großer schwarzer Vogel, der hilflos mit den Flügeln flattert. Sekunden später ist der Regenschirm nichts als ein unnützes Knäuel aus Stofffetzen und verbogenem Draht.

»Jesus!«, brummt Pat vor sich hin und schüttelt ungläubig den Kopf.

Mit zwei großen Sprüngen setzt der Priester über den Fußweg und rettet sich in die Kneipe. Krachend fällt die Tür hinter ihm ins Schloss. Triefend vor Nässe versucht er mit einer Hand, seine Soutane wieder in einen halbwegs manierlichen Zustand zu bringen. Mit der anderen hält er die Reste des Regenschirms, als wäre er der Erzengel Gabriel persönlich.

»Jesus«, brummt Pat noch einmal. Und Brownie zeigt grinsend auf das handgemalte Schild, das hinter dem Priester über der Tür prangt: »In God we trust. Everyone else no credit.«

Wortlos schiebt der Wirt ein randvolles Glas über die Theke. Doch der Priester würdigt den guten Stoff mit keinem Blick. Der Wirt stellt noch einen Teller Potatoe Cakes dazu, um das Ganze ein bisschen nach einem vollständigen Frühstück aussehen zu lassen. Blitzschnell schiebt sich Brownie einen der fettigen Fladen in den Mund. Kaut und schmatzt und grunzt zufrieden. Alleine zum Runterschlucken kommt er nicht mehr, legt der Priester doch jetzt mit gut geschulter Kanzelstimme los: »Genau wie ich es mir dachte! Hier finde ich euch also! Und was macht ihr? Ihr trinkt! Ihr seid dem Alkohol hoffnungslos verfallen! Guinness heißt euer Gott! Doch in der Bibel steht: Ihr sollt keine anderen Götter haben neben mir, und wahrlich, ich sage euch ...«

Der Priester breitet unvermittelt die Arme zum Kreuz aus. Ein Speichelfaden tropft ihm vom Kinn. Wie in der Hoffnung auf Hilfe von oben richtet er den verzweifelten Blick an die Kneipendecke.

»Was?«, fragt Pat und folgt dem Blick des Priesters. Und bekommt im nächsten Moment die Spitze des Regenschirms in die Brust gebohrt, dass er hilflos nach hinten torkelt …

»An der Wurzel packen werde ich das Übel!«, dröhnt des Priesters Stimme mit neuer Kraft, während der Regenschirm Pat gegen die Theke nagelt, »und wenn ihr am Sonntag nicht hören wollt, komme ich am Montag zu euch! Und auch am Dienstag! Am Mittwoch, an jedem Tag der Woche, auf Schritt und Tritt werde ich euch folgen, und wenn es sein muss, bis hinab in die Hölle, die lange schon auf euch wartet! Aber ich werde alles daran setzen, euch auf den rechten Pfad zurückzuführen! So wahr ich hier stehe, ich werde Mittel und Wege finden, euch das Trinken auszutreiben!«

Der Priester hält inne. Und nimmt endlich auch den Regenschirm von Pats Brust. Einen nach dem anderen fixiert er sein Publikum mit scharfem Blick. Er ist zufrieden mit seinem Auftritt, das sieht man ihm an. Aber noch ist er nicht am Ende. Gleich wird er in die zweite Runde gehen, soviel ist klar …

Wie zufällig lässt Brownie das Bierglas hinter seinem Rücken verschwinden. Pat steht weit vorgebeugt und massiert sich schwer atmend die Brust. Puhlt sich dann mit dem Zeigefinger im Ohr, als hätte er irgendwas nicht richtig verstanden. Und der Wirt widmet sich wieder dem Messing seiner Zapfhähne, als würde er nicht dazu gehören.

Als der Priester weiterspricht, ist seine Stimme nur noch ein Flüstern. Aber was für ein Flüstern!

»Ich verbiete euch hiermit jegliche Feiern zum St. Patrick's Day«, flüstert er. »Solange ich im Amt bin, wird es nie wieder ein Trinkgelage im Namen irgendeines Heiligen geben, merkt euch das. Morgen nicht und auch an keinem anderen Tage. Sagt das euren Saufkumpanen!«

Er schießt einen letzten funkelnden Blick in die Runde. Und bevor noch irgendjemand so ganz begriffen hat, zu welcher Ungeheuerlichkeit er sich da gerade eben verstiegen hat, dreht er sich schon zur Theke, leert mit schnellem Griff das Guinnessglas ins Spülbecken – und ist im Augenblick zur Tür hinaus und weg.

Pat kommt als Erster wieder zu sich. »Das … das kann er nicht machen!«, stammelt er, und in seiner Stimme klingt ein Entsetzen mit, das auch noch die letzte steinerne Jungfrau zu Tränen rühren würde. Wie blind torkelt er zur Theke und zieht sich stöhnend auf die verschlissene Sitzfläche eines Hockers, der auch schon bessere Tage gesehen hat.

»Nicht mit uns«, erklärt der Wirt zwischen zusammengebissenen Zähnen hindurch und angelt eine staubige Flasche aus irgendeinem geheimen Fach im Fußraum. Nimmt drei Schnapsgläser und füllt sie randvoll mit einer Flüssigkeit, die im trüben Lampenlicht funkelt wie der Morgentau

auf einer Wiese hoch oben im Moor. Brownie steht stumm vor sich hinglotzend, bis der Wirt auffordernd das Glas hebt. »Slantée!«

Sie trinken. Das Zeug ist so scharf, dass ihnen die Tränen in die Augen schießen.

»Verschissene Bullenscheiße«, keucht Pat.

Brownie gurgelt mit einem großen Schluck Guinness gegen das Brennen in der Kehle an. Der Wirt füllt erneut die Gläser. Eine halbe Stunde später ist die Flasche so gut wie leer. Und längst haben sich ihre Kehlen an die brennende Schärfe gewöhnt und verlangen nach mehr. Doch der Wirt weiß, was seine Stellung als ungekrönter Herrscher über Bier und schwarzgebrannten Schnaps von ihm verlangt.

»Genug getrunken«, erklärt er. Und wer ihn nicht ganz genau kennt, würde dabei kaum das leichte Lallen hören, das seine Worte ein wenig verschwommen klingen lässt, so als würden die Konsonanten bereits den endgültigen Aufstand proben.

»Genug getrunken«, lallt der Wirt, »jetzt müssen Taten folgen!«

Er schlägt mit der Faust auf die Theke, dass die Gläser im Regal leise klirren. Und greift zum Telephon ...

Es fängt bereits an zu dämmern, als sie sich dem Pfarrhaus nähern. Der Wirt und Pat vorneweg. Und hinter ihnen der bärtige Eamon mit seiner kleinen Tochter auf dem Arm, der junge Gallagher, Jamsey, der Hippie, Neill, Michael, David und noch ein paar andere. Auch Fritz, der Aussteiger aus Deutschland, ist dabei, und Daniel mit den roten Haaren, den sie alle nur den Rostigen nennen. Obwohl der sonst nie dabei ist. Aber hier und heute ist jeder gute Mann vonnöten, und auch die weniger guten.

Pat hebt die Faust gegen die Pfarrhaustür, um den Priester nötigenfalls bereits mit dem ersten Schlag aus dem Bett oder vom Klo oder von wo auch immer zu scheuchen. Doch der Wirt fällt ihm in den Arm.

»Lass es langsam angehen«, meint er, »denk daran, was wir verabredet haben ...«

Aber Pat hat keine Lust, es langsam angehen zu lassen. Und kaum hat der Priester erschreckt die Tür aufgerissen, schleudert er ihm entgegen: »Er ist hin! Einfach so. Eben war er noch da, und jetzt ist er hin!« Und seine Stimme lässt keinen Zweifel daran, wen er dafür verantwortlich macht, dass er hin ist. Um wen auch immer es gehen mag.

»Wer ... was ... was meinst du? Wovon redest du überhaupt?«, stottert der Priester hilflos, während er gleichzeitig versucht, die Ansammlung grimmiger Mienen zu durchforschen, die ihm da verschwommen aus der Dämmerung entgegenleuchten.

»Brownie natürlich, wer sonst?«, knurrt Pat. »Und er war ein verdammt feiner Kerl, das sage ich dir. Ein verdammt feiner Kerl, wenn nicht der Beste überhaupt!«

»Ein feiner Kerl«, echot es hinter ihm. »Wenn nicht der Beste ...«

»Und jetzt ist er hin«, schaltet sich der Wirt erklärend ein, ganz Mann von Welt und Erfahrung, »wahrscheinlich der Schlag oder so. Wir haben ihn erst mal in den Gemeindesaal gebracht«, setzt er hinzu, »wegen der Totenfeier ...«

Aber sie müssen es noch ein paar Mal wiederholen, bis der Priester es endlich kapiert hat. Dass Brownie mitten im Satz umgefallen ist. Stocksteif wie ein gefällter Baumstamm. Und dass er jetzt hin ist.

»Gut, gut«, stottert der Priester endlich, »ich komme. Ich hole nur meine Tasche ...«

»Gar nicht gut«, knurrt Pat, »nichts ist gut. Er war mein bester Freund!«

»Sein bester Freund«, kommt prompt das Echo. »Und jetzt ist er hin.«

»Mein einziger Freund«, macht Pat weiter. Bis der Wirt ihm einen Stoß mit dem Ellbogen verpasst und Pat endlich vom Kummer übermannt Ruhe gibt.

Und dann stehen sie dicht gedrängt im Gemeindesaal und scharren mit den Füßen. Als der Priester das Bettlaken von Brownies Gesicht zieht, zerdrückt jeder von ihnen ein paar schnelle Tränen. Und der bärtige Eamon zieht den Kopf seiner Tochter schützend an die breite Brust im offenen Hemd.

Gekonnt hantiert der Priester mit Ölfläschchen und Weihwasser. Spricht das Ave Maria und was sonst noch so dazu gehört, tupft mit dem Schal über Brownies kalte Lippen und schließt ihm sachte die starr blickenden Augen. Ruckelt das Tuch zurecht und richtet sich stöhnend auf.

Jetzt ist ihm doch gehörig warm geworden, und sein feister Nacken leuchtet überm verschwitztem Bäffchen krebsrot. Aber noch ist seine Aufgabe nicht restlos erfüllt. Hier stehen wahrhaft verwirrte Seelen vor ihm, die dringend seines Trostes bedürfen. Und wenn ihn nicht alles täuscht, sollte die Gelegenheit doch günstig sein und so schnell nicht wiederkommen. Jetzt, wo es gerade einen aus ihrer Mitte gerissen hat, werden sie wohl offen sein für ein offenes Wort. Er muss es nur richtig anpacken und darf sie nicht noch mehr verschrecken, als sie es ohnehin schon sind ...

»Also, Jungs«, setzt der Priester an und reibt sich tatkräftig die Hände an der Soutane.

»Nehmen wir einen«, nickt Pat sofort und bückt sich nach der Plastiktüte zu seinen Füßen.

»W...w...was?«, stammelt der Priester und fühlt sich unerwartet aus dem Konzept gebracht.

»Nehmen wir einen Schluck«, wiederholt Pat und beginnt unverzüglich, die mitgebrachten Guinnessdosen an seine Kumpane zu verteilen. Die diese unverzüglich mit dankbarem Grinsen an die Lippen setzen.

»Aber ...«, stammelt der Priester.

»Das ist üblich so«, erklärt der Wirt. »Das gehört dazu, anders geht es nun mal nicht.« Und hebt seine Dose in Richtung auf Brownies Leiche: »Mach's gut, mein Alter. Hast es schwer genug gehabt im letzten Leben, mögen wir uns bald wiedersehen in einem besseren.«

»Slantée!«, prosten die anderen sich und der Leiche zu. »Und mögest du schon im Himmel sein, bevor der Teufel merkt, dass du tot bist!«

Sie ziehen sich ein paar Holzstühle von der Wand heran und setzen sich im Kreis um den Tisch. Starren stumm auf das Betttuch und lassen den schwarzen Saft direkt in die traurigen Seelen fließen.

»Na ja«, meint der Priester und angelt sich selbst einen Stuhl. Hier heißt es jetzt behutsam vorgehen. Sozusagen von hinten rum. »Also, wieviel trinkt ihr denn so auf so einer Totenfeier ...?«

»So zwei bis drei ...?«, sagt Pat leise.

»In der Stunde«, setzt Neill noch leiser hinzu. Aber er bückt sich dabei und tut so, als müsste er seine Schnürsenkel neu binden. Weshalb der Priester ihn auch nicht versteht.

»Okay«, sagt der Priester, »sagen wir mal, die Hälfte muss es auch tun, okay? Aber das ist wirklich nur, weil ...«

»Weil es eine Ausnahme ist, schon klar«, nickt der Wirt.

»Stirbt ja auch nicht jeden Tag einer von uns«, meint Pat. »Fällt einfach um und ist hin ...«

»Ich sehe, wir verstehen uns«, sagt der Priester.

Und als Pat ihm eine Dose aufreißt und hinhält, nimmt er mannhaft einen tiefen Schluck und denkt, wie geschickt er es doch anstellt, die Jungs auf seine Seite zu ziehen. Und den kleinen Umweg, den er dafür braucht, wird der Herr in seiner unermesslichen Güte schon verstehen und verzeihen. Nicht auf den Weg kommt es an, sondern auf das Ziel.

»Wusstest du übrigens«, sagt der Wirt ganz plötzlich und prostet dem Priester zu, »dass sogar die Antialkoholiker sich ab und an ein Guinness genehmigen?«

»Was?«

»Doch, doch«, nickt der Wirt mit aller ihm zur Verfügung stehenden Überzeugungskraft, »sogar die Antialkoholiker!«

»Und die Ärzte verschreiben es schwangeren Frauen als Medizin«, erklärt Pat, bevor er aufsteht, um Nachschub aus dem Vorraum zu holen.

»Ist auch gut gegen Nierenleiden«, weiß Michael zwischen zwei Schlucken zu berichten.

»Und hilft gegen Nervosität«, erklärt der bärtige Eamon wissend, während er Michael eine neue Dose zum Öffnen hinhält, weil er ja mit der anderen Hand den Kopf seiner selig schlummernden Tochter halten muss.

»Es geht um Arbeitsplätze und sonst gar nichts«, lässt sich Jamsie, der Hippie, unvermittelt vernehmen, »ohne Guinness hätten wir ein paar Millionen Arbeitslose!«

Der Priester merkt, wie ihm die Felle davonschwimmen, und will hastig noch einen kleinen Schluck nehmen. Aber die Dose in seiner Hand ist unerklärlicherweise schon leer. Dankbar greift er nach der nächsten, die Pat ihm bereits vorsorglich zwischen die Füße gestellt hat. Aber was soll das mit den Arbeitslosen, von denen sie ohne Guinness gleich ein paar Millionen hätten, also, wie viel Leute sind überhaupt bei Guinness beschäftigt? Und sind sie nicht ohnehin in ganz Irland nur etwas über drei Millionen, und ...?

»Weltweit«, erklärt der junge Gallagher, »weltweit, sage ich. Es wäre eine einzige Katastrophe!«

»Allerdings«, meint der Wirt. »Allerdings.«

»Verschissene Bullenscheiße«, sagt Pat.

»Wenn wir Guinness trinken, sichern wir Arbeitsplätze, so einfach ist das«, fasst Jamsie, der Hippie, zusammen.

»Und tun was für unsere Gesundheit«, setzt Fritz aus Deutschland hinzu, »Nierenleiden, Nervosität ...«

»Vergiss nicht die Schwangeren!«, wirft der Wirt ein.

»Genau«, nickt Eamon, während er seiner Tochter über den Kopf streicht. »Die Schwangeren. Und die Antialkoholiker!«

»Arme Schweine«, sagt Pat. »Alle zusammen.«

Der Priester kapiert langsam überhaupt nichts mehr. Und das Zeug, das sie ihm ständig unaufgefordert zwischen die Füße schieben, vernebelt ihm irgendwie das Gehirn. Eben hat er schon geglaubt, das Laken über Brownies Gesicht würde sich bewegen. Ganz so, als würde die Leiche atmen. Er kneift die Augen zusammen. Jetzt gilt es durchzuhalten. Wenn er nur nicht so dringend pinkeln müsste ...

»Brownie hat das alles gewusst«, sagt Pat und streichelt der Leiche liebevoll über den Arm unterm Betttuch, »die Zusammenhänge und alles.«

»Er war einer der Besten«, nickt der Wirt.

»Hat sein Leben dafür gegeben, dass wir weitermachen können«, sagt Jamsie, der Hippie.

»Dass die Welt sich dreht«, sagt Michael.

Verdammt! Der Priester hat das Gefühl, dass sich vor allem der Raum um ihn herum dreht. Und mit ihm die Leiche und Pat und der Wirt und der bärtige Eamon mit seiner schlafenden Tochter, der von Schluck zu Schluck immer mehr aussieht wie der heilige Christophorus mit dem Jesuskind ... und was ist das jetzt?! Das Bein unter dem Betttuch zittert, der Priester kann es ganz deutlich sehen, und Pat legt seine Hand auf das zitternde Bein und ...

Der Priester springt auf. Steht für einen Moment schwankend, stößt mit dem Fuß gegen die Batterie loser Dosen unter seinem Stuhl und stolpert dann schwankend zur Tür, die sich merkwürdig gekrümmt vor ihm auftut. Nebel und Nieselregen schlagen ihm wie ein nasser Wischlappen ins Gesicht. Gerade noch kriegt er die Soutane beiseite gerafft, bevor das gute Guinness mit heißem Strahl auf die Stufen rauscht. Schwer atmend lässt er sich schließlich auf den Sitz seines Morris fallen, mit unsäglicher Mühe fummelt er den Schlüssel ins Zündschloss, dann schießt der Morris mit einem Satz hinaus in die Nacht ...

Im Gemeindesaal sitzen sie mit angespannten Gesichtern, um auch nur ja nicht das kleinste Geräusch zu verpassen. Und erst, als der Morris mit kreischendem Getriebe um die Ecke gebogen ist, entspannen sich langsam ihre düsteren Mienen, und ein erstes erleichtertes Grinsen wird hier und da sichtbar. Grinsend nickt der bärtige Eamon zu Pat hinüber. Mit einem kräftigen Ruck zieht Pat das Betttuch von Brownies Körper.

»Okay«, sagt er und gibt Brownie einen Klaps gegen die Schulter, »du kannst hochkommen. Er ist weg.«

»Wurde auch langsam Zeit«, knurrt Brownie und reibt sich stöhnend das verkrampfte Bein. Verdammt bleich ist er. Und ein bisschen grün um die Nase. Aber seine Augen funkeln wütend. »Ich dachte schon, ich sehe euch erst im Himmel wieder, ihr verdammten Scheißer! Glaubt mir, das war das erste und letzte Mal, dass ich hier den Toten für euch gespielt habe. Das nächste Mal ist jemand anders dran!«

»Nimm erst mal einen Schluck!«, fordert der bärtige Eamon ihn grinsend auf und streckt ihm eine Dose entgegen.

»Einen?«, fragt Brownie und legt den Kopf in den Nacken, um den guten Stoff, ohne abzusetzen, durch die Kehle rinnen zu lassen.

Gelächter füllt den Raum und das Zischen frisch geöffneter Guinnessdosen. Dumpf läuten die Glocken vom Kirchturm herüber. Es ist Mitternacht.

»Happy St. Patrick's Day!«, ruft Pat, während Brownie bereits nach der zweiten Dose greift.

St.-Patrick's-Day-Dinner

Alle Gerichte für 4 Personen, die sehr hungrig sind und eine gute Unterlage brauchen, sonst für 6 Personen

Der irische Nationalfeiertag am 17. März ist dem Heiligen Patrick gewidmet, der den Iren mithilfe des Kleeblatts die Dreifaltigkeit und das Christentum nahe brachte. Iren in aller Welt verbringen diesen Tag mit ausgelassenen Feiern; in Dublin und New York werden die schönsten Paraden veranstaltet.

Potatoe Cakes (Kartoffelküchlein)

225 g Mehl
2–3 TL Butter oder Schmalz
Salz
175 g Kartoffeln, gekocht und frisch püriert
4 TL Milch

❖ Mehl mit Butter verkneten und salzen.
❖ Mit Kartoffelpüree und genügend Milch für einen lockeren, aber nicht flüssigen Teig vermengen.
❖ Auf einer mehlbestäubten Fläche 1,5 cm dick ausrollen und 8 cm große Kreise ausstechen.
❖ Auf leicht gefettetem Blech 20–30 Min. bei 200 °C backen.
❖ Heiß und dick mit Butter bestrichen servieren.

Sorrel Salad (Sauerampfer Salat)

150 g Sauerampfer
100 g Kopfsalat
125 ml Sahne
1 TL Honig
1 Prise Salz
Saft von 1 Zitrone

❖ Blätter verlesen, gut waschen und klein zupfen oder in feine Streifen schneiden.
❖ Sahne, Honig, Zitrone und Salz verrühren und darübergießen.

Guinness Stew (Irish Stew)

1,3 kg Rindergulasch
4 TL Pflanzenöl
2 Zwiebeln, klein gehackt
1 TL Mehl
600 ml Guinness
1 Thymianzweig
1 Lorbeerblatt
1 Knoblauchzehe, zerdrückt
Salz, Pfeffer

❖ In einem großen Topf das Fleisch portionsweise in Öl anbraten. Warm stellen.
❖ Im Topf Zwiebeln 10 Min. bräunen. Hitze reduzieren und Fleisch wieder zufügen, mit Mehl bestäuben, gut umrühren und Guinness mit den Gewürzen zufügen. Salzen, pfeffern und aufkochen lassen.
❖ Das Stew im zugedeckten Topf im vorgeheizten Ofen gut 1,5 Stunden bei 140 °C garen, bis es zart ist.
❖ Mit Kartoffelpüree servieren.

Scones

Zutaten für 12–18 Stück:
450 g Weizenmehl, gesiebt
2 TL Backpulver
1 große Prise Salz
50 g Zucker
110 g Butter, in Stückchen
1 Ei verquirlt
50 g Crème double
200 ml Milch
1 Ei verquirlt mit 1 TL Wasser für die Glasur

❖ Mehl, Backpulver und Salz vermischen, Zucker unterrühren. Mit Butter verkneten, bis die Mischung krümelig wird.
❖ Ei, Crème double und genug Milch einarbeiten, bis ein weicher Teig entsteht.
❖ Zu einem Ball formen, 2,5 cm dick ausrollen und 7 cm große Kreise ausstechen.
❖ Auf ein gefettetes Blech legen und mit Glasur bestreichen.
❖ Im vorgeheizten Ofen 15–20 Min. bei 180 °C backen, bis die Scones leicht gebräunt sind.
❖ Mit Marmelade und Schlagsahne servieren.

Irish-Coffee-Jelly

540 ml starker Kaffee oder Espresso
3 EL Zucker
8 1/2 Blatt Gelatine
180 ml guter irischer Whiskey
240 ml Crème double

❖ Kaffee und Zucker unter Rühren erhitzen, bis sich der Zucker aufgelöst hat. Vom Herd nehmen.
❖ Whiskey und aufgelöste Gelatine einrühren. In Irish-Coffee-Gläser füllen und im Kühlschrank erstarren lassen.
❖ Zum Servieren Crème double leicht schlagen und darübergeben.

Irish Coffee

3 Tassen starker heißer Kaffee
4 EL brauner Zucker
250 ml guter irischer Whiskey
125 ml süße Sahne

❖ Vier Irish-Coffee-Gläser in heißem Wasser wärmen.
❖ 1 TL Zucker in jedes Glas geben. Ein Viertel der Whiskeymenge darübergießen, mit Kaffee auffüllen.
❖ Steif geschlagene Sahne darauf setzen.

Einbruch am Nouruz-Fest

Heidi M. Holzer

Ich hatte gleich das Gefühl, dass Jasmin mal wieder etwas im Schilde führte, als sie auf dem Flug von San Francisco nach Teheran zwischen Tante Bahar und mir Platz nahm.

Wir waren auf dem Weg zu unserer im Iran lebenden Verwandschaft, um mit ihnen das persische Neujahrsfest zu feiern. Bei unserer Ankunft hörten wir, dass Tante Bahars Schwester Golnaz auf einer belebten Teheraner Straße ein unglückliches Zusammentreffen mit einem Motorradtaxi gehabt hatte und im Krankenhaus gelandet war, und mein Misstrauen gegenüber Jasmin geriet dadurch in den Hintergrund. Die Vorbereitungen für das Festmahl mussten nun ohne Tante Golnaz vonstatten gehen, und wir hatten alle Hände voll zu tun.

»Diese Frau bedeutet Ärger«, sagte Jasmin von ihrem Beobachtungsplatz am Fenster, in einer Hand ein Glas Tee, in der anderen eine unangezündete Zigarette.

Ich linste durch die frisch geschrubbten Fensterscheiben hinaus auf die staubige Straße. Eine sehr zierliche Frau saß im gegenüberliegenden Hauseingang auf einem Hocker und starrte ins Nichts; der Großteil ihres Gesichts wurde von einem geblümten Schador verdeckt. »Was hat sie denn angestellt?«, fragte ich. »Hat sie dich beim Feilschen im Schmuckgeschäft über den Tisch gezogen? Wärst du hier geblieben und hättest uns beim Neujahrsputz geholfen, wäre dir das nicht passiert.«

»Sie verkauft Schmuggelware auf dem Bazar.« Jasmin nahm, wie üblich, keinerlei Notiz von meinem Seitenhieb. »Wo doch jetzt im Elektronikbazar in der Mir-Damad-Straße dauernd Sachen gestohlen werden, solltest du mal ein bisschen herumschnüffeln und der Polizei helfen; dir vielleicht 'nen Orden verdienen oder so.«

»Keine schlechte Idee«, sagte ich und ignorierte nun meinerseits den beißenden Sarkasmus in ihrer Stimme. Wenn die Polizei überhaupt Hilfe brauchte, dann doch wohl eher bei der Aufklärung der Kunstdiebstähle, über die in den Abendnachrichten groß berichtet worden war. Dreimal war vergangenen Monat in den Golestan-Palast eingebrochen worden, und die Polizei hatte nun sozusagen ihr Lager dort aufgeschlagen.

»Sie wird ja wohl kaum auf dem Bazar gestohlene Bilder verkaufen«, sagte Jasmin, die meine Gedanken mit ziemlicher Präzision las. Tante Bahar meint, das liegt daran, dass wir uns so ähnlich sind, aber dieses Ansinnen weise ich kategorisch von mir. Wir sehen zwar eher wie Schwestern als wie Cousinen aus, aber im Gegensatz zu Jasmin kenne ich meine Geschäftspartner unter ihren richtigen Namen.

»Aus den Staaten eingeschmuggelte Jeans lassen sich leichter transportieren«, gab ich zu.

»Genau.« Jasmin trank den Tee aus und zündete die Zigarette an, elegant wie immer. Aber ein Muskel an ihrer Nase zuckte kurz, wie immer, wenn sie verärgert war. Ich fragte mich, was sie wohl in ihrem Extrakoffer transportiert hatte.

»Leila, ich schlage dir ja bloß vor, ihr ein paar Tage zu folgen.«

»Wahrscheinlich verkauft sie verbotene Popmusik oder was immer sonst du dieses Mal am Zoll vorbeigeschmuggelt hast.« Vergnügt beobachtete ich, wie der Muskel wieder zuckte.

»Wenn das so wäre, würde ich ja wohl kaum wollen, dass eine Privatdetektivin hinter mir herschnüffelt, oder?« Jasmin lächelte und drückte ihre Zigarette auf einem Teller mit geronnenem Ei aus, der noch vom Frühstück da stand. Doch offensichtlich war sie mit dem Verlauf des Gesprächs unzufrieden, denn den Rest des Tages machte sie einen weiten Bogen um mich. Nicht, dass mir das etwas ausgemacht hätte.

Jasmin hatte mit unserem Gespräch jedenfalls erreicht, was sie wollte, denn als ich unsere zierliche Nachbarin ein paar Tage später auf dem Bazar sah, konnte ich einfach nicht widerstehen. Für zweitausend Rial, etwas mehr als einen Dollar, steckte mir die Händlerin ein flaches Päckchen in die Tasche, bevor sie wieder schnell in der Menge abtauchte. Ein kurzer Blick auf meine Beute ließ es mir kalt den Rücken hinablaufen. Ich hatte ein Kartenspiel erworben, eine ziemlich gewagte Transaktion, wenn man die strengen Gesetze der Islamischen Republik gegen das Glücksspiel bedachte. Und dass das Bild von Schah Resa Pahlewi auf der Packung abgebildet war, machte den Kauf des Kartenspiels zusätzlich zu einem

Akt des politischen Widerstands. Auf dem Weg durch die Menge aus dem Bazar hinaus ließ ich das Päckchen unauffällig in einen Gully gleiten und beschloss herauszufinden, was Jasmin wirklich vorhatte.

Ich entdeckte sie in der Antiquitätensammlung des Nationalmuseums in Gesellschaft eines Mannes, der mich noch viel neugieriger machte als das Interesse meiner Cousine an den nationalen Kulturschätzen. Der Typ sah bei weitem nicht so elegant und kostspielig aus wie ihre sonstigen Begleiter. Ein langes, spitzes Kinn und eine Hakennase, die über die Oberlippe hinausragte, dazu hochgezogene Schultern und tiefschwarze Kleidung ließen ihn wie einen überdimensionierten Falken wirken.

Allerdings waren seine Augen nicht so gut wie die des Raubvogels, denn er bemerkte nicht, dass ich ihm folgte, obwohl er sich mehrfach verstohlen umsah. Hätte er mich entdeckt, hätte ich nicht herausgefunden, was sich hinter der verschlossenen Tür eines Beletage-Apartments im Stadtteil Darban verbarg, wo sich Teheran eng an den Berg Damavand schmiegt.

Die beste Zeit für einen Einbruch in seine Wohnung war im Dunkeln, am Chahar-shambeh Suri, Dienstagnacht vor dem Neujahrstag, wenn alle das Feuerfest feierten und die explodierenden Kracher und Raketen jedes Geräusch übertönten, das sonst die Nachbarn misstrauisch gemacht hätte.

Das Schloss war ungewöhnlich schwer zu knacken. Schließlich schaffte ich es doch – nicht nur dank meiner jahrelangen Erfahrung, sondern auch dank eines neuen Satzes von Dietrichen, den ich aus Jasmins Tasche geklaut hatte. Neugier lässt einen jede Menge erstaunlicher Dinge lernen.

Der Raum hinter der Tür war kaum möbliert. Ein schwarz-roter persischer Teppich bedeckte den Boden, und etliche große Kissen lagen um einen kleinen Holztisch herum. Ein Gemälde lehnte mit der Vorderseite an der Wand. Als ich es umdrehte, bekam ich vor Schreck weiche Knie.

Ich hatte es erst einmal zuvor gesehen, und zwar als im Asian Art Museum in San Francisco persische Kunst im Rahmen eines seltenen iranisch-amerikanischen Kulturaustausches gezeigt wurde. Trotz seiner geringen Größe – es ist 25 mal 25 Zentimeter groß – betrachtet die Islamische Republik das Bild als einen kostbaren Nationalschatz; jedenfalls gab es während der zehntätigen Tour durch die USA einen Riesenwirbel um die Sicherheitsvorkehrungen.

Das Neujahrs-Häft-sin schien mir damals eine seltsame Wahl für eine persische Miniatur; die meisten zeigten menschliche Gestalten und Motive aus der persischen Mythologie. Die sieben traditionellen Lebensmittel in ihren kleinen Schalen sahen so echt aus, als könne man sie wirklich essen: glänzende rote Äpfel, dicker brauner Weizenpudding, glatte, ovale Lotussamen und papierzartes Knoblauchgrün. Der Sumach funkelte wie kleine Rubine, der burgunderfarbene Essig wie eine Weinlache, und die grünen Linsensprossen wiegten sich sanft in einer unsichtbaren Brise. In der Mitte stand eine Wasserschüssel mit zwei Goldfischen. Es wirkte, als habe der Pinsel des Malers sie genau in dem Moment festgehalten, als sie die Schwimmrichtung wechseln wollten, um damit das neue Jahr einzuleiten.

Zum Glück stand ich, ganz in das Gemälde vertieft, immer noch in der Nähe der Tür, sonst hätte ich wohl das leise Klicken des Schlüssels im Schloss nicht gehört. Weniger glücklich war jedoch der Umstand, dass die Wohnung nur einen Ausgang hatte. Aber Not macht mich immer besonders erfinderisch, und das Spalier, das ich unter dem Fenster entdeckte, reichte erfreulicherweise bis zum Boden.

Unten auf den Steinplatten der Terrasse angekommen, verließ mich jedoch das Glück, denn dort wartete Jasmin. Als ich im Laternenschein einen Blick auf ihr Gesicht erhaschte, war vollkommen klar, dass sie weit über ein einfaches Muskelzucken hinaus war.

»Ich dachte, ich hätte dir gesagt, dass du Miss Hehlerin im Auge behalten sollst.«

»Und ich dachte, du hättest mittlerweile gemerkt, dass ich nicht dein abgerichteter Affe bin.«

»Halt dich einfach nur aus meinen Angelegenheiten raus.«

»Und wenn nicht?«

»Das willst du nicht wissen, glaub mir.«

Ich war nicht bereit, ihr das letzte Wort zu überlassen. »Du verlierst die Nerven, Jasmin. Kunstdiebstahl ist doch ziemlich harmlos im Vergleich zum Schmuggeln subversiver Kartenspiele.«

Wie gut, dass Blicke nur im übertragenen Sinn töten können, sonst hätte es mich im Nu zu Boden gestreckt.

Wir sprachen drei Tage lang nicht miteinander, belauerten uns jedoch misstrauisch. Das Schweigen zwischen uns wurde so laut, dass es sogar Tante Bahar taub werden ließ, obwohl sie die meiste Zeit bei ihrer Schwester im Krankenhaus verbrachte. Wenn sie nicht gerade den Ärzten erklärte, wie sie ihre Patientin zu behandeln hätten, war Tante Bahar auf der Polizeiwache, um sicherzustellen, dass auch wirklich jeder Motorradfahrer in Teheran und Umgebung verhört wurde. Bei so viel Verantwortung schien es nicht richtig, sie auch noch mit den Diebstahlsplänen ihrer Nichte zu belasten.

Eines gab mir allerdings sehr zu denken: Warum hatte es beim Verschwinden eines nationalen Kulturschatzes keinen großen Aufschrei gegeben? Das wäre doch *die* Story des Jahrzehnts gewesen, aber in den

Nachrichten hatten sie keinen Pieps von sich gegeben, und auch in den Zeitungen war die Sache mit keiner Zeile erwähnt. Es blieb mir also nichts anderes übrig, als selbst nachzusehen.

Das Erstaunen war mir wohl deutlich anzumerken, als ich im Surati-Miniaturenmuseum vor der leeren Wand stand, an der eigentlich das Häft-sin-Gemälde hätte hängen sollen, denn eine Aufseherin eilte sofort quer durch den Raum auf mich zu, ein wissendes Lächeln im Gesicht.

»Machen Sie sich keine Sorgen, Sie können nach den Feiertagen wiederkommen und das Gemälde betrachten.« Sie zeigte auf den handschriftlichen Zettel, der über dem Schild mit dem Titel des Gemäldes an der Wand klebte: »Wird neu gerahmt.«

»Oh, da bin ich aber erleichtert«, sagte ich. »Bei all den Museumseinbrüchen zur Zeit müssen Sie bestimmt besondere Vorkehrungen treffen.«

»Da können Sie ganz sicher sein. Wir haben eine brandneue Alarmanlage und einen Wachposten, der rund um die Uhr aufpasst.« Sie blickte auf ihre Armbanduhr. »Wir schließen gleich. Kann ich sonst noch etwas für Sie tun?«

Ich schüttelte den Kopf, und sie führte mich aus dem Raum hinaus in Richtung Ausgang. »Wenn Sie noch Fragen haben, dort drüben steht unser Sicherheitschef.« Sie zeigte auf einen Mann, der am Ausgang stand und senkte die Stimme. »Fragen Sie ihn aber bloß nicht, wann genau die Miniatur wieder an ihrem Platz sein wird – das sagt er noch nicht mal mir ... Oh, Vorsicht!«

Sie streckte die Hand aus, um mich zu stützen; beim Anblick des Falken, der ein Funkgerät an seinem Gürtel hängen hatte und die Menge konzentriert und misstrauisch beobachtete, war ich über meine eigenen Füße gestolpert. Hastig bedankte ich mich bei der Aufseherin, zog meinen Schal tief ins Gesicht und schlüpfte im Schutz der Menschen hinaus.

Auf der Taxifahrt nach Hause nahm ich Teherans Verkehrschaos kaum wahr, denn langsam begriff ich, welch schlauen Plan sich Jasmin zurechtgelegt hatte. Sie würde einfach die Bilder austauschen – die Fälschung, die ich in der Wohnung in Darban gesehen hatte, gegen das echte Bild im Museum. Man brauchte schon gute Nerven, um ein solches Kunststück unter den wachsamen Augen der Polizei durchzuführen. Genau die richtige Herausforderung für Jasmin.

Eigentlich gab es nur noch ein Problem, und das war ich. Was hatte sie wohl vor – mich von einem Auto überfahren zu lassen oder mir etwas ins Essen zu tun? Bei dem Gedanken daran bekam ich Gänsehaut.

Meine Unruhe verwandelte sich in Sorge, als ich bei meiner Rückkehr feststellte, dass Jasmin in Feiertagsstimmung war und ganz gegen ihre

Gewohnheit angeboten hatte, das traditionelle Neujahrsfestmahl Sabzi polo ba mahi sefid zu kochen, das am späten Nachmittag eingenommen werden sollte. Tante Bahar teilte meine Gedanken an eine Vergiftung offensichtlich nicht, denn sie sah hocherfreut aus, sogar erleichtert. So hatte sie mehr Zeit, ihre Schwester, die zum Neujahrsfest entlassen wurde, aus dem Krankenhaus abzuholen.

»Ich kann ihr ja helfen«, bot ich Tante Bahar kühn an.

»Nicht nötig. Ich bin sicher, du kannst dich im Garten irgendwo nützlich machen«, erwiderte Jasmin.

»Ich koche gern.« Und als ich das wissende Lächeln von beiden sah, fügte ich hinzu: »Jedenfalls kann ich es versuchen.«

»Kannst du sie nicht mit ins Krankenhaus nehmen, damit sie dort zur Abwechslung jemand anderm auf die Nerven geht?«, schlug Jasmin vor.

Bahar betrachtete uns und sagte kopfschüttelnd: »Versucht doch einfach, euch zu vertragen.«

Manchmal ist Zusehen nützlicher als Helfen, besonders wenn man mit meiner Begabung fürs Kochen geschlagen ist. Also stand ich im Türrahmen und sah zu, wie Jasmin frische Kräuter für den Pilaf hackte. Ihr Messer bewegte sich geübt in gleichmäßigem Rhythmus auf und ab, setzte den Duft von Petersilie, Koriandergrün, Knoblauch, Schnittlauch und Dill frei. Als die Kräuter fein säuberlich zum Dämpfen zwischen die Reisschichten gebettet waren, nahm sie die Weißfischfilets, wendete sie in Mehl, das mit Kurkuma gemischt worden war, und briet sie im zischenden Fett, bis sich eine knusprige goldene Kruste bildete.

Als von den Servierplatten ein betörender Duft aufstieg und das Festmahl fertig war, musste ich die Schönheit des Gerichts bewundern. Die Reiskörner, die durch die flüssige Butter glitzerten, waren von kräutergrünen und safrangelben Mustern durchzogen. Der krosse Reis vom Boden des Topfes hatte genau das richtige Goldbraun, und die Fischstücke waren perfekt. Mein ganzer Beitrag hatte daraus bestanden, den Tisch zu decken und Joghurt in Schüsselchen zu löffeln.

Ich schämte mich für meinen anfänglichen Verdacht. Wenn Jasmin mich mit dem Essen vergiften wollte, würde sie auch Tante Bahar und Tante Golnaz vergiften, ganz zu schweigen von all den anderen Tanten, Onkeln und Cousins, die heute mit Blumen und Glückwunschkarten vorbeikamen und zum Essen blieben. Nein, schalt ich mich im Stillen, nachdem der letzte Teller gebracht wurde und wir uns Ellbogen an Ellbogen um den Tisch quetschten. Es wäre dann doch wahrscheinlicher, dass sie etwas in meinen Tee täte. Zu dumm, dass ich diesem Geistesblitz nicht mehr Beachtung schenkte, denn genau das tat sie.

Dumm war auch, dass meine Hand keine Eisenfaust um das Teeglas gebildet hatte, denn fünf Stunden später, als der Schleier des Drogenrauschs sich wieder von meinem Hirn hob, waren alle Beweise mit dem Abwaschwasser verschwunden. Vermutlich hatte sie Opiumsirup benutzt; der süßliche Geschmack wäre durch die beiden Zuckerstücke, die ich immer in meinen Tee tat, nicht wahrzunehmen. Gut war jedoch, dass sie sich in der Dosis geirrt hatte, denn nach den leisen Geräuschen zu schließen, die nebenan aus ihrem Schlafzimmer kamen, war es noch früh genug, um einzugreifen.

Mein Kopf war immer noch schwer, und das Opium vernebelte mir die Gedanken, denn der Plan, den ich mir rasch zusammenstrickte, hatte ungefähr so viel Erfolgschancen wie ein Schneeball in der Hölle. Tante Bahar war doch schon immer der Meinung gewesen, Jasmin und ich seien uns ähnlich. Nun würde sich herausstellen, was an der Theorie dran war.

Zuerst musste ich unbemerkt in den Wagen kommen. Als ich das Geräusch von fließendem Wasser aus dem Bad am Ende des Flurs hörte, schlüpfte ich aus meinem Zimmer, schlich mich auf Zehenspitzen zum Ausgang und nahm Tante Golnaz' Schador vom Haken, bevor ich in die kalte Nacht hinaustrat.

Tante Golnaz' VW-Bus, Jasmins einzig mögliches Transportmittel um diese Uhrzeit, stand vor dem Haus. Ich schlüpfte durch die Hintertür hinein, dankbar, dass sie nicht richtig schloss. Hinter dem Fahrersitz rollte ich mich zusammen, die Knie fast bis unter das Kinn gezogen, damit ich nicht entdeckt wurde. Mein Gesicht schmiegte sich an die modrig riechende Fußmatte. Ich hörte meine Cousine in den Wagen steigen. Papier raschelte, als sie etwas auf den Beifahrersitz legte. Der Schlüssel klickte im Zündschloss, und der Motor erwachte mit einem Brüllen zum Leben, das sich zu einem lauten Rattern abschwächte.

Durch einen Ruck beim Anfahren verrutschte die Matte und gab den Blick auf ein fingergroßes Loch im Bodenblech frei. Ich starrte darauf und fragte mich, wie um alles in der Welt ich Jasmin dazu kriegen sollte, aus dem Auto zu steigen, der Knackpunkt, auf dem mein ganzer Plan aufbaute. Ein Handy klingte, und Jasmin meldete sich.

»Hallo.« Ihre Stimme klang ruhig und gleichmütig wie immer; wenn unsere Ähnlichkeit über das Äußerliche hinausginge, hätte ich nichts dagegen, im Angesicht von Gefahr auch so ungerührt zu wirken wie sie. Andererseits war dabei ein Gewissen sehr hinderlich, und auf das wollte ich nun doch nicht verzichten.

Jasmin hörte eine Weile zu. Dann sagte sie: »Es liegt neben mir. Soweit läuft alles bestens.«

Wieder schwieg sie einen Moment. »Darum habe ich mich gekümmert, Shayan. Wir werden nicht gestört.« Mir lief es eiskalt den Rücken hinunter, als ich begriff, dass sie gerade mich gemeint hatte. Der Bus hüpfte durch ein Schlagloch, und meine Position veränderte sich so, dass mir ein kleines, hartes Objekt in der linken Hosentasche schmerzhaft in den Oberschenkel drückte. Das brachte mich auf eine Idee; alles, was ich jetzt noch brauchte, war gutes Timing und ein bisschen Glück.

Ich musste schnell handeln, solange Jasmin sich noch auf das Telephonat und die Straße konzentrierte. Vorsichtig fummelte ich einen streichholzschachtelgroßen Karton aus meiner Hosentasche und öffnete ihn. Die Knallfrösche waren vom Chahar-shambeh Suri übrig geblieben und funktionierten wie ein Streichholz. Es war gar nicht so einfach, einen aus der Schachtel zu nehmen. Ich zündete ihn an der rauhen Seite der Schachtel und warf ihn durch das Loch auf die Straße.

Wir fuhren ziemlich schnell, sodass der Knallfrosch erst hinter uns explodierte. Jasmin fuhr hoch und unterbrach das Gespräch.

Alle Vorsicht vergessend, zündete ich noch einen an. Der Wagen war jetzt langsamer, und es knallte direkt unter uns. Meine Cousine hielt am Straßenrand und stieg bei laufendem Motor aus. »Ein platter Reifen hat mir gerade noch gefehlt«, zischte sie vernehmlich.

Ich zählte bis fünf, dann quetschte ich mich zwischen den Sitzen nach vorne durch; dabei verhedderte sich mein Bein im Schador. Ich strampelte mich frei, schlüpfte auf die Fahrerseite, legte den Gang ein und fuhr mit quietschenden Reifen an. Ich hörte Jasmin zornig aufschreien; sie hämmerte noch ein-, zweimal gegen den Wagen, dann war ich weg.

Zwei Straßen vom Museum entfernt hielt ich in einer Nebengasse und stieg aus, um den Schador wieder anzulegen. Ein paarmal atmete ich tief durch, um meine Nerven zu beruhigen – dann war es Zeit, in die neue Rolle zu schlüpfen.

Neben dem Handy und einem flachen, in braunes Papier gewickelten Päckchen lag Jasmins Brieftasche auf dem Beifahrersitz. Ein weißer Umschlag ragte heraus. Ich steckte das Telephon in die Hosentasche; falls meine Darstellung nicht gerade oscarreif war, würde ich vielleicht Hilfe rufen müssen. Dann warf ich einen Blick in den Umschlag. Dreitausend Dollar in großen Scheinen schien mir ein geringes Entgelt für ein so gefährliches Vorhaben, aber vielleicht war ja Ratenzahlung vereinbart. Schließlich riss ich das Papier von dem Päckchen und hielt die Häft-sin-Miniatur in Händen; sie passte gut unter den Schador. Dann eilte ich auf das Museum zu, dessen rosafarbene Mauern in Flutlicht getaucht waren und den einzigen Farbklecks im Graubraun der Nacht bildeten.

Shayan, der Falke, wartete am Hintereingang und zeichnete mit einer abgestoßenen Schuhspitze Kreise in den staubigen Boden.

»Da bist du ja«, sagte er mit einem Unterton, als hätte ich getrödelt. Das Sicherheitssystem war bereits ausgeschaltet, denn er öffnete die Tür und trat ein, ohne dass ein Mucks zu hören war.

Ich folgte ihm schweigend durch ein Labyrinth von Fluren, eine Treppe hinunter und ins nächste Labyrinth. Mit jedem Schritt hüpfte mir das Herz höher im Hals.

Die echte Häft-sin-Miniatur stand in einem kleinen, unbelüfteten Raum auf einer Staffelei. Mein ursprünglicher Plan war gewesen, den Austausch der Miniaturen vorzutäuschen, die falsche wieder unter dem Schador zu verstecken und so schnell wie möglich zu verschwinden. Aber Jasmins Haltung, die ich bislang nur zu imitieren versucht hatte, schien plötzlich real zu werden, und jede Angst war verschwunden. Mit ruhiger Hand stellte ich die Fälschung links neben das Original auf die Staffelei und trat zurück, um mir die beiden in Ruhe anzusehen. Shayan stand im Türrahmen und verlagerte sein Gewicht von einem Fuß auf den anderen.

Wie leicht wäre es, das rechte unter dem Schador zu verbergen. Wie lange würde es wohl dauern, bis jemand den Austausch überhaupt bemerkte? Einen Monat? Ein Jahr? Meine Mundwinkel zuckten. So ist es also, sich wie Jasmin zu fühlen. Zuversichtlich. Furchtlos. Herzlos.

Shayan räusperte sich. »Jasmin, wir haben keine Zeit für deine Spielchen. Lass uns verschwinden!«

»Sei kein Idiot«, fauchte ich. Dann spürte ich, wie erst Scham in mir aufstieg und kurz darauf Erleichterung. Tante Bahar hatte also Unrecht: Jasmin und ich waren uns wirklich nur äußerlich ähnlich.

»Shayan! Hörst du was?«, flüsterte ich. Er warf einen ängstlichen Blick in den Flur hinaus, und diesen Augenblick nutzte ich, um mir die Fälschung zu schnappen. Dann stürmte ich an ihm vorbei. An den Rest habe ich nur noch verschwommene Erinnerungen. Irgendwann drückte ich Shayan den Umschlag in die Hand. Irgendwie fand ich zum Auto zurück und fuhr los. Als ich in die Valli-Asr-Straße einbog, fingen meine Zähne an zu klappern, und meine Hände zitterten so sehr, dass ich kaum das Steuer halten konnte.

Die restliche Nacht verbrachte ich auf einer harten Holzbank neben einem Vogelkäfig, der den Eingang eines kleinen Parks in einer Nebenstraße schmückte; ich wollte Jasmin nicht in die Arme laufen, die mir vielleicht zu Hause auflauerte. Als die ersten Leute den Park zu ihrem Morgenspaziergang betraten, fuhr ich zurück, schlich mich ins Haus und schloss die Schlafzimmertür ab, bevor ich zu Bett ging. Ich schlief so tief, dass ich nicht einmal die Sonne bemerkte, die im Laufe des Tages ins Zimmer schien.

»Leila, bist du krank?« Tante Bahar sah mich besorgt an, als ich mich spät am Nachmittag in die Küche schleppte, um ein Glas von dem starken Tee zu trinken, der auf dem Herd stand.

»Alles in Ordnung. Nur ein bisschen müde.«

Das schien sie nicht zu überzeugen. »Du bist bei Tisch eingeschlafen. Ich musste Reis und Fisch aus deinem Haar holen, bevor ich dich zu Bett bringen konnte.«

Ich rang mir ein schwaches Lächeln ab und schluckte den glühend heißen Tee; das Brennen spürte ich die ganze Speiseröhre hinunter. »Wo ist eigentlich Jasmin?«

»Du wirst es nicht glauben, sie hat gerade angerufen – aus der Türkei! Sie sagt, sie habe nur eine kleine Reisetasche mitgenommen, und wir sollen ihre restlichen Sachen packen und mit nach Hause nehmen. Warum um alles in der Welt verschwindet sie, ohne ein Wort zu sagen?« Zwischen Tante Bahars Augen bildete sich eine steile Falte. »Ist sie wieder in Schwierigkeiten?«

»Mach' dir um Jasmin keine Sorgen. Sie konnte schon immer gut auf sich selbst aufpassen.« Diesmal produzierte ich ein strahlendes Lächeln und trank den Tee aus.

Dass Jasmin außer Landes war, erleichterte mir den nächsten Schritt. Ich ging ins Schlafzimmer, holte die Miniatur unter dem Bett hervor und wischte mit einem T-Shirt alle Fingerabdrücke von Rahmen und Glas. Dann verpackte ich das Bild sorgfältig, legte es in eine flache Schachtel, klebte Briefmarken drauf und kritzelte eine Adresse. Am anderen Ende der Stadt warf ich die Schachtel in einen Briefkasten.

Auf dem Rückweg fuhr ich am Surati-Museum vorbei. Zweifellos hing die Häft-sin-Miniatur hinter den rosafarbenen Mauern wieder an ihrem Platz. Wenn die Fälschung eintraf, würde Shayan einiges zu erklären haben. Fast tat er mir leid.

Die Sonne ging unter, als ich die Valli-Asr-Straße entlang fuhr; Sonnenstrahlen brachen sich am schneefunkelnden Gipfel des Damavand und tauchten die ganze Stadt in goldenes Licht. Ich überlegte, wie ich meine restliche Urlaubswoche verbringen sollte – Morgenspaziergänge auf den breiten Wegen des Mellat-Parks, vielleicht mit dem Lift auf den Berg und einen Nachmittag lang Ski fahren. Eines jedenfalls war klar: Von Museen hatte ich erst mal genug.

Persisches Neujahrsmenü

Alle Gerichte für 6 Personen

Zur Tagundnachtgleiche im März beginnt für die Perser das Jahr: »nouruz«, Neujahr, heißt wörtlich neuer Tag. Nach dem Frühjahrsputz feiern sie zwei Wochen lang im Familienkreis: mit Speisen, die Wachstum und Glück symbolisieren, Besuchen und Geschenken. Weitere Bräuche sind das Springen über Feuer und ein Ausflug ins Grüne am letzten Tag des Festes.

Sabzi khordan (»Grünzeug zum Essen«)

Basilikum- und Estragonzweige, Minzeblätter
Radieschen,
Frühlingszwiebeln, Feta
Walnüsse

❖ Kräuter, Gemüse, Käse und Nüsse in mundgerechten Portionen ansprechend auf einem großen Teller dekorieren, dazu Pitabrot reichen.

Sabzi polo ba mahi sefid (Kräuterreispilaf mit Fisch)

600 g Basmatireis
1 Bund Petersilie, gehackt
1 Bund Koriandergrün
2 Stengel Dill, 5–6 Knoblauchzehen, 3 EL Schnittlauch, 3 Zweige Estragon oder Bockhornskleeblätter, alles gehackt

❖ Reis sehr gut waschen. Mit Wasser bedeckt in einer Schüssel eine Stunde einweichen. Etwa 2 l Wasser mit 1 EL Salz aufkochen, abgetropften Reis darin bissfest kochen und abgießen.

❖ Gehackte Kräuter in einer Schüssel mischen. Knoblauchzehen hacken und beiseite stellen.

2 EL Pflanzenöl
1–2 Pitabrote, längs halbiert
3 EL Butter, geschmolzen
1 TL Safranpulver, in 2 EL heißem Wasser verrührt

❖ Öl in einem großen Topf mit schwerem Boden (am besten beschichtet) und gut schließendem Deckel erhitzen und den Boden mit dem Brot auslegen. Ein Viertel von dem Reis darauf schichten, darüber ein Drittel der Kräutermischung. Ein paar Knoblauchwürfel überstreuen. Abwechselnd Reis, Kräuter und Knoblauch schichten und oben zu einer Pyramide formen.

Ein paar Löcher hinein stechen, damit Dampf entweichen kann. Pilaf im zugedeckten Topf bei mittlerer Hitze 3–4 Min. kochen, bis Dampf aus dem Reis aufsteigt. Butter über den Reis gießen, Hitze reduzieren und zudecken, Deckel vorher in Küchentuch wickeln.

❖ Weitere 20 Min. garen.

Für den Fisch:
- 1 kg weißfleischiges Seefischfilet
- 40 g Mehl
- 1 TL Salz
- 1/8 TL gemahlener Pfeffer
- 1/4 TL Kurkuma (nach Geschmack)
- 2–3 Limetten

❖ Mehl, Salz, Pfeffer und Kurkuma gut mischen. Fisch waschen, trocken tupfen und in der Mischung wenden. In der Pfanne in Öl oder Butter etwa 10 Min. braten, bis er auf beiden Seiten knusprig, in der Mitte gar und locker ist.

❖ Safranwasser 5 Min. vor Ende der Garzeit über den Reis gießen und wieder zudecken. Vor dem Servieren den Pilaf im Topf gut durchrühren und auf der Platte mit dem gebratenen Brot umlegen. Fisch mit Limettenschnitzen garnieren.

Nouruz-Beilagenjoghurt:
- 500 g Joghurt
- 1/2 TL getrocknete Minze, fein gemahlen
- 1/2 TL getrocknete Rosenblatter, fein gemahlen
- 1/2 Salatgurke, geraspelt
- 3 Knoblauchzehen, fein gehackt
- 100 g Rosinen
- n Essig eingelegtes Gemüse

❖ Dazu Joghurt in Portionsschälchen servieren. Je nach Geschmack können die Gäste ihn natur mit Minze und Rosenblättern bestreuen oder mit Gurke, Knoblauch und Rosinen mischen.

❖ Traditionell sind in Essig eingelegte Knoblauchzehen, je älter, desto besser.

❖ Als Dessert wird Obst (Äpfel, Orangen, Birnen, Bananen) gereicht, dazu Butterkekse und starker Tee, nach Geschmack mit Zimt oder Kardamom gewürzt.

Dugh (Joghurtdrink)

Zutaten für 4 Gläser:
- 350 g Joghurt
- 500 ml Mineralwasser
- 1/2 TL getrocknete Minze, fein gemahlen
- 1/2 TL getrocknete Rosenblätter, fein gemahlen
- Salz nach Geschmack

❖ Joghurt mit Wasser mischen, bis sich der Joghurt gleichmäßig verteilt hat. Kräuter und Salz unterrühren. Je länger das Getränk vor dem Servieren zieht, desto stärker schmeckt es nach Minze.

Der Pessach-Putz

Marianne Weissberg

Alles kam daher, weil Mama, eine geborene Finkelstein – die momentan ihr Haar in veilchenblau trug, da diese Extravaganz die Damen im hebräischen Seniorinnenstift »Zur frailichen Mamme«[1] neidisch machte –, mir unter die Nase gerieben hatte, dass ich immer noch solo war.

Und das rund zehn Jahre nach der Scheidung von Rubin »Rubele« Liakowski, »dem besten aller Ehemänner, den du einfach so stehen gelassen hast«, wie sie als jiddische Mamme genüsslich jammerte. Flugs fügte sie hinzu: »Oi[2], wie der liebe Bernie sich über einen netten Stiefpapa freuen würde. Außerdem ist Rezepte aufzuschreiben kein ordentlicher Beruf. Nu[3], Lili, soll ich Meira bitten, ihrem wirklich ganz reizenden Harry deine Telephon …«

»Untersteh' dich, Mama, was soll ich mit noch einem Muttersöhnchen! Ich habe mit meinem Bernie genug am Hals. Außerdem, ich bin Gourmet-Kolumnistin, alle mögen meine Multikulti-Rezepte im *Stadtblatt*. Auch du, gib's endlich zu!«

Doch Mama, die niemals etwas zugab, hatte bereits eingehängt. Sie war überaus resolut, mochte keine Sekunde an ihre einzige Tochter verschwenden, wenn der Bridgetisch rief, und die Diskussionen über potenzielle

Alle jiddischen Ausdrücke sind hier in eher freier Schreibweise und Interpretation wiedergegeben.

1 »Zur fröhlichen Mutter«

2 Ausruf der Freude, des Herzeleids, kurz: wunderbar flexibel verwendbar

3 Nu? Ist bereits eine Feststellung

Ehemänner, merkwürdige Berufe und ihren vernachlässigten Enkel liefen wieder einmal ins Leere.

Trotzdem, dieses x-te Telephonat zum Thema muss mich an jenem Tag ins Wanken gebracht haben. Außerdem war mir just die Testkocherei für meine zweimal wöchentlich erscheinende Kolumne misslungen. Der lauwarme jemenitisch-kalifornische Avocadosalat sah aus wie schon gegessen. Einfach grauslig. Ich warf also den Kochlöffel hin, verließ die Redaktionsküche, ging wie üblich um diese Nachmittagsstunde ins Bistro nebenan und prallte hier sozusagen mit meinem Schicksal zusammen – mit Fred Schwenz junior. Seines Zeichens Polizist. Er saß auf meinem Lieblingsplatz, schlürfte meinen Himbeersirup, den die Serviererin Olma schon bereitgestellt hatte, und aß seelenruhig das letzte Croissant. Olma versuchte, ihn davon abzubringen.

»Herrjesses, Herr Polizist, Frau Liakowski wird Sie glatt umbringen.« Sie rang die Hände.

Man hätte also gewarnt sein sollen, aber ein Goi[4] der hiesigen schweizerisch-protestantisch-zwinglianischen Provenienz hat wenig Phantasie und deshalb keine Ahnung, was eine echte Chuzpe[5]-Lady mit ihm anstellen könnte. Ich segelte also erst an ihm vorbei, drehte auf meinen knallroten Pumps einen winzigen Kreis und bohrte dem Uniformierten den Zeigefinger zwischen die Schulterblätter. Er zuckte zusammen, warf die Hände in die Luft. Unter dem Tisch lugte ein Hundekopf hervor. Und als der Polizist »Fass Hasso!«, flüsterte, kroch dieser in Zeitlupe unter dem Tisch hervor und wedelte mich freundlich an.

Ich nahm das Croissant, das in des Wachtmeisters erhobenen Händen schwebte, und reichte es dem Hund, der mich fortan lieben würde. Der Blonde drehte den Kopf und sah dermaßen erschüttert aus, dass ich ihn spontan zu meinem Sirup einlud. Er war ja auch recht adrett: Das Uniformblau der Polizei von Turicum passte bestens zu den seegrünen Augen, dem jungenhaft strubbligen Haar, und kein Bauchschlauch zeigte sich über seinem knapp geschnürten Gürtel. Und er war augenscheinlich in einem richtigen Beruf tätig, ergo mit einem schönen Einkommen ausgestattet, was eine Alleinerziehende samt verwöhntem Sprössling entlasten könnte. Warum nicht so einer, besser als gar keiner ..., sinnierte ich.

Die letzteren Gedankengänge verliefen natürlich völlig unbewusst. Eine emanzipierte Karrierefrau, wie ich es trotz Höhere-Tochter-Erziehung bin, hätte solches nie lauthals geäußert. Außerdem näherte ich mich der Le-

[4] Christ

[5] Unverfrorenheit, Dreistigkeit, Unverschämtheit

bensmitte. Kurz, bestens etabliert und mit meinem eigenen Wohlbefinden und dem meines Sohnes ausgelastet. Wozu gerade jetzt ein Kerl, war ich total meschugge[6]? Ich schüttelte den Kopf mit den blondierten Schnittlauchlocken und linste durch meine Lesebrille auf den Stapel Rezepte, den ich in die Pause mitgeschleppt hatte.

Ich hätte mich nett verabschieden können, stattdessen landete ich umgehend mit Fred oder Freddie, wie ihn alle nannten, in meinem Bett. Das im dritten Stock eines verwitterten Mietshauses steht, leider genau über der Wohnung der ultrafrommen Familie Rosenstock. Die unser fröhliches Stöhnen wohl mitbekam. Jedenfalls strafte mich Mamme Rosenstock mit einem sorgenvollen Blick, als ich am nächsten Tag mit jenem Gesichtsausdruck, den Frauen nach mindestens zwei Orgasmen aufweisen, die Treppen hinuntereilte.

»Oi weiss mir[7], Frau Liakowski, ein Goi in Uniform, finden Sie das nicht unpassend? Und der arme, kleine Bernie …«

»Ich wusste nicht, dass Sie über Röntgenblicke verfügen, sind Sie etwa Supermamme[8]?«, fragte ich und drückte mich an ihr vorbei, was schwierig war, denn sie war mehr als dick. Kein Wunder bei den fetten Hühnersuppen, die sie jeden Schabbes ihrem mickrigen Mann Abi und den vier Töchtern auftrug, von denen sie die hässlichste gerne mit meinem siebzehnjährigen Sohn verkuppelt hätte. Doch Bernie sah lieber den schmalhüftigen Schicksen[9] in seiner Schule hinterher.

Mir war's recht, ich war tolerant, verstand unter moderner Ausübung meiner in Turicum nicht alltäglichen Religion vor allem fröhliches Kochen und Schlemmen und das Leben nicht allzu tragisch zu nehmen! Genau das Gegenteil meiner geradezu leidenschaftlich seriösen Mitbürger.

»Eine vom Schabbes[10] erschöpfte Frau kann nachts eben nicht schlafen, und da habe ich leider mitbekommen, wie Sie über uns zugange waren«, entschuldigte sich Mamme Rosenstock und lief dabei knallrot an.

»Bernie wird's überleben, außerdem ist er mit Kopfhörern auf seinen Ohren eingeschlafen. Das habe ich vor der Ausübung mütterlicher Wollust kontrolliert. Einen wunderschönen Morgen wünsche ich Ihnen – und der ganzen Mischpoche[11]«, sagte ich und umfasste mit meinem Morgengruß

[6] Verrückt

[7] Oi – besonders dramatisch

[8] Jiddische Mamme hoch drei …

[9] Schickse gleich Nichtjüdin, blond, stupsnasig, schlank, der Wunschtraum mancher jüdischer (Ehe)Männer

[10] Der wöchentliche Feiertag für fromme Juden

[11] Die liebe Verwandtschaft

alle vier Töchter, die sich zum Lauschen in der Wohnungstüre aufgereiht hatten. Manchmal konnte einen so perfekt vorgeführtes Familienglück ziemlich nerven. Und die wöchentliche Schabbesmahlkocherei auch. Deren herrliche Düfte stiegen nämlich in unsere Wohnung, wo sie mich marterten, weil ich wegen meiner kalorienreichen Profession permanent, natürlich vergeblich, auf Diät bin.

Die Rosenstocks gingen wie üblich beleidigt ab, ich eilte beschwingt an meine Arbeit. Und so ging es in ähnlichen Variationen weiter, volle drei Liebesmonate lang. Ich war glücklich, Bernie war's recht, da ich ihn angeblich weniger penetrant überwachte. Meine Kolumne florierte, und Freddie wohnte mittlerweile bei uns. Samt Hasso auf der Wachte, dem Altdeutschen Schäferhund mit den dünnen Nerven. Alles war so wunderbar normal. Nur Mama ging mir mit ihrer Nörgelei weiterhin auf den Wecker. Wo ich doch geglaubt hatte, sie wäre über meine Anschaffung erfreut.

»Einfach den Erstbesten, der das Croissant wegputzt, zu vernaschen!«, empörte sie sich. »Von mir hast du diese Chochme[12] nicht. Entschuldige dich endlich bei Rubele, der nimmt dich vielleicht zurück.«

»Mama, du weißt genau, dass mein Ex bereits drei neue Kinderlein hat. Wenn du Freddie endlich kennenlernen würdest, hättest ...«

»Würde, hätte, schnätte ... nebbich[13], Lili, lass mich in Ruhe mit diesem Frischling Freddie, sag mir, was diese Affäre für eine Zukunft hat?«

Sie hängte ein, und die Frage blieb in der Luft hängen. Nun ja, was brauchte ich mütterliche Zustimmung zu den Freuden mit meinem tagsüber uniformierten, nachts in gestreiften Flanell schnarchenden Liebhaber. Leider hatte unsere Liebeslust verdächtig schnell an Drehzahl verloren. Mithilfe im Haushalt war ebenfalls nicht angesagt. Kein Wunder, bei dem Pensum, das der arme Freddie neben mir absolvierte: Streifendienst mit seinem neuen Partner Carlo Giovannelli, dessen Frau Danielle Weinberg meine Cousine und beste Freundin war, die mich natürlich umgehend über alles informierte, was Freddie Carlo anvertraute. Zudem die städtische Mr.-Camping-Wahl, an der sich Frischluftfan Freddie heuer beteiligen wollte. Weil als Preis der »Goldene Hering« nebst einem aufgemotzten Jeep aus Armeebeständen winkte. Objekte, die jeder normale Mann sein eigen nennen wollte, wie Freddie schwärmte.

»Ganz klar, ohne so was kommst du in der Bergwelt rund um Turicum nicht klar«, gab ich mich verständnisvoll. Unser Hausberg, der Goldhügel, ist hundert Meter hoch.

[12] Frechheit

[13] Und wenn schon

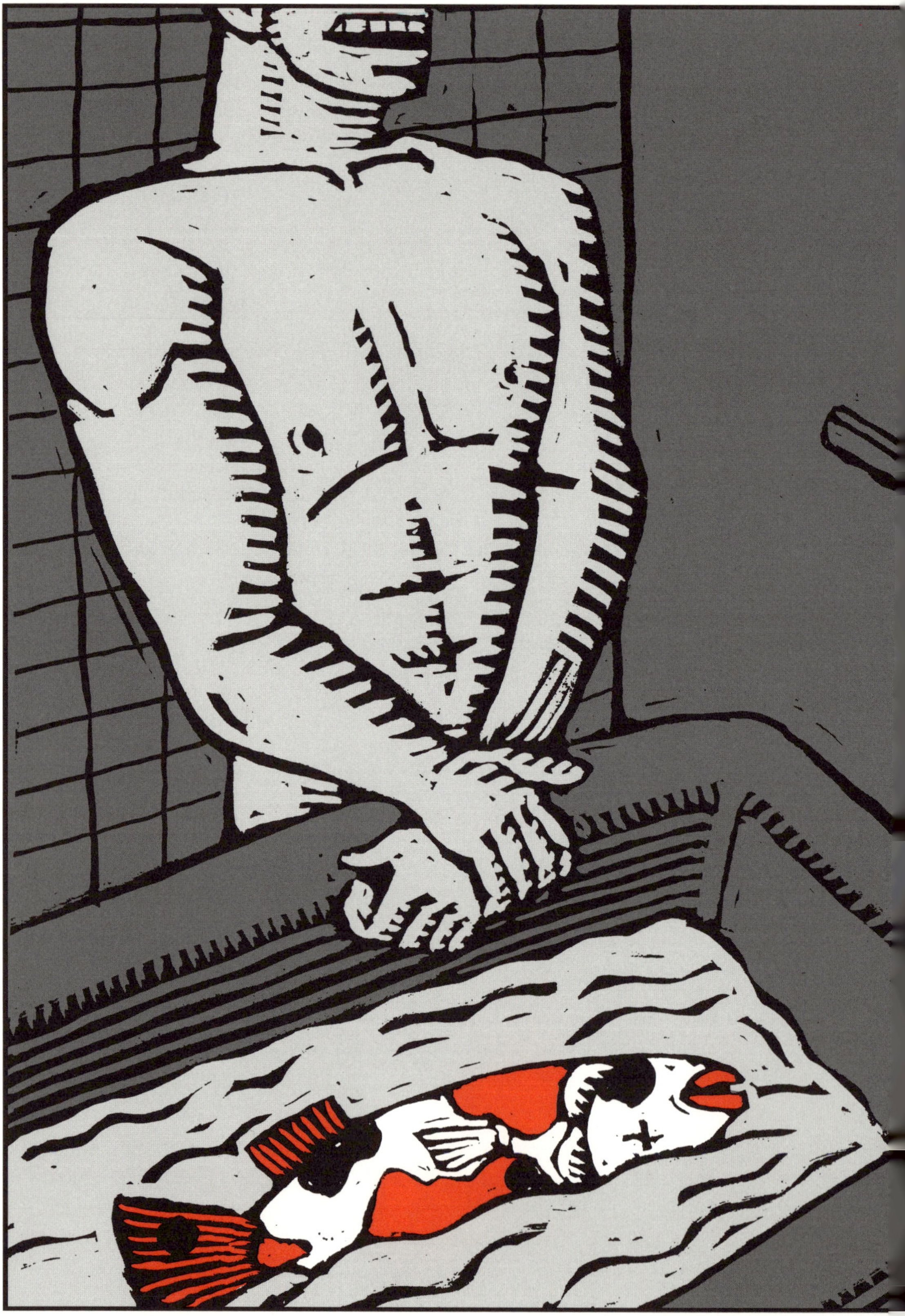

»Darling, du bist so verständnisvoll, das habe ich meinen Kollegen schon erzählt«, freute sich Freddie. Wie bitte, ging eine Chuzpe-Lady wie ich neuerdings als Verkörperung der Sanftmut durch?

Ich griff zum Telephon, beriet mich mit Freundin Stella Blumensteen, die in einem ultrabreiten, geschmacklosen Bungalow am erwähnten Goldhügel residiert. »Sei froh, dass du endlich einen Boy-Friend oder eher: Goi-Friend hast«, mokierte sie sich. »Auch wenn er ein Schnorrer[14] ist. Betrachte ihn als kostengünstige Erhaltung deines rasant sinkenden Hormonspiegels.«

Ich schnaubte, ihr eigener war nur gleichbleibend überhöht dank der Hormone, die die rassige Fünfzigjährige so reichlich wie Smarties schluckte. Dann schwatzte sie mir die Ohren über ihren nagelneuen Koikarpfenteich voll, für dessen Einweihung sie Gatten Ronald Frankfurter mit einem Koi der Nippon-Klasse überraschen wolle.

»Schatzeli, so ein schwimmendes Sushi kostet glatte Hunderttausend«, gab sie an. Ich heuchelte Bewunderung. Stella, die verarmte Ex-Miss-Pampa, hatte sich einst samt einer atemberaubenden Bikinikollektion aus der jüdischen Haute Volée von Buenos Aires nach Turicum abgesetzt und sich hier umgehend den Chefredakteur Frankfurter vom *Stadtblatt* geangelt. Darauf den koscheren[15] Partyservice *Gut Schabbes* eröffnet, mich an einer Batmitzwah[16]-Party versehentlich mit misslungenen, beinharten Mazzekneideln[17] überschüttet und als Wiedergutmachung meine Talente an ihren Gatten vermittelt. Wofür ich ihr nun lebenslang dankbar sein muss.

Es reicht, nun wissen Sie genug über Familie, Freundinnen, Fisch und Co. Leider begann mein Liebhaber mich alsbald ordentlich zu nerven. Für drei samt Hund war einfach nicht genug Platz bei uns. Außerdem ging sein ganzes Gehalt für sein Wettkampftraining drauf. Ich sann auf Abhilfe. Ohne bei Mama das Gesicht zu verlieren.

»Ma, würdest Freddie wohl gerne rauswerfen, könntest behaupten, dein Sohn sei im Abiturstress durch einen Liebhaber behindert«, spornte mich Bernie listig an.

»Abiturstress?«, lachte ich ihn aus. »Seit wann besteht der aus den neuesten Hebrew-Hiphop-CDs? Außerdem handelt es sich bei Freddie um einen seriösen LAP, einen Lebensabschnittspartner.«

[14] Abzocker

[15] Den sehr komplizierten, jüdisch-orthodoxen Speisegesetzen gemäß erlaubt

[16] Feier zum 13. Geburtstag jüdischer Mädchen (Barmitzwah: für Jungs)

[17] Kleinere Knödel aus Mazzemehl

Bernie winkte gelangweilt ab, gemeinsam äugten wir ins Wohnzimmer, das wir selten betreten, damit es für einen eventuellen Überaschungsbesuch Mamas perfekt aufgeräumt ist. Dank Freddie war es aber zu einer Probebühne verkommen, alle Utensilien des nahen Camping-Wettbewerbs lagen hier fein säuberlich ausgebreitet: Kessel, Zeltblachen, Heringe, dazu eine Videokamera, mit der er sich selbst filmte, um seine Aufbautechnik zu optimieren.

»Idiot«, murmelte Bernie und latschte ins Bad.

Es klingelte Sturm. Ich öffnete, draußen standen zwei schwitzende Männer, die einen mächtigen Styroporbehälter trugen.

»Bringen Sie das Herrn Schwenz aufs Revier. Ich bin doch keine Spielwiese«, murrte ich. Der eine zog einen Zettel aus dem Blaumann, reichte ihn mir. »Gleich öffnen und geeignet unterbringen, komme übermorgen und hole ihn ab. Gruß Stella.«

»Das ist was anderes, bringen Sie das Ding in den Flur.« Bernie kam mit einem munteren »Tschüss, Ma, Prüfungsfitnesskurs, es wird spät ...« aus dem Bad geschossen und verschwand durch die Tür.

Mein Protest verhallte ungehört, dieser baumlange Jüngling war einfach zu raffiniert. Aber selbstredend liebte ich meinen Bernie innig, schon deshalb musste ich Wohnungsbesetzer Freddie hinauskomplimentieren, um zukünftig eine Liebe auf Distanz zu führen. Natürlich würde ich Freddie fair und mit einem leisen Lächeln des Bedauerns darüber informieren. Das setzte ich übungshalber auf, als ich den Behälter öffnete und sogleich erstarrte, als ich den Inhalt sah: einen schneeweißen Riesenkarpfen mit einem einzigen orangenen Tupfer. Er war die Ruhe selbst, fächelte mit den Flossen, schob sein Riesenmaul aus dem Wasser und blubberte. Da klingelte das Telephon, ich hob ab.

»Hat Sushi schon Hunger?«, flötete Stella. »Schau mal in der rechten Außenwand nach, da steckt sein Leckerchen.«

»Häh«, sagte ich. Dies, obwohl Mama mir Manieren eingebleut hatte.

»Der Koikarpfen, Schatzeli, den sollst du für mich aufbewahren, bis der Teich fertig ist.«

»Spinnst du, Stella, was soll ich mit einem Fisch? Die Wohnung ist bis oben mit Freddies Plunder zugestellt.«

»Sei doch nicht so zickig, ich hatte damals auch Zeit, dich zu empfehlen, obwohl du vom Kochen und Schreiben keinen blassen Dunst hattest. Du lässt Nippon, so sein Name, in deiner Badewanne schwimmen. Ronnile kommt übermorgen spät zurück, dann surft Nippon längst im neuen Superteich. Der wird Augen machen.«

»Der Fisch?«

»Ronnile natürlich. Lili, bist du noch da, hör mal, das Wasser muss supersauber sein, die Viecher sind sehr sensibel.«

»Und wie soll ich ihn in die Wanne kriegen?«

»Kein Problem, der ist ganz zahm. Tschau, ich melde mich morgen wieder.« Peng, eingehängt, na toll.

Wieso Stella ihn nicht zuhause halten konnte, begriff ich nicht. Dann fiel mir ein, dass Stella momentan ihre fünf Bäder neu plättelte. Sie war eine Powerlady, liebte es, ganze Armeen von Domestiken herumzukommandieren. Ich füllte also die Wanne und ließ Nippon ins Wasser gleiten. Streute Koidrops und ließ das gewichtige Exemplar zufrieden schmatzend im Bad zurück.

Kaum hatte ich den Rührstab in der Mayonnaise versenkt, klingelte es schon wieder. Mit einem saftigen Fluch öffnete ich die Türe – Frau Rosenstock.

»Frau Liakowski, ich möchte nicht stören, zumal unbekleidete Männer ...« Sie schob die Türe weit auf, starrte in den Flur.

»Pech, mein Freund ist bereits im Dienst. Er ist ja ein so pünktlicher Mensch ...« Cholerabschacreft[18], was musste ich mich vor Supermamme rechtfertigen. »Was gibt's, Frau Rosenstock, ich bin in Eile. Meine Kolumne, Sie wissen schon.«

»Oi, Ihre literarische Tätigkeit in allen Ehren, aber wir kochen streng koscher. Und deswegen wollte ich anfragen, ob Sie dieses Jahr nicht vielleicht – schon wegen des lieben Bernies – über die Freuden eines koscheren Pessach-Festes reflektieren möchten. Meine Töchter, allen voran Rahel, würden Ihnen beim ...« – sie musterte den mit Styroporkrümeln behafteten Teppich im Flur – »offensichtlich bitter nötigen Pessach-Putz kräftig zur Hand gehen.«

Das hätte gerade noch gefehlt! Neben all meinem aktuellen Stress mit Kind, Karpfen, Kolumne noch den Höhepunkt des jüdischen Pessach-Festes, das Seder-Mahl, vorzubereiten, vor dem die Wohnung gründlich gereinigt werden musste. Und mir so nebenbei Rahel mit den Mäusezähnen als Schwiegertochter unterschieben zu lassen.

»Bernie sucht genauso gerne Ostereier. Wir haben es nicht so mit der religiösen Korrektheit; Herr Schwenz soll sich bei uns ja nicht als Minderheit fühlen.« Ich schloss die Türe. Dann sah ich nach Nippon, der nach Futterdrops tauchte, verschwand in der Küche, um die rot gefärbte Mayo – ich wollte in der aktuellen Kolumne eine tunesisch-turicensische Fonduesauce präsentieren – einzupacken. Ich hatte sie in meiner eigenen

[18] Wüster polnischer Fluch: die Cholera über dich ...

Küche zubereitet. Was ich bereute, denn wäre ich nicht da gewesen, hätte Stella sich eine andere Wanne suchen müssen. Nun ja, ich bin ja nicht so. Und Chef Ronald würde, ob Stellas Geschenk hingerissen, vielleicht mein Honorar aufstocken. Ich eilte aus dem Haus. Der Hinweiszettel, den ich Freddie in Sachen Fisch hinterlassen wollte, ging vergessen.

In der Redaktion geriet ich gewaltig in Stress. Wir mussten die Sauce photographieren, dazu die Photolegende kreieren, und wie immer stritt ich mit der fiesen Photoredakteurin Paula Nüsschen wegen meines Portraits, das aus Spargründen seit Jahren dasselbe war. Völlig unretuschiert und deshalb grässlich realistisch. Kein Wunder, dass ich, wenn ich im lokalen Supermarkt im Schlafzimmerlook kreiste, dauernd erkannt wurde.

»Übrigens«, nölte das Nüsschen, »Ihr Herr Freddie hat vorhin angerufen, war ziemlich aufgeregt, irgendwas mit Ihrem neuen Goldfisch, würde einen neuen besorgen, sollen nicht herumzicken deswegen, meinte er. Kann mir gar nicht erklären, wie eine wie Sie so einen feschen, jungen Mann abgekriegt hat.« Ich blieb bockstill stehen, die Sauce tropfte vom Löffel auf den Kopf des Photographen, der vor dem Tisch kniend dieselbe ablichten wollte.

»Nein!«, schrie ich.

»Gibt Schlimmeres«, tröstete der Photograph.

Ich mach's kurz, ich war in exakt zehn Minuten zu Hause, stürmte in die Wohnung, ins Bad, sah Nippon kieloben treiben. Mause-, nein fischetot! Ich schnappte nach Luft. *Hunderttausend* hatte er gekostet, und jetzt war der »Goldfisch« alle. Stella würde mich umbringen.

»Darling, darf ich etwas dazu sagen? Weißt ja, dass ich Mücken hasse, habe deshalb im Internet ein Mückengiftrezept heruntergeladen, stell dir vor, war dann alles im Putzschrank vorrätig. Habe das Wasser gleich mit dem Tinkturglas aus der Wanne geschöpft. Das hat den Flosser gekillt.« Freddie zeigte auf ein volles Gläschen in der Hand, dann verlegen lächelnd auf Nippon selig.

»Ganz klar, dass du ökologischerweise vom vorhandenen Nass nehmen wolltest, passt ja zu deinem Freilufttick.« Ich sprach sehr langsam.

»Ach Darling, einer wie ich ist ja lernfähig, und ich freue mich jetzt schon, wenn ich dir den ›Goldenen Hering‹ und den Autoschlüssel überreichen darf. Ist allemal besser als ein Goldfisch in der Wanne.« Freddie blickte verträumt in die Mückentinktur, die Nippon gemeuchelt hatte. Mitsamt meiner Zukunft. Ich würde bei Stella lebenslang als Küchensklavin anheuern müssen, um den Koi abzuarbeiten.

Ich rannte ins Schlafzimmer, schubste Hasso, der auf meinen Laken einen Pantoffel zerkaute, hinunter. Trommelte mit den Fäusten aufs Kissen und schlief prompt ein. Das tun die Finkelsteins stets, wenn sie Zeit gewinnen müssen. Eine Ewigkeit später wurde ich durch Juchzer geweckt, war eine Sekunde lang ganz ahnungslos, dann fiel mir alles wieder ein.

»Juhu, Darling, komm schnell ins Bad. Ich habe den Traumschaum vom ›Mecker‹-Markt eingelassen. Keine Bange, der Goldfisch liegt schon im Kühlschrank.«

»Dieser Goldfisch war ein waschechter Koi, du Schmock[19]! Hast vorhin hunderttausend Euro versenkt. Was sagst du nun – bevor ich dich rauswerfe?«

Freddie saß bis zum Hals im Schaum. Seine Augen traten vor Schreck hervor. Ich ignorierte ihn. Wenn ich Stella mit meinem grässlichen Geständnis vor die Augen treten musste, dann wenigstens mit Stil und Klasse. Ich griff zur Haarbürste und zum Fön neben dem Lavabo. Knipste das Ding an, doch das vertraute Rauschen blieb aus. Ich blickte auf das Elektrogerät, es war nicht mein Fön, sondern ein länglicher Stab, der bläuliches Licht verströmte.

»Nagelneue Mückenlampe! Noch besser als meine Tinktur«, informierte mich Camping-Freak Freddie.

Ich holte aus, wollte dem Idioten eins überziehen, doch Freddie stand fix auf, wand sie mir aus der Hand. »Jetzt hab dich nicht so hysterisch, in unserem Turicum kann man solch typisch semitische Gefühlsausbrüche gar nicht leiden.«

Das war zuviel. Ein toter Fisch, schlecht, ein dummer Liebhaber, unmöglich, aber rassistische Bemerkungen – nicht bei mir! Wenn meine Blicke hätten töten können.

Das war aber nicht nötig. Freddie hatte sich durch die Greifaktion aus dem Gleichgewicht gebracht und der Badezusatz die Wanne glitschig gemacht. Freddie ging samt Lampe in die Horizontale. Platsch, zisch – ich brachte mich im Flur in Sicherheit. Und als ich das Bad wieder betrat, hatten wir in der Liakowskischen Wohnung schon die zweite Wasserleiche. Freddie schwamm unterschaum, nur ein angeschwärztes Würmlein ragte im Mittelfeld steif aus dem Wasser, ein Rauchwölkchen stieg von ihm gen Badezimmerhimmel. Hasso besah sich das Malheur und bellte begeistert.

Jetzt konnte mich nur noch meine patente Cousine Danielle retten. Sie war meine Retterin in der Not.

Und sie kam, sah, kreischte kurz, organisierte. Ihr Plan sei genial, lobte sie sich selbst. Hatten die Rosenstocks nicht zu einem Pessach-Putz gera-

[19] Bezeichnet sowohl das beste Stück des Mannes als auch einen Narren

ten? War der gute Bernie nicht bis abends beschäftigt, konnte danach nützlich eingesetzt werden? Danielle ließ entschlossen ihre rote Außenwelle wippen, leckte den Bleistift ab, machte sich Einkaufsnotizen. Zuletzt ließ sie das Wasser aus der Wanne, legte mir einen Eisbeutel auf, hieß mich, still zu sitzen. Dann rannte sie aus dem Haus, um einzukaufen.

Als ich mich zwei Stunden später im Spiegel betrachtete, schrie ich auf, während Danielle begeistert in die Hände klatschte: Eine koschere Version Lili Liakowskis starrte mich an. Komplett, samt blickdichter Strümpfe, braver Pumps, unten wadenlanger Faltenrock, oben hochgeschlossene Rüschenbluse. Mein Haupt zierte ein Scheitel, eine Perücke, die jede streng religiöse Jüdin trägt, wenn sie das Haus verlässt. Wie ich, die nun mit Danielles Hilfe zum Pessach-Putz ansetzen musste. Assistiert vom braven Hund Hasso, der mir die Kehrichtschaufel hinterhertrug.

Bekanntlich reinigt jede fromme Familie vor dem mehrtägigen Pessach-Fest, das an den Auszug des israelitischen Volkes aus der Versklavung im Alten Ägypten erinnert, die Behausung von jedem Brotkrümel. Dies im Angedenken an die Flüchtenden, die lediglich in Eile gebackenes, ungesäuertes Brot, die hauchdünnen Mazzen, mitführen konnten. Sie werden jedes Jahr während des einwöchigen Pessach-Fests im Frühling statt Brot gegessen.

Frau Rosenstock betrachtete mit Wohlwollen, wie ich in meinem züchtigen Outfit demonstrativ vor der Wohnungstüre fegte, auch unter dem Teppich nach restlichen Brotkrümelchen fahndete. Und ihre Töchter, die gerne ihrer Nachbarin zu ihrem Seelenheil verhalfen, packten beim Transport der gefüllten Müllsäcke mit an. Nicht einmal vor dem größten tropfenden, den wir nur unter viel Stöhnen dem gerade vorfahrenden Müllpresswagen übergeben konnten, kniffen sie. Ich sah dem davonrumpelnden Wagen mit einem wehmütigen Lächeln hinterher.

»Oi, Frau Liakowski«, schniefte Mamme Rosenstock und tupfte sich gerührt die Augenwinkel, »ich freue mich mit Ihnen und Bernie, dass Sie endlich ein perfekt koscheres Pessach feiern. Hoffentlich ist nichts zurückgeblieben.«

»Garantiert nicht.«

Alles war picobello sauber, die Wanne geschrubbt, Mama, die ich nun zum ersten Mal zu einem Seder-Mahl einladen konnte, natürlich zu Gefiltem Fisch[20], würde mich mit Lob überschütten und garantiert nicht nach dem Verbleib des ungeliebten Freddie fragen. Schnell berichtete ich dem heimgekehrten Bernie vom teuren Fischmalheur, natürlich ohne unnötige

[20] Osteuropäisch-jüdische Fischspezialität, siehe Rezept

Details. Außerdem hatte ich mein züchtiges Outfit bereits wieder gegen Schlabbershirt und Leggings eingetauscht.

Polizist Carlo war vor Bernies Heimkehr übrigens noch schnell vorbeigekommen, um Hasso und Freddies Camping-Krempel abzuhohlen. Wollte den Kram in einer unwirtlichen Stelle des Goldbergs auslegen, seinen Partner samt Hund nach dem Wochenende als verschollen melden. Ich fiel ihm um den Hals, wie durfte ich froh sein, dass wenigstens ein Polizist sich als echter Freund und Helfershelfer entpuppte.

»Ist allemal besser so, Lili«, meinte er, »wer würde dir denn diese blöde Koi-Mückenlampen-Story glauben? Aber ein verschwundener Camper, das passiert im Zuge dieser Mr.-Camping-Wahl jedes Jahr.« Er hatte mir aufmunternd zugenickt, zudem versprochen, Hasso gut zu verstecken, ihn bald nach der Vermisstmeldung bei uns »zulaufen« zu lassen. Ich herzte und küsste den feisten Carlo nochmals voller Dankbarkeit, was ihn erröten ließ und Mamme Rosenstock, Rahel im Schlepptau, zur sofortigen Umkehr veranlasste. Behend zog ich die Perücke und winkte ihr nach. Dann übergab ich meine Verkleidung an Danielle, mit leisem Bedauern allerdings, koschere Klamotten waren ja soo bequem.

Als Bernie nach Einbruch der Dunkelheit zu seiner Mission auszog, wässerte ich Nippon gründlich, verarbeitete ihn liebevoll zu Gefiltem Fisch, schließlich war auch dieser Teuro-Karpfen nichts als ein Fisch. Ich verwendete ein Rezept von Stellas *Gut-Schabbes*-Catering. Wenn sie wüsste, ich musste kichern. Die Türe ging, Bernie war zurück, überreichte mir in einer mit Wasser gefüllten Plastiktüte einen im nahen Museumsparkteich gemopsten zahmen Karpfen. Genügend Farbe, und er würde exakt wie Nippon aussehen. Nun musste alles schnell gehen.

Und auch wenn er gewaltig zappelte, traf ich mit der Farbpistole genau an den richtigen Ort, ins Genick: Ein perfekter orangefarbener Tupfer zierte das weiß gespritzte Schuppenkleid. Alles absolut wasserfest.

Jedenfalls blieb nach der erfolgten Übergabe das Telephon stumm, keine Stella, die wegen eines abfärbenden Kois heulte. Schließlich hatte die gute Danielle vor ihrer Hausfrauenkarriere als Filialleiterin bei »Mecker« gearbeitet, wo man Qualitätsprodukte fürs traute Heim bekam. Meins war nun blitzsauber dank des Pessach-Putzes, und Mama wischte anerkennend über den geschrubbten Küchentisch. Lobte gar meinen Gefilten Fisch.

»Köstlich, wenn auch etwas seifig im Geschmack, ich kenne da übrigens diesen reizenden Fischhändler Goldfarb ...«

»Lass, Mama, du siehst, ich bin am glücklichsten mit dem lieben Bernie«, beeilte ich mich anzumerken, »jedenfalls bis Freddie von seinem Ausflug zurückgekehrt ist.«

Meinen teuren Sprössling und vor allem Mama schienen diese Aussicht nicht zu erfreuen. Mama sah mich mit durchdringenden Blick an, musterte die ungewöhnlich saubere Wohnung. Offensichtlich kam ihr irgendetwas nicht ganz koscher vor.

»Sei dir da mal nicht so sicher«, orakelte sie, »wenn Männer einmal verschwunden sind ... und von Telerleker[21] Freddie sehe ich hier absolut kein Lebenszeichen mehr.«

Ich hob schnell das Glas, manchmal war es besser, wenn Mama nicht das letzte Wort hatte: »Le Chaim[22], auf meinen Pessach-Putz.«

Lili Liakowski prostete ihrer kleinen Familie und vor allem sich selbst zufrieden zu.

[21] Schmarotzer

[22] Ein herzhaftes Prosit

Lilis Pessach-Mahl

Alle Gerichte für 4–6 Personen

Mit dem ersten Frühlingsvollmond beginnt das mehrtägige Pessach-Fest (oder Passah), mit dem die Juden den Auszug aus Ägypten feiern. Am ersten Abend wird die Haggada, die Erzählung der Flucht, vorgelesen, danach gibt es je nach Region Lammbraten, Eier und Fruchtpaste oder Fisch und Huhn. Mazzen, ungesäuertes Brot, gehört immer dazu.

Gefilte Fisch polnische Art

500 g Süßwasserfischfilet (halb Weißfisch, halb Karpfen oder Felchen), im Geschäft fein mahlen lassen
1 Ei
1 mittelgroße Zwiebel, grob gehackt
1 TL Salz, Pfeffer
1 TL Zucker
Mazzemehl (nach Bedarf)

Für den Sud:
1 Möhre
1 große Zwiebel
1 Scheibe Meerrettich
Salz, Pfeffer, Zucker

Für roten Meerettich:
1 Meerrettich
1 kleine Rote Bete

❖ Fischmischung mit Ei, Zwiebel und Gewürzen im Mixer kräftig mischen, bis alles schön luftig ist und kräftig süßlich-pikant schmeckt.

❖ In einem großen Topf die Zutaten für den Sud mit reichlich Wasser ansetzen. Aus dem Fischteig längliche Klöße (etwa wie Mandarinen) formen. Falls zu klebrig, mit Mazzemehl verkneten.

❖ In den Sud gleiten lassen und bei schwacher Hitze gar köcheln. Nach etwa einer Stunde einen Kloß halbieren und prüfen. Abkühlen lassen.

❖ Meerrettich und Rote Bete sehr fein raspeln und mischen.

❖ Kann gut am Vortag zubereitet und im Kühlschrank aufbewahrt werden. Zum Servieren auf jeden Fischkloß eine gekochte Möhrenscheibe legen und etwas Sud darübergießen.

❖ Mit Meerrettich und Mazze (ungesäuertes Brot, hauchdünn gebacken, quadratisch) servieren.

Hühnersuppe mit Mazze-Kneidlach

1 großes Freilandhuhn
4 große Möhren
1 Zwiebel
1 mittelgroßer Knollensellerie
1 Stange Lauch
1,5 l Wasser
1 Würfel Hühnerbrühe

Für die Kneidlach:
4 Eier
4 EL Pflanzenöl, neutral
4 EL kaltes Wasser
120 g Mazzemehl
1 TL Salz

❖ Für die Kneidlach in einer Schüssel alle Zutaten gut mischen. Eine Stunde in den Kühlschrank stellen. Huhn abspülen, Gemüse gut waschen und putzen, in nicht zu kleine Stücke schneiden. In einem Topf Wasser mit Brühwürfel aufkochen, alle Gemüse und Huhn hineingeben. Eine Stunde garen. Probe: Der Schenkel muss sich leicht lösen lassen. Brühe eventuell nachsalzen. Huhn und Gemüse aus der Brühe nehmen, warm stellen. Aus der Kneidlachmasse mit nassen Händen etwa pingpong-große Bällchen formen, in einem Topf Salzwasser erhitzen, die Bällchen vorsichtig hineingleiten lassen und etwa 20 Min. garen, bis sie luftig-fest sind.
❖ Kneidlach können am Vortag zubereitet werden. Zum Servieren in der Brühe erhitzen. Danach das zerlegte und mit dem Gemüse garnierte Huhn reichen, als Beilage grünen Salat. Dazu trinkt man einen koscheren Wein aus Israel.

Pessach-Mandeltorte

15 Freilandeier, getrennt
300 g Zucker
Saft und Schale von 1 Zitrone
1 Prise Salz
Kirschwasser
300 g geriebene Mandeln
2 EL zerbröselte Mazze

❖ Eigelbe mit Zucker schaumig rühren. Saft und Schale der Zitrone dazu geben. Salz, Kirschwasser, Mandeln und Mazzebrösel gut unterrühren. Eiweiße sehr steif schlagen und vorsichtig unterheben. Eine Tortenform von 26 cm Durchmesser gut fetten, dünn mit geriebenen Mandeln ausstreuen. Teig einfüllen und im unteren Drittel des auf 220 °C vorgeheizten Ofens 40–50 Min. backen. Bei Garprobe mit Holzstäbchen darf die Torte innen noch krümlig-feucht sein.
❖ Außerhalb der Pessach-Tage kann die Torte mit Semmelbröseln oder Mehl statt Mazzemehl gebacken werden.

Karibischer Karneval
Kate Grilley

»Ein schöner Tag für einen Karnevalsumzug, Kelly!«

Benjamin, Polizeichef der Insel St. Chris, kam auf die Tribüne neben dem Government House zu, wo ich gerade die Radioübertragung des jährlichen Navidad-de-Isabeya-Umzugs auf WBZE vorbereitete, dem Radiosender unserer karibischen Insel. Obwohl die Temperatur an diesem Samstag Vormittag im April bei angenehmen achtundzwanzig Grad lag, zeigten sich bereits Schweißflecken auf Benjamins blauem Uniformhemd.

Er zog ein Taschentuch heraus und tupfte den Schweiß von der Stirn. »Ich komme gerade von dem Platz, auf dem sich der Zug formiert. Die halbe Insel steht dort bereit, um mitzumarschieren.«

»Und die andere Hälfte steht hier in der Kongens Gade, um sich das anzusehen«, sagte ich und blickte die Straße hinunter zur anglikanischen Kirche. Die schmalen Bürgersteige waren nicht mehr zu sehen, so viele Menschen hatten sich dort auf Klappstühlen breitgemacht oder standen dahinter, um besser sehen zu können. Wer keinen Platz mehr auf dem Bürgersteig bekommen hatte, tigerte die Straße auf und ab und begrüßte Freunde. Jede Bar und jedes Restaurant in Isabeya war für den Tag des Umzugs gerüstet. Die Damen vom Kirchenverein bevölkerten ihre Klapptische auf beiden Seiten der Kongens Gade und verkauften selbstgemachte Kuchen und Pasteten; Verkäufer priesen eisgekühltes Bier und Hot Dogs an. Jedes Restaurant hatte an diesem Tag ein ganz spezielles Angebot; viele bauten einen Grill auf dem Bürgersteig auf und verkauften gleich dort ihre Hamburger. Maubi, der Besitzer des Imbisswagens »Schnell und Heiß«, würde heute im Zug mitlaufen; deshalb stand seine Frau hinter der Theke und verkaufte Pasteten und Brathähnchen. Sie verdiente damit an einem Tag mehr als Maubi in einem ganzen Monat der Nebensaison.

Am Tag des Karnevalsumzugs bestand ganz Isabeya, die einzige Stadt auf der Insel, von Sonnenaufgang bis -untergang aus einer riesigen Party. Alle Einwohner von St. Chris waren dabei. Jedenfalls kam es einem so vor.

Ich sah auf die Uhr. »Meinst du, es geht pünktlich los?« Ließ man unvorhergesehene Ereignisse außer Acht, wie zum Beispiel betrunkene Fahrer, die den Schlüssel ihres Umzugswagens in den Gully fallen ließen – ein Missgeschick, das mich einmal dazu zwang, fünfundvierzig Minuten live zu improvisieren, bis ein Ersatzschlüssel und ein nüchterner Fahrer gefunden worden waren –, dauerte der Umzug etwa drei Stunden.

Benjamin grinste. »Das wäre das erste Mal.« Er betrachtete meinen Hals. »Du hast ja schon Perlen um.«

Ich lächelte und ließ meine bis zur Taille reichende Glasperlenkette wirbeln, als wäre ich ein heißer Feger aus den Wilden Zwanzigern, wie in F. Scott Fitzgeralds *Der große Gatsby*. »Die ist noch vom letzten Jahr. Ich hoffe, dass ich dieses Mal mehr Perlen bekomme.«

»Nach allem, was ich am Aufstellplatz gesehen habe, hast du bald so viele Ketten um den Hals, dass du den Kopf nicht mehr oben halten kannst. Die Wagen sind alle schwer beladen mit Kisten und Taschen voller Glasperlenketten und Anhängern, die sie in die Menge werfen werden. Genau wie beim Mardi Gras in New Orleans. Kelly, hast du da oben noch Platz für Trevor?«

»Ich dachte, er würde in einer Fußgruppe mit seinen Klassenkameraden mitlaufen?«, fragte ich.

»Er hat zum Geburtstag einen Camcorder bekommen und will den Umzug lieber filmen, als die zwei Meilen mitzumarschieren. Du weißt doch, wie achtjährige Jungs sind, wenn sie ein neues Spielzeug haben.«

»Klar kann er bei mir sitzen.«

»Danke, Kelly. Camille hat mit den Wagen der High School alle Hände voll zu tun, und ich muss zurück zum Aufstellplatz. Ich schicke Trevor zu dir rüber. Bist du sicher, dass er dich nicht stört?«

Ich machte eine abwehrende Handbewegung. »Bestimmt nicht. Nach dem Umzug bringe ich ihn nach Hause. Ruf mich auf dem Handy an, wenn es losgeht.«

Die Mocko Jumbies – fröhlich gekleidete Tänzer auf Stelzen, ein Höhepunkt jedes Umzugs auf St. Chris – drängelten und schlängelten sich durch die Menge wie Anheizer. Trevor kletterte auf die Tribüne und zerrte seine Camcorder-Tasche hinter sich her.

»Hallo, Miss Kelly. Danke, dass ich bei Ihnen sitzen darf. Ich werd' auch während der Sendung bestimmt nicht stören, Ehrenwort. Wo ist Michael?«

»Irgendwo da unten bei den Bands. Dieses Jahr ist es seine Aufgabe, den Wettbewerb der Bands zu organisieren.« Der Komponist des Liedes, das am häufigsten von den Steelbands, Reggae- oder Calypsogruppen gespielt wurde, während sie sich der Tribüne näherten, würde einen Preis gewinnen. Und dieser Preis war hart umkämpft. Es gab jedesmal reichlich Gerüchte um Bestechung, vermutlich von den Verlierern gestreut.

»Mir gefiel es in dem Jahr am besten, als *Fire, Fire* gewonnen hat«, sagte Trevor. Er hüpfte vor Begeisterung auf und ab. »Ich hab Hunger. Meine Mom hat mir Geld mitgegeben. Wenn ich uns was zu essen hole, passen Sie dann so lang auf meine Sachen auf?« Noch bevor ich antworten konnte, war er schon die Stufen der Tribüne hinuntergehüpft und kämpfte sich durch die Menge zu Maubis Imbisswagen durch.

Als er zurück kam, hatte er in jeder Hand eine Pastete, den Lieblingssnack in der Karibik: eine gebackene oder fritierte Teigtasche mit einer kräftig gewürzten Füllung. »Welche möchten Sie, Miss Kelly? Die mit Rind oder die mit Huhn?« Er hielt mir beide hin, stutzte und sah mich verwirrt an. »Ich habe vergessen, was in welcher ist.«

»Ich mag beides, Trevor. Such dir eine aus.«

»Wir können auch von jeder ein Stück abbeißen, dann wissen wir's genau.« Er biss vorsichtig eine Ecke ab. »Das hier ist Rind.«

Ich griff nach der intakten Pastete in seiner rechten Hand. »Dann nehme ich die hier. Ich esse gerne Huhn.« Ich biss kräftig hinein und fing beinahe an zu würgen, als die scharfe Füllung auf meine Geschmacksknospen traf. »Das ist ja Stockfisch!« Ich esse niemals Stockfisch, auch wenn Maubi mir jedesmal welchen anbietet, wenn ich bei ihm esse.

»Ich mag Stockfisch gern«, sagte Trebor. »Können wir tauschen?«

Dankbar akzeptierte ich seinen Vorschlag und spülte den Stockfischgeschmack mit reichlich Wasser aus meinem Mund, bevor ich mich auf die Rindfleischpastete stürzte.

Ich wischte mir gerade die Finger ab, als das Handy klingelte. Benjamin hatte Neuigkeiten. Das gab's noch nie, dachte ich. Der Umzug fängt tatsächlich pünktlich an, plus minus eine halbe Stunde. Das hieß bei uns karibische Zeit.

»Es geht in etwa fünf Minuten los, Trevor. Du solltest deinen Camcorder fertig machen.«

Wir reckten unsere Hälse und sahen die Straße hinauf, ob endlich der frisch geputzte Polizeiwagen – mit Blaulicht, aber ohne Sirene – auftauchen würde, der unseren Umzug immer anführt. Als er endlich in Sicht kam, jubelten und applaudierten alle. Ich fing mit der Übertragung an und beschrieb die Szene für meine Zuhörer. Trevor filmte; zum ersten Mal in seinem Leben hüpfte und zappelte er nicht herum, begierig, alles auf Band zu bekommen.

Hinter dem Polizeiwagen marschierte die Wachtruppe mit der blau-weiß-grün-gelben Flagge von St. Chris, begleitet von einem Korps aus Trommlern und Hornbläsern. Danach kam Miss Maude in ihrer Rolle als Zeremonienmeisterin. Sie winkte wahrhaft königlich aus dem Handgelenk, während sie auf dem Rücksitz eines Kabrioletts thronte. Ihr über und über mit Pailletten besetztes Kleid erinnerte an Königin Isabella I. von Spanien, geboren am 22. April 1451, deren Geburtstag wir feierten und nach der die Stadt benannt ist, eine Tat von Christoph Columbus, der St. Chris Ende 1493 während seiner zweiten Reise in die Karibik entdeckt hatte. Durch einen Rechtschreibfehler war aus der ursprünglichen Isabella Isabeya geworden; die Königin war allerdings schon so lange tot, dass es nichts ausmachte.

Zusätzlich zu den Motivwagen, Fußgruppen und Wagen mit Tänzern, die zu jedem karibischen Karnevalsumzug gehören, hatten wir auch noch Einzeldarbietungen, Bands, die zu keiner bestimmten Organisation gehören, und Unmengen von Tambourmajoretten. Jedes Mädchen in St. Chris besitzt ein Paar weiße Stiefel und weiß, wie man einen Tambour schwingt.

Nach Miss Maude kamen die Attraktionen, auf die die Menge gewartet hatte: Die Festwagen der Schulen wechselten sich mit Steelbands ab, dazwischen wirbelten Gruppen von Tambourmajoretten, gefolgt von Festwagen mit erwachsenen Tänzern.

Trevor filmte ununterbrochen, während ich auf Sendung war. Gelegentlich machte ich eine Pause, um einen Schluck Wasser zu trinken oder eine der Halsketten aufzufangen, die auf die Tribüne geworfen wurden. Benjamin behielt Recht: Nach der Hälfte des Umzugs hatte ich schon genug Schmuck, um Manhattan zu kaufen – wenn er nur echt gewesen wäre.

Der Umzug kam vorübergehend ins Stocken, als sich ein Pferd – geritten von einer Frau, die als Lady Godiva mit mehreren Metern Fischnetz nur spärlich bekleidet war – vor dem Government House erleichterte. Die Fußtruppe mit den Tambourmajoretten, die Lady Godiva folgte, wartete geduldig, bis eine tatkräftige Seele, bewaffnet mit Kehrblech und Eimer, unter lautem Applaus der Zuschauer die Straße gesäubert hatte.

Trevor legte eine neue Kassette in den Rekorder ein und wandte sich mir zu. Nachdem ich »Und nach der Erkennungsmelodie unseres Senders

melden wir uns wieder mit unserem Livebericht vom Karnevalsumzug« gesagt hatte, meinte er: »Sie haben ja viele Halsketten bekommen!« Ich nahm ein paar davon ab und legte sie um Trevors schmalen Hals.

»Tragen Jungs denn auch Perlenketten?«, fragte Trevor.

»Natürlich«, sagte ich. »Zu Karneval trägt jeder Perlenketten. Warum fragst du?«

»Ach, nur so. Ich hab' da drüben einen Mann gesehen, der seine wieder auf den Wagen zurückgeworfen hat.«

Ich legte den Finger auf die Lippen und machte mit der Liveübertragung weiter. Trevor filmte wieder. Maubis bunte Scratchy Band und die Quadrillentänzer waren die letzten Nummern im Umzug. Sie waren bei den Zuschauern besonders beliebt und blieben oft stehen, um unter anhaltendem Beifall Tänze mit komplizierten Schrittfolgen aus der Alten Welt vorzuführen.

Als die Tänzer das Fort erreicht hatten, wurden von der Tribüne aus die Preise überreicht. Dreieinhalb Stunden nach seinem Beginn war der Umzug vorüber, aber die Menschen würden noch weit bis in die Nacht hinein feiern.

Trevor und ich packten unsere Sachen. »Komm, Trevor, ich hab' deinem Vater versprochen, dich nach Hause zu fahren. Ich bin völlig ausgetrocknet. Was Kaltes zu trinken wäre jetzt genau das Richtige.«

»Meine Mom hat immer Eistee im Kühlschrank. Davon können Sie bestimmt was kriegen.«

Während ich mit Camille und Trevor auf der Veranda saß und den kalten Tee genoss, fuhr Benjamin in seinem Dienstwagen vor. »Ich habe gerade über Funk die Nachricht von ein paar Einbrüchen am Ostende der Insel bekommen«, sagte er und griff nach Camilles Glas. »Ich fahr' da jetzt gleich mal hin.«

»Die Leute wurden während des Umzugs ausgeraubt?«, fragte Camille. »Wer macht denn so etwas Schreckliches?«

»Wenn ich es rauskriege, werden die Kerle sich wünschen, sie wären nie geboren worden«, sagte Benjamin. Er eilte zurück zum Wagen und rief über die Schulter: »Wart' nicht mit dem Abendessen, ich weiß nicht, wann ich komme.«

Am nächsten Morgen fuhr ich zum Sender, um die Ausrüstung abzugeben, die ich für die Livesendung gebraucht hatte. Über Isabeya hatte sich Sonntagsruhe gelegt; die leeren Straßen waren bereits sauber. Ein paar zu hoch geworfene Glasperlenketten hingen wie buntes Lametta von den Telephonleitungen, die im Zickzack über die Kongens Gade führten; sonst gab es keine Spuren mehr vom Karnevalsumzug.

Als ich WBZE verließ, hielt Benjamin gerade vor der Tür.

»Irgendwelche Spuren von den Einbrüchen gestern?«, fragte ich.

Benjamin schüttelte den Kopf. »Die Leute sind ganz schön durcheinander. Vor allem die Frauen, deren wertvoller Schmuck gestohlen wurde.«

»Schmuck? Ist das alles, was gestohlen wurde?« In Gedanken klopfte ich auf Holz, weil ich meinen in einem Safe im Boden meines Kleiderschrankes aufbewahrte.

»Schmuck und Bargeld. Einer Frau wurde die Perlen- und Smaragdkette ihrer Großmutter gestohlen. Ich wünschte, ich hätte eine Spur. Ich möchte den Fall schnell aufklären; der Täter soll nicht glauben, dass er damit durchkommt, sonst wird er noch übermütig.«

Ich überlegte eine Weile. Dann kam mir eine Idee. »Komm, Benjamin, wir fahren zu dir nach Hause. Ich glaube, ich weiß, wo du die Lösung dieses Falls findest.«

Benjamin, Camille, Trevor und ich saßen im Wohnzimmer und sahen uns Trevors Aufnahmen des Karnevalsumzugs an.

»Hier, Dad, siehst du?« Trevor deutete auf einen Mann in der Menge. »Da! Er wirft die Glasperlen zurück auf den Wagen, genau, wie ich es Miss Kelly gestern gesagt habe.«

»Spul mal zurück, Trevor«, sagte Benjamin. »Ich möchte das in Zeitlupe sehen.«

Camille und ich starrten auf den Bildschirm, dann sahen wir einander an. Schließlich wanderten unsere Blicke zu Benjamin weiter. »Das sind keine Glasperlen, Ben«, sagte Camille.

Ich nickte. »Für mich sieht das mehr nach echten Perlen und Smaragden aus.«

»Ich kenne den Kerl«, sagte Benjamin. Er grinste und umarmte seinen Sohn. »Trevor, ich muss deine Aufnahmen vom Umzug als Beweismaterial beschlagnahmen. Ich habe eine Verhaftung vorzunehmen. Aber morgen, wenn die Geschäfte wieder geöffnet haben, kaufe ich dir so viele Kassetten, wie du willst.«

Trevor strahlte.

Karibisches »aus der Hand in den Mund«

Alle Gerichte für 6 Personen

Den Bewohnern der karibischen Virgin Islands ist fast jeder Anlass recht, um ausgelassene Karnevalsfeiern mit Paraden, Tanz, Musik und gutem Essen zu veranstalten. Sei es an Weihnachten mit einem Abschlussumzug am Dreikönigstag oder Ende April oder vom 4. Juli bis Anfang August – jede Insel hat einen anderen Termin.

Brotfrucht-Vichyssoise

6 Bund Frühlingszwiebeln, in Ringe geschnitten mit einem Teil des Grüns
1,2 l Geflügelfond
1,25 kg Brotfrucht, geschält, entkernt, gewürfelt
Salz, weißer Pfeffer
100 ml Sahne
frischer Schnittlauch oder Koriandergrün, gehackt

❖ Brotfrucht in Salzwasser 25 Min. gar kochen und durch ein Sieb streichen. Zwiebel in 220 ml Fond etwa 15 Min. garen.

❖ Etwa 750 g Brotfrucht damit pürieren, dann mit dem restlichen Fond einige Minuten köcheln. Salzen und pfeffern. Abkühlen lassen. In gekühlten Tassen mit Schnittlauch oder Koriander bestreut servieren.

❖ Variante: Statt Brotfrucht können auch Bataten verwendet werden (ungeschält etwa 25 Min. im Ofen garen).

Karibische Backhähnchenschenkel

je 3 EL brauner Rum, Sojasauce und Limettensaft
12 Hähnchenschenkel
1 Knoblauchzehe, zerdrückt
½ TL Salz
schwarzer Pfeffer
100 g Mehl
Pflanzenöl zum Frittieren

❖ Rum in einem kleinen Topf erwärmen, vom Herd nehmen und entzünden, Topf rütteln, bis die Flamme erlischt. Sojasauce und Limettensaft dazugeben. Knoblauch einrühren. Hähnchenschenkel in einer Schüssel mit der Mischung begießen, 4 Stunden ziehen lassen. Gelegentlich umrühren.

❖ Öl in einer tiefen Pfanne erhitzen. Hähnchenschenkel trocken tupfen, salzen und pfeffern. In Mehl wälzen und goldbraun frittieren.

Maubis Rindfleischpasteten

Zutaten für 12 Stück:
Für den Teig:
450 g Mehl
4 gestrichene EL, Margarine
½ TL Salz
¼ TL Backpulver
¼ l Wasser

❖ Für den Teig trockene Zutaten in eine Schüssel geben. Margarine mit zwei Messern oder in der Küchenmaschine einarbeiten. Nach und nach Wasser zugeben, bis ein feuchter Teig entsteht. Auf einer bemehlten Arbeitsfläche wenige Minuten leicht kneten. Abgedeckt mindestens 10 Min. ruhen lassen. Dann zu 12 kleinen Kugeln formen und gleichmäßig flach ausrollen.

Für die Füllung:
2 EL Butter
1 mittelgroße Zwiebel, gehackt
1 Knoblauchzehe, gehackt
500 g Rinderhackfleisch
1 große grüne Paprikaschote
1 EL Staudensellerie, fein gehackt
1 EL Petersilie, gehackt
60 ml Tomatenmark
¼ TL Oregano
1 EL feine Semmelbrösel
1 Chilischote, gehackt (nach Wunsch)
Öl zum Frittieren (oder 1 Eigelb und 1–2 EL Wasser)

❖ Für die Füllung Zwiebel und Knoblauch in Butter dünsten. Hackfleisch zufügen und gar braten (10–15 Min.). Restliche Zutaten zufügen und kurz weiter dünsten. Ist die Masse zu trocken, etwas Wasser zugeben. Auf jeden Teigkreis einen Löffel von der Füllung geben. Ränder mit Wasser bestreichen, Teig zu einem Halbkreis zusammenklappen und Ränder mit einer Gabel andrücken. In reichlich heißem Öl fritieren, bis der Teig goldbraun ist und die Pasteten oben schwimmen. Darauf achten, dass der Teig nicht durchstochen wird, damit die Füllung nicht herauskommt. Fertige Pasteten auf Küchenpapier abtropfen lassen. Heiß servieren.

❖ Bei Zubereitung im Ofen Pasteten mit einer Mischung aus Eigelb und Wasser bestreichen und bei mittlerer Hitze in etwa 10 Min. goldbraun backen.

❖ Statt Rinderhackfleisch kann auch gemischtes Hackfleisch, gekochtes Huhn oder Fischfilet verwendet werden.

Stamp and Go (Stockfischklößchen)

220 g Stockfisch (Bacalhau) 100 g Mehl 1 TL Backpulver ¼ TL Salz 1 Ei verquirlt 175 ml Milch 1 EL Butter, zerlassen 2 mittelgroße Zwiebeln, gehackt ½ TL Chilischote, gehackt (oder ¼ TL Chilipulver) Pflanzenöl zum Frittieren	❖ Fisch unter kaltem Wasser waschen und über Nacht in Wasser einweichen. Abspülen und zugedeckt in kochendem Wasser etwa 20 Min. köcheln lassen. ❖ Abtropfen lassen, Haut und Gräten entfernen und fein zerpflücken. ❖ Mehl, Backpulver und Salz in eine Schüssel sieben. Ei, Milch und Butter vermengen und unter die Mehlmischung rühren. Fisch, Zwiebeln und Chili zufügen und gut vermischen. ❖ Öl in einem schweren Topf auf etwa 180 °C erhitzen, die Fischmasse esslöffelweise darin goldbraun frittieren. Klößchen auf Küchenkrepp abtropfen lassen.

Gebratene Bananen karibische Art

220 g Mehl 1 Prise Salz 1 TL Backpulver 9 EL Milch, 1 Ei 1 EL Butter, zerlassen 80 g brauner Zucker 3 kleine, reife Bananen 3 EL weißer Rum 2 EL Limettensaft Pflanzenöl zum Braten 50 g Kokosflocken	❖ Mehl, Salz, Backpulver, Milch, Ei, Butter und 40 g Zucker zu einem flüssigen Teig verarbeiten. ❖ Bananen schälen und in 2–3 cm dicke Stücke schneiden. ❖ In einer Schüssel Rum, Saft und den restlichen Zucker mischen und Bananen darin mind. 1 Stunde marinieren. ❖ Öl in einer kleinen Pfanne stark erhitzen. Bananen abtupfen, in den Teig tauchen und sofort goldbraun braten. ❖ In Kokosflocken wälzen und heiß servieren.

Ingwerbier

100 g frischer Ingwer
Saft von 1 Limette oder Zitrone
3 ganze Gewürznelken
850 g Zucker, vorzugsweise brauner
1,75 l Wasser

❖ Ingwer schälen und in dünne Scheiben schneiden. Mit Saft, Nelken, Zucker und kaltem Wasser aufkochen und 5 Min. kochen. Topf über Nacht kühl stellen.
❖ Am nächsten Tag abseihen und mit Zucker abschmecken oder mit Wasser verdünnen. In Flaschen füllen und in jede eine ganze Nelke geben. Gut verschließen und 5 Tage ruhen lassen. Mit Eiswürfeln servieren.

Rumpunsch

1 Orange
1 Mango
1 Banane
100 g Papaya
1 l Ananassaft
½ l Rum
¼ l Zuckerrohrsirup
4 Limetten
2 Vanilleschoten

❖ Orange, Mango, Banane und Papaya schälen, Kerne entfernen und in sehr kleine Würfel schneiden. Ananassaft, Rum, Zuckerrohrsirup und den Saft der Limetten mischen und die Vanilleschoten hinzufügen. Fruchtwürfel zugeben.
❖ Das Getränk für einige Stunden in den Kühlschrank stellen, anschließend Vanilleschoten entfernen.
❖ Serviert wird der Rumpunsch sehr kalt, entweder in sehr schmalen, hohen Gläsern oder stilecht in Bambusgefäßen, mit einer Hibiskusblüte dekoriert.

Tod am 1. Mai

Carmen Iarrera

»Hochdruck über der ganzen Halbinsel. Für morgen, den 1. Mai, sind Temperaturen angesagt, die weit über dem Durchschnitt für diese Jahreszeit liegen, mit Hitzeeinbrüchen in Mittelitalien …«

Wütend machte er den Fernseher aus. Kein Hinweis auf schlechtes Wetter, nicht der Schatten einer Wolke, nichts. Absolut nichts. Es gab keine Hoffnung, es gab keine Rettung für ihn. Morgen musste er mit der ganzen Familie in die Pineta fahren – ein Alptraum.

»Warum hast du ausgeschaltet?«, schrie seine Frau und erschien in der Küchentür. »Reicht es nicht, dass ich bis mitten in der Nacht koche? Kann ich nicht mal mehr fernsehen?«

Er reagierte nicht.

»Darf man erfahren, warum zum Teufel du Lasagne machst?«

»Für den Ausflug morgen, oder? Du Idiot stellst immer Fragen!«

»Aber ist es wirklich nötig, mit Auflaufformen in der Gegend rumzulaufen? Ein Mal, ein einziges Mal könntest du Panini vorbereiten, so wie das die gesitteten Leute tun!«

Wütend schmiss sie die Ofenklappe zu.

»Darüber haben wir bereits geredet«, keifte sie. »Und würdest du jetzt gefälligst den verfluchten Fernseher wieder einschalten?«

Ja, sie hatten darüber geredet, dachte er, während ein idiotisches Gesicht mit einem noch idiotischeren Grinsen auf dem Bildschirm erschien. Um ehrlich zu sein, sie hatten sich zwei Tage lang darüber gestritten, aber da war nichts zu machen. Seine Frau hätte auf diesen 1.-Mai-Ausflug in die Pineta auf keinen Fall verzichtet. Weil es eben Tradition war, weil man es in ihrer Familie schon immer so machte, weil ihr armer Vater darauf bestand, weil es den Kindern gut täte, frische Luft zu schnappen, weil man sich ja sonst nie amüsieren würde, weil, und das konnte man nicht bestreiten, eben jeder hingehen würde, basta.

Er schlief schlecht, sein Bettlaken klebte ihm wegen der ungewöhnlichen Hitze am Köper, und als der Wecker klingelte, erwachte er äußerst schlecht gelaunt.

Draußen strahlte die Sonne, schon ziemlich hoch am Himmel.

»Wieviel Uhr ist es denn?«

»Neun«, brummelte seine Frau und stieß ihre Beine aus dem Bett.

»Wie, neun? Wir hatten vereinbart, um acht Uhr aufzubrechen! Wir wollten doch zumindest versuchen, nicht in den Verkehrsstau zu kommen«, brüllte er.

»Das ging nicht. Die Krankenschwester, die Papa morgens die Spritze gibt, hat gesagt, dass man vor zehn überhaupt nicht darüber reden brauche. Also habe ich den Wecker umgestellt, wenigstens haben wir so etwas länger geschlafen.«

»Ist dir eigentlich nicht klar, dass ...«

»Hör mal zu«, unterbrach sie ihn unhöflich, »die Sache sieht so aus. Wenn du dafür sorgst, dass deine Tochter das Bad nicht Stunden lang blockiert, könnten wir mit Papa um Viertel nach zehn im Wagen sitzen. Ich werde jetzt mal den Kleinen wecken.«

Er sah sie wütend an. Das also war seine Frau. Mit aufgedunsenem Gesicht, hartem Blick, einem inzwischen reizlos gewordenen Körper, der in einem hässlichen Nachthemd aus geblümter Baumwolle schwitzte. Was zum Teufel war aus ihr geworden?

Das Bad war verschlossen, besetzt. Und das seit mindestens einer Viertelstunde. Ein Ding der Unmöglichkeit.

»Maria Elisabetta!«, schrie er und traktierte die Tür mit Faustschlägen. »Maria Elisabetta, könntest du verdammt nochmal hier rauskommen? Du bist schließlich nicht allein in diesem Haus!«

Der Schlüssel drehte sich im Schloss, und seine Tochter stand aufgebracht auf der Türschwelle.

»Es ist nicht meine Schuld, wenn es in dieser Hütte nur ein einziges Badezimmer gibt«, zischte sie. »Und nenn' mich nicht Maria Elisabetta.«

»Ach nein? Wie möchtest du denn gerne genannt werden?«

»Beth. Das habe ich dir schon tausendmal gesagt. Beth. Sonst werde ich euch nicht mehr antworten.«

Was für eine Neuigkeit. Seit Monaten hatte sie niemandem mehr geantwortet, nur ihrem Handy, von dem sie sich nie trennte, das sie sogar ins Badezimmer mitnahm. Er hätte dieses Handy gerne gegen die Wand geknallt, wenn er nicht genau gewusst hätte, wer ihr dann ein neues kaufen müsste ...

Gegen zehn hatte er alles Erdenkbare im Auto verstaut: den Klapptisch, die Stühle, die Kühlbox, den Ball, das Fahrrad vom Sohn, Plastiktüten voller Plastikgeschirr und Plastikbesteck, einen Ghettoblaster, Jacken, falls es kalt würde, Sonnencreme und die große Auflaufform mit der Lasagne, die so flüssig war, dass sie ihm über die Hose schwappte.

Um Viertel nach zehn, nach wiederholten hitzigen Anrufen über die Gegensprechanlage, kam schließlich der Schwiegervater herunter.

»Was ist los? Was soll diese Hetzerei? Brennt vielleicht das Kolosseum?«, brummte er anstelle einer Begrüßung. »Ihr wisst, dass es mir nicht gut geht und ich meine Zeit brauche. Aber nein, immer Eile, immer Eile. Zu meiner Zeit hatte man vor den Alten noch mehr Respekt ...«

Er machte es sich auf dem Beifahrersitz bequem, was er als sein Recht in Anspruch nahm.

»Also, worauf warten wir?«, meckerte der Alte.

Er überhörte die Frage und ließ den Motor an. Früher oder später würde dieser verfluchte Tag zu Ende sein.

Rom war ausgestorben. Die Rollläden der Geschäfte waren herunter gelassen, die Fensterflügel der Wohnhäuser weit aufgerissen, die Vorgärten strahlten in heiterem Grün, die Kirchenportale waren geöffnet, die Straßen und Bürgersteige leer, still, anheimelnd. Wie schön wäre es gewesen, in einer so bezaubernden, friedlichen Stadt einen Spaziergang in der Sonne zu machen ...

Kaum war er in die Cristofero Colombo abgebogen, die große Superstrada, die aus der Stadt hinausführt, sah er Tausende von Autos vor sich, wie eine Mauer.

»Ich habe doch gesagt, wir hätten früher aufbrechen müssen!«, platzte es aus ihm heraus. Allgemeiner Protest erhob sich im Auto. Die Frau beklagte sich, dass man von ihr immer Unmögliches fordere, dass sie schließlich die ganze Nacht gekocht habe; der Schwiegervater lamentierte über seine Krankheit, über den Verkehr und das Leben heutzutage; die Tochter beschwerte sich über diese idiotische Idee, einen Ausflug am 1. Mai zu unternehmen, und der Sohn wimmerte, dass er sein Pipi nicht mehr anhalten könnte.

»Das musst du aber!«, schrie er und bremste in letzter Sekunde, bevor er seinem Vordermann aufgefahren wäre. Erster Gang, zweiter, erster, bremsen. Er schloss die Fenster und schaltete die Klimaanlage an. Der Schwiegervater fing sofort an, zu lamentieren.

»Willst du vielleicht, dass ich mir eine Erkältung zuziehe? Reicht es nicht, dass wir in diesem Chaos festsitzen? Soll ich hier erfrieren? Ich kapiere wirklich nicht, wozu dieses ganze neue Zeug nötig ist. Zu meiner Zeit ...«

Er machte die Klimaanlage wieder aus und ließ die Fenster herunter. Feuchte, tropische Hitze drang in das Wageninnere – noch zwanzig elende Kilometer lagen vor ihnen. Er schnaubte und blickte sich um. Die Autos kamen nur im Schritttempo vorwärts, so dicht beieinander, dass er mit dem Pärchen rechts neben ihm im Kabriolett problemlos ein Geplauder hätte anfangen können, ebenso mit der Familie im Kleinwagen auf seiner linken Seite, aber was hätte das für einen Sinn? Sie hatten alle diese finsteren Gesichter, besorgt, ausgetrocknet und müde. Sie alle, dachte er, wussten, dass es wieder so kommen würde. Ja, sie wussten es alle, er wusste es und auch diese Idiotin, seine Frau. Aber obwohl allen klar war, was es hieß, am 1. Mai in die Pineta zu fahren, trafen sie sich jedes Jahr wieder hier, um auf kochendem Asphalt vorwärts zu schleichen, Meter für Meter.

Was für eine Strafe das war, in einem Auto mit der eigenen Familie eingesperrt zu sein, jedem Gejammere ausgesetzt, das wünschte er nicht mal seinem ärgsten Feind. Zwei Stunden und zehn Minuten Anspannung hatte es ihn gekostet, um in der Pineta anzukommen, eine halbe Stunde Nerverei, um, welch ein Wunder, einen handtuchgroßen Parkplatz zu finden. Und mindestens zehn Minuten Ärger, bis der richtige Picknickplatz ausgesucht war. Er fand es völlig absurd, sich hier am Straßenrand einzurichten, mitten im Gestank der Auspuffrohre, auf einem Quadratmeter mickrigen Rasens voller Hundekacke, der einzige Fleck, der bei den Grilltischen noch frei war, dicht an dicht gedrängt, als ob sie in der Gartenmöbelabteilung eines Baumarkts ausgestellt wären.

Dabei war diese Pineta eigentlich traumhaft. Kurz hinter den Toren Roms, an einem sanft ansteigendem Hang zwischen der Stadt und dem Meer gelegen, kam sie einem wie ein verwunschener, antiker Ort vor, von geheimnisvollen Pfaden aus gestampfter Erde durchzogen, mit einem üppigen Bestand hundertjähriger Pinien, Unterholz, das im Herbst voller Pilze und wildem Spargel war und den roten Beeren vom Mäusedorn. Jetzt, in den ersten Maitagen, wurden die Erdbeerbäume langsam rot, ein Wunder für Augen und Geschmackssinne. Man hätte nur ein Stückchen laufen müssen. Nach fünfzig oder hundert Metern kam man auf die Via Severiana, deren Pflastersteine noch aus der Zeit der alten Römer stammten. Und wenn man noch ein bisschen weiter ging, stieß man auf einen mit Mosaik ausgelegten Platz, der früher einmal der Fußboden der Villa

von Plinius war. Nur wenige hundert Meter entfernt von diesem verrückten Gedränge der Ausflügler war keine Menschenseele mehr, nur hohes Gras, gute Luft, der Geruch von Harz, Pinienkerne im Überfluss und das Klopfen der Spechte und Vogelgesang.

Er hatte es immer und immer wieder gesagt, aber ohne Erfolg, wie üblich. Er hätte sich den Atem und die Nerverei sparen können, bei seinem Schwiegervater, der protestierte, weil er nicht mehr laufen könne, seiner Frau, die ihrem Vater wie immer Recht gab, dem Sohn, der bereits mit anderen Jungen Ball spielte, und der Tochter, die es nie im Leben riskieren würde, ihre neuen Schuhe zu zerkratzen. Das einzig Vernünftige wäre, früher oder später zu kapitulieren.

Das Auto auszuladen verschaffte ihm dennoch ein Gefühl der Erleichterung, sie waren schließlich in der Pineta angekommen. Das meiste war geschafft. Wenn es ihm jetzt gelänge, sich ein wenig zu entspannen und etwas zu essen, könnte er sich vielleicht sogar ein paar Stunden lang ausruhen.

Die Bohnen waren dick, mehlig und zu kurz gekocht, und der Pecorino war zu salzig. »Was erwartest du von mir? Ich bin erst spät auf den Markt gekommen, bei all dem, was ich im Haus zu tun habe. Also musste ich nehmen, was noch zu kriegen war. Diese Halsabschneider verkaufen dir den letzten Mist. Aber was soll ich denn machen? Mich mit allen rumstreiten?« Dann die Lasagne natürlich, in die seine Frau wie immer Erbsen untergemischt hatte. Er hasste Erbsen. Und dann Fleischklößchen mit Sugo, absolut schwer verdaulich. An Getränken gab es Coca-Cola für die Kinder und Wein für den Opa, aber für Wasser, das nur er trank, war in der Kühlbox kein Platz mehr gewesen. So schluckte er Wein statt Wasser und mit dem Wein seine Wut herunter. Er beschwerte sich nicht. Er sagte kein Wort. Er klappte seinen Liegestuhl runter und schloss die Augen. Er würde sich ein bisschen ausruhen, sich ein bisschen sonnen. So würde er den Tag schon rumkriegen.

Die Sonne war durch eine leichte Brise, die die Blätter der Bäume rascheln ließ, angenehm warm und einlullend. Seine Verdauung und die Wirkung des Weines taten ihr Übriges, um ihn langsam in einen Zustand dumpfer Trägheit fallen zu lassen. Seine Muskeln lockerten sich, seine Nervosität legte sich, sein Herzschlag wurde ruhiger, Klänge und Geräusche wurden leiser, entfernten sich, lösten sich auf. Ein Wohlbefinden überkam ihn, liebkoste ihn, wiegte ihn, trug ihn fort, weit weg, irgendwohin. An einen verlassenen Strand, auf einen wunderschönen Berg, eine Blumenwiese, an die Spitze eines weißen Küstenstreifens, wo hohe Wellen gegen die Felsen schäumten und bis zu ihm heranrollten, und ab und zu traf ihn ein Wassertropfen, der sein Gesicht erfrischte. Ein Paradies. Grobe Hände schüttelten ihn, eine spitze Stimme bohrte sich ihm in die Ohren. Er zuckte mit den Augenlidern, kämpfte mit all seinen Kräften, die Augen zu öffnen, er schaffte es und blickte unmittelbar in das böse Gesicht seiner Frau. Sie schrie. Er schnellte hoch.

»Was ist? Was gibt es?«

»Es regnet! Verflucht, willst du mal aufwachen? Siehst du nicht, dass es regnet?«

Er schüttelte seinen Kopf und blickte um sich. Unter einem schwarzen Himmel, aus dem hier und da ein paar dicke Regentropfen fielen, packten Hunderte von aufgeregt kreischenden Menschen in höchster Eile Grillutensilien, Stühle, Fahrräder, Spielzeug, Flaschen und Tischchen zusammen.

»Was soll das heißen, es regnet?«, stammelte er benommen. »Die Wettervorhersage hat doch gesagt ...«

»Schwachköpfe wie immer!«, schrie die Frau. »Beeil dich einzuladen, zum Teufel, es kommt ein Platzregen!«

Sein Schwiegervater hatte sich bereits auf den Beifahrersitz gesetzt, natürlich. Auch ihre Tochter war bereits im Auto, ihr Handy ans Ohr geklebt, selbst ihr Sohn saß schon drin, sein neues Fahrrad lag auf dem Rasen, dieses Fahrrad, das ihn einen Haufen Geld gekostet hatte und einen Haufen Nachmittage in Geschäften, weil der Bengel ja auf einem rot-blauen bestand, mit fünf Gängen und diesem und jenem Schnickschnack; Himmel, es durfte nicht irgendeins sein. Er betrachtete das Fahrrad voller Hass. Die Regentropfen fielen immer dichter, die Stimme seiner Frau wurde immer schriller. Er betrachtete sie voller Hass.

Alles, er hasste alles. Seine Familie, die Pineta, Feiertage, Autos, den Himmel, die Erde. Die Erregung und der Zorn, über die sich die Trägheit seiner Glieder für ein paar wunderbare Minuten gelegt hatte, wurden zum Schmerz. Die eigene Charakterschwäche, die gesamte Menschheit, er hasste alles!

Er schmiss die Sachen in den Kofferraum, warf sich auf den Fahrersitz, knallte die Wagentür zu und ließ den Motor an. Und steckte dann, verflucht logisch und verflucht vorhersehbar, wieder in einem Stau Tausender von Autos.

Erster Gang, zweiter Gang, bremsen; erster Gang, bremsen. Der Regen, der auf das Wagendach trommelte, die nörgelnde Tochter, der Schwiegervater, der das Radio auf volle Lautstärke gedreht hatte, der Sohn, der hier und sofort auf einem Schokoladeneis bestand, die Frau, die ihn antrieb, sich von dem Autofahrer nebenan nichts bieten zu lassen, er wolle doch sicher vorwärts kommen, sich nicht von einem Motorrad rechts überholen zu lassen, verflucht, vorwärts, weiter, mach' schon.

So vergingen Stunden. Endlose sinnlose Stunden, voller Anspannung, in denen er seinen von dem jähen und unangenehmen Erwachen benommenen Körper spürte: die Reflexe durch die mühselige Verdauung verlangsamt, der Verstand vom Wein benebelt, die Vernunft von der Absurdität dieser Situation gekränkt, das Herz dem eigenen Leben gegenüber verbittert und der Hass im Inneren, dieser Hass, der bis in seinen Kopf hoch kroch und von Moment zu Moment wilder wurde. Warum ertrug er das alles? Wo stand geschrieben, dass er sich nicht wehren sollte, sich von diesen Gewichten befreien, von diesen Verpflichtungen, dieser Familie ... und diesem Leben?

Drei Stunden, die kein Ende nehmen wollten, drei unerträgliche Stunden im strömenden Regen. Er hatte viel Zeit, über seinem Groll zu brüten, ihn zu liebkosen und zu nähren, bis er schließlich ganz von ihm Besitz ergriffen hatte. Bis er ihm aus den Augen trat, in seine Fingerspitzen kroch und sich bitter auf seine Zunge legte. Bis er am Ende der Steigung durch die herabstürzenden Wassermassen hindurch die in ein warmes Licht getauchten Mauern der Porta Ardeatina erkennen konnte.

Gigantische Mauern, absolut mächtige Mauern, die die Stadt in einer beschützenden Umarmung umschlossen und deren Portale geduldig den Verkehrsstrom in sich hineinschluckten. Er ging vom Gaspedal, kam fast zum Stehen und ließ sich von allen überholen, das zunehmende Gehupe war ihm völlig egal und auch das hysterische Gekreische seiner unerträglichen Familie, bis er endlich in der ersten Reihe vor der roten Ampel stehen würde. Vor ihm lagen nur noch ein paar Dutzend Meter freier Asphalt. Das würde genügen.

Er atmete tief durch, hielt vor der roten Ampel und lächelte. Und mit diesem auf den Lippen festgeklebten Lächeln legte er den Gang ein, als die Ampel endlich auf grün schaltete, beschleunigte, schaltete höher, noch mehr Tempo, und raste auf die Mauer zu.

Robuste, mächtige Mauern, von den alten Römern gebaut, die jeder Herausforderung seit Tausenden von Jahren die Stirn geboten hatten. Und sicher würden sie es auch mit einem metallic-grauen Kleinwagen mit blauer Innenausstattung aufnehmen ...

Italienisches Picknick zum 1. Mai

Alle Rezepte für 4 Personen

Seit alters her wird im Mai der Frühling mit zahllosen Bräuchen gefeiert: mit dem Tanz um den Maibaum, Wettkämpfen, der Wahl eines Maikönigspaares oder festlichen Umzügen. Seit 1890 gilt der 1. Mai international als »Tag der Arbeit« und ist – arbeitsfrei.

Bruschetta klassisch

Für vier große Scheiben:
4 große Scheiben kräftiges Bauernbrot (aus Sauerteig)
4 Knoblauchzehen
Olivenöl, sehr guter Qualität

❖ Scheiben halbieren und toasten oder in der Pfanne mit wenig Olivenöl knusprig braten. Knoblauchzehen schälen und halbieren und das noch warme Brot damit einreiben. Je 1 EL Olivenöl darüber träufeln. Wichtig ist, dass das Brot eine feste Krume hat.

❖ Dazu kann das Brot mit folgendem Aufstrich serviert werden.

Bruschetta mit Tomate und Zwiebel

2–3 reife Fleischtomaten
1–2 Knoblauchzehen
1 Zwiebel
1 Zwei Oregano
4–6 Zweige Basilikum
Salz, Pfeffer
6 EL Olivenöl

❖ Tomaten mit kochendem Wasser überbrühen, abschrecken, häuten, entkernen und putzen. Fruchtfleisch grob hacken. Knoblauch schälen und fein würfeln.

❖ Zwiebel schälen und in hauchdünne Ringe schneiden. Kräuter waschen, abtrocknen und fein hacken. Alles mischen, salzen und pfeffern. Öl unterrühren.

Bruschetta mit dunkler Olivencreme

2 Sardellenfilets
1 getrocknete Chilischote
150 g schwarze Oliven

❖ Sardellen abspülen, abtupfen und klein schneiden. Chilischote entkernen.

❖ Mit entsteinten Oliven, allen Kräutern, Knoblauch

je 1 TL frischer Rosmarin und Thymian
6 Salbeiblättchen
4 Knoblauchzehen, geschält
1 EL Kapern, 100 ml Olivenöl
1 TL Zitronensaft
Salz, Pfeffer

und Kapern im Mixer pürieren. Nach und nach Öl zugeben, bis eine sämige Paste entsteht.

❖ Mit Zitronensaft, Salz und Pfeffer abschmecken.

Weiße Bohnen mit Pecorino

250 g weiße Bohnen, über Nacht eingeweicht
2 EL Pflanzenöl
1 Zwiebel, fein gewürfelt
1 Knoblauchzehe, fein gewürfelt
1 Rosmarinzweig, fein gehackt
Salz, Pfeffer
250 g geschälte Tomaten
Pecorino

❖ Bohnen mit Einweichwasser kalt aufsetzen, aufkochen und etwa 1 Stunde bei mittlerer Hitze weich garen. Kochwasser aufheben.

❖ Öl in einem Topf erhitzen, Zwiebel und Knoblauch darin andünsten. Bohnen und Rosmarin zufügen, würzen und 5 Min. bei mittlerer Hitze schmoren. Tomaten zugeben und bei schwacher Hitze 10 Min. köcheln lassen. Bei Bedarf etwas Kochwasser nachgießen, nachwürzen.

❖ Gekühlt mit darüber gehobeltem Pecorino und Weißbrot servieren.

Römischer Nudelsalat

gut 200 ml Brühe
125 g rote Linsen
5 EL Weißweinessig
Salz, schwarzer Pfeffer
6 EL Olivenöl
150 g schmale Bandnudeln
150 g Romanasalat
75 g luftgetrocknete Salami, in Scheiben

❖ Brühe aufkochen und Linsen darin 10 Min. bei schwacher Hitze zugedeckt garen, dabei ab und zu umrühren. Etwas abkühlen lassen. Essig unterrühren, salzen, pfeffern und Öl untermischen.

❖ Nudeln in Salzwasser al dente kochen, in ein Sieb abgießen, kalt abbrausen und sehr gut abtropfen lassen. Romanasalat waschen und gut abtupfen, putzen und mundgerecht zerkleinern.

❖ Nudeln mit Linsen und Romanasalat mischen, mit Salami garnieren.

Italienische Hackschnitten vom Blech

100 g Weißbrot vom Vortag, in Scheiben
2 mittelgroße Zwiebeln, fein gewürfelt
1 EL Pflanzenöl
2 Knoblauchzehen
750 g mageres Rinderhack
2 Eier
einige Zweige Majoran (oder 3 TL getrockneter)
Salz
schwarzer Pfeffer, Cayennepfeffer
3 kleine feste Tomaten
150 g Mozzarella

❖ Weißbrot in warmem Wasser einweichen. Öl in einer Pfanne erhitzen und Zwiebeln darin glasig braten. Knoblauch schälen und dazupressen. Vom Feuer nehmen.

❖ Backofen auf 200 °C vorheizen. Weißbrot gut ausdrücken und in eine Schüssel geben, mit Zwiebeln, Hackfleisch und Eiern zu einem Teig kneten. Majoran waschen, Blättchen abstreifen, etwa 2 EL davon fein hacken und gut mit dem Fleischteig verkneten. Mit Salz, Pfeffer und Cayennepfeffer würzen und auf einem Backblech gleichmäßig verstreichen. Auf mittlerer Schiene im Ofen etwa 20 Min. backen.

❖ Tomaten waschen und in dünne Scheiben schneiden, Stielansatz entfernen. Mozzarella in dünne Scheiben (so groß wie Tomaten) schneiden.

❖ Hackfleisch herausnehmen, Ofen auf 250 °C heizen. Hackfleisch mit Bratenwender andrücken und mit Tomaten so belegen, dass später jedes Portionsstück eine Scheibe hat. Jede Scheibe mit 2–3 Majoranblättchen belegen, salzen, pfeffern und mit je einer Mozzarellascheibe bedecken. Auf mittlerer Schiene etwa 10 Min. überbacken. Abkühlen lassen.

❖ In Stücke schneiden und mit Salat aus festen Gemüsen (Paprika, Zucchini) in Balsamico-Vinaigrette servieren.

Italienischer Kastanienkuchen

200 g Kastanienpüree
150 g Puderzucker
150 g gemahlene Mandeln
1 Vanilleschote
3 Eigelb, 3 Eiweiß
100 g Butter

❖ Alle Zutaten bis auf das Eiweiß verrühren. Eiweiß schnittfest schlagen und unterheben. In gefetteter Form im nicht vorgeheizten Ofen bei 180 °C auf mittlerer Schiene 50 Min. backen.

❖ Mit Puderzucker bestäubt servieren.

Mord am Muttertag

Susanne Mischke

»Streife fahren bringt überhaupt nichts«, sagte Ferdi missgelaunt.
»Er hat sich noch nie eine von der Straße geschnappt. Immer in ihren Wohnungen. Wenn sie mal eben zur Mülltonne gehen oder zum Briefkasten oder ein Fläschchen Wein aus dem Keller holen und nur ganz kurz die Tür auflassen ... «

»Ja«, antwortete Siggi. »Aber man kann nicht in jedes Haus, in dem so eine alte Frau wohnt, einen Polizisten stellen. Auf Streife sehen uns die Leute und meinen, dass was für ihre Sicherheit getan wird.«

»Es war klar, dass es wieder uns Ledige trifft«, maulte Ferdi. »Sonntagsschicht bei so einem Wetter!«

»Dienst ist Dienst. Denk an den Zuschlag.«

»Ich hab Durst«, knurrte Ferdi. »Fahr zum Kiosk. Scheiß Muttertagsmörder.«

Er holte noch einmal tief Atem und schaute hinauf zum samtblauen Maihimmel, so sehnsüchtig wie einer schaut, der eine lange Haftstrafe anzutreten hat. Wenn ich ein Vöglein wär ... dachte er und drückte resigniert auf den vergoldeten Klingelknopf. Es dingdongte. Er hörte, wie sich die Absätze ihrer Gesundheitsschuhe in den Kokosläufer bohrten, der Schlüssel schabte im Schloss, die Tür öffnete sich gerade so weit, wie es die massive Kette zuließ.

Kein Wunder, dass sie ängstlich war. Er selbst hatte schließlich, auf Geheiß des Chefredakteurs, diese Artikel *Wird der Muttertagsmörder wieder zuschlagen?* geschrieben. »Seit Tagen versetzt der so genannte Muttertagsmörder die Stadt in Angst ...« Im Grunde war es nicht der Mörder, sondern die Presse, die die Leute seit Tagen in Angst versetzte. »Wird er auch dieses Jahr wieder eine alte Dame in ihren eigenen vier Wänden überfallen und brutal ermorden ...« undsoweiter. Täglich druckten sie die Ratschläge der Polizei an alleinlebende ältere Damen, nur ja keinem Fremden die Tür zu öffnen.

»Ich bin's, Mutti. Mach auf.«

Da stand sie, die Lippen ungeschickt angemalt, die Einheitsdauerwelle mit Haarspray zementiert. Sie trug eine karierte Schürze über einem billigen, hellblauen Häkelpulli und dazu den obligaten Faltenrock. Er konnte riechen, was es zum Essen geben würde. Sein Magen krampfte sich zusammen.

»Ach, du bist es.« Der leidende Tonfall einer vom Leben Enttäuschten.

»Hallo, Mutti.«

»Du kommst spät. Alles wird verkocht sein, aber das ist dann nicht meine Schuld.«

»Alles Gute zum Muttertag.« Er hielt ihr den Dreißig-Euro-Frühlingsblumenstrauß vor das Gesicht und küsste sie widerstrebend und so flüchtig wie möglich auf die bleiche Wange. Sie roch nach Maiglöckchen und Sauerbraten. Er wusste nicht, welchen der beiden Gerüche er mehr verabscheute.

»Der ist doch viel zu schön für mich.« Sie nahm ihm den Blumenstrauß ab und stopfte ihn in eine Vase.

Er schleuste sich durch den engen Flur an ihr vorbei ins Wohnzimmer. Der Tisch war für drei gedeckt. In der Schrankwand lauerten, zwischen Spitzendeckchen und Kitschporzellan, die Bilder. Er mit einer Schultüte, sein Vater in Uniform, beide in schwarzweiß. Die restlichen Photos waren farbig: Torsten und seine blonde Gattin, die zwei niedlichen Kinder, das große Haus, der große Hund, Torsten im weißen Kittel, das Stethoskop um den Hals.

Er ließ sich am Tischende nieder, wo er die Photos nicht ansehen musste. Am anderen Ende des langen, polierten Nußbaumtisches protzte ein voluminöser Blumenstrauß. Das Kunstwerk der Floristik war mindestens doppelt so groß und teuer wie seiner, die Fleurop-Gebühren nicht mitgerechnet.

»Von Torsten. Wunderschön, nicht wahr?« Wieder dieser Wimmertonfall, als läge sie im Sterben. Dabei war sie organisch gesund. Bei »organisch« musste er an den Sauerbraten denken und heimlich aufstoßen.

»Ja, schön.«

Er half ihr beim Entkorken einer Weinflasche. Honigfarben rann die

Spätlese in die Kristallgläser. Er hätte viel lieber ein Bier getrunken, aber Bier war proletenhaft. Sie schleppte ein Tablett mit Schüsseln und Platten heran, die sie drohend vor ihm aufbaute.

»Sauerbraten. Euer Leibgericht.« Mit einem großen Vorlegelöffel schaufelte sie kleine, eitergelbe Teigbatzen auf seinen Teller. »Die Spätzle sind matschig. Weil du nie pünklich sein kannst.«

»Ich war pünktlich. Auf die Minute.«

»Wenn man zum Essen eingeladen ist, kommt man nicht in letzter Minute, sondern etwas früher.« Sie klatschte noch einen letzten Batzen auf den Spätzleberg.

»Danke. Genug!«

»Lang nur ordentlich zu. Wieso mache ich mir sonst die Mühe und steh mir den ganzen Vormittag die Beine in den Bauch?«

Ihre Beine. Gab es diese Stützstrumpfhosen denn tatsächlich nur in der Farbe angegammelter Fleischwurst?

»Du hättest nicht kochen müssen. Du weißt doch, Sonntags frühstücke ich immer spät.«

»Weil du dich am Samstag die ganze Nacht mit Schlampen herumtreibst.«

Ihre Stimme klang nun gar nicht mehr leidend, sondern scharf wie das Messer, mit dem sie gerade den Braten in Scheiben schnitt. Er lag auf einer weißen Platte mit Goldrand.

»Du sitzt auf Torstens Platz. Setz dich bitte dahin.« Sie wies auf den Stuhl an der Längseite.

»Wieso? Kommt er noch?« Seine Mundwinkel verzogen sich zu einem hämischen Grinsen. Sie hatte einen Schönheitsfehler, die Musterfamilie: Sie lebte in Baltimore.

»Sie haben ihn zum Leiter der urologischen Abteilung befördert, habe ich das schon erzählt?« Sie hatte.

»Jedem das seine. Mahlzeit.«

»Setz dich jetzt da rüber!«

Er gehorchte und nahm seinen Teller mit.

»Wann wirst du mal befördert?«

»Ich habe ein eigenes Ressort innerhalb der Lokalredaktion. Bei einer kleinen Zeitung gibt es nicht so viele Aufstiegsmöglichkeiten.« Wozu erzählte er ihr das überhaupt? Für sie würde er immer ein kleiner Schmierenjournalist bleiben. Ein Versager.

Sie legte ihre Schürze ab, spießte zwei Scheiben Braten auf die Fleischgabel und ließ sie auf seinen Teller glitschen. Aus einer Sauciere goß sie eine wässrigbraune Flüssigkeit über das Arrangement.

»Heutzutage muss man dankbar sein, wenn man mit vierzig noch einen Job hat«, fügte er trotzig hinzu.

»Dein Vater ist mit vierzig aus der Gefangenschaft gekommen und hat ganz von vorn angefangen ...«

»Und war mit fünfzig tot.«

Schicksalsergeben ließ sie sich ihm gegenüber auf den Stuhl fallen. Ihr Haupt mit den grauen Löckchen, die an einen Königspudel erinnerten, sank für einen Moment auf ihre volle Brust, ehe sie den Blick anklagend zum Himmel hob, die Hände faltete und sagte: »Bei Gott, es war nicht einfach für mich, euch beide alleine großzuziehen. Aber wenigstens ist aus deinem Bruder was geworden. Er wird übrigens im Dezember zum drittenmal Vater.«

Er schwieg.

»Bei dir ist der Zug ja wohl abgefahren. Du hast ja noch nicht einmal eine Frau, geschweige denn ...«

»Unser Vater war auch über vierzig, als ihr geheiratet habt«, unterbrach er gereizt.

»Das waren andere Zeiten.«

Er verzichtete auf einen Einwand.

»Willst du nicht mit deiner Mutter anstoßen?«

»Doch, natürlich Mutti.« Er hob sein Glas. »Alles Gute zum Muttertag.«

»Danke«, sagte sie und hatte wieder ihren Leidenszug um den Mund.

Süß und warm rann der Affenthaler die Kehle hinunter. Er musste husten.

»Lass es dir schmecken, Junge.«

Er schaute auf seinen Teller. Die Sauce hatte eine dünne Haut bekommen. Die Spätzle waren aufgedunsene Maden, durch die Bratenscheiben zog sich eine breite, glibbrige Sehne wie eine Krampfader. Er schnitt ein Stück Braten ab. Das Fleisch war faserig und zäh.

»Iss«, sagte sie.

»Ich kann nicht.« Er legte das Silberbesteck hin.

Ihre Mundwinkel zuckten. »Willst du mich absichtlich kränken?«

»Nein, Mutti. Aber ich kann nicht.«

»Dein Vater und dein Bruder haben meinen Sauerbraten geliebt. Nur du musst immer Zicken machen, dein ganzes Leben hast du nur Probleme gemacht. Iss, sage ich!«

Er nahm die Gabel wieder in die Hand und steckte das aufgespießte Stück Fleisch in den Mund. Er schluckte, ohne zu kauen. Auf halbem Weg durch die Speiseröhre überkam ihn Brechzreiz, und er spie den Batzen auf den cremeweißen Läufer.

»Also, das ist doch ...!« Vor Empörung waberte ihre Brust unter dem hellblauen Häkelpulli wie Götterspeise.

»Es tut mir leid, Mutti!«

Sie erhob sich und sah ihn aus schmalen Augen an. »Du willst also nicht essen, was deine Mutter liebevoll gekocht hat?«

»Ja. Nein. Ich ...« Er verstummte. Er wusste, was ihm bevorstand.

Sie verließ das Zimmer und kam mit einem kalten Gesichtsausdruck und einem Gürtel in der Hand zurück.

»Kennst du den?«

Er nickte. Seine Hände schwitzten.

»Antworte mir.«

»Vaters Gürtel«, hauchte er. Er hatte Schweißtropfen auf der Stirn. »Bitte, Mutti, ich werde essen, ich ...«

»Zu spät. Runter mit dir!«

Heute war sie besonders wütend. Er zählte vierundzwanzig Schläge auf die nackte Haut, davon sechs mit der Gürtelschnalle. Heulend kroch er auf den Stuhl zurück. Sitzen konnte er nicht, nur knien. Sein Gesicht hing über der Platte mit dem Fleisch, das wie Erbrochenes roch. Sie beugte sich über den Tisch, das Kreuz an ihrer Halskette pendelte über dem Braten. Ihre Hand legte sich wie ein Schraubstock um sein Kinn. Perlmuttnägel gruben sich in seine Haut.

»Schau mich an!«

Stahlgraue Augen, graurosa Wangen, blutrote Lippen, graue Pudellöckchen, hellblaue Häkelbrüste, goldenes Kreuz über stahlgraublitzendem Messer ...

»Wirst du jetzt aufessen?«

»Fahr zur Hölle, Mutti!«

Stahlgraues Messer in weiches Hellblauhäkelpullifleisch. Ein Fleck entstand, so rot wie ihr staunender Mund. Schnell arbeitete sich das Rot durch das Häkelmuster, Stäbchen für Stäbchen. Der Mund ging auf und zu, sie kippte nach vorn, Pudellöckchen sanken zwischen Bratenplatte und Spätzleschüssel.

Er vertiefte sich für einen lustvollen Moment in den Anblick, brannte ihn in sein Hirn. Er spürte eine wachsende Erregung, von der er wusste, dass sie noch lange anhalten würde. Dann rückte er seinen Krawattenknoten zurecht, legte einen Umschlag auf die Anrichte und trat hinaus ins Freie. Die Sonne schien, Vögel sangen. Es versprach noch ein schöner Sonntag zu werden.

Elke räumte den Tisch ab, riss die Fenster auf, warf das Essen in den Mülleimer und den rotverschmierten Pullover in die Waschmaschine. Sie seufzte. Sonntage waren immer anstrengend, und der Muttertag war der Schlimmste von allen. Während der Woche lief ihr Geschäft ganz normal, Familienväter und Führungskräfte kamen zum Auspeitschen und Piesaken, aber Sonntage und Feiertage gehörten den Durchgeknallten. Der von eben, zum Beispiel, kam seit einem halben Jahr etwa einmal im Monat. Doch sie durfte nicht klagen, sie verdiente gut an diesen Herren. Das Kuvert wanderte in ihre Handtasche.

Sie säuberte das Messer mit der versenkbaren Klinge und legte es in die Schublade, zu der Pudelperücke, den Photographien und dem BH mit den Mammutbrüsten aus Latex. Schnell noch einen Kaffee und eine Dusche, dann musste sie das Zimmer umdekorieren und sich umziehen. Bald kam Ferdi mit dem Ärztinnen-Tick. Sie musste noch die Gipsverbände und die Spritzen herrichten.

Am Montag atmete man auf dem Polizeipräsidium erleichtert auf. Kein Leichenfund war gemeldet worden. Dies verdanke man den umfangreichen Präventivmaßnahmen, ließ der Dienststellenleiter vor der Presse verlauten.

Nur die Leser der Lokalzeitung waren im geheimen ein klein wenig enttäuscht über die Schlagzeile: *Erster Muttertag ohne Mord seit sieben Jahren.*

Gutbürgerliches Muttertags-Menü

Alle Gerichte für 4 Personen

Die amerikanische Predigertochter Ann Jarvis machte sich zu Beginn des 20. Jahrhunderts für einen Ehrentag der Mütter stark. Rasch verbreitete sich der neue Feiertag; seit 1915 ist er in den USA offiziell auf den zweiten Sonntag im Mai festgelegt und wurde erstmals 1923 auch in Deutschland mit Blumen, Geschenken und Festessen begangen.

Klare Gemüsebrühe

1 Zwiebel, mit Schale
1 kleine Stange Lauch
2 große Möhren
2 kleine Möhren
2 kleine Zucchini
1 Stück Knollensellerie
1 Stange Staudensellerie
1 Petersilienwurzel
1 Bund Petersilie, gezupft
1 EL geschmacksneutrales Öl
1 Lorbeerblatt
4 Pfefferkörner
1 Nelke, 1 Zweig Thymian oder Rosmarin
2 l Wasser, Salz
1 Bund Schnittlauch, gehackt

❖ Zwiebel vierteln. Gemüse sehr gründlich waschen, nicht schälen. Bis auf kleine Möhren und Zucchini in Stücke schneiden.

❖ Das Gemüse in einem großen Topf im Öl anschwitzen. Dabei ständig rühren; das Gemüse darf nicht braun werden.

❖ Salz, Gewürze und Petersilie zugeben und mit Wasser auffüllen. Aufkochen. Bei mittlerer Hitze 60 Min. köcheln lassen. Brühe durch ein sehr feines Sieb gießen.

❖ Zucchini halbieren und Kerne herausnehmen. Zucchini und kleine Möhren in streichholzgroße Stifte schneiden.

❖ Gemüse auf Teller verteilen, mit der Brühe aufgießen und mit Schnittlauch bestreut servieren.

Sauerbraten nach Hausfrauenart

1 große Zwiebel, geviertelt
2 Lorbeerblätter
je 1 TL Senf- und Pfefferkörner
2 Nelken

❖ Zwiebel, Gewürze, Kräuter, Essig und Wasser aufkochen. Marinade erkalten lassen. Fleisch waschen, in eine Schüssel geben und mit Marinade begießen. Das Fleisch soll bedeckt sein. 3–5 Tage marinieren, dabei täglich wenden.

4 Wacholderbeeren, zerdrückt
1/2 l Rotweinessig
1/4 l Balsamico oder Burgunder
1 l Wasser
1 kg Rindfleisch aus der Hüfte
Salz, Pfeffer
1 Bund Suppengrün, klein geschnitten
Öl oder Schmalz zum Braten

❖ Ofen auf 160 °C vorheizen. Fleisch herausnehmen und trocken tupfen. Mit Salz und Pfeffer einreiben. In einem Bräter in Öl oder Schmalz rundherum scharf anbraten.

❖ Die Hälfte der Marinade und Suppengrün zugeben und im Ofen 3 Stunden zugedeckt schmoren. Zwischendurch mit der restlichen Marinade begießen. Fleisch herausnehmen, Lorbeerblätter aus dem Sud entfernen.

❖ Sud mit Gemüse pürieren, durch ein Sieb streichen, eventuell mit etwas heißer Brühe verdünnen und zum Braten reichen.

❖ Dazu Spätzle oder Schneebällchen servieren.

Handgeschabte Spätzle

200 g Mehl
3 Eier
50 ml lauwarmes Wasser
1/2 TL Salz
1–2 EL Butter

❖ Mehl in eine Schüssel sieben und mit Wasser, Salz und Eiern zu einem zähen Teig verarbeiten. In einem großen Topf Salzwasser zum Kochen bringen. Teig auf ein nasses Holzbrett geben, dünn zum Rand hin streichen und mit einem Messer schmale Streifen ins Wasser schaben, 2 Min. kochen und mit dem Schaumlöffel herausheben. Kalt abschrecken und abtropfen lassen. Wenn alle fertig sind, Butter in einer Pfanne zerlassen und Spätzle darin schwenken.

Kartoffelschneebällchen

1 kg mehligkochende Pellkartoffeln vom Vortag
1 Zwiebel, fein gehackt
1 EL Butter
1–2 EL Milch
1 Ei
80–100 g Mehl

❖ Kartoffeln schälen und durch die Presse drücken. Zwiebel in der Butter glasig dünsten. Abkühlen lassen und zur Kartoffelmasse geben. Mit Ei, Milch und Mehl zu einem glatten Teig verarbeiten; er soll nicht mehr kleben. Mit Salz, Muskat und Majoran abschmecken. In einem großen Topf Salzwasser zum Kochen bringen. Hände kalt abspülen und kleine Klöße formen. Ins kochende Wasser geben, Hitze reduzieren und 10 Min.

Salz
1 TL getrockneter Majoran
frisch geriebene Muskatnuss

ziehen lassen. Mit einem Schaumlöffel herausnehmen und zu Braten und Sauce servieren.

Apfelrotkohl

1 kg Rotkohl
1 säuerlicher Apfel (Boskop)
1 kleine Zwiebel, geviertelt
2 EL Schmalz
Salz, Pfeffer
100 ml Apfelsaft
100 ml Rotweinessig
100 ml Wasser
1 TL Zucker
1 Nelke
1 Lorbeerblatt
5 Wacholderbeeren, zerdrückt
5 Pfefferkörner

❖ Rotkohl waschen, vierteln und den Strunk entfernen. In feine Streifen hobeln. Apfel vierteln, Kerngehäuse entfernen. In Würfel schneiden.
❖ Schmalz erhitzen. Rotkohl kurz anbraten, Äpfel und Zwiebel zugeben und Flüssigkeit angießen. Mit Salz und Pfeffer würzen. Restliche Gewürze in einen Beutel geben und zum Rotkraut legen.
❖ Zugedeckt noch gut 1 Stunde bei schwacher Hitze garen; dabei öfter umrühren. Wenn nötig, etwas Wasser angießen. Gewürzbeutel vor dem Servieren entfernen.

Zitronencreme

200 ml Wasser
Saft von 2 Zitronen
4 Eier
60 g Zucker
4 Blatt Gelatine
200 ml Sahne

❖ Im heißen Wasserbad Zitronensaft, Ei, Zucker und Wasser schaumig schlagen. Gelatine auflösen. In die heiße Schaummasse einrühren. Vom Herd nehmen, kurz weiterschlagen und in mit kaltem Wasser ausgespülte Portionsschälchen gießen. Kalt stellen.
❖ Vor dem Servieren Sahne steif schlagen, in einen Spritzbeutel füllen und die Creme mit Sahnetupfen garnieren.

Klassische Maibowle

- 1 Hand voll frischer Waldmeister
- 1 Flasche leichter Weißwein
- 1 Flasche Sekt oder Mineralwasser
- 100 g feiner Zucker

❖ Waldmeister vorsichtig, aber gründlich waschen und trocken tupfen. In ein Bowlengefäß geben. Weißwein angießen, Gefäß zudecken, und die Bowle höchstens 30 Minuten an einem kühlen Ort ziehen lassen. Waldmeister heraus nehmen, Zucker dazu geben, mit Sekt oder Mineralwasser auffüllen und gut umrühren. Der Waldmeister muss frisch und ganz jung sein; er darf keinesfalls schon Blüten haben.

Exotische Maibowle

Für 4 l Bowle

- 1/2 Hand voll frischer Waldmeister
- 1 Stange Zimt
- 1 Päckchen Safran
- e 1 g Pfeffer und Koriander
- je 1 Msp. Kardamom und Ingwer
- 1 Gewürznelke
- 1 Prise Salz
- 150 ml Jamaika-Rum
- 10 g Honig
- Flaschen Weißwein (2,8 l)
- 2 Flaschen trockener Sekt

❖ Waldmeister vorsichtig, aber gründlich waschen und trocken tupfen. Mit den Gewürzen in einen Topf geben und Rum darüber gießen. Den Topf gut verschließen und alles leicht erhitzen (nicht kochen!). Honig zufügen und darauf achten, dass er sich gut auflöst. Abkühlen lassen.

❖ Mischung durch ein feines Sieb in ein Bowlengefäß geben und den Wein angießen. Vorsichtig verrühren. Kurz vor dem Servieren mit gut gekühltem Sekt aufgießen.

❖ Der Waldmeister kann notfalls auch durch Waldmeistersirup ersetzt werden. In diesem Fall bei der Honigzugabe sparsamer sein.

Tödliches Kirschblütenfest

Regula Venske

Es war nicht fair.

Nein, es war nicht fair. Natürlich hatte sie nicht im Ernst damit gerechnet, dass Karl-Eberhard ihretwegen Frau und Kinder verließ. Das war zu keinem Zeitpunkt ihre Erwartung oder auch nur Hoffnung gewesen. Sollte er ruhig bei seiner Familie bleiben, das Verhältnis, so wie es war, war ihr genug. Geradezu ideal hatte Roswitha es immer empfunden. Für Hochzeit und Ehe, den ganzen Alltagstrott mit Abwaschen und Hemdenbügeln war in ihrem Leben kein Platz, sie war selbst mit tausenderlei Dingen beschäftigt. Alles mochte so bleiben, wie es nun einmal war. Aber dass er eines Tages auch sie gegen ein jüngeres Flittchen eintauschen würde, aus heiterem Himmel, daran hatte sie im Traum nicht gedacht. Hatte sie nicht immer für alles Verständnis gehabt? Hatte nie, wie Veronika, an ihm herumgenörgelt, war immer für einen Spaß zu haben gewesen. Was hatte die andere, was sie nicht besaß? Anscheinend konnte sie kochen. So what? Da konnte er doch gleich bei seiner Hausmannskost bleiben. Hatten ihm die bestellten Häppchen bei ihr denn nicht immer hervorragend geschmeckt?

Eben klingelte es an der Tür, das mussten die Sushi sein. Passend zum Kirschblütenfest, das heute an der Alster gefeiert wurde – jedes Jahr bedankte sich die japanische Gemeinde mit einem Feuerwerk für die hanseatische Gastfreundschaft –, wollte sie ihm einen japanischen Abend bereiten. Der kirschblütenfarbene Kimono lag bereit, Sushi und Sashimi wurden soeben geliefert. Im Kühlschrank fror Wasser mit darin eingelegten Kirschblüten zu Eis. Seinen geliebten Gin tonic gab es heute on the Kirschblüten-rocks, es war ja nicht so, als würde sie gar nicht kochen.

Aber dann diese Hiobsbotschaft. »Ein unvorhergesehenes Geschäftsessen und anschließend noch Überstunden im Büro.« So eine Unverfrorenheit! Diese Frechheit nahm Roswitha ihm am allermeisten übel. Dass er nicht einmal versucht hatte, sich eine bessere Ausrede auszudenken. Glaubte er etwa, sie fiele auf so einen Unsinn herein? Sie wusste doch schließlich am besten, was er in den Überstunden, mit denen er sich bei Veronika zu entschuldigen pflegte, so alles trieb.

Aber so würde sie sich nicht abspeisen lassen. Sie nicht! Die besten Jahre ihres Lebens hatte sie ihm geopfert. Dieser verfressene Schuft! Umbringen würde sie ihn. Und ganz ohne Skrupel, absolut ohne Gewissensbisse. Mit Gefühlsduselei hielt sie sich schließlich nicht auf. Die Frage war nur, wie sie es am geschicktesten bewerkstelligen konnte. Ein Messer kam nicht in Frage. Und überhaupt kein Utensil, das direkten Körperkontakt verlangte. Die Nerven, sich die Finger schmutzig zu machen, hatte sie nicht. Eine Pistole? Aber woher nehmen und nicht stehlen, so schnell? Und dann müsste man auch damit umgehen können. Nein, die eleganteste Methode war immer noch Gift. Die klassische Art, schließlich war auch ihre Beziehung durchaus klassisch gewesen.

Roswitha sah sich in ihrer Küchenzeile um. Rattengift gab es bei ihr nicht und auch keinen Pflanzendünger. Eine Prise Scheuermilch im Aperitif? Hätte sie die Eiswürfel mit Rohrreiniger anreichern sollen?

Aber Karl-Eberhard hatte einen siebten Sinn, wenn man ihn austricksen wollte, und noch dazu einen ausgeprägt feinen Geschmack. Er würde den Braten sofort riechen, bildlich gesagt. Ihm musste man schon mit diffizileren Methoden kommen.

Wie gut nur, dass sie vorhin am Telephon so schnell geschaltet hatte. Am liebsten hätte er natürlich ihre Verabredung für den Abend ganz abgesagt. Aber nicht mit mir! hatte sie sich gedacht und ihm aufs Schönste gedroht: »Wenn du nicht persönlich vorbeikommst und es mir direkt ins Gesicht hinein sagst, was hier läuft, dann kannst du am Montag im Büro was erleben! Dann platze ich um halb elf in deine geheiligte Konferenz!« Peng, die Pistole auf die Brust, in gewisser Weise war sie doch eine Frau, die Feuerwaffen nicht scheute.

Natürlich hatte er sich gehörig gewunden, hatte feige nach Ausreden gesucht, bis er endlich mit einem Häppchen Wahrheit herausrückte. Er kenne da eine kleine Studentin in Barmbek, der er ein bisschen geholfen – einen kleinen Gefallen getan – »So? Womit wohl?«, hatte Roswitha gelacht; aus Dankbarkeit lade ihn das Mädchen heute Abend zum Essen – eine phantastische Köchin sei sie nebenbei. Roswitha hatte nicht weiter mit sich handeln lassen. »Hier warten schon die Sushi, und hier sitze ich, und ich sehe dich noch heute Abend zum Feuerwerk, sonst wirst du am Montag ein Kürbis!«

Das Feuerwerk begann um halb elf, jetzt war es Viertel vor acht. Er würde vielleicht in zwei, zweieinhalb Stunden kommen, je nachdem, wie schnell er die Nummer mit diesem Flittchen schob. Bis dahin musste sie einen Plan haben. Sie musste – sie musste ...

Während sich Roswitha in ihrer winzigen Designer-Küchenzeile umschaute und ihr Blick auf die Platte mit den Sushi fiel, schoss es ihr wie ein Blitz durch den Kopf. Dieser japanische Kugelfisch, wie hieß er doch gleich? Der könnte für ein würdiges Ende sorgen und wäre Karl-Eberhard und ihrer Leidenschaft angemessen. Sie erinnerte sich an die Überschrift in einem Buch: »Jeder Bissen ein Nervenkitzel«. Schnell lief sie in den angrenzenden Wohn- und Schlafraum hinüber und zog nach kurzem Suchen den richtigen Band über die Küche in Japan aus dem Regal. Sie hatte gelegentlich darin gelesen – nicht um danach kochen zu lernen, sondern um als gebildete Gesprächspartnerin zu erscheinen. Schnell hatte sie die gesuchte Stelle gefunden, in der davon die Rede war, dass jedes Jahr Millionen Japaner ihr Leben aufs Spiel setzten – und mancher es verlor –, um Fugu zu essen. Leber und Eierstöcke des Fugu enthielten ein tödliches Gift, das sich schnell im ganzen Körper ausbreitet, wenn man sie vorher nicht mit gekonntem Griff entfernte. Für den Laien sehe die Leber jedoch ganz aus wie die Hoden des männlichen Tieres, die sich bekanntlich nicht nur bei japanischen Männern besonderer Wertschätzung erfreuten.«

Die Sache hatte nur einen Schönheitsfehler. Wie trieb sie so schnell eine Fugu-Leber auf oder, noch besser, ein paar appetitliche Fugu-Eierstöcke? Welch Ironie, wenn einer wie Karl-Eberhard durch giftige Eierstöcke ums Leben kam! Hier stand, dass die Delikatesse nur in Restaurants angeboten wurde, deren Küchenchefs eine besondere Zubereitungslizenz erworben hatten. Wie schwatzte man solch einem Diplom-Küchenchef die giftige Leber ab? Könnte man es ausnutzen, dass Japaner angeblich nicht nein sagen konnten?

Schon hatte Roswitha in den Gelben Seiten die japanischen Restaurants der Hansestadt aufgeschlagen und eine erste Nummer gewählt. Nach dem achten Versuch gab sie es auf. Es mochte sein, dass Japaner in Japan nicht nein sagen konnten, in Hamburg hatten sie es prima gelernt. Beim einzigen Restaurant, dessen Koch Fugu zubereiten durfte und an das alle anderen sie weiter verwiesen hatten, war leider ständig besetzt. Wer weiß, wer noch alles in diesem Moment einer giftigen Leber nachjagte?

Sie ging wieder zum Küchentresen und goss sich einen Gin tonic ein. Ein paar Anstands-Eiswürfel würde sie noch für Karl-Eberhard aufsparen, aber zwei besonders hübsche gönnte sie sich schon jetzt. Prost, Roswitha, es wäre doch gelacht, wenn du den Schurken nicht zur Strecke bringen könntest! Eine Zeitungsmeldung der jüngsten Zeit fiel ihr ein. Da war eine Frau in der Schweiz unter absurden Umständen ums Leben gekommen. Auf dem Genfer See – und was dort geschah, konnte leicht an der Alster passieren – hatte sie aus irgendwelchen Limonadendosen getrunken und war innerhalb von zwei Tagen an Leptospirose fulgurante gestorben. Eine Kontrolle der Büchsen, aus denen sie getrunken hatte, ergab, dass sie mit Rattenurin verunreinigt waren. Kein Wunder, wurden solche Dosen doch in Lagern aufbewahrt, in denen es von Ratten geradezu wimmelte. Deshalb sollte man nie aus ungewaschenen Dosen trinken; einer spanischen Untersuchung zufolge waren die stärker verseucht als öffentliche Toiletten. Wohlgemerkt, als spanische öffentliche Toiletten! Roswitha schüttelte sich, kippte ihren Drink hinunter und mixte sich zur Desinfektion ein zweites Glas.

Wer weiß, wie viele Leute beim Picknick heute Abend auf den Alsterwiesen zu ihrer Cola ein wenig Rattenurin nippten? Vielleicht gerade in diesem Moment? Nur schade, dass sie kaum noch Gelegenheit haben würde, Karl-Eberhard auch nur eine einzige verschmuddelte Dose zu reichen. Und darauf zu warten, dass es ihn eines Tages mit seinem Barmbeker Flittchen erwischte, lag ihr nicht. Was sollte sie tun? Bekam sie ihn überhaupt noch ein zweites Mal zu Gesicht? Und dann – wenn er tot wäre – was hatte sie dann noch von ihm?

Und da kam ihr endlich die endgültige Erleuchtung. Sie würde ihn erpressen, ganz einfach, wieso hatte sie nicht früher daran gedacht? Immerhin hatte ihr Ultimatum vorhin ihr den richtigen Weg schon gewiesen. Nichts fürchtete Karl-Eberhard mehr als einen Skandal. Und sie hatte erstklassige Kontakte zur Presse. Oho, vor Vergnügen rieb sie sich schon jetzt ihre Hände. Den würde sie schwitzen lassen, den alten Sack. Nicht nur um Geld, Gold, ein paar Aktien oder Schmuck, nein, auch um fortgesetzte Schäferstündchen würde sie Druck auf ihn machen. So leicht, wie er dachte, entkäme er nicht.

Ein dritter Gin tonic auf den Erfolg und ein vierter zur Überbrückung des Wartens – ehe Roswitha es merkte, hatte sie die halbe Flasche geleert. Als das Feuerwerk begann, wankte sie auf den Balkon und klammerte sich heulend an die schmiedeeiserne Brüstung. Von diesem Balkon aus hatte man einen hervorragenden Blick. Heute Abend sah sie die grünen und goldenen Spiralen sogar doppelt, und die roten und silbernen Herzen am Himmel tanzten nur für sie einen verwegenen Tanz. Und immer noch war der Schuft nicht gekommen. Es war tödlicher Ernst. Aber den würde sie bluten lassen – bluten – und bluten – und bluten.

Als er plötzlich, es war weit nach Mitternacht, hinter ihr stand – er hatte, was er selten tat, den Zweitschlüssel benutzt –, bemerkte sie seine Anwesenheit erst, als es zu spät war zum Handeln. Sie sah nicht den lauernden Blick in seinen Augen, sah nicht das Grinsen, sein gleichzeitig selbstzufriedenes Gesicht. Vivi hatte ihm eine köstliche Fischbrühe mit Ei und Lauch als kraftspendende Vorspeise bereitet. Und dann hatten sie als Hauptgericht den von ihm mitgebrachten Champagner geschlürft, bis die Shiitake-Pilze ihre aphrodisische Wirkung zeigten. Vom Feuerwerk über der Hansestadt hatten Vivi und er nur entferntes Böllern gehört. Jetzt wartete die Kleine mit dem Dessert, bis er wiederkam.

Aber vorher machte er noch mit Roswitha kurzen Prozess. Zwar würde sie ihm nicht wie ihre Vorgängerin in den nächsten Tagen mit einem Brotmesser auflauern. Aber eine anständige Trennung traute er ihr erst recht nicht zu. Bei ihrem Telephonat am frühen Abend hatten sämtliche Alarmglocken geläutet. Wenn du nicht, dann! Kein Zweifel, die Gute tendierte ins Erpresserische. War einfach zu berechnend, diese Karrierekuh. Aber wer berechnend war, war seinerseits leicht zu berechnen. Und mit seiner Menschenkenntnis kannte selbst sie sich nicht aus. Bei Vivi zum Beispiel hieße es vorsichtig bleiben. Die kochte zu gut und könnte ihm zu gegebener Zeit leicht einen giftigen Pilz unterjubeln. Sollte er sich je von Vivi trennen, dann ganz gewiss nicht im Herbst. Aber noch war es nicht so weit. Noch wartete die Kleine brav und niedlich und labte sich zwischen ihrem vierten und fünften Orgasmus an kandierten Veilchen.

Mit einer leichten Drehung, scheinbar freundschaftlich, legte er den Arm um die im Wind schwankende Frau. Dann gab er ihr einen Stoß. Als Roswitha über die Brüstung kippte, hörte sie ihn leise lachen. Und während sie in den blauschwarzen Maihimmel stürzte, stieg ein letzter, vergessener goldener Stern über der Alster auf. Diese Rakete platzt nur für mich! Mit diesem Gedanken schlug Roswitha auf dem harten Boden der Tatsachen auf.

Prickelndes japanisches Kirschblüten-Menü

Alle Gerichte für 2 Personen

Wenn zwischen Mitte März und Ende Mai die Kirschblüten aufgehen, strömt seit dem Jahr 812 ganz Japan ins Freie, um unter den Bäumen die »sakura« mit Picknicks und viel Sake zu feiern. Japaner im Ausland schenken ihrer neuen Heimat Kirschbäume für »okanami«, die Blütenbeschauung, und »hana-bi«, das Feuerwerk.

Gin Tonic mit gefrorenen Kirschblüten

Zutaten pro Glas:
4 cl Dry Gin
10–12 cl Tonic Water

❖ Für den Aperitif rosa und weiße Kirschblüten in Eiswürfeln einfrieren. Eiswürfel ins Glas geben, Gin eingießen und mit Tonic Water auffüllen. Umrühren.

Sushi mit Lachsrogen

Für den Reis:
75 g japanischer Rundkornreis
125 ml Wasser
2–3 TL Reisessig
1½ TL feiner Zucker
¼ TL Salz

Weitere Zutaten:
4 Streifen Seetang (Nori), ca. 4 x 12 cm
4 Scheiben Salatgurke
4 TL Lachsrogen
japanische Sojasauce

❖ Reis bei starker Hitze zum Kochen bringen. Bei schwacher Hitze garen, bis das Wasser aufgesogen ist. Hitze abschalten, Topfdeckel mit einem Küchentuch umwickeln und Reis 10 Minuten nachgaren lassen. Zucker und Salz bei schwacher Hitze in Essig auflösen. Abkühlen lassen.

❖ Reis vorsichtig mit der Lösung beträufeln; dabei mit einem feuchten Holzlöffel den Reis »schneiden« (nicht umrühren!).

❖ Nori kurz unter den Grill legen, bis die Streifen grün werden.

❖ Aus dem Reis vier Würfel formen. Mit Nori umwickeln. Jeden Würfel mit einer Gurkenscheibe und 1 Löffel Lachsrogen belegen. Mit wenig japanischer Sojasauce würzen.

Japanische Fischbrühe mit Ei und Lauch

Alle Gerichte für 2 Personen

500 ml Wasser
1 gehäufter TL Dashi-Konzentrat (japanische Fischbrühe)
2,5 cm Lauch
3 Shiitake-Pilze
1/2 TL Salz
1 Spritzer Sojasauce
1 Ei, verquirlt

❖ Dashi-Konzentrat in kaltem Wasser verrühren und zum Kochen bringen.
In der Zwischenzeit Lauch waschen, längs halbieren und in sehr feine Streifen schneiden. Shiitake-Pilze blättrig schneiden.
❖ Lauch, Pilze, Salz und Sojasauce in die kochende Brühe geben und 3 Minuten sieden lassen. Ei unter ständigem Rühren langsam angießen. Nach dem Stocken sofort servieren.

Scharfes japanisches Schweinefleisch

250 g Schweinefleisch
1–2 EL Pflanzenöl
1 große Zwiebel
30 g Ingwerwurzel
2 EL Sojasauce
1 1/2 EL Sake

❖ Ingwerwurzel schälen, raspeln und auspressen. Saft mit Sojasauce und Sake mischen.
❖ Fleisch in lange, dünne Streifen schneiden. 30 Minuten in der Marinade ziehen lassen.
❖ Zwiebel in Viertelringe schneiden. Im Öl glasig dünsten und herausnehmen.
❖ Fleisch im Öl gar braten. Zwiebeln dazugeben und heiß werden lassen. Restliche Marinade zufügen und 2 Minuten erhitzen.
❖ Mit heißem Reis servieren.

Zum Nachtisch reichen Sie grünen Tee, frisches Obst und geröstete Gingkonüsse.

Glasierte Blätterteigovale mit Kirschen

Zutaten für 2 Stück:
80 g Blätterteig (tiefgekühlt oder vom Bäcker)
Puderzucker zum Bestäuben
300 g Kirschen
150 g Zucker
1 EL Kirschwasser
150 ml Sahne, steif geschlagen

❖ Blätterteig 0,5 cm dick ausrollen, Ovale ausstechen und mit einer Gabel mehrmals einstechen. Auf ein mit Backfolie ausgelegtes Blech legen und im 180 °C heißen Ofen goldbraun backen.

❖ Noch heiß mit Puderzucker bestäuben und unter dem Grill karamellisieren. Etwas abkühlen lassen und der Länge nach halbieren.

❖ Kirschen entsteinen. 20 Stück halbieren zur Verzierung. Restliche Kirschen mit Zucker und Kirschwasser pürieren. Drei Viertel dieser Sauce unter die Schlagsahne ziehen und in die Blätterteigovale füllen.

❖ Verbliebene Sauce als Spiegel auf Teller gießen und und die gefüllten Blätterteigovale darauf setzen. Mit den halbierten Kirschen garnieren.

Kandierte Veilchen

125 ml Wasser
300 g Zucker
50 Märzveilchenblüten

❖ Wasser und Zucker aufkochen, bis sich der Zucker ganz aufgelöst hat. Blüten hineingeben, sodass sie ganz von der Zuckerlösung bedeckt sind, und über Nacht ziehen lassen.

❖ Vorsichtig mit einer Gabel herausheben und auf Küchenpapier abtropfen und trocknen lassen.

Gefährliche Pfingsten

Virginie Brac

Ein neuer Tag bricht an. Wieder scheint die Sonne. Das Leben geht weiter.

Wie jeden Tag seit ihrer Entlassung aus dem Gefängnis schlug Nathalie verwundert und mit einem Gefühl tiefer Dankbarkeit die Augen auf. Ihr Blick strich über die lavendelblauen Wände des Schlafzimmers und ruhte für eine Weile auf einem Gemälde, das sie in einer Galerie im Quartier Latin gekauft hatte. Die Leinenbettwäsche verströmte den Duft ihres teuren Parfüms. Maria, die Köchin, hatte das Frühstückstablett – schwarzer Kaffee, Toast, selbstgemachte Marmelade von Aprikosen aus dem Garten – auf die Konsole gestellt.

Der Schöpfer dieses Wunders, Jean-Pierre, ihr Ehemann, hatte gerade geduscht und trat aus dem Badezimmer. Bevor er den Raum durchquerte, verknotete er diskret ein Handtuch um seine Hüften. Sein Bürstenschnitt, seine kurzen weißen Haare, der dicke Bauch, der kräftige Nacken, alles an ihm rührte sie. Wie jeden Morgen seit fünf Jahren schenkte sie ihm ein Lächeln, voller Dankbarkeit, dass es ihn gab.

»Habe ich dich geweckt?«, fragte er besorgt.

»Aber nein, ich habe sehr gut geschlafen. Wann kommt sie?«

»Um zehn. Entschuldige bitte nochmals, dass ich dir die Anwesenheit meiner Sekretärin zumute ... Doch im Augenblick, mit dieser Fusion, ist das wahrlich ...«

»Ist schon gut. Mir ist lieber, du arbeitest zu Hause. Dann bist du wenigstens in meiner Nähe.«

»Die Kinder bereiten mir Kopfzerbrechen«, brummte er. »Ich hätte nicht zulassen dürfen, dass sie sie mitbringt ...«

Nathalie lachte leise. »Du träumst, mein Schatz. Sie hat dir das vielleicht nicht so deutlich gesagt, aber ohne die Kinder wäre sie gar nicht erst gekommen. Du hast dich im Gegenteil sehr geschickt verhalten.«

Jean-Pierre sagte sich, dass sie nicht ganz Unrecht hatte. Seine Sekretärin, im Übrigen eine echte Perle, hatte nur einen einzigen Fehler: Ihre Töchter, die sie seit dem Scheitern ihrer Ehe allein großzog, kamen für sie immer an erster Stelle. Nicht um alles Gold der Welt hätte sie die Mädchen über das Pfingstwochenende irgendeiner Babysitterin überlassen.

»Was wirst du denn mit ihnen unternehmen, während wir arbeiten?«, fragte er.

»Mach dir mal keine Gedanken! Sie können im Pool baden und mit Maria Kuchen backen ...«

Er bewunderte ihre Gelassenheit. Nathalie machte niemals Umstände. Nathalie war nicht launisch. Was auch geschah, sie schien unendliche Geduld zu haben. Sylvie, seine Sekretärin, konnte störrisch wie ein Maultier sein, Nathalie hingegen war stets bereit, ihre eigenen Wünsche zurückzustellen, um ihm einen Gefallen zu tun. Als sei sie ihm für irgendetwas dankbar. Als sei sie nicht jene unerhörte Schönheit, um die ihn seine Freunde beneideten. Er wunderte sich selbst über das Vertrauen, das er ihr entgegenbrachte, trotz der mehr als zwanzig Jahre, die sie trennten. Sie war so sanftmütig, so aufrichtig, dass er nicht einmal befürchtete, jemand könnte sie ihm ausspannen.

Nathalie nahm ihm das Tablett aus den Händen, um es auf ihren Knien abzustellen. Ihr volles dunkles Haar fiel auf ihre glatten, braungebrannten Schultern, mit ihren goldglänzenden Augen schaute sie ihn an und lächelte. Wie jeden Morgen zuckte Jean-Pierre zusammen: Immer wieder wurde ihm bewusst, wie sehr er sie liebte.

Sylvie verließ die Autobahn kurz hinter Poissy. Nach zwei Stunden Stau bei der Ausfahrt aus Paris, zu viert in einem Twingo ohne Klimaanlage, hatte sie jetzt den Eindruck, dass es stank.

»Riechst du nichts?«, fragte sie Claude, der neben ihr saß.

Die kleinen Töchter auf der Rückbank waren endlich eingeschlafen.

»Was soll ich denn riechen?«, blaffte er mürrisch. Sie hatte ihn aus seinen Tagträumen aufgeschreckt.

»Eh ... Nichts. Ich hatte den Eindruck, es stinkt nach Benzin. Ich hoffe, wir können duschen, wenn wir da sind.«

Er lachte hämisch. »Das wär ja wohl noch schöner, wenn wir bei deinem Scheißkapitalisten noch nicht mal duschen könnten! Vielleicht will er uns ja auch in der Hundehütte schlafen lassen!«

»Unsinn, so einer ist er nicht ...«

»Er ist kein Kapitalist?«

»Doch, aber ...«

»Aber was? Warum lässt er wohl seine Sekretärin am Pfingstwochenende arbeiten? Weil sie ’ne dumme Kuh ist? Allerdings, das stimmt! Und sonst? Warum fährst du bloß auf diesen Sklaventreiber so ab?«

»Darf ich dich daran erinnern, dass er mir das Doppelte zahlt, und zwar für jede Minute, die wir bei ihm verbringen, sogar für die Essenszeiten und auch für die Nächte! Und für die Mädchen ist es doch auch viel spannender, als in Nanterre zu bleiben! Er hat einen Garten, einen Pool, Tiere ... Für die Kinder wird das herrlich ...«

»Wenn er sie bei der Gelegenheit nicht gleich vergewaltigt.«

Sie war kurz davor anzuhalten und ihm zu sagen, er solle aussteigen. Wieder einmal fragte sie sich, warum sie ihn überhaupt mitgenommen hatte. Warum bloß war sie ausgerechnet in diesen Mann verliebt und kam auch noch mit ihren mageren Einkünften für seinen Unterhalt auf? Was gab er ihr? Die Antwort war klar und deutlich, wie die weiße Linie, die die breite schwarze Straße in der Mitte teilte: nichts. Er gab ihr nichts. Warum also tat sie sich das an?

Als er aus dem Wagen stieg, erkannte er sie sofort. Nemo. Nathalie Bernard alias Nemo. Einen Augenblick lang glaubte er, das Ganze sei ein Scherz, und gleich würden die Kumpel Kuckuck rufen und aus den Hortensiensträuchern hervorspringen! Als sei die Zeit zurückgedreht worden. Er wankte, als habe er zuviel getrunken. Doch dann reichte sie ihm die Hand, als sähe sie ihn zum ersten Mal, und plötzlich begriff er, dass dies kein dummer Streich war.

Claude war so perplex, dass er Sylvie, die sich um das gegenseitige Bekanntmachen bemühte, kaum zuhörte. Sie war so verlegen, wegen ihres Chefs, dass sie sich fast in die Hose gemacht hätte, die dumme Gans. Unwillkürlich suchte sein Blick nach Lucas oder Martin, einem der Kumpane, die das Glück hatten, mit Nemo ins Bett gehen zu dürfen, sofern die Revolution ihnen Zeit dazu ließ, also nicht sehr oft.

Aber da war weit und breit niemand zu sehen, wirklich niemand, und inmitten des Gedränges, des aufgeregten Geschnatters der kleinen Mädchen, die schnurstracks im Haus auf Erkundungstour gingen, den Tischfußball und das Heimkino entdeckten, begriff Claude endlich, dass Nemo die Geliebte Jean-Pierre Traversins war, des großen Bosses der französischen Luftfahrtindustrie.

»Doch nicht seine Geliebte!«, zischelte Sylvie entsetzt. »Sie ist seine Frau! Sie haben vor fünf Jahren geheiratet ... Er hat sie kennengelernt, als sie noch Verkäuferin bei Armani war. Ist ja wohl klar, dass sie nicht aus seinen Kreisen stammt ...«

Verkäuferin bei Armani! Claude konnte es nicht fassen. Das letzte Mal hatte er Nemo vor Gericht gesehen, auf der Anklagebank. Sie war zehn Jahre älter geworden, wie Christine Percheron, die sie Chouquette nannten. Lucas und die anderen hatten lebenslänglich bekommen. Das war das Ende des Roten Oktober.

Und was war aus den Freunden geworden? Lucas hatte sich letztes Jahr in seiner Zelle erhängt, und Chouquette war verrückt geworden. Aber Nemo – er mochte kaum glauben, dass sie zufällig hier war.

Er geduldete sich bis zum Mittagessen. Sylvie und ihr Chef hatten sich unverzüglich in das große holzgetäfelte Büro zurückgezogen und die Kinder Maria, der Sklavin vom Dienst, zur Aufsicht überlassen. Nemo war verschwunden, als er in seinem Zimmer einen Joint rauchte, und seither hatte er sie nicht gesehen. Inzwischen war es längst Mittag, und langsam wurde er ungeduldig.

»Nemo?«

Sie drehte sich nach ihm um, ganz langsam, als widerstrebte es ihr, mit ihm zu reden.

»Nemo gibt's nicht mehr.«

Verstohlen schlich er ins Zimmer und schloss sofort die Tür.

»Aber natürlich, entschuldige. Du bist Madame Traversin. Gut gespielt, großes Mädchen. Sehr gut gespielt.«

Sie warf ihm einen traurigen, kalten Blick zu. Claude. Verdammt. Sie hatte doch schon genug bezahlt.

»Verschwinde. Ich will nicht, dass du in mein Zimmer kommst. Wir beide kennen uns nicht. Wir haben uns noch nie gesehen.«

Er beeilte sich, sie zu beruhigen.

»Hey, du weißt doch, dass du dich auf mich verlassen kannst, mach' dir mal keine Gedanken. Scheiße aber auch, ich freu' mich riesig. Es ist schon so lange her ...«

Mit gierigen Blicken sah er sie an.

Sie verstand, dass sie nun etwas sagen musste.

»Ja, eine Ewigkeit.«

»Okay, ich weiß, es geht mich nichts an, aber ... Ihr denkt doch auch an mich, oder? Ihr vergesst mich doch nicht?«

Ihr? Wer ihr? Was meinte er damit? Was wollte er? Wortlos schüttelte sie den Kopf und hoffte wie verrückt, er möge jetzt gehen, auf die gleiche Weise verschwinden, wie er aufgetaucht war, dieser kleine, feiste Wicht mit seinem fettigen, schon von weißen Strähnen durchzogenen Locken-

kopf. Sie erinnerte sich, dass Lucas sich oft über ihn lustig gemacht hatte, darüber, wie er schwitzte, wenn er aufgeregt war. Und offensichtlich war er gerade sehr aufgewühlt.

»Also gut, dann geh' ich eben«, meinte er schließlich.

Sie glaubte sich schon gerettet, da fragte er unvermittelt: »Mit wem planst du denn den Coup? Willst du's mir wirklich nicht sagen? Hör mal, ich versteh' schon, ist doch ganz normal, ihr müsst denken, ich hätte euch sitzen lassen ...«

Wovon redete dieser Schwachkopf? Spielte er immer noch Krieg? Sie schnitt ihm das Wort ab und versuchte, ihre Angst hinter einer eisigen Miene zu verbergen.

»Vergiss es, Claude. Ich habe nie wieder von irgendjemandem gehört, und ich will auch nichts mehr hören. Die Vergangenheit ist tot. Nemo ist tot.«

Als sie endlich allein war, ließ sich Nathalie schlaff und völlig entkräftet aufs Bett fallen.

Seitdem sie Claude aus dem Auto hatte steigen sehen, hatte sie ihn erwartet. Sie wusste, er würde alles versuchen, um sie auszuquetschen. Nur dass sie statt des Sarkasmus und der Aggressivität, die sie erwartet hatte, diese schmierige Kumpanei ertragen musste, in der sich die Erinnerung an die Vergangenheit, die Mittelmäßigkeit der Gegenwart und eine diffuses Schuldgefühl mischten.

Wieso fühlte Claude sich eigentlich schuldig? Weil er der Polizei entwischt war? Lucas' Befehle jedenfalls waren eindeutig gewesen: Wer geschnappt wird, ist allein. Jeder hat sich für das, wofür er angeklagt wird, selbst zu verantworten. Kontakt zu anderen Mitgliedern der Gruppe ist tabu. Man sollte sich vorstellen, pestkrank zu sein, und sich damit abfinden, zu verschwinden, ohne die anderen zu infizieren. Als Nathalie geschnappt worden war, hatte sie dieser Anordnung Folge geleistet. Trotz der Schläge, der Vergewaltigungen, hatte sie sich geweigert, Namen zu nennen, und mit niemandem außer ihrem Anwalt gesprochen. Allein war sie in diesen Schlamassel geraten, und allein hatte sie sich daraus befreit.

Mit ihren achtunddreißig Jahren urteilte sie inzwischen hart über ihre Vergangenheit. Unternehmer zu töten, nur weil sie Unternehmer sind, erschien ihr nun nutzlos und dumm. Die Revolution war keine Rechtfertigung für wahllose Grausamkeiten, ganz im Gegenteil. Die Revolution hätte das Modell für eine neue Moral sein müssen. Und trotz ihrer scheinbaren Ausgeglichenheit nahm Nathalie oft Schlafmittel, um die Gespenster der Vergangenheit zu vertreiben. Ihre Jahre im Gefängnis hatten sie zu einer Meisterin der Verstellung reifen lassen. Jean-Pierre hatte nie etwas bemerkt. Aber wie sollte sie jetzt mit Claude umgehen?

Er stürzte aus dem Haus, gerade als sie in den marineblauen Jaguar mit den elfenbeinfarbenen Ledersitzen stieg, den Jean-Pierre ihr zum fünften Hochzeitstag geschenkt hatte.

»Wohin fährst du?«, fragte er, außer Atem.

»Einkaufen. Maria braucht ein paar Dinge fürs Abendessen, und die Geschäfte schließen bis Dienstag.«

»Ich muss mit dir reden.«

»Nein. Ich will nicht, dass Jean-Pierre uns zusammen sieht.«

»Jean-Pierre ist viel zu sehr damit beschäftigt, seine Sklavin anzutreiben. Was wir beide machen, ist ihm doch völlig egal.«

Er stieg ins Auto, ohne ihre Antwort abzuwarten.

Auf dem Weg zum Dorf wechselten sie kein einziges Wort. Nathalie hatte begriffen, dass er sich nicht die geringste Mühe geben würde, sich wie ein normaler Gast zu benehmen. Und Claude war wütend, dass sie ihn noch immer wie den letzten Trottel behandelte.

Im Dorf nervte er sie damit, dass er ihr wie ein Schoßhund in jedes Geschäft folgte. Die Art, wie alle Welt sie anlächelte und mit Madame Traversin begrüßte, löste bei ihm ein spöttisches Lachen aus. Schließlich wurde es ihr zu bunt, und sie schleifte ihn in das einzige Café im Dorf, um ihn zur Rede zu stellen.

»Was ist los Claude? Was willst du eigentlich?«

»Ich will bei diesem Coup dabei sein«, erklärte er.

»Bei was für einem Coup?«

»Na, dem, den du vorbereitest. Was hast du denn sonst hier verloren?« Was er sagen wollte, war: Warum er und nicht ich? Lucas, das hatte er verstehen können. Lucas sah gut aus, er war der Chef, und für Claude war es selbstverständlich, dass ihm auch die hübscheste Puppe zustand. Aber Jean-Pierre Traversin! Ein Kapitalistenschwein, beinahe sechzig und fast so dick wie er selbst! Das war wirklich ungerecht.

Nathalie versuchte, ruhig zu bleiben. Wie konnte er es wagen, irgendetwas von ihr zu verlangen, diese fette Ratte mit den ungewaschenen Locken? Sie war doch im Gefängnis gewesen, sie hatte in der Scheiße gesessen, aber er? Sie hatte Lust ihn anzubrüllen: Wo warst du die ganze Zeit? Was hast du denn getan, um uns zu helfen? Zum ersten Mal seit Jahren vermisste sie Lucas. Wie gerne hätte sie ihn um Rat gefragt. Aber Lucas hätte sie mitleidlos weggeschickt: Da musst du schon selbst durch, Schätzchen! Ihr Frauen wollt doch immer Gleichberechtigung, dann müsst ihr auch die Verantwortung für euch selbst übernehmen.

Und wie hältst du es mit der Freundschaft, Lucas? Mit schlichtem Mitgefühl?

Claudes näselnde Stimme holte sie in die Wirklichkeit zurück.

»Wenn ich Jean-Pierre erzählen würde, dass er mit einem ehemaligen Groupie des Roten Oktober verheiratet ist, was für ein Gesicht würde er wohl machen?«

»Er würde dir nicht glauben.«

Das stimmte. Zwar ahnte Jean-Pierre, dass es dunkle Flecken in ihrer Vergangenheit gab, so naiv war er nicht, aber er dachte, sie sei drogenabhängig gewesen.

»Klar. Aber er würde trotzdem schnell die Bullen rufen, um der Sache nachzugehen, meinst du nicht? Und wenn du ihm erklären würdest, du hättest dich ganz zufällig in ihn verliebt, ich bin nicht so sicher, ob du ihn davon überzeugen könntest ...«

Sie starrte ihn an, ohne eine Miene zu verziehen.

»Sag mal, Claude, was hast du eigentlich davon, wenn du mein Leben kaputt machst?«

»Spaß, vielleicht, aber ganz bestimmt Geld.«

Nathalies hübscher Mund verzog sich zu einem spöttischen Lächeln.

»Glaubst du etwa, ich würde dafür zahlen?«

»Du nicht, nein, ich kenne dich ja. Du wirst dich nicht von der Stelle rühren, du wirst nichts tun, um die Katastrophe zu verhindern. Aber die, die mit dir gemeinsame Sache machen ...«

»Claude, da ist niemand.«

»Dann muss halt dein Mann bezahlen ... Er ist ein ausgebuffter Geschäftsmann. Er weiß, was eine gute Information wert ist.«

Wieder schwiegen beide. Claude bemühte sich, weder ihren Mund noch ihren Spitzen-BH, der aus dem Ausschnitt der Bluse lugte, anzustarren. Vor lauter Anstrengung zuckten seine Augenlider.

»Wie viel Zeit gibst du mir?«, fragte Nathalie.

»Bis morgen früh.«

»Einverstanden«, sagte sie und stand auf. »Du findest bestimmt allein zurück. Ich muss nachdenken.«

Er wollte widersprechen, aber da hatte sie sich schon abgewandt und ging erhobenen Hauptes über den Dorfplatz. Bei jedem Schritt gab ihr langer weißer Rock den Blick auf ihre Gazellenbeine frei.

Die Männer um ihn herum beobachteten Claude mit spöttischer Miene. Er kam sich genauso lächerlich vor wie damals, als er versucht hatte, ihre Brüste zu berühren, und sie ihm vor allen anderen eine gescheuert hatte.

Als er am Haus ankam, teilte ihm Maria mit, das Essen sei in einer Viertelstunde fertig. Von Jean-Pierre und Nathalie war nichts zu sehen. Oben war Sylvie gerade dabei, die Mädchen zu baden.

»Gib mir ein frisches Hemd«, bat er, als er das Badezimmer betrat.

Keine Antwort. Sylvie knöpfte weiter den Schlafanzug der Jüngsten zu, als hätte sie nichts gehört.

»Bist du sauer?«

Rot vor Wut drehte sie sich zu ihm um.

»Wo warst du, du Schwein? Glaubst du, ich hätte euch nicht gesehen?«

Claude brauchte einige Sekunden, um zu kapieren, dass Sylvie beobachtet hatte, wie er aus Nathalies Zimmer kam und dann mit ihr ins Dorf gefahren war. Er lachte ihr ins Gesicht, ihre Eifersucht schmeichelte ihm.

»Na und? Was ist schon dabei, wenn man eine alte Freundin wieder trifft!«

Erschöpft von ihrem Arbeitstag, blass, mit Tränen in den Augen, richtete sich Sylvie vor ihm auf. »Betrügst du mich mit dieser Schlampe, während ich mich zu Tode schufte?«

»Irgendwie muss ich mich doch beschäftigen, während du dich von deinem Chef bespringen lässt«, feixte er.

Sie schlug ihm ins Gesicht, eine grotesk wirkungslose Backpfeife, worauf er ihr umgehend links und rechts eine knallte. Überrascht von der Wucht seines Schlages, sah er, wie sie schwankte. Nun fühlte er sich besser. Bravo, mein Junge. Du bist noch nicht total am Ende. Sylvie saß zusammengekrümmt am Boden und schluchzte vor den kleinen Mädchen, die sich vor Schreck nicht mehr rührten. Claude griff sich ein sauberes Hemd aus dem Koffer und ging, ohne sie eines Blickes zu würdigen.

Als Nathalie am Sonntag Morgen die Fensterläden öffnete, sah sie, wie Maria mit den Kindern querfeldein zur Messe ging. Es war Pfingsten, und ganz Frankreich hatte frei – außer Jean-Pierre natürlich, der schon vor geraumer Zeit aufgestanden war. Sie nahm sich vor, ihn daran zu erinnern, dass er Sylvie mit den Mädchen doch noch im Pool baden lassen sollte. Die arme Frau hatte gestern Abend völlig fertig ausgesehen. Nathalie hatte sich dafür eingesetzt, dass sie nach dem Abendessen nicht mehr weiterarbeiten musste, und ihr einen Rosmarintee zubereitet, bevor sie sie zum Schlafen auf ihr Zimmer schickte.

Als sie am Abend im Bett lagen, hatte sie, die sich nie in seine Geschäftsangelegenheiten einmischte, Jean-Pierre vorgeworfen, er behandele Sylvie wie eine Maschine. Ihm war das unangenehm. Weit davon entfernt, ihr diese Einmischung übel zu nehmen, nahm Jean-Pierre sie in den Arm und bedankte sich. Wie gut, dass ich dich habe, fügte er hinzu. Dann wartete sie, bis er eingeschlafen war, um ihr Schlafmittel zu nehmen.

Wie ein grellblaues Tuch spannte sich der Himmel über dem zarten Grün der normannischen Heckenlandschaft. Noch vor zwei Tagen hätte sie dem Vogelzwitschern gelauscht und die laue Luft genossen. Heute sah sie nur Claude, der wie ein bösartiges Insekt träge auf seinem Liegestuhl am Pool lag. Sie musste dieses Problem noch vor dem Mittagessen regeln. Ohne ihn zu grüßen, nahm sie sich einen Stuhl und schlug ihr Scheckheft auf.

»Wieviel?«

Er sah sie an, überrascht, leicht enttäuscht, und bedauerte, ihr eine so kurze Frist gesetzt zu haben. Ihm war es gerade recht, wie dieses Wochenende verlief. Er genoss es, faul am Pool zu liegen und sich dabei vorzustellen, dass die Frauen des Hauses ganz nach seiner Pfeife tanzten. Maria und die beiden Mädchen nahm er natürlich nicht ernst.

Er nannte einfach eine Zahl.

»Zwanzigtausend Euro.«

Ohne zu zögern, trug sie den Betrag ein. Abgesehen von Jean-Pierres großzügigem monatlichen Unterhalt hatte sie keinerlei Einkommen. Sie verfügte zwar nicht über eine solche Summe, aber sie könnte sie problemlos bei der Bank leihen. Notfalls würde sie den Jaguar verkaufen.

Sie riss den Scheck heraus und hielt ihn Claude entgegen.

»Ich hoffe, dass du dir für diesen Preis eine dringende Angelegenheit einfallen lässt, die du in Paris erledigen musst. Ich will dich hier nicht mehr sehen.«

Er starrte sie ungläubig an.

»Und ich muss dir gehorchen?«

»Das sind die Regeln des Marktes.«

»Welcher Markt?«

Fast heiter fixierte er sie mit seinen trüben Augen. Er war kleiner als sie, aber heute störte ihn das überhaupt nicht. Oh, wie er es genoss, Nemo vor sich kriechen zu sehen! Wie sie ihn ansah. Sie schien kurz davor, ihm einen dieser schwachsinnigen Klapse verpassen zu wollen, wie nur Frauen sie zustande bringen. Inständig hoffte er, sie würde es wirklich tun. Er würde sich nicht scheuen, zurückzuschlagen. Er würde den Anblick auskosten, wie sie mit aufgeplatzter Lippe und geschwollener Wange am Tisch erschiene und ihrem Mann erzählte, sie habe sich gestoßen. Allein schon die Vorstellung erregte ihn. Doch Nathalie lachte nur lustlos auf.

»Du hast dich wirklich nicht verändert!«, stieß sie hervor.

Und mit einem Mal mussten sie beide lachen, wie in guten alten Zeiten. Er ging auf sie zu und schielte dabei auf ihre Brüste, die sich unter ihrem engen T-Shirt abzeichneten.

»Nemo, betrügst du deinen Ehemann oft?«

»Nie.«

Dieses Luder ließ sich nicht aus der Reserve locken. Ganz leicht streifte er die Spitzen ihrer Brustwarzen.

»Und wenn du mal eine Ausnahme machst? Dann könnte ich ganz beruhigt wegfahren ...«

Sie musterte ihn verächtlich, ihre goldenen Augen schimmerten zwischen den langen Wimpern.

»Ich werde darüber nachdenken«, sagte sie ausweichend und schob seine Hand beiseite. Sie ging zum Haus zurück; auf dem Weg schnitt sie einige Rosen ab. In der Küche traf Maria gerade letzte Vorkehrungen, um sich bis Dienstag verabschieden zu können. Sie zeigte Nathalie, was für das Abendessen aufgewärmt werden musste und was sie für das Mittagessen am folgenden Tag vorbereitet hatte. Leicht verärgert versicherte Nathalie ihr, sie werde schon zurechtkommen. Aus den Tiefen ihrer Erinnerung schallte das Lachen von Lucas. Das also ist aus dir geworden? Eine kleine verängstigte Bourgeoise, die sich von ihrer Köchin wie ein Kind behandeln lässt und vor dem erstbesten Erpresser kuscht? Wann hatte sie sich aufgegeben und war zu dieser gesichtslosen Puppe geworden?

Sie zuckte zusammen, als Jean-Pierre hinter ihr auftauchte, um ihr den Nacken zu küssen, und noch ganz in Gedanken wehrte sie ihn ab. Überrascht ließ er sie in Ruhe und erklärte sich ihre schlechte Laune damit, dass sie sich den ganzen Tag mit diesem unsäglichen Kerl seiner Sekretärin hatte langweilen müssen.

Vertieft in die Vorbereitungen des Abendessens, setzte Nathalie ihr stilles Zwiegespräch mit Lucas fort. Sollte sie mit Jean-Pierre sprechen? Sollte sie ihre Koffer packen und verschwinden? Nein. Es war zu dumm. Sie konnte nicht auf Jean-Pierre verzichten, auf seine Zärtlichkeit, auf die ruhige und mächtige Liebe, die sie so sehr brauchte wie die Luft zum Atmen. War all dies es nicht wert, doch mit diesem Schwein zu schlafen, um die Sache zu einem Ende zu bringen? Was meinst du, Lucas? Sex ist politisch, stimmt's?

Alle waren begeistert, als sie das Bœuf à la mode auftrug. Jean-Pierre machte große Augen, als sie ihm erklärte, dass sie Marias Anweisungen nicht gefolgt war, sondern nach einem eigenen alten Familienrezept gekocht hatte. Zum Essen hatte sie einen guten Burgunder aus dem Keller geholt. Sylvie, noch blasser als sonst, vermied es, irgendjemanden anzusehen, und beugte sich über die Teller ihrer Töchter; mit einer geradezu seltsamen Sorgfalt schnitt sie ihnen das Fleisch.

Ein wenig beschwipst, zwinkerte Claude Nathalie komplizenhaft zu, setzte sich auf seinem Stuhl zurecht und fragte Jean-Pierre: »Wissen Sie eigentlich, wie wir uns begegnet sind ...«

Nathalies Herz klopfte, jetzt würde er sagen: Nathalie und ich, aber mit einem erneuten Augenzwinkern fuhr er fort: »Sylvie und ich ...«

»Ich bin nicht sicher, ob Sylvie möchte, dass ich diese Geschichte höre«, unterbrach ihn Jean-Pierre abwehrend.

Nathalie hätte ihren Mann am liebsten umarmt. Sylvies Unbehagen war nur schwer mitanzusehen. Sie fixierte Claude, während ihr die Röte in das vor Müdigkeit bleiche Gesicht stieg. Lucas hätte darauf bestanden, die Fortsetzung der Geschichte zu hören.

»Wir haben uns auf einer Versammlung der Anonymen Alkoholiker im Rathaus von Nanterre getroffen«, fuhr Claude fort, ganz entzückt von der Wirkung dieser kleinen Enthüllung, »Tut mir leid, Schatz, aber man muss sich doch nicht dafür schämen, ehemalige Alkoholikerin zu sein. Außerdem, wenn du da warst, war ich ja auch da«, setzte er mit einem groben Lachen hinzu.

Das würde sie ihm niemals verzeihen, aber was kümmerte es ihn? Mit zwanzigtausend Euro in der Tasche war er auf dieses Dummchen nicht mehr angewiesen.

Mit eisiger Miene blickte Jean-Pierre Traversin zu Sylvie. Man sah ihm die Verblüffung, den Widerwillen an, das Verlangen, mehr darüber zu erfahren, und den Wunsch, sie in Schutz zu nehmen.

»Wie kannst du mir das nur antun?«, stieß Sylvie hervor, den Blick auf Claude gerichtet. »Als ich dich kennen lernte, warst du ein Wrack! Ein Penner! Du hattest keine Arbeit, du wohntest in dieser dreckigen Bude, die dir die Bullen zur Verfügung gestellt hatten, und das Einzige, was du den ganzen Tag gemacht hast, war Saufen. Keinen Entzug hast du bis zum Ende durchgehalten!«

Claude schien ihr nicht zuzuhören. »Wie viele Tage, Sylvie?«, insistierte er mit dem starren Blick einer Schlange, die sich gleich auf eine Maus stürzen wird.

Herausfordernd stand sie auf, nahm ihre Töchter an die Hand und erklärte: »Sechs Jahre, drei Monate und zwei Tage habe ich nicht mehr getrunken.«

Dann verließ sie den Raum.

»Bravo!«, fuhr ihn Jean-Pierre an. »Sind Sie jetzt zufrieden?«

»Entschuldigen Sie«, entgegnete Claude scheinheilig. »Ich dachte nicht, dass das so ein Drama geben würde. Es ist doch dumm zu lügen, oder? Irgendwann wird jeder von seiner Vergangenheit eingeholt ...«

Es war weit nach Mitternacht, als Claude zu Nathalie ins Wohnzimmer kam und dabei alle Vorsichtsmaßnahmen, die sie verlangt hatte, genau beachtet. Die Vorstellung, endlich diesen makellosen Körper zu besitzen, machte ihn so nervös, dass er schon seit Stunden unablässig schwitzte und ihm nicht einmal ein frisches Hemd mehr geblieben war, als er hinuntergehen wollte.

Nathalie erwartete ihn vor dem Kamin, in einem Nachthemd aus blassrosa Seide. Er bedauerte, dass sie, statt schwarze Strumpfhalter anzulegen, wie er es sich erhofft hatte, so gewöhnlich gekleidet war, aber er sagte nichts. Er hatte keine Lust zu reden. Er glaubte schon, ihre Brüste in seinen Händen zu spüren, null Silikon, den Busen einer Rassefrau.

Kaum hatte er sich ihr genähert, da spürte er die Mündung eines Revolvers an seinem Bauch.

»Halt«, sagte sie leise.

Er wich einen Schritt zurück.

»Bist du verrückt geworden, Nathalie?«

»Nemo. Ich bin Nemo.«

Er schluckte und tat noch einen Schritt zurück.

»Woher hast du das Ding?«

»Ich hatte es bei meinen Eltern versteckt, kurz bevor die Bullen kamen. Lucas sollte die Knarre später holen, aber er ist am selben Tag geschnappt worden. Wir alle sind am selben Tag geschnappt worden. Merkwürdig, was?«

»Nimm das Ding weg.«

»Wie war das denn nun genau mit der Bude, von der Sylvie gesprochen hat? Du weißt schon, die Bude, die dir die Bullen zur Verfügung gestellt haben ...«

»Mein Schwager ist Bulle, weißt du nicht mehr? Das hat uns doch gelegentlich geholfen ...«

»Ach weißt du, nach all den Jahren bin ich gar nicht mehr so sicher, ob uns das wirklich geholfen hat ...«

Während sie sprach, hatte sie sich über den Revolver gebeugt, um den Rückschlag abzufangen. So wie Lucas es ihr beigebracht hatte.

»Nemo, warte, ich werd' dir alles erklären ...«

»Das ist nur ein kleines Dankeschön, mit schönen Grüßen von den anderen.«

Er kam nicht weiter. Bevor er auch nur eine Bewegung machen konnte, durchschlugen zwei Kugeln seine Brust.

Es schien Nathalie, als ob der Lärm der Schüsse in der Stille des Hauses noch lange nachhallen würde. Sie betrachtete Claudes Körper und das Blut, das als klebriger Strom aus ihm herausfloss und in den Teppich sickerte. Gleich würde Jean-Pierre auftauchen, und sie würde ihn für immer verlieren. Sie wollte ihm nicht ins Gesicht sehen müssen, wenn die Polizei ihm erklärte, wer sie wirklich war. Was hatte sie schon für ihn getan, außer ihn anzulügen und sein Vertrauen zu missbrauchen? Es geschah ihr recht, wenn sie ins Gefängnis zurückkehrte und niemals wieder freikäme. Der Alptraum begann wieder von vorn. Alles begann von vorn. Sie war wieder Nemo. Langsam hob Nathalie die Hand, um sich die Pistole an die Schläfe zu setzen. Ihr Zeigefinger suchte gerade den Auslöser, als eine Hand sich sanft auf die ihre legte, sich entschlossen des Revolvers bemächtigte und sie auf das Sofa stieß.

Sylvie.

Mit zusammengekniffenen Augen schaute sie Nathalie aufmerksam an, während sie den Revolver in der Tasche ihres Morgenmantels aus blauem Nylon verschwinden ließ.

»Meine arme Madame Traversin«, sagte sie mitfühlend, »was müssen Sie für eine Angst ausgestanden haben! Ich habe die Einbrecher gesehen, sie sind durch die Küche entkommen ...«

»Aber nein«, stotterte Nathalie, »Sie begreifen nicht! Ich habe doch ...«

»Ja, auf Sie haben die gezielt. Aber Claude ist dazwischengegangen, um Sie zu schützen, und er ist dabei getötet worden! Armer Claude. Er hat Sie so bewundert ...«

Französisches Pfingstmenü

Alle Gerichte für 4–6 Personen

Das »Pfingstwunder«, bei dem der Heilige Geist über die Apostel kam, markiert das Geburtsfest der Kirche, doch die Jahreszeit verlockt mehr zu Festen im Freien mit Spiel, Tanz und Pfingstbier. Ein geschmückter Pfingstochse führt traditionell den Viehauftrieb an und wird anschließend geschlachtet.

Soupe à l'oseille (Sauerampfersüppchen)

250 g Sauerampfer
50 g Butter, zerlassen
2 l Brühe
250 g mehligkochende Kartoffeln, geschält und geviertelt
1 Ei, 200 ml Milch
1 EL Kerbel, gehackt
geröstete Weißbrotwürfel
Salz

❖ Sauerampfer entstielen, waschen, abtropfen lassen und in Streifen schneiden. In Butter schön weich dünsten.
❖ Brühe und Kartoffeln zufügen und gar kochen.
❖ Suppe pürieren und mit Salz abschmecken.
❖ Ei und Milch in der Suppenschüssel verquirlen.
❖ Suppe darüber gießen. Mit Brotwürfeln und Kerbel bestreuen.

Bœuf à la mode (Rinderschmorbraten)

1,5 kg Rinderschmorbraten
Salz
grob gemahlener schwarzer Pfeffer
750 ml Burgunder
1 Zwiebel, in feine Ringe geschnitten
1 Knoblauchzehe, fein gehackt
1 großes Lorbeerblatt

❖ Fleisch mit je 1 TL Salz und Pfeffer einreiben. Wein in einer Schüssel mit Zwiebel, Knoblauch, Lorbeer und Thymian mischen.
❖ Das Fleisch in der Marinade wenden und darin 24 Stunden im Kühlschrank ziehen lassen. Herausnehmen und trockentupfen.
❖ Speck in einem Bräter auslassen. Fleisch darin ringsherum scharf anbraten. Marinade zugeben und bis zur halben Höhe des Fleisches mit Brühe aufgießen. Kalbsfuß, Gemüse und Bouquet garni zufügen.
❖ Im Backofen bei 150 °C zugedeckt 2 Stunden

1 TL getrocknete Thymian
4 Scheiben fetter Speck
750 ml Fleischbrühe
1 Kalbsfuß
1 große Möhre
2 Tomaten, enthäutet und gewürfelt
1 Bouquet garni
Petersilie, gehackt

schmoren, dabei immer wieder mit Brühe begießen. Fleisch herausnehmen und warm stellen. Schmorflüssigkeit durch ein feines Sieb in einen Topf gießen und bei starker Hitze auf die Hälfte reduzieren. Salzen und pfeffern.

❖ Fleisch mit Beilagen (karamellisierte Möhren und Schalotten) auf einer Platte anrichten und mit Petersilie bestreuen.

❖ Sauce separat servieren. Dazu Weißbrot reichen.

Carottes au caramel (Karamellisierte Möhren)

600 g Möhren, geputzt
2 EL Butter
2 TL Zucker
Salz und Pfeffer
3 Stengel glatte Petersilie
Pfeffer

❖ Möhren in 2,5 cm lange Stücke schneiden. Ecken abrunden, sodass kleine Tönnchen entstehen.

❖ Butter in einer Pfanne erhitzen. Möhren hinein geben und mit Zucker bestreuen. Wenn die Möhren auf beiden Seiten hellbraun karamellisiert sind, zugedeckt 10–15 Min. bei milder Hitze schmoren.
Dabei die Pfanne immer wieder rütteln.

❖ Petersilie hacken. Möhren mit Salz und Pfeffer abschmecken und mit Petersilie bestreuen.

Échalotes au caramel (Karamellisierte Schalotten)

500 g Schalotten, geschält
2 EL Butter
2 EL Zucker
4 EL Portwein
250 ml Rotwein
Salz, Pfeffer
1 EL Balsamico

❖ Butter in einer Pfanne zerlassen. Zucker zugeben. Alles leicht braun werden lassen; der Zucker soll karamellisieren.

❖ Schalotten ganz dazu geben und mit Portwein und Rotwein ablöschen. Bei kleinster Hitze 14 Min. garen. Dabei die Schalotten immer ein wenig bewegen.

❖ Vor dem Servieren mit Balsamico, Salz und Pfeffer abschmecken.

Gratin de pommes de terre (Kartoffelgratin)

8 mittelgroße Kartoffeln
3 EL Butter
1/2 Bund Petersilie, gehackt
2 TL Semmelbrösel
1 Knoblauchzehe
Salz
Pfeffer

❖ Kartoffeln in Salzwasser eben gar kochen. Abgießen, abschrecken, schälen und in dünne Scheiben schneiden. Auflaufform mit etwas Butter einfetten.
❖ Backofen auf 250 °C vorheizen.
❖ Kartoffelscheiben in die Form schichten; salzen und pfeffern. Petersilie und Semmelbrösel mischen und über die Kartoffeln streuen. Restliche Butter in Flöckchen darauf setzen und 10 Min. auf der oberen Schiene überbacken.

Mousse glacé aux fraises (Erdbeermousse)

250 g Erdbeeren, püriert
125 g Puderzucker
1 EL Zitronensaft
250 g Schlagsahne
Erdbeeren und Minzblätter

❖ Erdbeerpüree, Zucker und Zitronensaft rühren, bis der Zucker sich aufgelöst hat. Steif geschlagene Sahne unterheben und die Masse in einer Eisform gefrieren lassen.
❖ Nocken vorsichtig abstechen und auf Dessertteller geben. Mit Erdbeeren und Minze garnieren.

Calissons d'Aix (Mandelplätzchen)

Für 20 Stück
250 g Mandelkerne, enthäutet
250 g Zucker
4–5 EL Aprikosensirup
20 Backoblaten (5 cm Durchmesser)
1 Eiweiß
100 g Puderzucker

❖ Mandelkerne fein mahlen. Mandelmehl mit Zucker mischen und mit Sirup verrühren.
❖ Backofen auf 200 °C vorheizen.
❖ Mandelteig in einen Topf geben und unter Rühren vorsichtig erhitzen (einen Holzlöffel verwenden); der Teig soll etwas trocknen. Vom Herd nehmen und auf die Oblaten verteilen.
❖ Aus Eiweiß und Puderzucker einen glatten Guß rühren und auf den Plätzchen verteilen. Die Oblaten auf ein Backblech setzen und 10 Minuten backen.

Kirtagsfinale

Beatrix M. Kramlovsky

Den Draht leicht um das Kupferrohr biegen, eine Drehung, noch eine, das Päckchen saß fest. *Den vertrauten Geruch einatmen. Eine Mischung aus Äpfeln, Wein, Heizöl, Stiefeln und Papier, aus Holz und Staub, die ferne Ahnung von Waldboden, Schwämmen, Moder. Vertraute Essenzen aus der Kindheit. Eine leere Schachtel vor die dritte Bombe, die letzte. Auge um Auge – Zahn um Zahn. Vorsichtig durch den gartenseitigen Kellereingang hinaus. Den Schlüssel in das dichte Moospolster zu Füßen der Diana aus Terrakotta. Manche Gewohnheiten ändern sich nie.*

Dornbach war geschmückt. Schon seit Tagen hatte emsige Betriebsamkeit in den Kutschenhäusern, Gastbetrieben, Wohnungen und in der Pfarre geherrscht. Den Touristen, die sich von Grinzing oder dem Kahlenberger Dorf herüber verirrten, fiel es nicht weiter auf, hielten sie die zusätzliche Geschäftigkeit doch für Auswirkungen der üblichen Wiener Weinseligkeit. Man war nicht erpicht darauf, den Busunternehmen die bodenständigen Rausch- und Freßorgien als Reiseziele schmackhaft zu machen. Es galt als ausgemacht, dass nach den internationalen Festwochen im Juni die Stadt für sich selbst feierte, den ausländischen Gästen das Zentrum überlassen wurde und der sommerliche Kirtagsreigen den Einheimischen vorbehalten blieb. Dornbach mit seinen barocken und klassizistischen Bürgerhäusern in der Talsenke vor den breit gefächerten Weingärten, die die steilen Hänge des Kahlenbergs, des Leopoldbergs bedeckten, eröffnete am 26. Juli diese Saison. Seit Jahrhunderten schon.

Die Statue der heiligen Anna – vom Podest geholt und mit milder Seifenlauge geputzt – stand nun neben dem Kirchenportal, um zur feierlichen Eröffnung des jährlichen Gelages auf den Platz getragen zu werden, mitten unter die Zecher. Eine milde lächelnde Bauernfrau mit sorgsam gemalten Wangen, breit geschnitztem Becken, die Arme leicht nach vorne gestreckt, als sehnte sie sich danach, im opulenten Treiben unterzutauchen.

Vor den Häusern standen Tische und Bänke, in den Bäumen hingen Lichterketten und Lampions. Für die Kleinen hatte man das übliche Karussell aufgebaut, den Ponypferch mit frischem Heu ausgelegt. Die ersten Schaulustigen fanden sich ein, drängten sich an die Absperrung vor dem offenen Kirchenportal. Endlich nahm der Chor Aufstellung, in der Sakristei legte sich der Pfarrer das Messgewand um, die Sanitäter vom Roten Kreuz setzten sich in den Schatten ihres geparkten Wagens. Nur Fußgänger, Straßenbahnen und Linienbusse durften die Schranken passieren. In den folgenden 56 Stunden würde der Stadtteil der heiligen Anna und ihren Festtagsgästen gehören. Mit einem gewaltigen Akkord eröffnete der Organist den Auszug der Holzfigur aus der Kirche in die von Bratendüften geschwängerte Idylle.

Mein ist die Rache. Um Mitternacht. Eine gute Zeit für das Ende aller Bitterkeit. Die späten Zecher drinnen in den Stuben, sie in ihrem Bett. In meinem Haus. Mit meinem Geld. Ob sie noch von ihm träumt, die Erinnerung an gestohlene Küsse auf den Lippen? Ob ich durch ihren Schlaf geistere, so wie sie meine Zeit vernetzt? Tentakel in meinem Leben. Verschnürungen, Fesselungen, Spinnenarbeit. Um Mitternacht bin ich frei. Denn meine Gerechtigkeit ist nahe.

Edith und Hermann kamen wie jedes Jahr pünktlich um vier Uhr, ihre Freunde hatten schon den üblichen Tisch besetzt und die erste Runde getrunken. Dezente Wangenküsse, Umarmungen, registrierende Blicke, begleitet von freundlichen Floskeln. Wahrheiten hob man sich für spätere Stunden auf.

Kurz sah Edith hinüber zu dem altrosa gestrichenen Barockbau mit den zwei Rokokobalkonen, filigranen Eisenkörben, die sie an teure Unterwäsche erinnerten. Fenster und Tor waren geschlossen. Mutter wäre das nicht recht gewesen, da war sich Edith sicher und setzte sich. Mutter hätte sich unter die Leute gemischt, wäre vermutlich schon längst im Vorgarten oder dem Kellergewölbe des kelternden Pfarrers gesessen, lachend, plaudernd, feiernd. Mutter hätte auch, wäre sie ihrer Sinne noch mächtig gewesen, die letzten Angelegenheiten anders geregelt. Den Machtkämpfen der Töchter ausgesetzt, erschien Alzheimer als gelungener Fluchtweg. Fröstelnd rieb Edith sich die ewig kalten Finger und schaute zu, wie Hermanns unwiderstehliches Lächeln die Freunde erwärmte.

Der jährlichen Routine folgend, saßen sie unter der gewaltigen Linde, die seit dem letzten Schnitt asymmetrisch wuchs, wie ein belaubter Galgen.

Die Kapelle spielte einen Tusch. Einen Moment schwiegen die Spatzen, als seien sie von der fröhlichen Kakophonie verblüfft, dann setzten sie lärmend wieder ein. Jemand hatte einen Teller zu Füßen der Annenstatue gestellt, gekochtes Rindfleisch mit abgeriebenem Kren, der langsam in der Hitze trocknete, sich kräuselte, seinen Geruch verlor. Edith musste lachen und wandte sich Resa zu.

»Nach diesem Wochenende wird die Anna vom Weindunst schon völlig beduselt sein. Ob Heilige das brauchen?«

»Ach, die Toten müssen auch leben«, Resa leerte ihr Glas und küsste den neuen Mann an ihrer Seite. Wie immer tat Edith ihr leid, aber das würde sie ihr natürlich nie gestehen. Eine Feldherrin verlorener privater Schlachten, verbarrikadiert hinter einer strahlenden Fassade von Gutbürgerlichkeit. Die Freunde kannten die Risse, die Gräben, die Spuren der vergeblichen Kämpfe, der langwierigen Prozesse. Nein, Edith wurde nicht beneidet, trotz des strahlenden Mannes, der ohne Probleme großgezogenen Töchter, der offensichtlichen finanziellen Unabhängigkeit.

Sachte wurde der Vorhang hinter der linken Balkontüre bewegt, aber niemand sah es. Hermann verlor sich gerade in einer Anekdote aus seiner Praxis, die Edith noch nicht kannte, Einwürfe der Freunde verwandelten die Geschichte in ein kurzweiliges Feuerwerk, das Lachen saß locker. Sie spürte, wie sie sich langsam entspannte. Hermann konnte aber auch zu komisch sein. Edith hob ihr Glas.

Nun plauderten alle durcheinander, prahlten mit ihren erwachsenen Kindern, redeten sich ihre Familien schön. Jeder tat so, als glaube er alles bedingungslos. Später, das wusste Edith schon, wenn der Alkoholpegel stieg, würden sie die Wirklichkeit schildern, Anteilnahme und Trost erfolgreich einfordern. Es lag am Wein. Vermutlich hielten die Freundschaften deshalb so lange, weil die Lügen so durchsichtig waren, haltlose Fassaden. An den Wochenenden zerbröselten in den Weingärten gutbürgerliche Illusionen. Spätestens nach dem dritten Glas war man mit den eigenen Schwächen konfrontiert, wartete auf Hilfe, darauf, nicht allein gelassen zu werden in der eigenen Janusköpfigkeit. Ediths Kinder waren weit weg, lebten ein Leben, dessen Inhalte den ihren fremd waren, dessen Schwerpunkte nicht ihre Billigung fanden. Alle drei nahmen ihr immer noch übel, dass sie die Prozesse begonnen, Klüfte zementiert statt eingeebnet hatte. Aber die mittlere Tochter war nun schwanger, die Linie wurde weitergeführt. Edith empfand das als tröstlich. Hilde würde ohne Nachkommen sterben, keine Spuren hinterlassen. Wieso musste sie schon wieder an ihre Schwester denken?

»Ich krieg' langsam Hunger«, stellte Hermann fest und tätschelte liebevoll seinen flachen Bauch. Er hatte extra noch eine halbe Stunde am Laufband eingeschoben, um sich rückhaltlos und ohne schlechtes Gewissen den lukullischen Genüssen widmen zu können. Dornbach während des Kirtags war gleichbedeutend mit Völlerei, seit Jahrhunderten schon. Eine fröhliche Apokalypse für die Ärzteschaft, Alfred Polgars fideles Grab an der Donau.

Die Männer beschlossen, wie jedes Jahr als Erste das Büffet zu stürmen, und die Frauen sahen ihnen mit den sanftmütigen Augen von Geliebten, die schleichend zu Müttern mutierten, nach und rückten zusammen. Edith fröstelte.

Im Schlaf pulverisiert. Die widrige Aneignung des Hauses zunichte gemacht. Gottes Mühlen mahlten einfach zu langsam. Wozu hat er mir Wissen und Professionalität gegeben, wenn ich sie nicht nutzte? Um der Gerechtigkeit willen eine endgültige Auslöschung. Vielleicht werde ich danach endlich ruhig leben können, ohne das zersetzende Gift des Neides, der Eifersucht. Frei. Ich will sie zerstoßen wie Staub vor dem Winde.

Plötzlich, die Entscheidung überraschte sie selbst, schnitt Edith von sich aus das Thema an: »Also bevor ihr euch fragt, ob ihr fragen dürft oder sollt, klär ich euch lieber selber auf. Ich habe Hilde nicht gesehen. Ich weiß gar nicht, ob sie da ist. Vermutlich nicht, sie hat den Kirtag ja nicht mehr mögen. Seit damals.«

Beziehungsvolle Pause. Die Freundinnen hielten geduldig den Mund.

»Ich weiß gar nicht, welche Lügen sie hier erzählt hat. Mit Hermann und so. Stimmt doch nicht. Und Mutters Schmuck. Ich habe ohnedies viel zu viel verloren. Mein Elternhaus. All diese alten Geschichten. Ich meide die Gegend, das ganze Jahr über. Bloß wenn die Anna gefeiert wird, kommen wir. War ja schließlich der Namenstag der Mama. Das Grab ist in Ordnung. Schön gepflegt. Wir kommen direkt vom Friedhof. Die Blumen in der Vase sind frisch. Sie muss also auch heute dort gewesen sein. Stellt euch vor, wir wären uns begegnet.«

»Ach was«, Resa sprach aus, was die meisten dachten, »vielleicht wäre das gar nicht so schlimm gewesen. Nach so langer Zeit. Du bist Hildes Schwester. Vielleicht ist sie einsam, täte gerne wieder mit dir reden, weiß bloß nicht, wie sie den Anfang machen soll. Eine verkorkste Situation.«

Schweigen im Festtagstrubel. Sie kannten alle die schmutzigen Details. Edith schluckte.

»Seit dem letzten Prozess haben wir kein Wort mehr miteinander gewechselt. Zum Geburtstag schicke ich ihr ein unverfängliches Kärtchen. Aber sie antwortet nie.« Wieder die Bitterkeit, fast zu schmecken, die Geschichte ihrer Schwesternschaft ein Gallapfel.

»Sie scheint aber Bescheid zu wissen. Sie findet, es stünde dir, dass du deine Haare heller trägst.«

»Was?« Edith sah konsterniert in die Runde. »Wer von euch hat denn mit ihr zu tun?«

Maria zuckte mit den Schultern. »Man trifft halt aufeinander. In der Innenstadt. Sie kam aus dem Institut, als ich vorüberging. Herrgott, du kannst uns doch nicht verbieten, sie wenigstens zu grüßen.«

Edith griff nach ihrem Glas und leerte es in einem Zug. »Ich versteh' das nicht. Glaubt ihr, sie beobachtet mich heimlich?«

»Wozu denn? Was hat sie davon? Sie nimmt übrigens ein Sabbatjahr ab kommendem Herbst, Forschungen und danach Urlaub auf den Fidschis. Südsee hätte ich auch gerne. Mit frischen Männern.« Maria stierte Bierbäuchen und Hängehosen hinterher.

»Das sieht Hilde gar nicht ähnlich«, murmelte Edith, »alles muss logisch und vor allem chronologisch sein.« Hilde war Fachfrau für mittelalterliche soziologische Strukturen, das mühsam sich etablierende Bürgertum, strahlenden Mystizismus und perfide Foltermethoden. Sie hatte für Ediths Laborberuf immer Verachtung gezeigt: chemische Reaktionen. Und doch hatte Hermann der praktisch veranlagten Schwester den Vorzug gegeben. Wenigstens ein Sieg, der Hilde schmerzen musste.

Die Männer kehrten mit hoch beladenen Tellern zurück. Edith lächelte fast zufrieden. »Jetzt essen wir erst einmal. Los, hebt euch, sonst ist das Büffet leergefegt.«

Sie betraten das Haus, die behäbige Gaststube mit der niedrigen Holzdecke. Auf einer langen Tafel war das Essen angerichtet, in einer leicht abgespeckten Form, aber die üppigen Rezepte aus der Barockzeit ließen sich nicht ganz unterdrücken. Eine genießerische Stadt hatte Stefan Zweig Wien genannt. Ediths Blick wanderte über die gefüllten Suppenterrinen, Vorspeisen, die Hauptgänge, die Desserts. Wenigstens aß man jetzt etwas mehr Gemüse. Früher war die einzige grüne Beilage ein mit Bratwurstfarce und Eiern gefüllter, sanft gedünsteter Kohlrabi gewesen, in süßem Obers schwimmend. Keine Suppe, beschloss sie, es war einfach zu heiß. Hermann würde sicherlich von den abgetriebenen Speckknödeln gekostet haben. Beim Annenkirtag vergaß er regelmäßig die Ermahnungen, die er seinen Patienten unermüdlich erteilte.

Kalbsleber, Würste in Wein, Kalbsbrust in Limonensauce, gedünstete Ente, kross gebratene Junghühner. Edith erschienen die Vorspeisen wie Strophen eines Gedichtes, Küchenlyrik. Beim Hauptgang war versucht worden, die früheren, schwer überladenen und in Stockwerken aufgeschichteten Fleischplatten nachzubauen. Mutter hatte ihnen beigebracht, wie man manche der traditionellen Gerichte zubereitete. Außerdem hatte sie die dazugehörigen Geschichten erzählt. Beim Fisolenputzen gab es Einblicke in die Vergangenheit, Anekdoten beim Einstauben, Würzen, Begießen. Geflochtener Lungenbraten! Tatsächlich! Fast glaubte Edith, Mutters tiefen Alt zu hören. Damals, als die Welt noch in Ordnung war.

Dieser gierige Mund, diese zupackenden Hände. Warum habe ich das damals nicht gesehen? Diese perfide Selbstverständlichkeit, sich alles auszuborgen, zu leihen, zu nehmen. Du sollst nicht stehlen, spricht der Herr. Mein ist nicht dein. Ich will richten und dir geben, was dir gebührt.

Im Gang zur Schank tauchte kurz eine Frau auf. Im Wirbel blieb sie unbemerkt. So viele Menschen, so viele, die aneinander vorbeidrängten mit beladenem Geschirr. Eine Rempelei, ein Stoßen, Scharren, Schieben, Drängeln. Man musste darauf achten, dass keine Sauce aufs Gewand troff oder Erdäpfel herunterkullerten.

Edith balancierte ihren vollen Teller, sorgsam bedacht und in Gedanken immer noch in ihrer eigenen Kindheit, an einem längst vergangenen Tag in einer längst zerbrochenen Idylle.

Plötzlich ein Stich. Schmerz, dass ihr die Luft wegbleibt. Stillstand.

Angestrengt hob Edith ihren Kopf. Sie sah, Zeitlupenschnitte, einen vorwärts gestreckten Arm, der direkt unter ihrem Teller zu enden schien, ein Stumpf in dunklem Blümchenmuster. Sie sah den Stoff, ein Zittern über den Blüten, sie hörte heftiges Ausatmen. Sie sah den hellen Hals im Ausschnitt, Falten, Haut im ersten Welken. Sie sah das vorgestreckte Kinn, Zähne, in die farblose Unterlippe gedrückt, die schwimmenden Moosaugen. Alles allzu vertraut.

»Hilde!«, keuchte sie und wunderte sich über den Druck in ihrer Brust.

Sie registrierte das kurze Zurückweichen der Schwester, der Armstumpf wurde länger, zeigte eine weiße Hand, geschlossene Finger. Eine Faust? Sie hatten sich nie ernsthaft geschlagen, nie geprügelt. Verletzt wurde verbal, Widerhaken, die sich in alle Erinnerungen, quer durch alle zärtlichen Momente bohrten.

»Hilde?«

Wortlos drehte die Schwester sich um, in Richtung hinaus auf den Platz, mit einer Leichtigkeit, die Edith irritierte. Das Atmen fiel ihr schwer, sie hörte ihr Herz hämmern, ein Pochen in ihren Ohren, rhythmisches Pumpen und Rauschen, das jeden ihrer zögerlichen Schritte begleitete.

Sie trat aus dem Haus, der rosa Barockfassade genau gegenüber. Daheim und doch vor der Tür. Drüben am Tisch unter der Galgenlinde erhob sich schallendes Gelächter, Hermann schien in Höchstform zu sein. Ein phantastischer Mann. Trotz aller Schwächen. Sein Gesicht strahlend im goldenen Sonnenlicht, das bereits die nahende Dämmerung ankündigte. Wie schön er doch war. Kein Wunder, dass ihn zu viele liebten. Was hatte Hilde wohl von ihr gewollt? Warum hatte sie nicht gesprochen? Ihre Finger, so weiß, so verkrampft. Was hatte sie in der Hand gehalten? Edith versuchte, tief Luft zu holen. Das Atmen fiel ihr so schwer. Als drücke der Lärm der Zecher gegen ihre Rippen. War der Platz immer schon so uneben gepflastert gewesen? Hildes Faust. Ein Glitzern. Blutbesudelt. Eine Spicknadel!

Edith keuchte, versuchte, sich umzudrehen, die Schwester noch einmal zu sehen. Aber da war kein vertrautes Gesicht, da waren nur Fremde, die sie schoben und lachten. Lachten! Lachten, während sie nach Luft rang, während sie spürte, wie das Blut in den Brustkorb drängte. Nicht genügend Raum für diese Flut. Ihr ertrinkendes Herz. Wie schnell müsste sie auf einem Operationstisch liegen, um noch gerettet werden zu können? Wie groß war das Loch? Eine Spicknadel! Oh Hilde!

Edith stolperte wieder. Nun wurden die Ersten aufmerksam, man beugte sich ihr zu. Ein Brausen um sie herum, so laut. Ein Meer aus Worten. Warum schwieg sie? Warum sagte sie nicht, was sie wusste? Warum grinste sie so dämlich? Sie spürte ja richtig, wie ihre Mundwinkel sich nach oben zerrten, ein stummes Lachen. Eine Grimasse, die keiner zu deuten wusste. Im Fallen erhaschte sie einen Blick auf das rosafarbene Haus mit den filigranen Balkonen. Noch fünf Stunden bis zur Stunde des Gerichts. Ob Hermann lange trauern würde? Ihr Kopf schlug auf, und sie spürte, wie tief in ihr etwas zerriss, heiße Wellen stoßweise. *Mein ist die Rache*. Das Lachen blieb auf ihrem Gesicht.

Es war bereits kurz vor Mitternacht, als Dr. Hilde Sedlak endlich in ihr Haus zurückkehren konnte und breit lächelnd die Tür hinter sich verschloss. Kein Mitleid mehr mit ihr, der armen Schwester, kein bitterer Bissen, kein Wort, an dem sie erstickte, kein Körper, der sie an verlorene Umarmungen erinnerte, kein Mund, der Geheimnisse verriet, kein Anwalt mehr, der nur kostete, wo sie gewinnen sollte. Entspannt und zufrieden! Keine Kämpfe mehr um den wunderschönen Besitz, und dass Edith ihr Hermann genommen hatte, das tat nun nicht mehr weh. Losgelöst endlich.

Sie öffnete die Schublade und sah auf die geputzten Messer, Fleischgabeln, Kochlöffel, die Spicknadel. Mutter hatte immer viel Wert auf saubere, übersichtlich geordnete Geräte gelegt. Hilde ging singend nach oben in ihr Schlafzimmer.

Als die Bomben im Keller hochgingen und das Haus in Schutt und Asche legten, brach ein letzter Ton, verwundert, aus ihrem zerfetzten Mund.

Wiener Annenkirtagsbüffet

Alle Gerichte für 4 Personen, außer der Torte

Kirtag ist österreichisch für den Jahrestag der Kirchweihe eines Ortes, und der kann zum Beispiel am Tag der Heiligen Anna, der Mutter Marias, liegen. Die Wiener feiern den Annenkirtag mit Wein und traditioneller Küche gern in Dornbach, einem Heurigenbezirk, sehr malerisch, sehr alt und sehr en vogue.

Rindsuppe mit abgetriebenen Speckknödeln

100 g geräucherter Speck
00 g Zwiebeln, fein gehackt
1 Bund Petersilie, fein gehackt
8 Brötchen, gewürfelt
50 g Selchfleisch (gekochtes epökeltes und geräuchertes Schweinefleisch), gewürfelt
5 Eier, 200 ml Milch
4 EL Mehl, Salz
1 l Rinderbrühe
1 Bund Schnittlauch

❖ Speck in der Pfanne auslassen. Zwiebeln anbraten, Brötchen zufügen und hellbraun braten. Petersilie, Selchfleisch, Eier und Milch untermischen, salzen und bei schwacher Hitze 10 Min. garen.

❖ Wenn die Mischung anfängt zu köcheln, Mehl einrühren. Masse vom Herd nehmen. Kochlöffel in kochendes Wasser tauchen, dann 8–10 Knödel abstechen, formen und 30 Min. in Salzwasser köcheln lassen.

❖ Zum Servieren in der Rinderbrühe erhitzen, mit Schnittlauch dekorieren.

Kalte Leber aus dem Dunst

300 g Kalbsleber
250 g Rinderfilet
½ Zwiebel, fein gehackt
1–2 Knoblauchzehen, fein gehackt
Brötchen, 100 ml Rotwein
70 g Speck, fein gewürfelt
70 g Mark
2 Eier, Salz, Pfeffer

❖ Leber schaben; enthäutetes Rinderfilet fein schneiden. Fleisch, Zwiebel und Knoblauch gut verkneten.

❖ Brötchen in Wein einweichen und mit dem Fleischteig durch ein Sieb passieren.

❖ Speck und Mark erhitzen.

❖ Den Fleischteig mit Speck, Mark und Eiern verkneten, salzen und pfeffern. Dämpfeinsatz mit Butter einfetten, Fleischteig einfüllen und 2 Stunden im Dampf garen. 24 Stunden kühl stellen.

Butter zum Einfetten
Aspik zum Dekorieren

❖ Zum Servieren in Scheiben schneiden und mit gehacktem Aspik bestreuen, dazu Bauernbrot reichen.

Geflochtener Lungenbraten

750 g Lungenbraten (Rinderfilet)
Salz
50 g Speck, gewürfelt
1 Zwiebel, klein geschnitten
2 Knoblauchzehen, grob gehackt
schwarzer Pfeffer
1 Zweig frischer Thymian, gehackt
750 ml Rinderbrühe mit 1 Schuss Essig
1 EL Mehl
zerdrückte Sardellenfilets und Kapern, nach Geschmack
120 g Crème fraîche

❖ Lungenbraten (Rinderfilet) in drei Teile schneiden (an einem Ende erst nach 2 cm einschneiden) und wie einen Zopf flechten, lose Enden mit einem dicken Baumwollfaden zusammenbinden. Salzen, mit Speck, Zwiebel und Knoblauch in heißen Topf legen und mit Pfeffer und Thymian bestreuen. Nur ganz kurz und scharf anbraten, dann mit Rinderbrühe löschen. Bei mittlerer Hitze etwa 45 Min. garen. Fleisch herausheben und warm stellen. Mehl über den Sud stäuben, etwas Brühe zufügen, nach Geschmack Sardellen und Kapern einrühren. Sauce mit Crème fraîche binden.

❖ Zum Servieren den Zopf im Ganzen in eine ovale Terrine legen, mit Sauce übergießen und erst bei Tisch aufschneiden. Dazu reicht man Erdäpfelpolenta (Kartoffelpolenta) und junge Fisolen (feine grüne Bohnen), mit Petersilie gedünstet, oder warmen Krautsalat mit Speck und Endiviensalat. Passende Rotweine sind Zweigelt und Blauer Portugieser, als Weißweine Grüner Veltliner und Weißburgunder. Als Digestif Obstbrände (Marille, Zwetschge, Birne) reichen.

Kaiserschmarren

300 ml Milch
5 Eier, getrennt
170 g Mehl
1 Prise Salz
1 EL Zucker
40–50 g Rosinen (auf Wunsch in Rum eingelegt)
Butter, Puderzucker

❖ Milch, Eigelb, Mehl und Salz zu einem glatten Teig verrühren. Eiweiß schnittfest schlagen und unterheben. Butter in der Pfanne erhitzen und Teig hineingießen, sodass er etwa 2 cm hoch ist. Rosinen einstreuen. Von beiden Seiten goldbraun backen. Mit zwei Gabeln in kleine Stücke reißen. Warm auf Teller verteilen und mit Puderzucker bestäuben, dazu Apfelkompott oder Zwetschgenröster reichen.

Esterházy-Cremetorte

12 Eier, getrennt
240 g Zucker
120 g geriebene Mandeln
Schale von 1 Zitrone
200 ml Weißwein
7 Blatt Gelatine
1 ½ EL Rum
1 ½ EL Maraschino
400 ml Sahne
100 g eingelegte Früchte zum Dekorieren

❖ 6 Eigelb mit 120 g Zucker gut verrühren. Eiweiß schnittfest schlagen. Mit Mandeln und Zitronenschale unter die Zuckermasse rühren. Teig zu 3 oder 4 runden Böden formen und auf Backpapier im vorgeheizten Ofen bei 180 °C 15–20 Min. goldbraun backen. Für die Füllung 6 Eigelb, 120 g Zucker und Wein im Wasserbad unter ständigem Rühren erhitzen. Während des Abkühlens aufgelöste Gelatine, Rum und Maraschino unterrühren. Sahne steif schlagen und unterziehen.
❖ Vor dem Erstarren die Masse gleichmäßig auf die Teigböden streichen, Böden aufeinanderschichten. Mit eingelegten Früchten verzieren und kühl stellen.

Wiener Kaffeespezialitäten

Nach dem Dessert oder zur Torte trinkt man meist nur ne Tasse »Schwarzen« oder Braunen« (mit Milch, dazu wird ein Glas sehr kaltes Wasser serviert).

Im Kaffeehaus bestellt man auch:
❖ Kaisermelange: 1 Eigelb mit 1 TL Zucker und 2 EL Sahne verrühren, mit 1 Tasse Kaffee auffüllen
❖ Fiaker: doppelter Espresso mit Rum und Sahnehaube mit Kirsche dekoriert.
❖ Maria Theresia: große Tasse Kaffee mit Orangenlikör, Puderzucker und Sahnehaube mit bunten Zuckerstreuseln.
❖ Biedermeier: große Tasse Kaffee mit Marillenlikör und Sahnehaube.

Mörderischer Einheitstag

Hartmut Mechtel

Heute wirst du sterben, dachte Frank.

Er setzte ein Lächeln auf, als er zur Begrüßung gegen Joes erhobene Hand patschte. Dann zog er Peg zu einer flüchtigen Umarmung an sich. Dies ist ein ganz normaler Besuch, dachte er. Unsinn, korrigierte er sich. Der Besuch ist auch ohne mein Zutun alles andere als normal. Nicht nur für mich. Er betrachtete die Kumpels, mit denen er gekommen war, die Jungs und Mädchen mit den bunt gefärbten Haaren und den abgetragenen Klamotten. Denen ging es nicht anders als ihm.

Sie fühlten sich unbehaglich. Der große Raum sah zu nobel aus. Sie passten nicht hinein. Auch Joe wirkte verändert. Seine Kleidung war weder zerfetzt noch dreckig, sondern stattdessen – entsetzliche Vorstellung – neu! War das wirklich derselbe Punk, mit dem sie noch vor einem Vierteljahr auf der Treppe bei den Einkaufswagen des Supermarkts gesessen und um Kleingeld geschnorrt hatten? Noch mehr hatte sich Peg verwandelt. Das hübscheste Mädchen der Gruppe war sie schon immer gewesen, und bis vor ihrem Verschwinden vor drei Wochen hatte sie stets die größte Menge Klimpergeld zusammenbekommen beim Betteln, weil selbst Männer, die sonst nie etwas gaben, bei ihrem Anblick gelegentlich weich wurden. Oder geil, was praktisch dasselbe bedeutete. Schwarz trug sie noch immer, doch waren die Netzstrümpfe nicht zerrissen, und das neue hautenge kurze Lederkleid machte sie zu einer Schönheit. Frank würgte es ob der neuen Eintracht. Vor drei Wochen war Peg noch seine Freundin gewesen. Sie hatte sich korrumpieren lassen. Wie Joe. Und durch Joe.

Die Horde überspielte das Unbehagen durch fröhlichen Lärm. Sie griffen sich Bierdosen und setzten sich an den großen Tisch. Und taten so, als habe Joe schon immer sechs Stühle, drei Sessel und eben diesen Tisch besessen, ja, als habe er überhaupt schon immer etwas besessen außer dem, was er am Leibe trug. Es erleichterte sie, dass die Einrichtung, wiewohl größtenteils neu, wenigstens nicht stinkbürgerlich aussah. Die Fenster des ehemaligen Werkraumes waren geputzt, doch gab es wenigstens keine Gardinen. Bereits jetzt waren sie mehr Leute, als es Stühle gab, also standen, wie früher auch, Kisten bereit, auf denen es sich besser saß als auf der aus einem Park geklauten Bank, die, abgesehen vom frischen Anstrich, genauso aussah wie immer. Die Wände waren geweißt und hätten so ekelhaft frisch gewirkt, wie sie rochen, wären da nicht die allgegenwärtigen Graffiti gewesen. Joe war Sprayer wie viele von ihnen, und er konnte es, das sah man. Doch er konnte es nicht besser als Frank. Es war ungerecht, dass Joe seinen Aufstieg derselben Sache verdankte, die Frank so gar nichts einbrachte als Ärger.

Die Polizei hatte Joe auf frischer Tat ertappt, nicht nur einmal, weil er meist länger brauchte als die anderen, weil er gründlicher und ambitionierter vorging. Das sei Vandalismus, hieß es, obwohl selbst den Bullen aufgefallen war, dass es sich um mehr handelte als die üblichen Schmierereien. Ein kleiner Verlag hatte wenig später einen großen Kunstband über Graffiti veröffentlicht, mit vielen Farbtafeln, so teuer, dass kein Sprayer ihn sich leisten konnte. Viele von Joes Graffiti konnten namentlich zugeordnet werden, weil seine Aktionen aktenkundig waren. Josef M., Berlin, stand unter den Farbreproduktionen. Es war einem Galeristen aus Frankfurt am Main gelungen, Joe durch einen Privatdetektiv aufstöbern zu lassen. Joe war nach Frankfurt gefahren und hatte eine Wand gestaltet, zum ersten Mal in seinem Leben mit Genehmigung. Das brachte ihm nicht viel ein, doch dann kam der erste Auftrag. Eher aus Spaß nannte Joe eine Summe, die ihm unverschämt vorkam. Sie wurde ohne jedes Feilschen gezahlt. Und weitere Aufträge folgten. Nur noch selten zog er mit seinen Kumpels herum, er hatte keine Zeit mehr, vielleicht auch keine Lust. In kurzer Zeit verdiente er soviel Geld, wie die anderen Punks zusammengenommen nicht in einem ganzen Jahr erschnorrten, die Zuwendungen der Eltern eingerechnet. Auf einmal brauchte er eine Anschrift, unter der er für Galeristen und Mäzene zu erreichen war, und auch ein Telephon. Er mietete die Etage der im Jahr der Vereinigung stillgelegten alten Fabrik, in der er bis dahin illegal gehaust hatte, richtete sie ein, und zur Einweihung hatte er die alten Kumpels geladen.

Da saßen sie nun und wussten nicht so recht, ob sie sich über Joes Erfolg freuen oder über seine Verbürgerlichung ärgern sollten. Und dann auch noch dieses merkwürdige Datum. Der 3. Oktober 2002! Nicht nur Frank hatte damit seine Probleme. Ein anderer brachte es zur Sprache, nachdem die Begrüßungsfloskeln gesagt waren.

»Warum gerade heute?«, fragte Krätze. Den Namen der Ratte aus den Harry-Potter-Büchern hatte man ihm angehängt, weil er eine juckende Hautkrankheit hatte. Er war daran gewöhnt und konnte sich nur mit Mühe daran erinnern, wie er wirklich hieß. Aber dumm war er nicht. »Warum gerade heute?«, fragte er noch einmal.

»Und warum nicht heute?«, fragte Joe zurück und grinste.

»Der Einheiztag, oder wie das Ding heißt, ist nicht unbedingt ein Grund zum Feiern«, sagte Krätze.

»Aber auch kein Grund, eine Fete auszulassen«, beschied ihn Joe. »Die Wohnung ist fertig. Meine erste echte eigene Wohnung.«

»Gerade heute!«, murrte Krätze.

»Hast du was gegen die Einheit?«, fragte Joe. »Ohne sie wärst du jetzt nicht hier. Du kommst doch aus Hannover.«

»Münster«, korrigierte Krätze.

»Bei den meisten anderen weiß ich nicht, woher sie kommen, aus dem Osten oder aus dem Westen, und ich will es auch nicht wissen«, setzte Joe fort. »Es hat keine Bedeutung mehr. Falls es überhaupt je eine hatte.«

»Es ist ein beschissener Staat mit seinem Leistungsterror und dem ganzen Spießerpack.« Krätze mochte nicht klein beigeben.

»Na ja, Leistungsterror«, sagte Joe. »Zwingt dich denn jemand zum Arbeiten? In der DDR hättest du längst gesessen – wegen Asozialität, so hieß das damals. Als der Staat den Bach runterging, war ich siebzehn, ich habe ihn ziemlich bewusst erlebt und kann euch jungen Hüpfern sagen, dass es nicht so toll war, wie ihr glaubt. Wie wenig toll es jetzt ist, wissen wir alle. Geschenkt. Die da oben feiern einen anderen Zusammenschluss als wir. Ihre Einheit heißt Geld und Macht. Wir halten uns da raus. Wir haben eine andere Einheit zu feiern – unsere Einheit. Und das in einer richtigen Wohnung. Ich meine, wenn wir Gläser hätten, könnten wir darauf anstoßen!«

Sie prosteten sich mit ihren Tuborg-Dosen zu und tranken. Auch Frank erhob seine Dose, doch trank er nicht. Selbst zu einem unverbindlichen Lächeln konnte er sich nicht aufraffen. Dieser Widerling hielt eine Tischrede zum Tag der Deutschen Einheit, und die Punks lachten ihn nicht aus, sondern tranken mit ihm und fanden daran offenbar nichts auszusetzen. Selbst Krätze hielt die Klappe. Frank knallte die Dose schwungvoll auf den Tisch. Bier schäumte durch das Loch im Deckel, rann über Franks Finger auf den Tisch. Niemand beachtete ihn, das allgemeine Gespräch war zu laut. Joe hatte es mal wieder geschafft. Selbst bei einem brisanten politischen Thema gelang es ihm, Streit zu vermeiden. Wie schaffte er das bloß? Er konnte gut reden, schon immer, obwohl er seine zehn Klassen nur mit Mühe geschafft und seine mit der Vereinigung sinnlos gewordene Lehre als Elektronikfacharbeiter abgebrochen und seitdem fast nur herumgegammelt hatte. Aber Frank war auch sehr beredt, wenn er nur wollte. Joe war kein Schmierer, sondern ein Künstler. Frank indes war ebenso gut, wenn nicht sogar besser. Man hatte ihn nur noch nie erwischt, also blieb sein Name unbekannt. Was konnte Joe, das Frank nicht besser konnte?

Ja, er sah gut aus. Männern, sofern sie nicht schwul waren, mochte das gleichgültig sein, doch die Weiber flogen darauf. Frank blickte in die Runde. Noch waren nicht alle da, gerade mal fünfzehn Figuren, zehn Jungen, fünf Mädchen. Mit allen Mädchen hatte Joe gevögelt. Mit allen. Seit drei Wochen tat er es auch mit Peg. Das nahm Frank nicht hin. Sein Entschluss stand schon seit Tagen fest, und doch zögerte er, ihn umzusetzen. Er musste noch einmal mit Peg reden. Gar nicht so einfach in der Runde, die sich jetzt vergrößerte, die Neuankömmlinge wurden begrüßt, und Peg tat so, als sei sie tatsächlich die Gastgeberin. Und nun erhob sie sich gar, winkte ihrer einst besten Freundin Lo zu, der knallrot gefärbten Schlampe mit dem gepiercten Gesicht und den zotteligen Klamotten, und die beiden zogen sich in die Küche zurück wie Hausfrauen und kehrten wenig später mit Tellern zurück, die sie auf den Tisch stellten, dann mit einer gigantischen Schüssel voller buntem Nudelsalat und schließlich mit zwei Königskuchenformen.

Frank kippte den Inhalt seiner Bierdose hinunter, weil er sein Gesicht verbergen musste. Peg hatte nicht oft gekocht in den zwei Jahren ihrer Beziehung, meist war nichts da, oder sie hatten keinen Herd oder keine Töpfe. Aber gelegentlich ergab sich doch die Gelegenheit, und dann war es immer ein Fest gewesen, auch wenn sie nur zu zweit waren. Zu größeren Festen machte sie einen Gugelhupf aus Hackfleisch, die Form hatte sie bei allen Umzügen mitgenommen, auch beim letzten. Ihr Fleischkuchen war innerhalb der Gruppe geradezu legendär. Der langen Garzeit wegen schmeckte er überhaupt nicht nach Boulette. Der Clou waren die hartgekochten Eier, die man erst sah, wenn man den Kuchen aufschnitt, und auf die alle scharf waren. Dazu gab es Nudelsalat, in den sie alles hineinkippte, was sie vorrätig hatte. Zu Feten erwartete man von ihr, dass es Fleischkuchen gab, also betrieb sie den Aufwand – auch wenn er groß war – drei- bis viermal pro Jahr, sofern sie die technischen Voraussetzungen hatte und das Geld für die Zutaten zusammen bekam. Jetzt machte sie ihren Braten für diesen Joe! Es war nicht zu ertragen! Und dann schmeckte er auch noch so

ROT

gut wie immer. Frank stocherte dennoch auf seinem Teller herum. Appetit hat nichts mit dem Geschmack einer Speise zu tun. Eher mit der psychischen Verfassung. Um seine Nerven war es nicht gut bestellt. Er wollte Joe töten, im Prinzip vor aller Augen, und doch ungeschoren davonkommen. Nicht mehr und nicht weniger. Vorbereitet war alles. Langsam wurde es Zeit, dass er den letzten Schritt tat. Oder dass er es bleiben ließ.

Nach dem Essen tranken sie Bier. Joe drehte den CD-Player auf. Die Dead Kennedys. Er stand auf Oldies. Die Gelegenheit war günstig, der Platz neben Peg war leer, einige der anderen waren auch aufgestanden, ließen sich die neue Musikanlage zeigen. Frank erhob sich, ging um den Tisch herum. Peg überspielte ihre Verlegenheit durch ein strahlendes Lächeln.

»Hi, Frank«, sagte sie.

»Hi, Peg.« Er setzte sich neben sie. »Wie geht's?«

»Gut. Und dir?«

»Was glaubst du?«

Peg schwieg.

»Ich verstehe es nicht«, sagte Frank.

»Ich verstehe es selber nicht«, sagte Peg. »Es war eine gute Zeit mit dir. Und doch ... Es ist eben passiert. So wie der Satz aus dem Buch, den du immer zitiert hast. Die Liebe sprang mich an wie ein Mörder in einer dunklen Gasse mit einem Finnmesser. So ging es dir mit mir und mir mit Joe.«

»Und das mit uns war nichts für dich?«

»Es war gut, sage ich doch.«

»Wieso gerade er? Du kennst ihn schon fast so lange wie mich.«

»Ich weiß nicht. Wir haben uns zum ersten Mal richtig unterhalten, und da ist es passiert.«

»Was hat er, was ich nicht habe? Ist es der Erfolg? Das Geld?«

»Ach, du weißt doch, dass ich darauf nichts gebe. Ich meine, es stört mich auch nicht. So ein Kleid wollte ich schon immer mal tragen. Wie findest du es?«

»Umwerfend«, knurrte Frank. »Was hat er, außer dem Geld für dein Kleid?«

»Das kann man nicht erklären.«

»Ist es eine Verirrung? Wirst du zurückkommen?«

»Ich weiß nicht. Wir sind ja nicht verheiratet.«

Was wollte sie damit sagen, fragte sich Frank. Wen meinte sie denn mit dem »Wir«? Sich und Joe oder sich und Frank? War das ein Hoffnungsschimmer?

»Ich halte es ohne dich nicht aus«, sagte er leise. »Komm zurück.«

»Ach, Frank!«

»Wie meinst du das?«

»Lass uns Freunde bleiben.«

Der gemeinste Satz, den eine Frau zu einem Mann sagen kann, heißt übersetzt: Ich bin an dir nicht interessiert, will mich deswegen aber nicht mit dir streiten. Sie hatte das Todesurteil über Joe gesprochen. Abrupt erhob er sich.

»Das ist mir zu wenig«, sagte er.

»Wohin gehst du?«

»Vor die Tür. Ich muss einen Moment allein nachdenken.«

Was war das für ein Gespräch gewesen? Sie redeten so fremd miteinander, als wären sie ihre eigenen Eltern! Mit diesem Mädchen hatte er zwei Jahre lang die Matratze geteilt, und nun wollte sie auf einmal sein Freund sein! Freunde hatte er genug. Sein Mädchen gab es nur einmal. Er wollte sie wiederhaben. Viele Nächte hindurch hatte er wach gelegen. Hatte sich gewälzt, hatte geheult, sich verständnislos die Fäuste gegen den Schädel geschlagen. Die Gedanken waren schwärzer und schwärzer geworden. Als ihm eingefallen war, wie er Joe los werden und Peggy zurückbekommen konnte, war er zum ersten Mal seit einer Woche eingeschlafen. Also war es richtig für ihn. Am Ende war es sicher auch richtig für Peg. Nur Joe hatte die Arschkarte gezogen. Die gebührte dem Arsch auch.

Außer Peg bemerkte niemand, dass er den Raum verließ. Er stieg die Treppe hinab, die so verwahrlost aussah wie immer, ein Krösus war Joe offenbar doch nicht, oder er hielt seine Millionen zusammen, um Peg sexy Lederklamotten kaufen zu können – im Beate-Uhse-Shop, oder wo es so etwas gab. Auch der Hof sah verkommen aus, Unkraut und Regen hatten die schwarzgrauen Betonplatten gesprengt. Man vermutete nicht, dass in diesem abbruchreifen Grundstück Menschen wohnten.

Vier Hunde begrüßten ihn mit freudigem Kläffen. Ihre Besitzer hatten sie angebunden, bevor sie zu Joe emporgestiegen waren. Das hatte nichts mit der noblen Wohnung zu tun, in die sie nicht hinein durften. Joe hatte Hunde noch nie leiden können, das war allgemein bekannt.

Im Flur gab es doch ein Anzeichen für menschliches Wohnen. Joe hatte einen Briefkasten angebaut. Josef Melzer, hatte er kunstvoll aufgesprüht. Pegs Name stand nicht daran. Noch war nicht alles verloren.

Frank stieß einen Flügel des schweren alten Holztores auf und trat auf die Straße. Hier am Stadtrand sah der Osten noch wie Osten aus. Die bevorzugte Häuserfarbe war grau, die bevorzugte Bauweise war hässlich, der Putz blätterte ab, und das renovierte Haus auf der anderen Straßenseite wirkte wie ein Paradiesvogel aus dem Tropenhaus des Tierparks, der sich verflogen hatte. Es hätte ihn nicht gewundert, wäre die Telephonzelle noch postgelb gewesen, doch die Telekom hatte sie gegen eines ihrer modernen Modelle im undefinierbaren Altrosa ausgetauscht. Frank nahm den Hörer ab, hielt ihn probeweise ans Ohr. Schien zu funktionieren. Er zog die Telephonkarte, die er eigens für diesen Zweck gekauft hatte, steckte sie in den Schlitz. Noch etwas mehr als vier Euro darauf, wurde ihm angezeigt. Es war ja auch erst sein zweites Gespräch mit dieser Karte. Und danach würde er sie wegwerfen. Er brauchte sie nicht mehr.

Die Ziffern las er beim Wählen von einem zerknautschten Zettel ab, den er aus der Gesäßtasche seiner ausgewaschenen Jeans zog. Um diese Zahlen zu bekommen, hatte er eine ganze Woche und detektivische Fähigkeiten gebraucht. Schließlich standen Skinheads nicht einfach im Telephonbuch, oder wenn sie darin standen, waren sie nicht durch Hakenkreuze oder andere von ihnen bevorzugte Symbole kenntlich gemacht. Zu seinen Freunden gehörten sie auch nicht. Auffallen durfte er nicht. Schwer war es gewesen, nicht unmöglich; der Gedanke an Peg und Joe ließ ihn durchhalten.

Drei Tage lang beobachtete er von fern die Skins, zwei Tage lang verfolgte er einen von ihnen, bis er wusste, wie der hieß und wo er wohnte. Den Rest erledigte ein Anruf bei der Auskunft. Die ungewohnte Beschattung hatte ihn von seinem Kummer abgelenkt, ohne ihn zu vertreiben; im einsamen Zimmer kehrte er mit verstärkter Wucht zurück und ließ ihn laut schreien.

Er wählte die Handy-Nummer des jungen Mannes, der bei den Glatzen eine große Klappe riskierte.

»Ja?«, meldete sich barsch eine tiefe Stimme.

»Ich bin es, euer Mann im Pelz der Zecken«, sagte er und ahmte dabei einen leichten sächsischen Dialekt nach. Das gehörte zu seiner Rolle als Zugereister.

»Na endlich«, sagte der Kahlkopf. »Dachte schon, du kneifst.«

»Ich doch nicht«, verwahrte sich Frank.

»Warum lässt du dich dann nicht bei uns blicken?«

»Weißt du doch. In zwei Wochen läuft meine Bewährungszeit ab. Wäre doch blöd, wenn sie mich am letzten Tag bei etwas erwischen.«

»Ja, ja«, bestätigte der Skin genervt. »Hast du etwas herausgefunden?«

»Sie wollen euch den Tag der Einheit so richtig vermiesen und euch heute Abend platt machen«, sagte Frank. »In echt großer Besetzung. Hundert bis zweihundert Zecken. Und wie viel seid ihr?«

»Wenn ich es vorher weiß, bekomme ich auch ein paar Kameraden zusammen. Aber keine zweihundert. Jedenfalls nicht so schnell.«

»Dann kann ich euch auch nicht helfen.« Hoffentlich legt der jetzt nicht auf, dachte Frank. Das Wichtigste war nämlich noch ungesagt.

»Woher weißt du das?«

»Hab dir doch gesagt, dass sich mein blöder kleiner Bruder mit denen rumtreibt. Aber alles weiß er auch nicht. Er ist denen gut genug, in der Schlacht verheizt zu werden, aber die Pläne macht der harte Kern, und dazu gehört er nicht.«

»Was für ein harter Kern? Zecken haben keine Chefs. Das sind doch Chaoten.«

»Dachte ich bisher auch, aber mein Bruder sagt was anderes. Gerade jetzt tagt der Rat der Zecken, oder wie die das nennen. Und mein Bruder, der Idiot, wäre gern dabei.«

»Ja, ja«, sagte der Skin, den der kleine Bruder nicht interessierte. »Wo tagen die denn?«

»Einer von denen hat sich eine Wohnung in einer stillgelegten Fabrik ausgebaut, da sitzen sie jetzt alle.«

»Eine Wohnung ausgebaut?«, fragte der Skin ungläubig.

»Die scheinen Geld zu haben«, hetzte Frank und setzte drauf: »Wer weiß, woher. Wahrscheinlich vom Mossad. Die Juden finanzieren die ganze dreckige Bande, das weiß man doch. Der Straßenpunk bekommt nichts ab, aber dem Rat geht es nicht schlecht.«

»Wie viele sind das?«

»Keine Ahnung. Mindestens zehn, höchstens zwanzig, glaubt mein Bruder.«

Frank ließ sich die Informationen über die Lage der Fabrik aus der Nase ziehen. Endlich hatte der Skin angebissen und glaubte nun sogar, von selbst auf die Idee gekommen zu sein, den von Zionisten finanzierten Rat der Punks durch einen Präventivschlag vor dem großen Überfall auszuschalten. Da es sein eigener spontaner Einfall war, würde er keine Angst vor einer Falle haben. Was es ja auch nicht war. Jedenfalls nicht für die Skins. Nur für Joe.

Die Stimmung der Punks in der Wohnung war ausgelassen, man trank, lärmte, einige pogten gar, indem sie auf der Stelle hüpften, dabei ihre Glieder schüttelten und sich ausgelassen schubsten. Offenbar hatten sie sich an Joes neuen Wohlstand gewöhnt. Trotz seines Geldes war er genau wie früher. Selbst dass er mit Peg eng umschlungen tanzte wie ein Spießer, störte niemanden. Außer Frank, dem nicht entging, dass Joes rechte Hand auf dem Hintern des Mädchens lag, der sich prall unter dem hautengen Kleid abzeichnete. Dein letzter Spaß, dachte er. Wie lange würden die Skins brauchen, sich zum Kampf zu rüsten und hier zu erscheinen?

Kaum länger als eine Stunde, nahm er an. Es war an der Zeit, nun auch die Gegenseite zu manipulieren.

Er nahm Krätze und Loddar beiseite und teilte ihnen mit, dass er soeben, als er auf der Straße eine Zigarette geraucht habe, drei verdächtig nach Skins aussehende Typen bemerkte, die sehr aufmerksam die Toreinfahrt betrachteten. Kundschafter, vermutete er. Könnte sein, dass die Glatzen einen Überfall planen. Könnte natürlich auch Zufall sein.

Das Gerücht vom möglichen Angriff machte schnell die Runde. Als es bei Joe anlangte, wusste schon keiner mehr, wer es aufgebracht hatte. Joe hielt einen Angriff für unwahrscheinlich. Schließlich führte er inzwischen eine fast schon bürgerliche Existenz. Solange Skins nicht besoffen waren, griffen sie Normalbürger gemeinhin nicht an.

»Wir sind keine normalen Bürger«, sagte Frank. »Und dass du inzwischen einer bist, wird ihnen entgangen sein. Selbst wir haben das bis eben ja nicht gewusst. Und heute ist Feiertag. Ein richtig nationaler Feiertag. Da werden die Glatzen sich bis zum Koma abfüllen. Dann ist ihnen alles zuzutrauen.«

»Ich lasse mir mein Fest nicht stören«, sagte Joe.

Loddar und seine Freundin Bi machten einen Erkundungsgang auf die Straße und meldeten nach ihrer Rückkehr skinheadfreie Zone. Immerhin wurden einige Punks nach Baseballschlägern geschickt, damit man für den unwahrscheinlichen Fall aller Fälle gerüstet war. Dann wurde weitergefeiert, und als sich nach anderthalb Stunden noch immer nichts getan hatte, vergaß man die Skins.

Auf einmal wurde die Tür eingetreten und sie standen im Raum. Zwanzig kurz oder kahl geschorene junge Männer in uniformähnlicher Kleidung und mit den unvermeidlichen Springerstiefeln. Natürlich bemerkten sie sofort, dass sie in eine Fete geplatzt waren statt in eine Geheimbesprechung des Rates, doch immerhin war es ein Fest der Feinde, und da sie nun einmal hier waren, konnten sie die Punks auch aufmischen. Joe wollte noch etwas Beschwichtigendes sagen, doch niemand hörte ihn. Die Punks eilten an ihre Waffen, und beide Seiten stürzten sich mit Gebrüll aufeinander.

Jetzt, dachte Frank. In dem Chaos würde niemand bemerken, was er tat. Er rannte zu Joe. Der machte es ihm besonders leicht und rannte ebenfalls davon, verschwand im hinteren Zimmer, das noch keiner der Punks zu Gesicht bekommen hatte. Es war das Schlafzimmer. Darin standen zwei Schränke, ein Nachttisch, ein Fernsehapparat und ein richtiges Bett. Kein Wunder, dass Joe es bei der Wohnungsbesichtigung ausgelassen hatte. Die Einrichtung passte zu Eltern, nicht zu Punks.

Joe rannte zu einem der Schränke, doch verharrte er, als er merkte, dass er verfolgt wurde.

»Ach, du!«, sagte er.

»Willst du dich verpissen?«, fragte Frank.

»Im Gegenteil«, sagte Joe. »Ich hole meine Pistole.«

»Hinter dir!«, brüllte Frank.

Joe fuhr herum, obwohl hinter ihm niemand stehen konnte. Da war nur noch der Schrank. Frank holte aus und schmetterte ihm den Baseballschläger über den Schädel. Ohne einen Laut auszustoßen, fiel Joe um. Blut lief in seine kurzen dunklen Haare. Frank wollte noch einmal zuschlagen, sicher ist sicher, da hörte er eine Stimme hinter sich.

»Scheiß Zecken.«

Ein großer Glatzkopf stand in der Tür, offenkundig starr vor Verwunderung darüber, dass die Punks sich gegenseitig ausrotteten.

Einen Zeugen konnte Frank nicht gebrauchen. Er musste improvisieren, um an den Skin heranzukommen. »Ich stehe auf eurer Seite«, sagte er mit sächsischem Timbre. »Ich bin der, der euch gewarnt hat.«

Der Skin schluckte es und ließ seine Keule sinken. »Du Arsch, das ist kein Rat, sondern eine Fete«, sagte der Skin, und Frank erkannte seinen Telephonpartner, den er bisher immer nur aus der Distanz gesehen hatte.

»Die Besprechung ist vorbei«, sagte er. Nun war er dicht genug herangekommen. Er holte mit dem Schläger aus. Der Skin bemerkte die Bewegung, doch war er zu langsam. Die Keule landete auf seiner Stirn, Blut spritzte, und er fiel um. Geschafft, dachte Frank.

Ein Schlag traf ihn von hinten. Zwei weitere Skins waren in den Raum gekommen und hatten gesehen, wie er ihren Anführer fällte. Frank blieb stehen, konnte sogar noch einen Hieb anbringen, doch gegen die beiden hatte er keine Chance. Erbittert über den »Mord« an ihrem Kameraden droschen sie auf ihn ein, bis er sich nicht mehr rührte.

Dann traf auch schon die Polizei ein, der man den bedrohlichen Aufmarsch der uniformierten Keulenschwinger gemeldet hatte. Zu trennen gab es nicht mehr viel, die Skins hatten längst gewonnen und demolierten die neue Wohnungseinrichtung. Zuerst einmal wurden alle festgenommen, dann die Wunden behandelt. Die Bilanz war weit weniger schrecklich, als es im ersten Augenblick geschienen hatte. Beulen, blaue Flecken und ein paar Platzwunden. Nichts, was in den nächsten Tagen nicht von allein heilen würde. Nur im Schlafzimmer sah es ernster aus. Einer der drei Schwerverletzten starb während des Transports ins Krankenhaus. Die beiden anderen kamen mit Gehirnerschütterung davon. Als Joe zu Bewusstsein kam, erinnerte er sich daran, dass Frank ihn vor einem Angriff gewarnt hatte. Der Skin konnte dieser Aussage nicht widersprechen, er wusste nur noch, dass sie die Fabrik betreten hatten, dann war sein Film gerissen.

Frank wurde als Märtyrer der Bewegung unter großer Anteilnahme der Punks von nah und fern beigesetzt. Peg spielte die Rolle der Witwe des Helden, was ihr dadurch erleichtert wurde, dass Joe noch im Krankenhaus lag. Die Rolle gefiel ihr so gut, dass sie sich fast von Joe getrennt hätte, doch als er heimkehrte, half sie ihm, die zertrümmerte Etage aufzuräumen und zog wieder bei ihm ein. Aus Dankbarkeit für Franks Opfer besprühte Joe die weiße Fassade eines frisch gestrichenen Hauses in der City. Es wurde sein bisher bestes Bild.

Einfaches Menü zum Tag der deutschen Einheit

Alle Gerichte für 12 Personen

Am 3. Oktober 1990 trat die DDR formal der BRD bei. Seitdem feiert besonders Berlin am Brandenburger Tor Einheit und Mauerfall; festliche Traditionen werden sich wohl mit der Zeit herausbilden.

Fleischkuchen à la Peg

8 Eier
3 Zwiebeln
1 Paprikaschote
4 Knoblauchzehen
1,5 kg gemischtes Hackfleisch
150 g Semmelbrösel
Salz oder Selleriesalz, Pfeffer, Rosenpaprika, Cayennepfeffer
1 EL scharfer Senf
Fett oder Speckscheiben
Paprika- und Ingwerpulver

❖ 6 Eier hart kochen, abschrecken, schälen. Zwiebeln, Paprikaschote und Knoblauch sehr fein hacken und mit Fleisch, Semmelbröseln, Gewürzen und restlichen 2 Eiern verkneten. Gugelhupfform fetten, den Boden mit einem Teil des Fleischteigs bedecken. Hartgekochte Eier darauf legen und restlichen Fleischteig einfüllen. Etwas Rand lassen und glatt streichen. Mit Fett bestreichen oder mit Speckscheiben belegen.

❖ Im Ofen 20 Min. auf höchster Stufe erhitzen, dann 60–70 Min. bei schwacher Hitze garen lassen. Übrigen Fleischteig zu Frikadellen formen und braten. Fleischkuchen vorsichtig auf eine Platte stürzen. Die Frikadellen rundum legen. Mit Paprika und Ingwer bestreuen.

Kunterbunter Nudelsalat

1 kg Fusilli tricolore
400 g Erbsen, Möhren, Mais, Paprika, verzehrfertig
2 Äpfel, 2 Zwiebeln, 1 rote Paprikaschote, fein gewürfelt
600 g Crème fraîche
Salz, Pfeffer

❖ Nudeln in Salzwasser al dente kochen. Äpfel und Zwiebeln pürieren und mit Paprika und Crème fraîche verrühren, über die lauwarmen Nudeln geben. Salzen und pfeffern (ist der Fleischkuchen scharf, sollte der Salat mild sein). Mit Gemüse mischen. Zugedeckt ziehen lassen. Vor dem Servieren vorsichtig umrühren und nachwürzen.

Zum Nachtisch serviert Peg meistens Dosenpfirsiche mit Schlagsahne.

Der Halloween-Rächer

Kris Neri

Danny Horton musterte misstrauisch die verwitterte Veranda, vor der er stand.

Obwohl erst der 23. Oktober war, lud eine freundlich grinsende Kürbislaterne Besucher in das heruntergekommene Haus ein. Seufzend nahm Danny die schwere Papiertüte vom rechten auf den linken Arm und stürmte die Stufen hinauf.

Trotz seiner erst siebzehn Jahre konnte man ihn leicht für einen muskelbepackten Footballspieler vom College halten. Kämpferische Sportarten hatten ihm jedoch noch nie gefallen. Danny glaubte, dass Burschen von seiner Statur entweder zu den Typen gehörten, die die Kleineren schikanierten, oder zu denen, die sie verteidigten. Er hatte sich immer für die Schwächeren eingesetzt. Und das am häufigsten zu Halloween.

Daran war seine Mutter schuld. Mit drei Jahren hatte er zum ersten Mal an Halloween die Runde machen dürfen und von Tür zu Tür gehen und »Süßes oder Saures« rufen. Aber da wirkte er schon wie ein Sechsjähriger. Das einzige Kostüm, das dem jungen Riesen passte, war eher bei älteren Kindern beliebt, nämlich das des Maskierten Rächers, eines Comic-Superhelden. Dannys Mutter wusste nicht so recht, ob ihr kleiner Liebling ihr so gefiel, mit den neonblauen Leggings des Maskierten Rächers, dem wirbelnden Umhang und der enganliegenden Kopfmaske, durch deren Schlitze nur seine Augen zu sehen waren. Doch als Danny das Kostüm anhatte, fühlte er sich so, als hätte er auch die gerechtigkeitsliebende Persönlichkeit des Maskierten Rächers angenommen. Das gefiel ihm so sehr, dass er seitdem jedes Jahr zu Halloween ein neues Kostüm des Maskierten Rächers verlangte.

Nun stand er auf der Veranda des verwahrlosten Hauses und klopfte mit seinen dicken Knöcheln an die Tür, von der die Farbe abblätterte. Auf der anderen Seite rasselte die Sicherheitskette, aber es wurde nicht geöffnet.

»Wer ist da?«, fragte eine raue Stimme.

»Ich bin's, Miss Bilibran. Danny Horton. Ich hab' was für Sie.«

Im Spalt der sich öffnenden Tür erschien ein verschrumpeltes, altes Gesicht, gekrönt von wirrem grauen Haar. Kleine schwarze Augen, so undurchsichtig wie Kohlen, blinzelten ihn an.

»Bist du das wirklich, Danny?« Miss Bilibran kniff die Augen zusammen. »Du bist ja noch größer geworden. Und ich dachte, du wärst mit deiner Familie in Brasilien.«

»Wir sind grad wieder zurück«, sagte Danny. »Und ich wollte Ihnen was vorbeibringen. Sie geben immer so viel aus für die glasierten Äpfel, die Sie an Halloween verteilen, da wollte ich Ihnen mal ein paar Äpfel spendieren. Ihre glasierten Äpfel sind die besten.«

Die alte Frau errötete, doch ob es vor Stolz oder aus einem anderen Grund war, konnte der Junge nicht erkennen. Als sie ihn hereinbat, wollte er einen Augenblick lang lieber wegrennen. Dann erinnerte er sich an das Gefühl der Rechtschaffenheit, das er stets verspürte, wenn er als Maskierter Rächer ging; dieses Gefühl war nun immer in ihm, auch wenn er Jeans und T-Shirt trug.

Er war schon oft in diesem Haus gewesen, wenn es hell erleuchtet war und geschmückt mit Krepppapier in den traditionellen Halloweenfarben Orange und Schwarz und mit ausgeschnittenen schwarzen Hexen auf Besen. Jetzt, wo die Vorhänge wegen der Mittagssonne zugezogen waren, fühlte sich Danny in dem düsteren, staubigen Raum so, als sei er in einem stickigen Sarg gefangen.

Er versuchte, der Alten die Tüte mit Äpfeln zu geben. »Tja, ich muss dann weiter«, stotterte er. »Ich seh' Sie ja an Halloween wieder.«

Der Blick aus den dunklen Augen der alten Frau wirkte einen Moment lang verschlagen. »Ach was, Kleiner. Ich hab dich ein ganzes Jahr nicht gesehen. Stell die Äpfel hin, und ich bring' dir eine Limonade.«

Während Miss Bilibran in die Küche verschwand, stellte Danny die Tüte auf dem Boden ab und ließ sich seufzend auf einen durchgesessenen Stuhl fallen.

Danny erinnerte sich nicht mehr, wann er zum ersten Mal eine Veränderung an Miss Bilibran bemerkt hatte. Als er noch klein gewesen war, hatte ihr Haus immer gepflegt ausgesehen, und im Vorgarten hatten bunte Blumen geblüht. Doch dann war ihr Hund vergiftet worden, ein kläffender kleiner Köter, den sie sehr geliebt hatte. Die Polizei hatte nie herausgefunden, wer dem Hund verdorbenes Fleisch gegeben hatte, doch Dannys Eltern glaubten, es sei ein Nachbar gewesen, der das ewige Bellen leid gewesen war. Miss Bilibran hingegen war überzeugt davon, dass eins der Nachbarkinder das getan hatte. Danach zog sie sich verbittert zurück. Ihr Zorn richtete sich gegen die Kinder, die zu Halloween an ihre Tür kamen, und sie spielte ihnen zunehmend böse Streiche.

Im ersten Jahr nach dem Tod des Hundes überredete Miss Bilibran Danny und seine Freunde, das altmodische Halloweenspiel Apfelschnappen zu spielen. Sie ließ einen Waschzuber voll Wasser laufen und darin ein paar Äpfel schwimmen. Normalerweise knien die Spieler mit auf den Rücken gebundenen Händen neben dem Zuber und versuchen, die Äpfel mit den Zähnen zu erwischen. Doch Miss Bilibran fügte diesem Spiel eine neue Note hinzu. Statt die anderen Kinder zum Zusehen zu ermuntern, befahl sie ihnen, dass jedes Kind allein spielen sollte, während die anderen in der Küche ihre glasierten Äpfel verputzten.

Weil Dannys Gesicht ganz unter der Lycrahaube des Maskierten Rächers verborgen war, konnte er weder mitspielen noch essen. Zuerst kam er mit den anderen in die Küche, ging dann aber zum Spiel zurück. Und da entdeckte er, wie Miss Bilibran den Kopf seines Freundes Peter unter Wasser drückte, während der kleine Junge wild zappelte. Der Maskierte Rächer handelte sofort. Danny rannte zum Zuber, doch weil er nicht wusste, was er sonst tun könnte, stolperte er absichtlich und fiel gegen die alte Frau, woraufhin sie den ertrinkenden Jungen loslassen musste.

»Danny, Peter ist in den Zuber gefallen, und ich konnte ihn nicht rausbekommen«, sagte sie schnell.

Danny war unsicher. Er wusste, was er gesehen hatte, doch Miss Bilibrans Erklärung war so überzeugend. Er beschloss, ihr zu glauben. Doch den Anblick konnte er nicht vergessen.

In den folgenden Jahren schlug Miss Bilibran nie mehr vor, Apfelschnappen zu spielen. Doch das bedeutete nicht, dass die Kinder sicher vor ihr waren. In den glasierten Äpfeln, die sie in ihren Tüten fanden, steckten spitze Nadeln. Dannys Eltern weigerten sich zu glauben, dass Miss Bilibran dahinter steckte.

»Schatz, ich weiß, dass Miss Bilibran ein bisschen wunderlich geworden ist, aber es gibt keinen Grund, sie so zu verdächtigen«, sagte Dannys Mutter immer wieder. »Außerdem hast du eine Menge glasierte Äpfel in deiner Tüte. Da kann der schlechte Apfel auch aus jedem anderen Haus stammen, bei dem du warst.«

Es stimmte schon, dass Danny nicht besonders auf die gesammelten Süßigkeiten geachtet hatte. Doch er wusste, dass Miss Bilibran als Einzige die Äpfel in gehackten Nüssen wälzte. Was auch immer die Erwachsenen glaubten, Danny war überzeugt davon, dass Miss Bilibran Halloween benutzte, um sich an den Nachbarskindern zu rächen. Und der Maskierte Rächer hatte nicht die Absicht, ihren Plan gelingen zu lassen. Mit ein paar Freunden überwachte Danny Miss Bilibrans Haus. Sie ließen sich von allen jüngeren Kindern die dort erhaltenen Äpfel geben. Bevor Danny nach Hause ging, schnitt er sie auf. Nicht alle waren präpariert, aber es waren genug mit Nadeln gefüllte dabei, die großen Schaden hätte anrichten können.

Diesmal ging Danny mit seinem Fund zur Polizei. Doch auch dort glaubte man ihm nicht.

»Das ist wirklich bewundernswert, dass du die Kleinen beschützen willst, Danny«, meinte Sergeant MacMillian. »Es gibt immer ein paar verdrehte Leute, die verdorbene Süßigkeiten austeilen, das ist uns auch klar. Aber von Miss Bilibran kann ich mir das nicht vorstellen. Ich kann mich noch gut an die glasierten Äpfel erinnern, die ich von ihr bekommen habe, als ich so alt war wie du.« Der Sergeant lächelt freundlich. »Ich wünsche dir ein fröhliches Halloween, und die Polizeiarbeit überlass uns.«

Als ob das viel nützen würde, dachte Danny. Die Erwachsenen nahmen Kinder einfach nicht ernst. Offenbar stand nur der Maskierte Rächer zwischen der schrecklichen Miss Bilibran – und einer Tragödie für die Kleinen. Und so kümmerte sich Danny Jahr für Jahr, in immer größeren Rächerkostümen, um die Sicherheit der Nachbarskinder. Ob Miss Bilibran wusste, wer ihren hinterhältigen Rachefeldzug durchkreuzte, ließ sie nie durchblicken. Doch die grausame Alte lachte schließlich als letzte.

Im vergangenen Jahr war Danny zu Halloween nicht da gewesen. Seine Mutter, die am College der Stadt Archäologie unterrichtete, war eingeladen worden, an einer Grabung tief im brasilianischen Amazonasgebiet teilzunehmen, und die ganze Familie sollte sie begleiten. Danny wollte unbedingt erst nach Halloween hinterherkommen. Doch Dannys Mutter weigerte sich, ihn zurückzulassen.

Halloween ohne den Maskierten Rächer – würden das alle überleben? In den letzten paar Jahren waren Dannys Helfer nach und nach weggeblieben. Wie konnte er ihnen klar machen, dass er immer noch vor Miss Bilibrans Haus den Maskierten Rächer spielte? Sie würden so was nicht cool genug für einen Teenager finden. Schließlich versprachen ein paar der Jüngeren, auf die Kleinsten aufzupassen. Damit musste Danny sich zufrieden geben.

Als seine Familie in dem Amazonascamp ankam und der ortsansässige Stamm die Archäologen mit seinen traditionellen Masken besuchte,

sehnte Danny sich sehr nach Halloween. Das hinderte ihn nicht daran, mit dem Medizinmann des Stammes, Paolo Nazzario, Freundschaft zu schließen. Dannys Mutter war froh, dass er einen Freund gefunden hatte, aber sie machte sich Sorgen, als sie entdeckte, dass Paolo ihrem Sohn seine selbst gebrauten Tränke gab.

»Sieh mich genau an, Mom«, sagte Danny. »Habe ich etwa aufgehört zu wachsen? Paolo gibt mir nur was, damit ich gesund bleibe.«

Nach einer Weile musste selbst Dannys Mutter zugeben, dass ihr Sohn noch nie so fit gewesen war.

Die Familie kehrte erst zwei Wochen vor Halloween zurück. Dann erfuhr Danny die schreckliche Nachricht. Die jungen Wachtposten hatten versagt. Miss Bilibran hatte allen Kindern, die im vergangenen Jahr zu Halloween an ihre Tür gekommen waren, Apfelkuchen gegeben. Wenige Stunden später waren einige der Kinder sehr krank geworden, und ein kleines Mädchen war gestorben.

Die Polizei vermutete, dass alle Kinder vergiftet worden waren. Sergeant MacMillian erinnerte sich, was Danny ihm erzählt hatte, aber von dem Kuchen war nichts übrig geblieben, als die Polizei ihre Untersuchung begann. So gab es keine Verbindung zwischen dem langsam wirkenden Gift und Miss Bilibran.

Es hing also alles vom Maskierten Rächer ab, dachte Danny und versuchte, seine Angst in den Griff zu bekommen, während er in Miss Bilibrans Wohnzimmer wartete. Und jetzt war die Zeit der Abrechnung gekommen.

»Da haben wir sie schon!«, rief Miss Bilibran fröhlich und riss Danny aus seinen quälenden Gedanken, als sie ein Tablett mit nur einem Glas Limonade darauf hereintrug.

Sie setzte sich auf das Sofa neben die Tüte mit den Äpfeln. Zwischen ihr und Danny stand der Couchtisch, auf den sie nun das Glas stellte. »Dann trink mal aus, junger Mann.«

Dannys Puls schlug heftig bis in die Ohren. »Und welche Süßigkeiten werden Sie uns diesmal geben, Miss Bilibran?«

Mit schmalen Augen musterte ihn die alte Frau. »Wer weiß? Vielleicht diese Limonade. Trink aus, Danny. Die Äpfel hierherzuschleppen hat dich bestimmt durstig gemacht.«

Wieder einmal setzte Danny seine scheinbar unbeholfene Größe ein. Hastig griff er nach dem Glas und warf es um. Die wahrscheinlich vergiftete Limonade floss über den Tisch.

»Jetzt sehen Sie mal, was ich angestellt hab«, sagte er und hoffte, dass er zerknirscht klang. »Lassen Sie mich das sofort aufwischen.«

»Das macht nichts«, fauchte Miss Bilibran. »Sehen wir mal lieber nach, was du mir Nettes gebracht hast.«

Na endlich! dachte Danny. Er hielt den Atem an. Sie griff nach einem Apfel in der Tüte, zuckte aber sofort mit einem Schmerzensschrei zurück. »Irgendwas in dem Apfel hat mich gestochen.«

Sie sah ihn mit finster gerunzelter Stirn an. Danny fand, dass ihre Empörung etwas Ironisches hatte. Einen Moment später glätteten sich die Falten ihres wütenden Gesichts. Ihr Körper erschlaffte, während die Lähmung einen Muskel nach dem anderen erfasste. Dann sank sie zu Boden. Im Fallen stieß sie an die Tüte, und die Äpfel rollten durchs ganze Zimmer. Aus den Früchten ragten Nadeln, an denen eine braune Substanz klebte. Ein Rasseln drang aus Miss Bilibrans Kehle, dann lief der gelähmte Körper blau an und lag schließlich still. Da kannst du mal sehen, dachte Danny, als er sich über die Leiche der echten Halloweenhexe beugte. Paolo hatte Recht – Curare tötet schnell. Er hatte auch versichert, dass die Polizei glauben würde, sie sei an Herzversagen gestorben. Der Rächer hatte wieder einmal gesiegt, wenn auch diesmal ohne Maske.

Sorgfältig wischte er die verschüttete Limonade auf. Ihr Gifttrank sollte ihm nicht doch noch schaden. Doch als er die Äpfel einsammelte, war er nicht so vorsichtig. Obwohl die vergifteten Nadeln immer wieder seine Hände kratzten, zuckte er nie zurück – dank Paolos geheimem Gegengift, mit dem er den Jungen fast ein Jahr lang immun gemacht hatte.

Bei Dannys letztem Blick auf die Leiche spielte ein schwaches Lächeln um seine Lippen. Paolo hatte ihm so vieles gezeigt. Der Maskierte Rächer fragte sich, wer wohl beim nächsten Halloween Saures bekommen würde.

Halloween für Naschkatzen

Zu Halloween gehen die Kinder in den USA verkleidet von Tür zu Tür und rufen: »Süßes oder Saures?« In der Nacht vor Allerheiligen sind eben besonders viele Geister unterwegs, die traditionell mit Kürbislaternen vertrieben oder mit Zuckerzeug besänftigt werden können.

Gefüllter Halloween-Kürbis

Zutaten für 4 Personen
4 kleine Patisson- oder Hokkaido-Kürbisse
1 kleine Sellerieknolle
2 säuerliche Äpfel (Boskop)
1 Zwiebel
2 EL Butter
50 ml naturtrüber Apfelsaft
Kräutersalz
1 Prise Zimt
1 Msp. frisch geriebener Ingwer
2 Msp. Lebkuchengewürz
1/2 TL Zitronensaft
2 TL Apfeldicksaft
300 g Crème fraîche
1 Bund Petersilie, gehackt

❖ Kürbisse mit der Gemüsebürste abschrubben; einen Deckel abschneiden. Kürbisfleisch mit einem Kugelausstecher entfernen, sodass ein Rand von 1,5 cm stehen bleibt. Sellerieknolle putzen, schälen und in Würfel schneiden. Äpfel mit Schale fein würfeln. Zwiebel schälen und würfeln. Butter in eine Pfanne geben. Zwiebel darin glasig werden lassen; Selleriewürfel und ausgestochene Kürbiskugeln zugeben. Gemüse fünf Minuten dünsten; Äpfel zugeben. Mit Apfelsaft ablöschen und mit Kräutersalz, Zimt, Ingwer, Lebkuchengewürz, Zitronensaft und Apfeldicksaft abschmecken. Gemüsemischung etwa zehn Minuten einkochen lassen.

❖ In der Zwischenzeit Kürbisse mit Deckeln in einem großem Topf in Salzwasser etwa 10 Minuten bei mittlerer Hitze garen. Sie dürfen nicht zu weich werden.

❖ Kürbisse nach dem Garen abtropfen lassen. Crème fraîche und gehackte Petersilie unter die Gemüsemasse geben und bei geringer Hitze etwa 5 Min durchwärmen lassen. Kürbisse mit der Gemüsemischung füllen und mit Reis servieren.

Tortelli di zucca (Tortelli mit Kürbis)

Zutaten für 4–6 Personen als Vorspeise oder Snack:
1,5 kg Kürbis, entkernt
150 g Amaretti, zerbröselt
200 g Äpfel, geschält und

❖ Kürbis 30 Min. gar dämpfen oder im Ofen bei 185 °C garen. Schälen und zerdrücken. Mit Amarettibröseln, Äpfeln und Zitronensaft vermischen, ziehen lassen.

❖ Aus Mehl, Eiern und Salz den Nudelteig bereiten,

klein geschnitten
Saft von 1 Zitrone
400 g feines Weizenmehl
4 Eier
1 Prise Salz
2 EL Butter, zerlassen
2 EL Honig
Parmesan, gerieben

dünn ausrollen und in Quadrate mit 4–8 cm Seitenlänge schneiden.

❖ Je einen Klecks Füllung daraufgeben, die Ränder gut zusammendrücken und in leicht kochendem Wasser ziehen lassen, bis sie oben schwimmen.

❖ Herausheben, abtropfen lassen, Butter und Honig dazugeben und vorsichtig mischen. Mit Parmesan bestreut sofort servieren.

Kürbismuffins

Zutaten für 12 Stück:
500 g Kürbis, gewürfelt
175 g Mehl, 3 TL Backpulver
½ TL Zimt-, Ingwer-, Nelkenpulver, gemischt
¼ TL Muskatnuss
50 g brauner Zucker
2 Eier, 125 ml Milch
125 ml Pflanzenöl
2–3 Tropfen Vanillearoma

❖ Kürbis weich kochen, stampfen und abkühlen lassen. Ofen auf 190 °C vorheizen.

❖ Mehl, Backpulver, Zucker und Gewürze mischen.

❖ Eier, Milch, Öl und Vanillearoma verrühren, mit dem Kürbis zur Mehlmischung geben und zu glattem Teig rühren. In 12 Muffinformen füllen und etwa 20 Min. backen.

Glasierte Äpfel

Zutaten für 8 Stück:
8 Äpfel
100 g Nüsse, gehackt
250 ml Sahne
180 ml heller Mais- oder Glukosesirup
120 g Butter
180 g Zucker
2–3 Tropfen Vanillearoma
hölzerne Schaschlikspieße

❖ In jeden Apfel am Stielansatz einen Spieß stecken. Nüsse in eine flache Schale geben. In einem Topf 180 ml Sahne mit Sirup, Butter und Zucker aufkochen (Zuckerthermometer 135 °C).

❖ Wenn der Karamell goldbraun ist und sich zu einer festen Masse verbindet, den Topf vom Herd nehmen und langsam restliche Sahne und Vanillearoma hineinrühren. Vorsicht, die heiße Mischung spritzt leicht.

❖ Äpfel am Spieß erst im Karamell wenden, bis sie gleichmäßig bedeckt sind, dann in den Nüssen. Auf einem mit Backpapier ausgelegten Blech abkühlen und trocknen lassen.

Die Guy-Fawkes-Puppe

Ann Granger

»Ich weiß nicht, warum du dir so viel Arbeit machst«, sagte George Parker. Er stand in der Küchentür.

Kate seufzte. Ihr Mann kam immer herein, wenn sie zu tun hatte. Sie schob eine Strähne ihres wirren, grauen Haares hinter das Ohr und ging zum Tisch. Kate war eine große, tüchtige Frau mit langsamen, bedächtigen Bewegungen. Sorgfältig wendete sie jetzt Hähnchenstücke in einer Schüssel mit Chili-Marinade. Etwas von der Marinade spritzte auf ihre kurzen, kräftigen Finger. Ein leuchtendes Rot, fast wie frisches Blut. George trat näher, die Hände in den Hosentaschen. Seine Haltung strahlte Missbilligung aus.

»Es ist Guy-Fawkes-Nacht«, sagte Kate. »Du weißt doch, dass ich im Organistionskomitee für unser Dorffest bin.«

»Warum geben wir uns mit so was überhaupt ab?«, fragte George. Er stieß gegen eine Schüssel mit Salsa, die seine Frau gerade zubereitet hatte. Kate konnte sie eben noch auffangen, bevor sie zu Boden fiel.

»Wen interessiert das schon?«, nörgelte er weiter. »Ein paar Idioten haben 1605 versucht, das Parlament in die Luft zu jagen. Natürlich hat man die Kerle erwischt und hingerichtet. Aber sich auf diese Weise daran zu erinnern und eine Puppe auf einem Scheiterhaufen zu verbrennen ist unzivilisiert! Außerdem gibt es jedes Jahr Unfälle beim Feuerwerk.«

»Es ist ein Fest für die Kinder«, erwiderte Kate. »Die lieben das große Feuer und jubeln, wenn die Guy-Fawkes-Puppe in Flammen aufgeht. Den Kindern ist die Vergangenheit egal, und wir sorgen schon dafür, dass beim Feuerwerk niemand gefährdet wird.«

»Was ist das denn?«, frage George und zeigte auf die Schüssel mit den Fleischstücken in der Chili-Marinade.

»Ich mache Hähnchen-Fajitas. Jedes Mitglied des Komitees bringt etwas anderes mit. Ich hatte mich für Shepherd's Pie gemeldet, aber die macht Julie Wilson schon.«

Kate nahm einen Kebabspieß, fischte ein paar Fleischstücke aus der Schüssel und spießte sie sorgfältig auf die lange Metallnadel. George war bei der Erwähnung von Julies Namen so rot geworden wie die Chili-Marinade. Er war ganz unruhig, nahm die Hände aus den Taschen und steckte sie wieder hinein. Dann räusperte er sich.

»Äh, Kate, du wirst sicher sagen, es sei jetzt nicht der beste Zeitpunkt, aber vermutlich gibt es keinen richtigen Moment für das, was ich dir zu sagen habe.«

Kate spießte ein weiteres Fleischstück auf. »Und was hast du mir zu sagen?«

»Ich will die Scheidung«, sagte George.

Kate erstarrte. Hatte sie richtig gehört? »Was?«

»Die Scheidung!«, brüllte er.

Als das Echo seiner Stimme verklungen war, fragte Kate: »Warum?«

»Ach, nun komm schon, Kate ...« George schwitzte. »Wir langweilen uns schon länger miteinander. Das findest du doch sicher auch. Mach' bloß keine Schwierigkeiten.«

Sie drehte sich zu ihm um, den Kebabspieß noch in der Hand. »Mach' keine Schwierigkeiten? Habe ich dich richtig verstanden? Du teilst mir mit, dass du mich nach fünfundzwanzig Jahren einfach verlassen willst, und ich darf mich noch nicht mal aufregen?«

Wenn George wusste, dass er im Unrecht war, wurde er angriffslustig. Er schob trotzig das Kinn vor und verkündete lauthals: »Wenn du es unbedingt wissen willst, ich habe da jemanden kennengelernt.«

»Erfahre ich auch, wer die Unglückliche ist?«

»Werd' bloß nicht sarkastisch, Kate. Das steht dir nicht. Es ist – äh –, es ist Julie Wilson.«

Natürlich!, dachte Kate. Es konnte nur Julie sein. Jeder Mann im Dorf begehrte sie. Und wenn an den Gerüchten etwas Wahres dran war, hatte sie dem einen oder anderen Begehren auch nachgegeben.

»Sei nicht albern«, sagte sie. »Die Frau ist verheiratet.«

»Sie wird ihren Mann verlassen. Wir lieben uns!«, fügte er zuversichtlich hinzu.

»Unsinn. Du bist fünfundsechzig, und sie ist nur halb so alt.«

»Nein, ist sie nicht!«, schrie er. »Ich bin nur zwanzig Jahre älter!«

»Schrei hier nicht rum, George. Ist das eine Art Midlife-Crisis?«

Wutentbrannt stürzte er sich auf sie. Er hätte daran denken sollen, dass sie den Kebabspieß in der Hand hielt. Der glitt so leicht in Georges Brust wie ein Messer in die Butter. Rote Farbe breitete sich auf seinem Hemd aus. Einen Moment lang glaubte Kate, es sei die Chili-Marinade. Georges Augen traten weit hervor; dann taumelte er rückwärts. An der Tür brach er zusammen und schlug auf den Fliesen auf. Kate lief zu ihm und drehte ihn mit Mühe um. Er war eindeutig mausetot.

Kate saß auf einem Küchenstuhl und betrachtete nachdenklich Georges ausgestreckten Körper. Sie hatte wohl einen Schock. Sie müsste eigentlich entsetzt sein und weinen. Stattdessen dachte sie: So ein Mist! Ausgerechnet jetzt, wo ich so viel zu tun habe! Sie hatte ihn nicht töten wollen. Es war seine Schuld. Wenn sie das der Polizei erklärte, würden sie ihr glauben? Wahrscheinlich nicht.

Plötzlich entdeckte sie, dass etwas aus seiner Hosentasche hervorlugte – ein weißer Umschlag. Sie zog ihn heraus und öffnete ihn. Darin war ein Brief in Georges Handschrift: »Liebste Julie – ich muss dich unbedingt sehen. Ich werde Kate heute sagen, dass ich die Scheidung will. Komm um zwei zur Kiesgrube.«

Die alte Kiesgrube! Es war, als hätte George Kate aufgeschrieben, was sie zu tun hatte. Die still gelegte Grube war geflutet worden. Sie lag ganz einsam und galt als gefährlich, deshalb war sie eingezäunt und mit Warnschildern versehen worden, die das Schwimmen verboten. Im Lauf der Jahre war der Zaun allerdings weggerostet oder von Leuten niedergetrampelt worden, die auf dem Gelände Brombeeren pflückten.

Sie würde George dorthin fahren, seinen Körper beschweren und hineinwerfen. Er würde versinken und wäre für immer verschwunden. Sie könnte ihn bei der Polizei als vermisst melden, und nach einiger Zeit würde sich niemand mehr an ihn erinnern.

Sie packte ihn bei den Schultern und zerrte ihn mühsam zu der Tür, die vom Haus in die Garage führte. Ihn in den Wagen zu bekommen war weitaus schwieriger. Kate fürchtete schon, sie würde es nicht schaffen, aber sie war eine große, starke Frau, und schließlich gelang es ihr, George auf den Beifahrersitz zu hieven. Dort legte sie ihm den Sicherheitsgurt an und hielt inne, um zu überlegen, was sie als nächstes tun sollte.

Sie las den Brief noch einmal. Wie hatte George ihn Julie zukommen lassen wollen? Nicht mit der Post und nicht persönlich, das wäre zu offensichtlich gewesen. Es musste einen Platz geben, wo die beiden Nachrichten füreinander hinterließen.

»Und ich weiß auch, wo das ist!«, rief Kate.

George war in diesem Dorf aufgewachsen. Kurz nach der Hochzeit, als sie hierher gezogen waren, hatte er ihr erzählt, dass er und ein Freund einander in Kindertagen Nachrichten hinter einem losen Stein in der Kirchenmauer hinterlassen hatten. Er hatte ihr den Stein sogar gezeigt. »Damals taten wir so, als wären wir Spione!«

George war schon immer ein Gewohnheitstier gewesen. Kate faltete den Brief zusammen und steckte ihn wieder in den Umschlag. Sie sah auf die Uhr. Wenn Julie Wilson diese Nachricht heute bekommen und sich mit ihm um zwei an der Kiesgrube treffen sollte, musste George gerade auf dem Weg zum Versteck gewesen sein, als er bei ihr in der Küche vorbeikam und – dummerweise – die Scheidung verlangte.

Nachdenklich musterte sie seinen auf dem Sitz zusammengesunkenen Körper. Der musste noch eine Viertelstunde warten. Kate schlüpfte aus dem Haus und spazierte, äußerlich unbefangen, zur Kirche. Welcher Stein war es noch gleich gewesen? Die ersten beiden, die sie ausprobierte, bewegten sich nicht. Beim dritten Versuch jedoch glitt der Stein ganz leicht aus der Mauer.

»Sieh mal an«, murmelte Kate. »Der wurde doch vor kurzem schon einmal herausgenommen!«

Sie legte den Brief in das Versteck und eilte nach Hause.

Bei George war noch keine Totenstarre eingetreten, aber es würde nicht mehr lang dauern. Sie musste ihn jetzt schnell wegbringen. Aber wenn sie so mit ihm durch die Hauptstraße fahren würde, fiele sie bestimmt jemandem auf. Sie musste die Seitenstraßen nehmen. Aber selbst das war ein Risiko.

Kate holte ihre Make-up-Utensilien aus dem Schlafzimmer. Sie rieb Rouge auf Georges Wangen und schminkte seine geschlossenen Augen mit Kajal und Wimperntusche. Dann puderte sie großzügig sein Gesicht und setzte ihm einen alten Gartenhut auf, den sie ihm tief ins Gesicht zog. Schließlich schlang sie einen gestrickten Schal um Hals und Mund des Toten. Man konnte nun nicht mehr viel von seinem Gesicht sehen, und das, was man sah, war grell und puppenhaft. Kate steckte ein paar Handschuhe ein und fuhr los.

Auf den Seitenstraßen begegnete ihr niemand. Sie beglückwünschte sich gerade selbst, als sie um eine Kurve bog und Miss Pemberton mitten auf der Straße stehen sah. Sie musste anhalten.

Miss Pemberton war alt und hatte schlechte Augen. Sie war in Begleitung von Casper, ihrem übergewichtigen Dackel. Die beiden kamen auf den Wagen zu und blieben auf Kates Seite stehen. »Hallo, Kate, meine Liebe, was machen Sie denn hier?« Ihr kurzsichtiger Blick glitt über Kate

hinweg und konzentrierte sich auf die zusammengesunkene Figur auf dem Beifahrersitz.

»Ich habe eine Guy-Fawkes-Puppe geholt«, sagte Kate. »Ich bringe sie jetzt zur Feuerstelle. Sie wissen doch, es gibt einen Wettbewerb, die beste bekommt einen Preis.«

»Die hier ist jedenfalls ganz schön groß«, sagte Miss Pemberton. »Als Kind hatte ich immer großen Spaß in der Guy-Fawkes-Nacht. Aber jetzt ist es nachts zu kalt für mich, und Caspar fürchtet sich vor dem Feuerwerk. Wir bleiben also zu Hause. Alles Gute dann!«

Sie ging weiter. Als sie außer Sichtweite waren, seufzte Kate erleichtert. Sogar Miss Pemberton wünschte ihr alles Gute. Wenn das kein Omen war?

Auf dem Weg zur Kiesgrube traf sie sonst niemanden mehr. Sie parkte hinter den Brombeerbüschen, die jetzt im November kahl waren, und schob Georges Körper aus dem Wagen – zum Ziehen hatte sie nicht mehr genug Kraft. Er fiel wie ein Stein zu Boden. Sie rollte ihn zum Rand der Grube. Dort füllte sie seine Taschen mit Steinen und band mit dem Schal einen großen Steinbrocken an seine Beine. Mit einer allerletzten Kraftanstrengung rollte sie ihn über den Rand. Es platschte laut, als George ins Wasser fiel. Er ging gleich unter. Kate fuhr den Wagen ein Stück die Straße hinunter und parkte hinter Bäumen. Dann ging sie zurück zur Kiesgrube und versteckte sich. Es war fast zwei Uhr.

Pünktlich um zwei tauchte ein kleiner roter Fiat auf. Julie Wilson stieg aus. Sie war eine schlanke hübsche Frau mit einer Menge blondem, toupiertem Haar, die gern hautenge Kleidung trug. Kate beobachtete sie. Sie ist an allem schuld. Wenn sie nicht wäre, würde George noch leben. Sie muss aufgehalten werden, sonst tut sie es immer wieder – noch eine Ehe zerstören, noch eine Katastrophe auslösen.

»Georgie?« Der Wind fing sich in Julies Haar und bauschte es zu einer goldenen Wolke auf. »Bist du hier, Liebling?«

Kate warf einen Stein in die Büsche, die dicht am Rand der Grube wuchsen.

»George?« Julie hielt schützend die Hand über die Augen und blickte in Richtung des Geräusches. Dann ging sie darauf zu.

Wirklich, es war lächerlich einfach. Julie leistete George im Wasser Gesellschaft, nachdem Kate ihr von hinten mit einem Stein eins übergezogen hatte.

Der Schlüssel des Fiats steckte. Kate zog die Handschuhe an und startete den Motor. Eine Meile die Straße hinunter standen ein paar halb verfallene Behausungen, die vor hundert Jahren für die Landarbeiter gebaut worden waren. Hippies hatten sich dort niedergelassen. Die Leute im Dorf machten sie immer für Diebstähle und Vandalismus verantwortlich. Gerade George hatte immer wieder an den Gemeinderat geschrieben, dass diesem Treiben ein Ende gesetzt werden musste.

Kate ließ den Wagen samt Schlüssel in der Nähe der Häuser stehen, außer Sichtweite. Dennoch konnte es nicht lang dauern, bis einer der Hippies den Wagen entdecken würde. Und dann wäre er sicher innerhalb einer Stunde ausgeschlachtet.

Müde trottete Kate zu ihrem Wagen zurück. Sie durfte sich jetzt noch keine Pause gönnen. Um sechs fing die Party an. Sie würde froh sein, wenn dieser Tag endlich vorbei wäre.

Die Flammen loderten in den dunklen Abendhimmel und verstoben fauchend und krachend goldene Funken. Kinder kreischten begeistert und rannten hin und her. Eine Explosion war zu hören, und ein Regen bunter Lichter barst über ihren Köpfen. Die Kinder jubelten.

Kate half bei den Essensständen, als ein großer Mann auf sie zukam. Sie hatte schon eine ganze Weile beobachtet, wie er ruhelos auf und ab ging und sein Blick in der Menge etwas suchte.

»Guten Abend, Inspector Wilson«, sagte sie.

»Hallo, Kate.« Julies Mann blieb bei ihr stehen. Er sieht besorgt aus, dachte Kate voller Mitgefühl. Er arbeitete in der Stadt auf dem Polizeirevier und war mit seiner Frau vor eineinhalb Jahren hierher ins Dorf gezogen.

»Möchten Sie eine Hähnchen-Fajita?«, fragte sie.

»Ja, gern. Die sehen wirklich lecker aus.« Er gab ihr das Geld dafür. »Sie haben nicht zufällig meine Frau gesehen, oder? Ich komme direkt von der Arbeit und dachte, sie wäre hier. Sie wollte Shepherd's Pie machen.«

Kate schüttelte den Kopf. »Nein, sie ist bisher nicht aufgetaucht. Die Pies fehlen uns wirklich. Falls ich Julie sehe, sage ich ihr, dass Sie da sind.«

»Danke«, murmelte er mit vollem Mund.

»Sie sind nicht der Einzige, der einen Ehepartner vermisst«, sagte Kate freundlich. »Ich kann George nirgends finden. Er hat heute Morgen das Haus verlassen und ist nicht zurückgekommen. Ehrlich gesagt, mache ich mir Sorgen.«

»Was?« Die Stimme des Inspectors war scharf geworden.

Sie sah ihm nach, als er davoneilte. Er wusste bestimmt, dass seine Frau anderen Männern nicht abgeneigt war. Jetzt, wo er von Georges Verschwinden wusste, würde er misstrauisch werden. Und bis morgen früh wüsste das ganze Dorf, dass George Parker und Julie Wilson miteinander durchgebrannt waren. Alle würden Kate bedauern – und den armen Inspector auch.

Ein weiterer Bekannter blieb bei Kate stehen. »Die sehen ja großartig aus, Mrs. Parker«, sagte er und deutete auf die Fajitas.

»Councillor James!« Auch er wohnte im Dorf. George hatte ihn oft auf der Straße angehalten, um sich bei ihm über die Hippies zu beschweren.

»Ist Ihr Mann auch da?«, fragte er, während er die Fajita bezahlte.

»Leider nicht. Ich habe ihn seit heute Morgen nicht mehr gesehen. Ich weiß nicht, wo er steckt.«

Er blickte sie aufmerksam an. Noch einer, der die Nachricht weitertratschen würde. »Ich habe Neuigkeiten, die ihn interessieren werden«, sagte er. »Der Gemeinderat hat beschlossen, die Hippies aus den alten Häusern zu vertreiben.«

»Das wird George sehr freuen«, sagte Kate.

Das Gemeinderatsmitlied beugte sich vertraulich zu ihr. »Wir müssen die Häuser abreißen. Hier draußen wird ein Müllabladeplatz gebaut. Wir müssen die Straße verbreitern, damit die Lastwagen durchkommen. Und natürlich wird die Kiesgrube trockengelegt – alles in Ordnung, Mrs. Parker?«

Britisches Winterbüffet

Alle Gerichte für 8 Personen

Gegen Jakob I. von England verschworen sich katholische Adlige, darunter Guy Fawkes; sie wollten den König mitsamt dem Parlament am 5. November 1605 in die Luft sprengen. Stattdessen flog ihr »Gunpowder Plot« auf, und seitdem feiert England an diesem Tag – mit Feuerwerk.

Sandwichstäbchen

Zutaten für 32 Stück:
- 3 Eier
- 1 Bund Schnittlauch
- 2 EL Mayonnaise
- 1 TL milder Senf
- Salz, schwarzer Pfeffer
- 150 g gekochter Schinken
- 1/2 Bund glatte Petersilie
- 2 EL Worcestersauce
- 2 EL scharfer Senf
- 2 EL weiche Butter
- 16 Scheiben Weißbrot

❖ Eier hart kochen, schälen, etwas abkühlen und fein hacken. Mit Mayonnaise, Senf, Schnittlauchröllchen, Salz und Pfeffer verrühren.

❖ Schinken ohne Fett sehr fein würfeln. Mit fein gehackter Petersilie, Worcestersauce, Senf und Butter gut verrühren und mit Cayennepfeffer abschmecken.

❖ 4 Scheiben Brot mit Eimischung, 4 Scheiben mit Schinkenmischung bestreichen. Restliche Brotscheiben darauflegen und leicht andrücken. Jede Scheibe in 4 Streifen schneiden.

Hähnchen-Fajitas mit Gemüse-Salsa

- 90 g Weizenmehl
- 75 g sehr feines Maismehl
- 125 ml warmes Wasser
- 2 große Stücke Hähnchenbrust
- 1/2 Salatgurke
- 1 große Tomate
- 1 kleine rote Zwiebel

❖ In einer Schüssel Öl, Paprika und Chilipulver zu einer Marinade verrühren. Hähnchenbrust in dünne Streifen schneiden und in der Marinade wenden. Eine halbe Stunde ziehen lassen. Fleisch auf die Spieße stecken und gar grillen. Abkühlen lassen.

❖ Für die Salsa Gurke, Tomate und Zwiebel fein hacken und mischen. Nach Belieben würzen.

❖ Mehl für die Tortillas in eine große, flache Schüssel sieben. Vertiefung in die Mitte drücken und langsam Wasser zufügen. Mit einem Messer zu einem festen

Saure Sahne
Paprikapulver
Chilipulver
Pflanzenöl
4 Spieße

Teig verarbeiten, auf eine bemehlte Arbeitsfläche geben und drei Minuten kneten, bis der Teig geschmeidig ist. Teig in 8 Portionen teilen und dünne Fladen daraus formen. Eine kleine Pfanne trocken erhitzen. Tortillas nacheinander darin backen; nach wenigen Sekunden, wenn sich die Ränder wölben, wenden. Beiseite stellen und mit Folie abdecken.

❖ Das Fleisch von den Spießen nehmen. Tortillas auf eine saubere Arbeitsfläche legen. In die Mitte jeder Tortilla etwas Fleisch, Salsa und ein wenig saure Sahne geben. Tortilla vom unteren Rand bis zur Mitte falten. Dann die linke Seite zu zwei Dritteln über das Fleisch klappen und die rechte Seite darüber falten, sodass ein handliches Päckchen entsteht, das oben offen ist.

Fish and Vegetable Chowder

3 EL Pflanzenöl
1 Zwiebel
2 Stangen Staudensellerie
1 Blatt Fenchel
3 Stränge Safran
700 g gemischte Weißfischfilets, in 2,5 cm breite Stücke geschnitten
1 Möhre, 2 Kartoffeln,
1 l Fischbrühe
Salz und frisch gemahlener schwarzer Pfeffer
300 g gekochte Muscheln, Garnelen, Tintenfischringe
2 Tomaten, enthäutet, entkernt, in feinen Streifen
1 EL gehackte Petersilie

❖ Öl in einem großen Topf erhitzen. Die fein gehackte Zwiebel, den in feine Scheiben geschnittenen Staudensellerie, den gehackten Fenchel, die gestiftelte Möhre und die klein gewürfelte Katoffel zugeben. Bei mittlerer Hitze unter Rühren 10 Min. garen. Fischbrühe angießen, 10 Min. köcheln lassen. Mit Salz und Pfeffer abschmecken.

❖ Safran zufügen. Fisch, Meeresfrüchte und Tomaten zugeben; 5 Min. garen.

❖ Vor dem Servieren mit Petersilie bestreuen.

Shepherd's Pie mit Lamm

750 g mehligkochende Kartoffeln
1 kg Lamm, gewürfelt
2 EL Pflanzenöl
2–3 große Zwiebeln, gehackt
80 g Mehl
2 EL Tomatenmark
200 ml Lammfond
1–2 TL Minzgelee
Salz, Pfeffer
90 g Butter
125 ml Milch
Fett für die Form

❖ Kartoffeln in Salzwasser kochen. Lamm in Öl bei starker Hitze anbraten, Hitze reduzieren und Zwiebel, Salz und Pfeffer zugeben und braten, bis die Zwiebeln glasig sind. Mehl und Tomatenmark zufügen, 4–5 Min. köcheln. Fond zugießen, aufkochen und bei schwacher Hitze köcheln, bis das Fleisch weich ist. Minzgelee unterrühren, eventuell nachwürzen. Backofen auf 180 °C vorheizen. Kartoffeln abgießen, pellen und mit 4 EL Butter und Milch pürieren, salzen und pfeffern. Auflaufform einfetten, Fleisch hineinfüllen und mit dem Püree abdecken. Restliche Butter in Flöckchen aufsetzen. Auf mittlerer Schiene etwa 30 Min. backen.
❖ Variante: Beim Lamm 200 g Aprikosen, entsteint und halbiert, mitschmoren.

Pakora

Frisches Gemüse wie Blumenkohl-, Brokkoliröschen, Auberginen-, Kartoffel-, Zucchinistücke, Zwiebelringe, Champignons
125 g Kichererbsenmehl
1 TL Salz, 120 ml Wasser
2 grüne Chillies
1 EL Koriandergrün
1/2 TL Backpulver
Kurkumapulver
Öl zum Frittieren

❖ Mehl, Salz, Wasser, fein gehackte Chillies, fein gehackten Koriander und Backpulver zu einem flüssigen Teig verrühren, auf Wunsch mit Kurkuma würzen.
❖ Gemüsestückchen wie Blumenkohl- und Brokkoliröschen, Auberginen-, Kartoffel- und Zuchiniwürfel, dicke Zwiebelringe und kleine Champignonköpfe in den Teig eintauchen und frittieren.
❖ Auf Küchenkrepp abtropfen lassen, sofort servieren.

Himbeer-Orangen-Trifle

1 Päckchen Vanillepudding
500 ml Milch
2–3 EL Zucker
300 g Biskuitboden
2 EL Orangenlikör
2 EL Orangensaft
450 ml Sahne
250 g Himbeeren
350 g Himbeermarmelade ohne Kerne
2 TL Orangenblütenwasser
1 große Orange mit unbehandelter Schale
60 g Schokolade

❖ Pudding kochen und abkühlen lassen. Biskuit zweimal horizontal durchschneiden und mit Orangenlikör und -saft bestreichen. 300 ml Sahne steif schlagen und mit Himbeeren mischen, einige Himbeeren zum Garnieren aufbewahren. Zwei Biskuitböden mit je 1–2 EL Marmelade bestreichen, aufeinander schichten und mit dem dritten bedecken. Pudding mit Orangenblütenwasser und abgeriebener Orangenschale verrühren; Orangenfilets zum Garnieren verwenden.
❖ Schokolade im Wasserbad schmelzen. In eine große Schüssel ein Drittel Pudding, die Hälfte der restlichen Marmelade und das zweite Drittel Pudding schichten. Mit der Hälfte der geschmolzenen Schokolade beträufeln. Biskuit grob würfeln und in die Schüssel geben, mit restlicher Schokolade beträufeln und mit Himbeersahne bedecken. Restliches Drittel Pudding darüber geben, mit übriger Marmelade bestreichen.
❖ Mindestens 4 Stunden kühl stellen. Zum Garnieren restliche Sahne steif schlagen, in Tupfen aufsetzten und mit Himbeeren und Orangenfilets verzieren.

Apfel-Tee-Toddy

Zutaten pro Becher:
2 EL ungesüßtes Apfelmus
150 ml Assamtee
ein guter Schuss Whisky
Zucker oder Honig zum Süßen

❖ Apfelmus in einen Krug füllen, Tee zugießen und 5 Min. ziehen lassen. Tee in einen Topf abgießen und erhitzen, Whisky zufügen und wieder erhitzen, aber nicht kochen lassen.

Winter Cordial

Zutaten für 6–8 Gläser:
bgeriebene Schale und Saft von 1 großen Zitrone
2 EL Haferflocken
2 EL Rohrzucker
900 ml Darjeelingtee
150 ml Whisky oder brauner Rum

❖ Zitronenschale, Haferflocken, Zucker und Tee aufkochen. Zitronensaft zufügen und 5 Min. köcheln lassen, dabei umrühren.
❖ Durch ein Sieb abgießen und wieder in den Topf geben, Alkohol zufügen und erhitzen, aber nicht kochen lassen.
❖ In vorgewärmten Gläsern servieren.

Gewürztee

Zutaten für 8 Gläser:
5 cm Zimtstange
3 Gewürznelken
75 g Zucker
450 ml Wasser
900 ml schwarzer Tee
150 ml Orangensaft

❖ Zimt, Nelken und Zucker im Wasser kurz aufkochen. Tee (Assam oder Earl-Grey) und Saft zufügen und wieder kurz aufkochen.
❖ Durch ein Sieb in vorgewärmte Gläser gießen.

Apfel-Honig-Punsch

Zutaten für 10 Gläser:
2 kleine Äpfel
1,2 l Apfelsaft
2 EL Honig
600 ml Chinatee
tronensaft und Zimtpulver nach Wunsch

❖ Äpfel ausstechen und ungeschält in dünne Scheiben schneiden. Mit Apfelsaft, Honig, Tee und Zitronensaft in einem Topf kurz aufkochen und vom Herd nehmen. In vorgewärmten Gläsern servieren, die mit den Apfelscheiben und Zimt dekoriert sind.
❖ Variante: 600 ml Ginger Ale und 600 ml Apfelsaft verwenden.

Thanksgiving 2084

Birgit H. Hölscher

Etwas Schreckliches war passiert.

Sie waren aufgetaut! T. Fark begriff es in dem Moment, als er sein Einfamilienmodul betrat und der Geruch ihm in die Nase stieg.

Bis zu dem Zeitpunkt war sein Tag verlaufen wie jeder andere. Während er jetzt unter dem tief hängenden, schwefelgelben Himmel in die Hauptstraße seines Wohnbezirks Urbano 12/7.1 einbog, klirrten die computergenerierten Stimmen aus den staatlichen Lautsprechern ihre ewig gleichen Slogans: *Die A. L. P. säubert die Stadt für Euch. Helft mit. – Unterstützt die A. L. P. Sie weiß, was gut für uns ist.*

Ha! Fark verzog seine Lippen zu einem unfrohen Grinsen. Die Allianz Liberaler Parteien, hinter der sich, wie jeder wusste, eine kleine Clique zum größten Teil namenloser Machthaber verbarg, konnte ihm gestohlen bleiben. Er lief noch einen Schritt schneller, um sein Familienmodul zu erreichen, bevor die Staubsturmstunden anbrachen, während deren sich niemand freiwillig draußen aufhielt. In den zwanziger Jahren dieses Jahrhunderts – er war damals noch ein Kleinkind gewesen – hatten die globalen Kriege und nuklearen Katastrophen das Klima drastischen Veränderungen unterworfen. Fark war es gewohnt, seinen Tagesablauf den eiskalten Nächten, den glutheißen, die Sinne verdorrenden Mittagsstunden und den schwefelgelben Staubsturmstunden bei Heliosuntergang anzupassen. Auch andere Bewohner von Urbano 12/7.1 schlossen zu dieser Stunde hastig die Schotten ihrer Module hinter sich. Fark nahm keine Notiz von ihnen, öffnete mit dem E-Sender den Magnetverschluss seines eigenen Panzerschotts und stutzte.

Dieser Geruch! Das konnte nur eins bedeuten! Er drückte das Schott hinter sich zu, zog einen speziellen Kunststoffüberzieher über seinen linken Daumen und legte dessen Kuppe gegen das Sensorfeld der Bewohnerüberwachung. Mit Rechts tippte er seinen persönlichen Code auf dem Tastenfeld ein. Nur ja keine Aufmerksamkeit durch scheinbare Abwesenheit bei der Beaufsichtigungsbehörde erregen! Die Bravebürgerfamilie hatte spätestens beim Einsetzen der Staubstürme vollzählig daheim zu sein. Fark hetzte in die Speiseeinheit und platzierte, ohne hinzusehen, den AntiGrav-Container in seine Halterung auf der Arbeitsfläche, in dem sich die magere Ausbeute seiner heutigen Tauschgeschäfte befand: eine Ration AgroVita, das künstlich hergestellte, vegetarische Nahrungskonglomerat, ein Einpersonenblock Fett, dazu – aus Gründen der Tarnung – eine Monatspackung Mehrfachdamenbinden. Voller dunkler Vorahnungen stolperte Fark die Betonstufen der Kellertreppe hinunter. Hier war der üble Geruch noch stärker. Seit Wochen hatte er Probleme mit dem Windgenerator gehabt. Gerade jetzt, in der heißen Zeit, die man früher Sommer genannt hatte! Trotz des zumeist sonnenlosen, tief hängenden Himmels stiegen die Temperaturen tagsüber bis auf fünfzig Grad. Er riss den Deckel der Gefriertruhe auf. Verwesungsgestank strömte ihm entgegen. Auf dem Boden stand zentimeterhoch Wasser, darin – zwischen kleineren Paketen – die Köpfe von Marie und Mutter, die ihm mit entgleisten Gesichtszügen entgegenglotzten. Sie mussten seit Stunden ungekühlt gewesen sein. Ein paar Momente stand er über den Rand der Truhe gebeugt, starrte blicklos auf den tauenden Inhalt. In seinen Achselhöhlen sammelte sich der Schweiß. Er würgte, behielt nur mühsam seinen Mageninhalt bei sich und schlug endlich den Deckel zu.

Er hätte sie längst, wie die Körper, im Hof vergraben sollen! Die Masken aus Kunsthaut waren seit langem fertig, er brauchte keine Modelle mehr. Er gestand sich ein, dass er in einem Winkel seines Hirns mit dem Gedanken spielte, sie wie seine Vögel zu präparieren, seine Kunst endlich einmal am menschlichen Körper anzuwenden. Doch das war Wahnsinn! Entschlossen biss er die Zähne zusammen und begann die Rettungsaktion der Überreste von Gattin und Schwiegermutter. Zuerst kickte er die Luftpolsterpumps von den Füßen, zog Kunstseidenkleid und Perücke aus, nahm die Maske ab und tat dann sein Möglichstes, um die Köpfe vor dem endgültigen Vergehen zu retten. Später, als der Generator auf dem Dach wieder lief, kochte er sich einen AgroVitafetteintopf. Bis zum Beginn der behördlich verordneten Energiesperrstunden, in denen alle privaten Generatoren ihren gesamten Strom in die staatlichen Leitungen einspeisen mussten, wurde das Essen fast gar. Während er auf den glitschigen, halb harten Brocken kaute, dachte er voller Grimm an Marie und ihre Mutter. Er war es gewohnt, dass sie ihm das Leben zur Hölle machten. Zehn lange Jahre hatte er seine eigenen Interessen zu ihren Gunsten hintangestellt: sein Steckenpferd, die zoologische Sammlung längst ausgestorbener Vögel, vernachlässigt, frustrierende, halb legale Jobs angenommen, um die Damen über Wasser zu halten, und darüber hinaus die chronische Boshaftigkeit der beiden ertragen. Noch heute meinte er manchmal, Mutters Beschimpfungen zu hören: Wicht, Null, Kastrat. Lange, viel zu lange hatte er sein Schicksal mit Fassung getragen. Kurz nach seiner Hochzeit mit Marie hatte Mutter sich bei ihnen eingenistet und begonnen, ihr Gift zu versprühen. Es verging kaum ein Tag, an dem Fark nicht von ihr verspottet und drangsaliert wurde. Und Marie, seine zarte Elfe, hatte mitgezogen! Bald hatte er sich als ausgestoßene, unverstandene Minderheit im eigenen Heim gefühlt. Zwischen Marie und ihrer Mutter hatte eine derart symbiotische Übereinstimmung geherrscht, dass ihm seine eigene Frau schon bald fremd vorgekommen war. Selbst in ihren nächtlichen Stunden der Zweisamkeit erschien es ihm, als wäre Mutter anwesend. Nicht nur, weil sie am anderen Ende des Flurs lautstark gegen ihre Polypen angeröchelt hatte. Nein, Marie hatte die befremdliche Angewohnheit gehabt, Kleidungsstücke ihrer Mutter zu tragen. Beispielsweise kratzte ihn, wenn er unter der Bettdecke Maries Rundungen erkundete, das scheußliche, ingwergelbe Nachthemd aus Wollonfaser – diesem Algenprodukt, das an Baumwolle erinnern sollte. Das hatte erst am Vorabend ihre Mutter getragen, als sie zum Gutenachtgruß im Türrahmen der Schlafwabe tatterte.

Fark schüttelte sich bei dieser Vorstellung und schob den Teller mit dem Fetteintopf fort. So waren sie zu dritt jahrelang freudlos miteinander verkeilt gewesen. Und er hatte es ertragen, hatte einfach nicht anders gekonnt. Er war eben ein von Natur aus anspruchsloser und duldsamer Mensch, der es sich mit niemandem verderben wollte und immer freundlich blieb, auch wenn in seinem Inneren ein wahrer Höllensturm tobte.

Doch vor drei Jahren, an Thanksgiving, war etwas in ihm explodiert. Das Erntedankfest war längst hohle Tradition, denn hier, auf der von jahrzehntelanger Dürre verwüsteten Nordhalbkugel, wurde nichts mehr angebaut, überlebte im kontaminierten Erdreich keine Pflanze. Fark war spät auf dem Heimweg gewesen, hatte einen anstrengenden Tag mit drei Vermittlerjobs hinter sich und in seiner Tasche eine wertvolle, nicht legal erworbene Portion Instantfleisch. Zwei Straßen von seinem Zuhause entfernt, hatten ihn zwei Erlediger der A. L. P. gestoppt und verhört. Warum er während der Staubsturmstunden unterwegs sei, was er in seinem Anti-

Grav-Container hätte, und wie seine Legitimation lauten würde. Nachdem er ihre Fragen, äußerlich ruhig, hinreichend beantwortet hatte – nicht umsonst war sein Traumberuf schon immer der des Schauspielers gewesen –, hatten sie grinsend das Fleisch konfisziert und ihn mit einem Tritt in den Hintern fortgejagt. Als er nach Hause kam, war er noch immer zittrig, denn es hätte deutlich unangenehmer für ihn ausgehen können. Seine Familie empfing ihn mit einem Thanksgiving-Festmahl. Mutter hielt an Feiertagstraditionen fest, obwohl seit der Machtübernahme durch die A. L. P. die alte Zeitrechnung und sämtliche ehemaligen Festtage offiziell abgeschafft worden waren. Es gab nur noch die staatlich verordneten *A. L. P.-Jubelstunden* alle 75 Tage.

In der Speiseeinheit witterte Fark zunächst arglos dem beinahe aus dem Gedächtnis verloren gegangen, echten Fleischgeruch nach, der aus dem Bräter auf dem Heizaggregat quoll. Doch als er den Deckel des altertümlichen Kochgefäßes hob, traf ihn die Erkenntnis wie ein Schlag: Es war echtes Truthahnfleisch, was dort inmitten von AgroVita und blasigem Fett simmerte! Ihm zog sich der Magen zusammen, und er begann zu schwitzen. Menge, Farbe, Geruch – kein Zweifel, es war ein kleiner Puter. Sein Babyputer! Sein einziges, wohl gehütetes Exemplar. Das er, sorgsam verpackt und etikettiert, zusammen mit einem Teichhuhn, einer Krähe und zwei, drei Singvögeln in der Kühltruhe aufbewahrt und auf dessen Präparation er sich besonders gefreut hatte. Zu gegebener Zeit hätte er den Truthahn auf seiner gekachelten Arbeitsfläche im Kellergeschoss aufgetaut, ihn mit einem Skalpell vom Brustbein bis zur Kloake aufgeschnitten, seine Kniegelenke mit einer Knochenzange durchtrennt und ihm dann behutsam die Haut abgezogen. Schädel, Flügel und Beinknochen hätte er sauber entfleischt, den noch feuchten Balg nach der chemischen Konservierung über einen Kunststoffkörper gestülpt, den er zuvor aus Zwei-Komponenten-Hartschaum nach dem Original gefertigt hätte. Dann hätte er seinen gefiederten Freund mit Drähten in lebensechter Pose auf der Grundplatte arrangiert, ihm ein Paar farblich passende Glasaugen eingesetzt und ihn vorsichtig trockengefönt. Nach vielen Stunden stiller und beglückender Arbeit, ohne nichtige Ablenkung durch die Frauen, hätte er dann das aufgestellte Tier seiner bislang sechsundvierzig Präparate umfassenden Sammlung einverleibt.

Zu spät! Die Weiber hatten ganze Arbeit geleistet. Diese beiden Hexen, die ihn seit Jahren wegen seines in ihren Augen obskuren und nutzlosen zoologischen Hobbys verhöhnten. Selbst die Knochen des armen Vogels hatten sie zermahlen, um aus ihnen Speisestärke zu gewinnen, berichteten sie voller Stolz.

»Wenn wir schon einmal natürliche Nahrung haben, dann werde ich doch nichts umkommen lassen«, schnappte Mutter und wischte mit ihrem fettglänzenden, knotigen Zeigefinger den Rand der Puddingschüssel sauber. Fark zog sich die Kehle zusammen, und er kämpfte gegen den Brechreiz. Die Kunstkirsche auf dem mit der Speisestärke gekochten leuchtend roten Pudding schien ihm hämisch zuzuzwinkern.

»Sag bloß, du freust dich nicht?« Marie musterte ihn mit einem eindeutig hämischen Gesichtsausdruck. Er war außer sich, nahm nichts mehr wahr als die dumpfe Ignoranz, die aus den vor gieriger Vorfreude strahlenden, verfressen geifernden Mienen der beiden Frauen sprach. Ihm fehlten die Worte, er stammelte Unzusammenhängendes, und ein Schwindelgefühl ließ ihn taumeln. In diesem Moment brach etwas in ihm, die Qualen der Schikanen, die er jahrelang in sich hineingefressen hatte, brandeten machtvoll hervor. Der ständige Druck, genügend Jobs zu finden, um sie alle drei durchzubringen und sich nicht dabei erwischen zu lassen. Das permanente, bösartige Zetern des Schwiegermutterdrachens und Maries, die ihrer Mutter von Jahr zu Jahr ähnlicher wurde. Das alles hatte seine geistige Verfassung ausgehöhlt wie ein Meer, das sich in eine Felsenküste fraß. Und nun dieser Frevel an seiner Sammlung, dem Einzigen, was er ganz für sich allein hatte. Bisher hatte er sich gegen die feiertagsüblichen Vorstöße der Weiber, sich seiner Studienobjekte zu bemächtigen, erfolgreich zur Wehr gesetzt. Doch heute mussten sie allen Anstand verloren und das Schloss der Kühltruhe aufgebrochen haben. Die Welt um Fark herum schien sich zu verengen, er spürte nichts als blanken Hass, der glühend heiß durch seine Adern pulsierte.

So waren die beiden an dem Ort gelandet, von dem sie seinen Puter gestohlen hatten. Ihre kopf- und daumenlosen, grob zerkleinerten Kadaver hatte er während mehrerer mondloser Nächte im Innenhof des Familienmoduls verscharrt und war immer wieder zur Bewegungslosigkeit erstarrt, wenn auf der anderen Seite der hohen Mauer der martialische Gesang der Erlediger erklang, die ihr metallisch scheppferndes Gefährt vorbeizogen.

Als Mörder sah er sich nicht. Es war Notwehr gewesen. Er hatte sich gegen die nicht enden wollende, demütigende Bevormundung zur Wehr gesetzt. Sich behauptet gegen das krankmachende Diktat der Frauen. Und – hatten sie ihm nicht ebenfalls viele kostbare Jahre seines Lebens gestohlen? In keinem Moment hatte er Reue empfunden. Die beiden hatten ihr Schicksal selbst besiegelt.

Wieso niemandem etwas auffiel? Wo doch die Patrouillenfrequenz der von der A. L. P. durch Sonderzulagen scharf gemachten Bezirkssicherheitskräfte erschreckend hoch war, die gedungenen Erlediger sich durch ebenso stumpfsinnige wie mutwillige Skrupellosigkeit auszeichneten und Denunziation – als Garant der inneren Sicherheit – von der A. L. P. zur Haupttugend der Bevölkerung stilisiert worden war?

Niemand hat jemals Erklärungen von Fark verlangt. Warum auch? Die Damen existierten ja weiter. Er hatte alles, was er brauchte. Ihre Kleider, ihre Personachipkarten, ihre Codes für die Bewohnerüberwachung. Obwohl es streng verboten war, hatten die drei sich die Ziffernfolgen aus Gründen der Bequemlichkeit offenbart. Da das Sensorfeld ausschließlich optisch arbeitete, akzeptierte die Bewohnerüberwachung auch anstandslos die täuschend echten Kunststoffmodelle, die er von den Daumen der Frauen angefertigt hatte. Außerdem wusste er, wie ihre Stimmen geklungen, wie sie sich bewegt, wie sie reagiert und gedacht hatten. Zehn Jahre unter einem Dach hatten ihn in dieser Hinsicht zum Spezialisten gemacht. So war es ihm gelungen, Marie und Mutter weiterleben zu lassen, sich – dank seines Talents zur Schauspielerei – immer natürlicher in ihren Rollen zu bewegen. Die Permamasken, die er anhand der tiefgekühlten Vorlagen aus hautfarbenem Silikon hergestellt hatte, waren vollkommen. Er hatte nichts verlernt, obwohl es schon lange weder Theater noch Film oder Fernsehen gab. Nur dieses in allen Häusern zwangsinstallierte, von der A. L. P. gelenkte und nicht abschaltbare Entertainmentshowfenster mit seinen dreißig, sämtlich per Computer hergestellten Programmen. Keine Chance für ihn und den Beruf, den er bis zum Zerfall des Parteiensystems und Beginn des A. L. P.-Regimes ausgeübt hatte: die Maskenbildnerei. Nach dieser schmerzvollen Deklassierung diente ihm sein Hobby, das zoologische Präparieren, als Ausgleich. Es verlangte ebenso viel handwerkliches Geschick, sicheres Vorstellungsvermögen und eine künstlerische Hand.

Um keinen Verdacht zu erregen, ließ er die Frauen täglich ausgehen. Die Metamorphose gelang ihm nahezu perfekt. Er imitierte präzise Maries Scheu vor allem Fremden, ihre panischen und starrsinnigen Reaktionen, wenn sie sich überfordert fühlte. Die Rolle von Mutter zu übernehmen fiel ihm anfangs sehr viel schwerer. Nur zaudernd hatte er sich in ihre herrische Persönlichkeit eingefunden. Ihm selbst wäre es nie in den Sinn gekommen, so bösartig, ordinär und förmlich Gift spritzend zu sein. Doch mit der Zeit hatte er sich auch in Mutter eingelebt. Er wechselte die Rollen, wie es der Alltag von ihm verlangte, war beispielsweise morgens Marie, die zur Konzentratausgabestelle trippelte, ihren Bezugschip in den Schlitz neben der Panzerglasscheibe schob und der bewaffneten Patrouille ein kokettes Lächeln zuwarf. Am Mittag reihte er sich als Mutter vor dem Wasserbezugsamt in die Warteschlange für ältere Bewohner ein, kämpfte verbissen um jeden Millimeter auf dem Weg zum Schalter und warf den anderen Ausharrenden und den Überwachungskameras verbiesterte Blicke zu. Am Nachmittag war er dann, als er selbst, auf der Suche nach lukrativen Vermittlerjobs. Strich um windige Ecken in verrufenen Stadtvierteln, verhandelte mit dubiosen Gestalten und war ständig auf der Hut vor den Erledigern, die ihre berüchtigten Säuberungsaktionen ohne jede Vorwarnung durchführten.

Niemandem war je etwas aufgefallen. Längst hatten das universelle, durch die Verrohung der Gesellschaft hervorgerufene Misstrauen den Mitmenschen gegenüber, die allgegenwärtige Brutalität auf den Straßen, der überlebensnotwendige Eigennutz und die häufigen Sperrstunden sämtliche sozialen Kontakte in der Nachbarschaft zerstört. Und Freunde hatten weder Fark noch die Frauen je besessen.

Auf den Tag genau drei Jahre nach dem folgenschweren Thanksgiving saß Fark in seinem sanft vibrierenden Relaxofit-Sessel am Fenster, goss sich noch einmal aus der Kugel mit dem perlenden Algenfluid nach und blickte hinaus. Die künstliche Platane vor dem Modul bog sich im Sturm. Während des letzten Tornados hatte sie sämtliche Blätter verloren, war nur noch, wie früher im Herbst alle Bäume, ein Skelett. Damals hatten die Bauern in dieser Jahreszeit die Ernte eingebracht, und im ganzen Land wurde am vierten Donnerstag jenes Monats, der zu der Zeit noch November genannt wurde, Erntedank gefeiert. In sein Gedächtnis eingegraben hatte sich die Erinnerung an jenes Thanksgiving – er war zwölf oder dreizehn Jahre alt gewesen –, als sein Vater zwei echte Maiskolben und einen faustgroßen Kürbis aufgetrieben hatte. Seine Mutter war völlig aus dem Häuschen geraten. Fark selbst hatte weder ihre Begeisterung verstanden noch die Ohrfeige, die sie ihm verpasst hatte, als er den von ihr gekochten Pumpkin Pie verschmäht hatte. Als Kind der Zwanziger Jahre war er nur an den Geschmack naturidentischer Nahrungsmittel gewöhnt, echtes Gemüse kam ihm fade vor. Schon damals waren die natürlichen Ressourcen der Welt ebenso massiv dahingeschmolzen wie beide Polkappen. Frisches Gemüse war ein Vermögen wert, und Festtagsbräuche, die wie an Thanksgiving vorwiegend aus kulinarischen Genüssen bestanden, hatten ihr von Menschenhand verursachtes Ende gefunden. Lebensmittel waren knapp und sämtlich in Labors hergestellt.

Draußen rumpelte ein Entsorgerfahrzeug vorüber, dahinter die obligatorische, Kampflieder singende Patrouille der Bezirkssicherheit. Auf der Fensteroberfläche sah Fark sein grimmig starrendes Abbild. Nicht sein eigenes, sondern das von Marie. Die Neugier der alten Frau von gegenüber hatte ihn dazu gebracht, in Abständen auch Marie und Mutter die zur Straße gelegene Wohnwabe benutzen zu lassen. Er seufzte. Nicht einmal in seinem eigenen Wohnmodul konnte er ausschließlich er selbst sein! Schlimmer noch, seine Maskerade forderte inzwischen ihren bitteren Tribut. Zunächst unmerklich, nun jedoch unübersehbar, hatte er sich durch das ständige Theaterspielen verändert. War er anfangs noch Herr der Lage gewesen, der nach Belieben und Notwendigkeit die Rollen Maries und Mutters einnahm und wieder ablegte, war er inzwischen zum wehrlosen Sklaven seines Spiels geworden. Irgendwann im Lauf der letzten drei Jahre war es zu einem Bruch gekommen. Er hatte eine imaginäre Grenze überschritten, entfernte sich, wie er sich inzwischen eingestand, kontinuierlich weiter vom Zustand der geistigen Gesundheit. Sein Rollenspiel hatte ihn körperlich und geistig ausgezehrt.

Wenn er nur kapieren würde, was mit ihm geschah, was er gegen diese Entwicklung unternehmen könnte. Immer häufiger brachte er die drei Charaktere durcheinander. Erst heute Vormittag hatte er, während er selbst auf Jobsuche war, an sich hinuntergeblickt und Maries Pelerine und Handschuhe an sich entdeckt. Bestürzt hatte er realisiert, dass er anscheinend in Maries Maske aus dem Haus gegangen war, ohne es zu merken, ohne dass er es beabsichtigt hätte. Ähnliches war mittlerweile so oft passiert, dass er an seinem Verstand zweifelte. Mal sprach er plötzlich mit der falschen, nicht zu seinem Aufzug passenden Stimme, mal ertappte er sich zum Beispiel dabei, ohne in Mutters Maske zu stecken, mit ihrer Stimme einen kleinlichen, zänkischen Disput mit irgendjemandem anzuzetteln. Erschreckend häufig wurde ihm bewusst, dass die Überlegungen, die er gerade in seinem Kopf bewegte, nicht seine eigenen waren, sondern aus Maries oder Mutters Vorstellungswelt stammten. Dann ging es wieder ein paar Tage lang gut, er hörte in seinem Inneren nur seine eigene Stimme, dachte seine eigenen Gedanken. Bis diese Zustände wieder anfingen.

Gespaltene Persönlichkeit hieß so etwas früher, überlegte er. Damals, als psychisch Kranke noch nicht aus der staatlichen Versorgung herausgefallen und später völlig aus dem gesellschaftlichen Bewusstsein eliminiert worden waren. Was bedeuteten diese Zustände? War er tatsächlich wahnsinnig? Geistesgestört? Er scheute vor der Beantwortung dieser Frage zurück, und seine Gedanken flatterten auf, wie ein Schwarm Vögel nach einem Schuss. Um sich abzulenken, konzentrierte er sich auf das Programm des Entertainmentshowfensters. Da gab es keine Überraschungen: auf allen Programmen süßlicher Trivialkitsch, historische Naturaufnahmen oder Bildungssendungen nach der A. L. P.-Doktrin. Gerade wölbte sich die Holographie einer Küstenlandschaft aus dem Monitor. Sanfte, bewaldete Hügel erstreckten sich bis zu einer sichelförmigen Bucht mit strahlend weißem Sand, die sich an das friedlich plätschernde, türkisblaue Meer schmiegte. »Eines der letzten Paradiese der Erde«, flötete eine computergenerierte Stimme aus dem Lautsprecher. »Die A. L. P. wird die Welt wieder zu dem machen, was sie einmal war.«

Ob es so etwas in der Realität tatsächlich noch gab? Fark lauschte der verführerischen Frauenstimme, die nun – exklusiv für Parteimitglieder – einen Aufenthalt in diesem Traumland anbot. »Tauchen *Sie* ein in die exklusive Atmosphäre des Paradieses. Wir sind nur für *Sie* da. *Sie* haben sich diesen Luxus verdient.« Wellen umspielten einen makellosen, echt wirkenden Frauenkörper, der sich nackt am Rand eines einsamen, Palmen gesäumten Strands räkelte. Ein hellbrauner Eingeborener – ebenfalls entweder perfekt generiert oder wirklich lebendig – servierte ihr, ein buntes Tuch um die schmalen Hüften geschlungen, ein vor Kälte beschlagenes Glas. Synthetische Musik erklang. Dann leuchtete eine Kennziffer auf, *Ze-A 99735*, und blieb minutenlang vor dem Standbild des Strandes stehen. Fark, der Thanksgiving nie eines besonderen Nachdenkens wert befunden hatte oder gar feierlich gestimmt gewesen war an diesem Tag, befand sich heute in einer seltsam nachdenklichen Stimmung. Es musste eine Bedeutung haben, dass er gerade an diesem Tag auf diese Ze-A – zeitliche Ausbürgerung – aufmerksam wurde. Vielleicht markierte Thanksgiving, wie schon vor drei Jahren, einen Wendepunkt. Den Zeitpunkt, an dem es galt, radikale Veränderungen vorzunehmen. Mit einem Mal wusste er, was er tun würde, um sich von seinen Zuständen zu befreien. Er würde eine solche Ze-A beantragen. Jeder Erwachsene hatte ein Anrecht auf eine Ze-A in seinem Leben. Er wischte den Gedanken an die wilden Gerüchte beiseite, nach denen noch niemand von einer Ze-A zurückgekehrt sei und diese Maßnahme der A. L. P. nur dazu diene, der Überbevölkerung Herr zu werden.

Unsinn! Die Plätze waren eben limitiert, deshalb kannte er selbst auch niemanden, der eine Ze-A in Anspruch genommen hatte. Er nahm noch einen Schluck Algenfluid. Außerdem hatte er kaum etwas zu verlieren. Bliebe er hier, würde sich seine Konfusion nur noch steigern und er wahrscheinlich bald auffliegen. Dort, am weißen Traumstrand, würde er keine Rollen spielen müssen. Es würde ihn niemand kennen, er könnte wieder zu sich selbst finden. Bevor er abreiste, würde er die beiden Köpfe vernichten, das hätte er schon längst tun sollen. Sein Herz klopfte, als er nach dem Codierungsterminal griff. Die Todesfälle hatten ihm, durch den Luxus von Berechtigungsscheinen für drei Personen, zu relativem Wohlstand verholfen. So würde er die Genehmigungsbeamten bestechen und die, für Nicht-Parteimitglieder wie ihn, mindestens zweijährige Wartezeit auf eine Ze-A verkürzen. Mit zitternden Fingern gab er die Kennziffer, die noch immer auf dem Showfenster leuchtete, auf die Tasten des Terminals ein.

Fark würdigte die rhythmisch an den Strand rollenden Wellenberge keines Blickes. Er hörte weder das Rauschen des zum Baden leider zu stark verseuchten Meeres noch die im heißen Wind raschelnden Palmfächer oder das ferne Lachen der anderen Zeitlich-Ausgebürgerten. Er saß nur nackt, mit krummem Rücken, in der Sonnenschutzwabe – auch hier war die Ozonschicht zerstört – und grübelte. Die Ze-A war der größte Fehler seines Lebens gewesen. Die Erleichterung darüber, dass es sie wirklich gab, er nicht von irgendwelchen Erledigern am Abfahrtsterminal ermordet worden war, und der Genuss, von einer noch relativ intakten Natur umgeben zu sein, stimmten ihn nur für kurze Zeit froh. Er hatte gehofft, dass er nach wenigen Tagen zu sich selbst kommen würde, die Überreizung seiner Nerven durch die drei Jahre ununterbrochenen Theaterspielens überwunden hätte. Doch es war schlimmer geworden. Viel schlimmer! In keiner Minute war er vor den beiden Frauen sicher. In der ungewohnten Umgebung hatte sich die Wahrnehmung seiner selbst noch bis zur Unerträglichkeit geschärft. Sein Entsetzen war von Tag zu Tag gewachsen, von einer Ze-A-Woche zur nächsten.

Gerade heute Morgen war es wieder passiert. Während einer belanglosen Konversation am Frühstückstisch bemerkte er, wie seine Hände, als hätten sie ein Eigenleben, Maries gezierte Gesten ausführten. Er hatte versucht, es zu unterdrücken. Doch nach einiger Zeit ertappte er seine Hand, wie sie die nicht vorhandene Locke Maries aus seiner Stirn zurückstrich. Fark hätte am liebsten geschrien, sich zusammengekrümmt und mit den Fäusten auf die Tischplatte getrommelt. Doch er blieb weiter bewegungslos sitzen, hörte dem Knirschen seiner Zähne zu. Die Hände um seine Oberschenkel gekrallt, wartete er darauf, dass der Zustand vorüber ging.

Warum nur ließen sie ihn nicht in Frieden? Erst am vorigen Abend hatte sich, als er an der Strandbar einen Cocktail bestellte, der nörgelnde Tonfall von Mutter über seinen eigenen Bariton gelegt. Nicht nur die Sprechweise und die Gestik der beiden Frauen vermischten sich mit seinem eigenen Auftreten, mittlerweile fühlte er sich – wie Marie – von den Einheimischen belästigt, ärgerte sich – ebenso wie Mutter – unmäßig über Kleinigkeiten, wie den Sand auf den Böden des Hotels. Es schien, als hätte er seine eigene Persönlichkeit völlig verloren, als wäre sie in denen der beiden Frauen aufgegangen, hätte sich mit ihnen vermengt, wie sich ein Tropfen mit den Wassermassen eines Meeres mischte. Er war ein Konglomerat aus allen drei Personen geworden, eine hybride Persönlichkeit! Ihn selbst gab es nicht mehr.

Was sollte er nur tun? Seine Welt schien sich in ihre Bestandteile aufzulösen, förmlich zu pulverisieren. Erschüttert gestand Fark sich ein, dass er die Kontrolle über sich absolut verloren und keinerlei Einfluss auf diese furchterregende Verwandlung hatte. Ja, es erschien ihm, als würde er diesem Zustand nie wieder entrinnen können. Der absurde Kontrast zwischen dem Urlauberglück der anderen Zeitlich-Ausgebürgerten und seiner eigenen Verfassung verstärkte noch sein Gefühl der Leere und des Gefangenseins in einer toten Hülle. Er hatte das Gefühl, in der Verzweiflung über den Verlust seines eigenen Lebens zu versinken.

In der vorletzten Ze-A-Woche durchzuckte ihn mit einem Mal eine Erkenntnis. Er saß, wie jeden Tag, in der Sonnenschutzwabe am Strand und sah zu der kleinen, grob gezimmerten Bar unter dem Palmendach hinüber. Dort schenkte der Einheimische, den alle nur Jones nannten, weil keiner der Zeitlich-Ausgebürgerten seinen wirklichen Namen aussprechen konnten, bunte Drinks in eisgekühlte Gläser, lächelte freundlich und strahlte, obwohl er von Geburt an stumm wie ein Fisch war, eine völlig selbstzufriedene Gelassenheit aus, um die Fark ihn schon seit Beginn der Ze-A beneidete.

Wenn er selbst keine eigene Persönlichkeit mehr hatte, und so war es wohl tatsächlich, gestand Fark sich ein, dann war er doch frei, jeder zu sein! Er sann eine Weile, zugleich entzückt und besorgt, über diesen kühnen Einfall nach. Könnte es funktionieren? Schon jetzt, beim ersten Nachdenken über die mögliche Lösung seiner Probleme, hielten Marie und Mutter sich zurück, mischten sich nicht in seine Überlegungen. Ganz so, als hätte schon allein das Aufkeimen seines Plans sie gebannt. Das war wie ein gutes Omen. Mit einem Mal schien es ihm möglich, sich völlig von den Frauen zu befreien, spürte er Zuversicht in sich aufkeimen. Eine Welle der Erleichterung durchströmte ihn. Er stand auf und spazierte mit einem Lächeln auf den Lippen zur Bar hinüber. Es war zweifelsohne wahr: Natürlich konnte er jeder sein, der er wollte. Wirklich jeder!

Nach Heliosuntergang beendete der Hotelangestellte Jones seinen Dienst an der Strandbar. Er schlenderte durch die Dunkelheit zu den Personalunterkünften, die hinter dem Schlund des Entsorgungsschachts, am entlegensten Ende des Hotelgeländes lagen.

Plötzlich trat jemand hinter dem Stamm einer Palme hervor und stellte sich ihm in den Weg. Im selben Moment blitzte es grell auf. Jones schrie vor Schreck gedämpft auf. In den letzten Sekunden seines jungen Lebens realisierte er, dass der Zeitlich-Ausgebürgerte, der immer allein und mit gerunzelter Stirn am Strand saß, mit einer um seinen Hals baumelnden Ze-A-Box ein Hologramm von ihm geschossen hatte. Dann kam der betäubende Schmerz des Knüppels, den der Andere wortlos auf seinen Schädel krachen ließ. Und dann nichts mehr.

Fark ließ den Knüppel ins Gras fallen und wuchtete, beschwingt durch die Aussicht, in Kürze ein einziges, neues Ich zu werden, den Körper über den Rand des nach Zersetzungsmitteln stinkenden Entsorgungsschachts.

Nie wieder Marie, niemals wieder Mutter! Er jubelte innerlich und ließ, gleichzeitig mit dem in die Tiefe rutschenden Körper, seine frühere Existenz hinter sich. Er hatte Jones tagelang studiert, kannte seine Mimik und Gestik, hatte auch in Erfahrung gebracht, dass er keine Familie hatte. Alles war perfekt. Bis er die Permamaske anhand des Hologramms angefertigt hätte, würden es das Haarfärbemittel und die Schminke tun, die er sich bei der Theatertruppe besorgt hatte, die vor zwei Tagen im Hotel ihr volkstümliches Stück aufgeführt hatte. Und außerdem war die Insel groß. Er würde woanders einen Job bekommen, wo man Jones nicht kannte. Auf der Insel gab es weder elektronische Bewohnerüberwachungsanlagen noch Erledigerpatrouillen. Er würde überall hingehen können. Es war wie eine Erlösung. Ab heute würde er Jones sein und in diesem letzten Paradies der Erde den ganzen Tag hinter einer Strandbar stehen und der Brandung zusehen.

Thanksgiving-Menü

Alle Gerichte für 4–6 Personen

Für das Erntedankfest gibt es unterschiedliche Bräuche und Termine. In den USA bestimmte Präsident Lincoln 1884 den vierten Donnerstag im November zur Würdigung der Pilgerväter. Heute trifft sich an diesem Tag traditionell die ganze Familie und verspeist, was Nordamerikas Felder und Wälder zu bieten haben.

Thanksgiving-Special-Cocktail

Zutaten für 1 Glas:
2 cl Apricot Brandy
2 cl Dry Vermouth
2 cl Gin
1/4 TL Zitronensaft
1 Kirsche

❖ Alle Zutaten außer der Kirsche mit Eis schütteln und in ein Cocktailglas seihen.
❖ Mit der Kirsche garniert servieren.

Kürbiscremesuppe

1 EL Butter
1 kleine Zwiebel, fein gehackt
500 g Kürbis, gewürfelt und gekocht
1 große Kartoffel, gewürfelt und gekocht
1 l Hühnerbrühe
200 ml Sahne
Salz, schwarzer Pfeffer
Muskatnuss, gemahlen

❖ Butter in einem Topf erhitzen. Zwiebel darin glasig dünsten. Kürbis- und Kartoffelstücke zufügen und 250 ml Brühe angießen. Mischung pürieren.
❖ Restliche Brühe zufügen und glatt rühren. Suppe kurz aufkochen, 100 ml Sahne einrühren. Mit Salz, Pfeffer und Muskat abschmecken.
❖ In die Teller füllen und etwas Sahne in die Mitte geben. Mit Muskat bestreuen.

Thanksgiving-Truthahn nach traditioneller Art

1 Truthahn von 4–5 kg mit Innereien
Salz, schwarzer Pfeffer
3 Scheiben Toastbrot klein gewürfelt
100 ml heiße Milch
1 große Möhre, fein gewürfelt
2 Stangen Staudensellerie, fein gewürfelt
100 g Champignons, fein gehackt
500 g gemischtes Hackfleisch
50 g weiche Butter
1 Bund Suppengrün, gewürfelt
1 TL Salbei, gemahlen
2 EL Petersilie, fein gehackt
1 Zwiebel, fein gehackt
2 Eier
1 l Hühnerbrühe
eventuell Semmelbrösel
Butter oder Öl zum Braten

❖ Truthahn waschen und trocken tupfen. Innen und außen mit Salz und Pfeffer einreiben. Toastbrot mit Milch übergießen und beiseite stellen. Ofen auf 220 °C vorheizen. Leber und Herz fein würfeln. Butter oder Öl in der Pfanne erhitzen. Innereien, Zwiebel, Gemüse und Hackfleisch anbraten. Wenn das Hackfleisch durch ist, Mischung abkühlen lassen. Toastbrot ausdrücken. Mit Hackmischung und Eiern zu einem gleichmäßigen Teig verarbeiten. Wenn er zu weich ist, Semmelbrösel zufügen. Petersilie zugeben und mit Salz, Pfeffer und Salbei abschmecken. Truthahn füllen. Halsöffnung mit Küchengarn vernähen.

❖ In einen Bräter legen (Brust nach oben) und mit Butter bestreichen. Suppengrün im Bräter verteilen. Auf der unteren Schiene 30 Min. braten. Herausnehmen, mit 300 ml Brühe begießen und wenden. Wieder 30 Min. braten, erneut begießen und wenden. Hitze auf 160 °C reduzieren. Noch 2,5–3 Stunden garen; dabei immer wieder mit Brühe und Bratensaft begießen. Truthahn aus dem Ofen nehmen. Bratensaft durch ein Sieb passieren und reduzieren. Mit Salz, Pfeffer und Salbei abschmecken und zum Truthahn servieren.

❖ Dazu reicht man Kartoffelpüree oder glasierte Süßkartoffeln, Cranberry-Relish (siehe *Mord zwischen Messer und Gabel*) sowie verschiedene Gemüse.

Würzige Truthahnfüllung nach Art der Südstaaten

1 Maisbrot (Rezept siehe unten)
100 g Butter
…0 g scharfe Chorizo-Wurst oder Cabanossi
3 rote Paprika

❖ Ofen auf 180 °C vorheizen. Maisbrot klein würfeln und auf einem Backblech etwa
20 Min. goldbraun rösten. In einer großen Schüssel auskühlen lassen.

❖ Alle Gemüse gleichmäßig klein hacken; Wurst fein würfeln.

2 Bund Frühlingszwiebeln
1 Gemüsezwiebel
1 Stengel Staudensellerie
3 Knoblauchzehen, zerdrückt
je 2 TL getrockneter Thymian und Salbei
Cayennepfeffer
4 Eier, verquirlt
350–400 ml Hühnerfond

❖ Butter in einem Topf schmelzen. Gemüse und Wurst zufügen, abschmecken und 15 Min. bei schwacher Hitze schmoren. Eventuell nachwürzen. Mischung auf die Brotwürfel geben. Eier und 300 ml Brühe darüber gießen und sorgfältig mischen. Wenn die Füllung zu fest ist, mehr Brühe zugeben. Truthahn mit der fertigen Mischung füllen.

❖ Variante: Füllung separat in einer gefetteten Auflaufform bei 175 °C etwa 30 Min. backen.

Maisbrot

1 Ei
250 ml Milch
50 g Butter, geschmolzen
1/2 TL Salz
2 EL Zucker
2 TL Backpulver
100 g feines gelbes Maismehl
150 g Weizenmehl

Ofen auf 200 °C vorheizen.

Ei in einer Schüssel verquirlen. Milch und Butter dazugeben und gut rühren. In einer anderen Schüssel die trockenen Zutaten mischen. Zwei Drittel der Flüssigkeit zugeben und kurz verrühren. Je nach Konsistenz des Teiges mehr Flüssigkeit zufügen.

In einer Kastenform etwa 25 Min. backen. Etwas abkühlen lassen, in Quadrate schneiden und servieren oder zur weiteren Verwendung erkalten lassen.

Blumenkohl und Brokkoli mit Senfbutter

120 g Butter
2 EL Dijonsenf
1 EL abgeriebene Zitronenschale
1 Bund Schnittlauch, gehackt
Salz und Pfeffer
750 g Brokkoli, in Röschen
750 g Blumenkohl, in Röschen

❖ Butter, Senf und Zitronenschale mit einer Gabel vermischen. Die Hälfte des Schnittlauchs zufügen. Mit Salz und Pfeffer abschmecken.

❖ Blumenkohl in Salzwasser 2 Min. sprudelnd kochen, Brokkoli zufügen und weitere 3 Min. kochen. Abgießen und in eine Schüssel mit Eiswasser legen. Abtropfen lassen.

❖ Gemüse in der Butter in einem großen Topf bei mittlerer Hitze unter Rühren erwärmen, bis das Gemüse heiß ist. Mit restlichem Schnittlauch bestreuen.

Rosenkohl mit Pekansauce

1 kg Rosenkohl, geputzt
5 EL Butter
120 g Pekannüsse, gehackt
Salz, Pfeffer

❖ Rosenkohl etwa 10 Min. in Salzwasser kochen, bis er bissfest ist. Abgießen und warm stellen. Butter in einem kleinen Topf erhitzen und Pekannüsse darin bräunen. Nicht anbrennen lassen. Nusssauce über den Rosenkohl gießen und sofort servieren.

Glasierte Süßkartoffeln

800 g Süßkartoffeln
4 EL Butter
2 EL feiner, brauner Zucker
1 Prise Zimt
6 EL Orangensaft

❖ Süßkartoffeln in Salzwasser in 10 Min. eben gar kochen. Pellen und längs in Spalten schneiden. In eine feuerfeste Form schichten. Backofen auf 175 °C vorheizen.
❖ Zucker, Orangensaft und Zimt mischen und im Topf erwärmen. Butter zufügen und schmelzen lassen.
❖ Süßkartoffeln mit dem Sirup beträufeln und im Ofen etwa 20 Min. backen.

Melonensorbet

1 reife Melone (Galia oder Cantaloupe), etwa 800 g
Saft von ½ Zitrone
4 Eiweiß
100 g Puderzucker

❖ Melone schälen und entkernen; Fleisch in Stücke schneiden. Ein paar Spalten zum Garnieren zurückbehalten. In der Küchenmaschine mit Zitronensaft pürieren. Melonenpüree in einen festen Gefrierbehälter von 1,7 l Fassungsvermögen füllen; Oberfläche glatt streichen. Gefrieren, bis die Ränder fest werden. Eiweiß steif schlagen. Zucker EL-weise zufügen. Weiterschlagen, bis das Eiweiß sehr steif ist und glänzt.
❖ Angefrorenes Melonenpüree in der Küchenmaschine glatt rühren. Eiweißmasse unterheben. Melonenmasse in den Behälter geben, verschließen und etwa 3 Stunden gefrieren, bis sie fest ist.
❖ Vor dem Portionieren 10 Min. antauen lassen. Kugeln abstechen und mit Melonenspalten anrichten.

Adventsdunkel

Nina Schindler

Das war er wieder, der rosa Fleck – jetzt verschwand er hinter dem Gebüsch, blitzte kurz auf, war weg, aber nun kam die lange Strecke ohne Buschwerk.

Da!

Das rosa Sweatshirt, darüber der blonde Pferdeschwanz, darunter lange rosa Beine, die rhythmisch über den Parkweg stampften, eins und eins und eins und ... Wie verschwenderisch dieser Gebrauch von unversehrten Gliedmaßen, wie arrogant ...

Unerträglich.

»Was machen Sie denn da?«

Ich ließ das Fernglas sinken und drehte mich um. Frau Keller zog sich gerade den Mantel aus und faltete sorgfältig ihren Schal zusammen. Sie legte ihn auf den Mantel über der Sessellehne und lächelte mir zu.

Ich hob das Fernglas wieder hoch.

»Ich sehe mir die Welt an.«

Sie schüttelte den Kopf, bückte sich und versetzte dem Kissen auf der Couch einen gezielten Handkantenschlag.

»Das sollten Sie lieber bleiben lassen. Das macht Sie doch nur noch deprimierter.«

Ich hasse es, wenn sie mir Ratschläge erteilt. Und ich hasse ihr Lächeln, dieses erbarmungslose Zähneblecken. Wenn ich die Augen schließe, kann ich mich von ihrem Anblick befreien. Aber ich konnte sie fühlen, wie sie lautlos im Zimmer umherschlich und schließlich hinter mir stehen blieb. Es würgte mich im Hals.

Ich sah wieder nach draußen, auf die andere Seite des Kanals, zum Park hinüber. Auch ohne Fernglas konnte ich sie erkennen: Der rosa Fleck zog jetzt unverdeckt durch Sträucher und Bäume seine Bahn.

Jeden Tag lief sie da am Kanal entlang.

Schon stiegen die ersten Nebelschwaden vom Kanal auf, bald würde die Dämmerung von der Nacht verschluckt werden wie eine graue Ratte von einem schwarzen Riesenkater.

Dezember. Adventszeit. Weihnachtszeit. Ende. Aus. Vorbei.

»Die hat Mut«, sagte Frau Keller unangenehm dicht hinter mir. »Erst vorgestern hat man wieder eine von denen gefunden – erwürgt, genau wie die andern.«

Schwang da ein Ton leiser Zufriedenheit mit?

Ich erhaschte noch einen letzten Blick auf die helle Gestalt, dann verschwand sie endgültig hinter den hohen Rhododendronbüschen am Ende des Parks. Ich nahm das Päckchen Zigaretten von der Fensterbank und drehte mich um.

»Ich will rauchen. Wo ist mein Feuerzeug?«

Sie ist natürlich dagegen, dass ich rauche, aber da es eines der wenigen Vergnügen ist, die mir seit dem Unfall noch geblieben sind, wagt sie nichts zu sagen.

Als sie mir das Feuerzeug vom Tisch holte und reichte, stand ihr die Missbilligung jedoch deutlich ins Gesicht geschrieben.

Meine gesunde Hand schloss sich um das schlanke Dupont-Feuerzeug – eines der vielen teuren Dinge, mit denen sich meine Mutter von ihrer Schuld an dem Unfall loskaufen will. Und davon, dass sie in der Welt herum reist, während ich hier zu Hause dieser grässlichen Frau ausgeliefert bin. Ich machte die Augen zu und genoss das sinnliche Vergnügen, den vollkommen proportionierten kleinen Metallgegenstand in meiner Handfläche zu fühlen. Meine Fingerkuppen glitten über meine Initialen ... der kleine Metallkörper wurde angenehm warm, passte genau in die Höhlung meiner Hand ...

»So, dann wollen wir jetzt mal was für unsere Muskeln tun«, intonierte Frau Keller mit dieser nervtötenden falschen Fröhlichkeit, die offensichtlich ein Charakteristikum bei den pflegenden Berufen ist. Widerwärtig.

»Wir?« Ich zündete mir umständlich mit der Linken eine Zigarette an, die Rechte lag schlaff im Schoß. »Nur zu.«

»Ach, Sie.« Sie kicherte, als hätte ich einen Witz gemacht, doch dann wurde sie ungnädig. »Können Sie nicht hinterher rauchen?«

»Nein.« Ich blies langsam den Rauch aus. »Ich rauche anstatt.«

Sie seufzte und verzog die Mundwinkel, während sie einen schicksalsergebenen Blick zur Decke sandte. Seht her – ich bin ja so geduldig, sollte das wohl heißen. Bei den Unsummen, die sie durch ihre Besuche zweimal täglich bei mir abkassierte, war das völlig fehl am Platze.

»Na gut, dann warte ich so lange.« Sie lief im Zimmer, das seit dem Unfall zu meinem Gefängnis und zu meiner Schutzhöhle geworden war, auf und ab, rückte ein Photo gerade, richtete eine Blume in der Vase auf, zupfte an der Tagesdecke.

»Also diese Joggerinnen. Man fasst es nicht. Einfach schrecklich, nicht wahr? Lauter hübsche junge Mädchen und jetzt schon die vierte! Erwürgt! Mit ihrem Schal! Einfach entsetzlich!«

Ich rauchte und starrte auf ihre großen starken Hände, die einen Bücherstapel ordentlich ausrichteten, dann die Tasse auf dem Tablett in die Ecke schoben. Viele Krankenschwestern haben starke Hände – für Physiotherapeutinnen wohl ohnehin eine Berufsvoraussetzung. Mich schauderte, als ich daran dachte, wie diese starken Hände gleich meinen Rücken und die Beine bearbeiten würden. Ich hasste ihre Berührung ebenso sehr, wie ich ihre Stimme verabscheute.

»Und die Polizei tappt natürlich im Dunkeln! Sie verfolgen Spuren, stand in der Zeitung. Das schreiben die doch immer, wenn sie keine Ahnung haben.« Frau Keller verzog das Gesicht, sie sah mit ihrer großen Brille wie ein Uhu mit angemalten Lippen aus. »Dass diese Mädels trotzdem immer noch dort laufen, kann ich gar nicht verstehen. Die müssen doch Angst haben, dass ihnen auch was passiert.« Ihre Vogelaugen suchten nach einem weiteren Gegenstand, den sie mit ihren großen, starken Händen von seinem angestammten Platz vertreiben konnte, aber momentan fand sie nichts, und deshalb ließ sie die Hände sinken und strich sich über ihren weißen Kittel.

»Einfach dumm sind diese Weiber, die müssen doch wissen, dass der Kerl ihnen auch bei Tageslicht auflauert! Die letzten beiden wurden am späten Nachmittag umgebracht. Oder am frühen Abend. Da drüben – gar nicht weit von hier.« Sie zeigte hinüber zum Park.

»Woher wissen Sie, dass es ein Kerl ist?«, fragte ich und drückte die Zigarette im Aschenbecher aus.

»Was? Wie meinen Sie das?« Sie stieß ein unechtes Lachen aus. »Das ist doch wohl klar, oder? Ich meine, warum sollte eine Frau ...?«

Sie starrte mich an.

Ich starrte zurück. Dann umklammerte ich mit der Linken den Metallreifen, dirigierte den Rollstuhl zum Bett, hievte mich seitlich auf die Tagesdecke und rollte mich auf den Bauch.

»Na, dann wollen wir mal«, fuhr sie mit ekelerregender Heiterkeit fort, zog mir den Bademantel und den Pyjama mit flinken Handgriffen aus und begann, mein wehrloses Fleisch zu bearbeiten. Pressen, Kneten, Walken, Lockern. Ich schloss die Augen und versuchte mich wie immer auf etwas ganz Anderes zu konzentrieren, aber die Zeitungsphotos von den ermordeten Joggerinnen tauchten vor meinem inneren Auge auf, verschwommen, grau-weiß-schwarz gerastert, formlose Bündel auf der Erde, wie weggeworfene Lumpen, zu nichts mehr zu gebrauchen, genau wie ich ...

Kneten, pressen, walken, lockern.

»So, fertig«, drang die verhasste Stimme an mein Ohr, und gleichzeitig bekam ich diesen leichten Klaps auf den Hintern, den ich so fürchten gelernt habe, weil er mir auf unerträglich demütigende Weise meine Hilflosigkeit zu Bewusstsein bringt.

Dann zog sie mich wieder an. Ich biss die Zähne zusammen und richtete mich langsam auf. Sie schlüpfte gerade in ihren Mantel.

»Bis Übermorgen dann, feiern Sie schön Advent«, trillerte sie und zog die Tür hinter sich zu.

Ich knipste die Nachttischlampe an, denn mittlerweile war die Dunkelheit von draußen ins Zimmer gekrochen. Winterdämmer. Dezemberdunkel. Höhlenschwarz.

Kaputtmacherzeit. Eine Welle von Hass und Wut überrollte mich.

Wut auf die Keller.

Hass auf meine Mutter.

Ekel vor den Weibern.

Bitterkeit. Advent? Feiern?

Jawohl.

Auf meine Art.

Ich rutschte sitzend langsam zur Bettkante und setzte die Füße auf den Teppich. Dann stemmte ich mich langsam hoch und verlagerte mein Gewicht nach vorn. Der Schmerz zuckte von der Hüfte und dem Knie durch meinen Körper und explodierte im Hirn, Feuerpfeile rasten die Nervenbahnen entlang bis hinunter in die Zehen. Es brauste in den Ohren, und der Hals schnürte sich zu, bis ich nach Luft schnappte. Doch ich hatte mich sorgfältig programmiert: Schritt und Schritt und noch einen Schritt ... bis zum Fenster. Ich zog mit der gesunden Hand den Vorhang zu.

Ich keuchte, während mir der Schweiß am Rücken hinunter lief. Überall auf meinem geschundenen, hässlichen, vernarbten Körper spürte ich noch die Berührung durch die Kellerschen Hände: pressen, kneten, walken ... Mir wurde übel.

Und das Allerschlimmste war, dass sie mich an meine Mutter erinnerte, an dieses Weib, das mich zum Krüppel gemacht hatte. Fröhliche Weihnachten mit Promille am Steuer und dem Sohn auf dem Beifahrersitz.

Aber Besoffene haben ja meistens Glück, sagt man. Ich war damals leider nüchtern.

Auch meine Mutter hatte große starke Hände, auch meine Mutter trillerte Banalitäten, auch meine Mutter gebrauchte dieses abscheuliche »wir«. Widerlich. Ekelerregend.

Ich ging ganz langsam mit kleinen Schritten zum Tisch und setzte mich auf den Stuhl. Alle Nervenenden meldeten Höllenqualen, wieder zitterte mein Bein krampfartig, aber ich hielt durch.

Niemand wusste, dass ich wieder gehen konnte. Ich wollte meine Mutter noch lange bluten lassen, wollte ihr schlechtes Gewissen in klingende Münze und knisternde Scheine verwandeln, wollte mein Leben mit, zwar widerwillig, doch wieder gehorchenden Gliedmaßen allein genießen.

Ich streckte den linken Fuß aus und gab dem Rollstuhl einen Tritt.

Frauen! Erst zwangen sie uns in die Welt, dann machten sie uns zum Krüppel, und schließlich weideten sie sich an unseren wehrlosen Gliedern: pressen, kneten, walken, lockern ...

Langsam hob ich den rechten Fuß – Schweiß rann mir von der Stirn, Glutwolken detonierten hinter der Kniescheibe –, aber Schmerz war gut, Schmerz war Leben, Beweglichkeit.

Wenn das die Keller wüsste!

Ich stand mühsam auf.

Alles dauerte sehr lange, jede Bewegung musste genau geplant werden, ich musste mich immer wieder abstützen, innehalten, die rechte Seite gehorchte nur äußerst widerstrebend den Befehlen meines Hirns. Ich holte mir eine Tasse aus dem Schrank, nahm die Thermoskanne vom Bord und goss mir Kaffee ein. Nun der Zucker und der Rum. Dann bückte ich mich unter großen Mühen und holte ächzend das Schälchen mit Schlagsahne aus dem Kühlschrank. Unsere Putzfrau kaufte für mich alle paar Tage ein und fragte nicht danach, was vom Arzt erlaubt oder verboten war, solange sie ein fürstliches Trinkgeld bekam.

Ich schloss die Augen und setzte die Tasse an den Mund. Köstlich. Dazu ein Stück von dem Klaben, den sie mir am 1. Dezember mitgebracht hatte. »Damit Sie es ein bisschen weihnachtlich haben«, hatte sie gesagt und mitleidig gelächelt, die einzige Frau, deren Mitleidsbezeugungen bei mir keine Magenkrämpfe auslösten, die Einzige, bei deren Anblick mich keine Hassgefühle schüttelten. Der Klaben duftete ebenso köstlich wie mein Trank.

Pharisäer! Dieses Gemisch aus Kaffee und Rum liebte ich nicht nur wegen seines Geschmacks, sondern auch wegen seines Namens: ein Heuchlergetränk für den Heuchler in einer Welt voller Heuchler.

Ich genoss meinen einsamen Schmaus aus Klaben und Pharisäer, ordentlich stippte ich mit der Fingerkuppe die letzten Krümel auf. Wie alles, was ich machte, tat ich auch dies mit Bedacht und gründlich und bemühte mich, keine Spuren zu hinterlassen, die der Keller Hinweise auf mein heimliches Tun geliefert hätten.

Anschließend leerte ich die Tasse mit einem letzten Schluck. Wohlige Wärme erfüllte mich, und ich schloss wieder vor lauter Behagen die Augen. Nun lag die Nacht vor mir – meine Nacht. Ich schlug die Augen wieder auf und holte tief Luft.

Krüppel tun manchmal Dinge, von denen die Gesunden meinen, sie stünden allein ihnen zu.

Die Gesunden wissen nichts von Krüppeln.

Am Montag saß ich wieder in meinem Rollstuhl am Fenster, das Fernglas vor den Augen.

Nichts.

Heute kam sie nicht.

Kein rosa Fleck, der rhythmisch seine Bahn zog.

Bäume, Büsche, die Rhododendren – aber keine Menschenseele weit und breit.

Es klopfte.

»Ja«, sagte ich, ohne mich umzudrehen. An meinen aufgestellten Nackenhärchen erkannte ich, dass es die Keller sein musste.

»Haben Sie schon gehört?«, fragte sie und wedelte mit einer Zeitung.

»Was?« Ich drehte mich zu ihr um. »Ich habe die Nachrichten schon im Fernsehen gesehen. Nichts Interessantes.«

»Dann wissen Sie es also noch nicht?« Ihre Vogelbrillenaugen glitzerten, während sie langsam auf mich zukam. Sie hielt mir die Zeitung unter die Nase. »Hier. Erwürgt. Mit ihrem eigenen Schal.«

Das Photo – ein heller Fleck auf der Erde zwischen Bäumen. Irgendwo in einem Wald. Oder Park. Die Schlagzeile in dicken schwarzen Lettern: Der Joggingmörder hat wieder zugeschlagen! Der kräftige Zeigefinger ihrer großen Hand tippte auf den hellen Fleck, der vielleicht ein rosa Jogginganzug war.

»Sie haben was bei der Leiche gefunden, schreiben sie. Ein Feuerzeug. Ein Dupont-Feuerzeug, übrigens.«

Meine Hände fuhren rasch in die Tasche meines Bademantels, während meine Augen gehetzt alle Ablageflächen absuchten. Mein Feuerzeug war nirgends zu sehen. Auch in den Taschen – nichts.

Frau Keller sah auf meine rechte Hand, die ich unwillkürlich auch benutzt hatte und zupfte an ihrem Kittel herum, während ein böses Lächeln für Sekunden ihre Mundwinkel verzog.

»Kommen Sie, ich hab es eilig.« Ihr Blick wanderte zum Fenster. »Eins weniger von diesen schamlosen Weibern! Ist nicht schad drum, oder?« Während ich den Rollstuhl langsam zum Bett hinüberfuhr, konnte ich den Blick nicht von ihren großen starken Händen abwenden, mit denen sie ihren Schal ordentlich zusammenfaltete.

Bremer Adventskaffee

Advent, vom lateinischen adventus (Ankunft), bezeichnet die mit dem vierten Sonntag vor dem 25. Dezember beginnende Zeit der Vorbereitung auf das Weihnachtsfest. Adventskalender gibt es seit rund fünfhundert Jahren, den Adventskranz erst seit etwa hundert. Hektische Festvorbereitungen lassen vergessen, dass der Advent früher eine Zeit der Einkehr war.

Bremer Klaben

500 g Mehl
40 g Hefe, 1 TL Zucker
etwas lauwarme Milch
100 g Zucker
1 große Prise Salz
240 ml Milch
200 g Butter
200 g Sultaninen
125 g Korinthen
25 g Mandelstifte
20 g Zitronat
20 g Orangeat
1 TL Rosenwasser
–5 Tropfen Bittermandelöl
1 Eigelb
Saft von 1 kleinen Zitrone

❖ Mehl in eine Schüssel geben, in die Mitte eine Mulde drücken und Hefe hineinbröseln. Mit Zucker und Milch einen Vorteig anrühren, etwa 15 Min. gehen lassen. Restlichen Zucker, Salz und Milch dazugeben, Butter in Flöckchen am Teigrand verteilen und alles gut verkneten, bis der Teig Blasen wirft. Sultaninen, Korinthen, Mandeln, Zitronat und Orangeat unterheben.

❖ Teig mit Rosenwasser und Mandelöl gut verkneten. Zu einem 3 cm dicken Rechteck ausrollen. In die Mitte quer eine Rille drücken und die eine Hälfte über die andere legen. Auf gefettetes Backblech legen, Oberfläche einige Male einschneiden. Eigelb mit Zitronensaft verquirlen und auf den Kuchen streichen. Bei 200 °C etwa 60 Min. backen.

❖ Noch heiß mit Zucker bestreuen.

Pharisäer

Zutaten für 4 Tassen:
8 TL gemahlener Kaffee
1 Prise Salz, 500 ml Wasser
12 Stück Würfelzucker
8 cl Rum
125 ml Sahne, geschlagen

❖ Kaffee und Salz mit sprudelnd kochendem Wasser aufgießen. Gefiltert in Tassen füllen und mit je 3 Stück Zucker süßen. Je 2 cl Rum hineingießen und mit Sahnehaube bedecken. Sofort servieren.

In einer finsteren Weihnachtsnacht

Lawrence Block

Um neun Uhr vierundfünfzig kam ich zu dem kleinen Buchladen an der 56. Straße West.

Als ich noch nicht für Leo Haig arbeitete, hätte ich wahrscheinlich nicht auf die Uhr gesehen, selbst wenn ich eine gehabt hätte. Aber Haig betrachtete mich als seine Beine und seine Augen, manchmal auch als seine Ohren, Nase und Kehle, und wenn er wie Nero Wolfe sein wollte, musste ich mich gefälligst in Archie Goodwin verwandeln, alles mitkriegen und jede Einzelheit richtig und jedes Gespräch wörtlich berichten.

Vergessen Sie das letzte. Mein Gedächtnis wird zwar immer besser – damit hatte Haig recht –, aber das Folgende ist nicht Wort für Wort so passiert, denn ich bin auch nur ein Mensch.

Das Schaufenster war mit Kunstschnee, einem Weihnachtsmann in Handschellen, ein paar Spielzeugwaffen und vielen Weihnachtskrimis dekoriert, darunter dem von Fredric Brown, in dem sich der Mörder als Kaufhaus-Weihnachtsmann verkleidet. (Vor einem Jahr hat das einer gemacht und jemanden an der Ecke Broadway und 37. Straße umgelegt, und ich sagte zu Haig, wie einfallsreich ich das fand. Er sah mich an, ging raus und kam mit einem Buch zurück. Ich las es – das tue ich immer, wenn Haig mir ein Buch gibt – und stellte fest, dass Brown diese Idee schon vor fünfzig Jahren gehabt hatte. Was nicht heißen soll, dass der Killer das wusste. Das Buch ist schon lange vergriffen. Und wie viele Killer kriegen ihre Ideen schon aus alten Büchern?)

Wenn Sie selbst ein Schnüffler sind, dann haben Sie inzwischen zwei Sachen rausgekriegt: Der Buchladen war auf Krimis spezialisiert, und es war kurz vor Weihnachten. Und wenn Sie das Schild im Fenster bemerkt hätten, wären Sie noch auf was anderes gekommen. Nämlich dass geschlossen war. Ich ging die paar Stufen hinunter und klingelte. Als nichts passierte, klingelte ich noch mal, und irgendwann wurde die Tür von einem kleinen Mann mit weißen Haaren und weißem Bart geöffnet – alles, was er noch brauchte, war etwas Polsterung und einen roten Anzug und jemanden, der ihm beibrachte, jovial zu sein. »Es tut mir sehr leid«, sagte er, »aber wir haben geschlossen. Es ist erster Weihnachtstag und noch nicht einmal zehn Uhr.«

»Sie haben uns angerufen«, erwiderte ich, »und es war noch nicht mal neun Uhr.«

Er musterte mich, und ihm ging ein Licht auf. »Sie sind Chip Harrison. Aber wo ist Haig? Ich weiß, dass er sich für Nero Wolfe hält, aber er geht doch noch aus dem Haus, oder? Er war früher oft genug hier.«

»Haig geht noch raus, und Wolfe ist sogar mal nach Montana gefahren.« Wolfe verließ nur nicht das Haus, wenn es ums Geschäft ging, und Haig sieht das genau so.

»Na, Sie sind ja da. Das ist schon mal was.« Er schloss hinter mir ab und führte mich eine Wendeltreppe hoch in einen Raum voller Bücher und Überreste einer Party. Leere Gläser standen herum, Servierplatten mit Krümeln und eine Kristallschale mit einer einsamen Cashewnuss.

»Weihnachten«, sagte er schaudernd. »Ich hatte gestern Abend das Haus voller Leute. Alle haben gegessen, alle haben getrunken, und viele haben tatsächlich gesungen.« Er verzog das Gesicht. »Ich nicht«, sagte er, »aber ich habe definitiv gegessen und getrunken. Irgendwann sind dann alle gegangen, und ich fiel ins Bett. Muss ich wohl, denn dort bin ich vor zwei Stunden aufgewacht.«

»Aber Sie können sich nicht erinnern.«

»Ähm, nein«, meinte er, »aber an was auch? Die Gäste gehen, und man ist allein und fühlt sich ein bisschen traurig.« Er wurde nachdenklich. »Wenn sie geblieben wäre, hätte ich mich daran erinnert.«

»Sie?«

»Vergessen Sie's. Ich bin heute morgen allein in meinem Bett aufgewacht. Ich nahm ein paar Aspirin und ging nach unten in die Bibliothek.«

»Sie meinen, in diesen Raum?«

»Das ist der Laden. Diese Bücher verkaufe ich.«

»Hatte ich mir fast gedacht. Wo das doch ein Buchladen ist.«

»Sie waren nie in der Bibliothek?« Er öffnete eine Tür und führte mich durch einen Flur in einen doppelt so großen Raum. Vom Boden bis zur Decke reichten Holzregale, und in den Fächern standen gebundene Bücher zweireihig. Es war jedoch schwer zu erkennen, was für welche, denn bis auf einen kleinen Teil war alles mit Folie verhüllt.

»Das ist meine Sammlung«, verkündete er. »Die verkaufe ich nicht. Ich trenne mich von einem Exemplar nur gegen ein besseres. Ihr Arbeitgeber sammelt nicht, oder?«

»Haig? Der hat doch Tausende von Büchern.«

»Und manche davon hat er von mir gekauft. Aber er schert sich nicht um Erstausgaben. Ihm ist es egal, wie ein Buch aussieht. Er nimmt auch Billig- oder Buchklubausgaben und sogar Taschenbücher.«

»Er will sie ja nur lesen.«

»Jedem Tierchen sein Pläsierchen, was?« Er schüttelte ungläubig den Kopf. »Die Party gestern Abend fand hier und im Laden statt. Ich habe die Folie aufgehängt, damit die Bücher nicht, ähm, beschädigt werden. Einige dieser Bücher sind außerordentlich wertvoll«, sagte er. »Alle meine Gäste haben einen außerordentlich guten Ruf, aber viele von ihnen sind gute Kunden, und das heißt Sammler. Leidenschaftliche, sogar fanatische Sammler.«

»Und Sie wollten nicht, dass die was stehlen.«

»Sie sind sehr direkt«, sagte er. »Vermutlich ist das in Ihrem Beruf nützlich. Ganz recht, ich wollte niemanden in Versuchung führen, besonders nicht, wenn der Alkohol es erschwert, der Versuchung zu widerstehen.«

»Deshalb haben Sie alles in Folie gepackt.«

»Und heute Morgen wollte ich sie entfernen und aufräumen. Von diesem Regal hier habe ich die Folie abgenommen. Und dann habe ich es gesehen.«

»Was?«

Er zeigte auf ein verglastes Regal, auf dessen oberstem Brett eine ein Meter lange Reihe in Leder gebundener Bücher stand. »Was sehen Sie da?«

»In Leder gebundene Bücher, aber –«

»Schachteln«, verbesserte er mich. »Mit Leder bezogen und goldgeprägt, und in jeder befindet sich ein Manuskript. Sie sehen vielleicht so aus wie gebundene Bücher, aber es handelt sich um Manuskripte im Original.«

»Hübsch«, sagte ich. »Vermutlich sind die ziemlich selten.«

»Einzigartig.«

»Das auch.«

Er schnitt eine Grimasse. »Jeweils das Originalmanuskript des Autors, mit eigenhändigen Korrekturen. Die meisten sind getippt, aber das von Elmore Leonard ist handschriftlich. Der Westlake ist natürlich auf seiner berühmten Smith-Corona-Reiseschreibmaschine geschrieben. Und das von Paul Kavanagh ist sein erster Roman. Er hat nur drei geschrieben, wissen Sie.« Wusste ich nicht, aber Haig wahrscheinlich.

»Sie sehen toll aus«, sagte ich höflich. »Und wahrscheinlich sind sie nicht zu verkaufen.«

»Natürlich nicht. Sie stehen in der Bibliothek. Sie gehören zur Sammlung.«

»Richtig«, sagte ich. Als er nicht weitersprach, meinte ich: »Äh, ich hab' überlegt ... vielleicht könnten Sie mir sagen ...«

»Warum ich Sie herbestellt habe.« Er seufzte. »Sehen Sie sich die Manuskriptschachtel zwischen dem Westlake und dem Kavanagh an.«

»Zwischen?«

»Ja.«

»Der Kavanagh ist *Such Men Are Dangerous*«, sagte ich, »und der Westlake *Drowned Hopes*. Aber zwischen den beiden ist nichts außer einer siebeneinhalb Zentimeter breiten Lücke.«

»Genau.«

»*As Dark As It Gets*«, sagte ich. »Von Cornell Woolrich.«

Haig runzelte die Stirn. »Dieses Buch kenne ich nicht«, sagte er. »Jedenfalls nicht unter diesem Titel, nicht unter Woolrichs Namen, auch nicht unter William Irish oder George Hopley. Das waren seine Pseudonyme.«

»Weiß ich«, sagte ich. »Sie kennen das Buch nicht, weil es nicht veröffentlicht wurde. Das Manuskript wurde in seinem Nachlass gefunden.«

»Es gab aber ein posthum erschienenes Buch, Chip.«

»*Into The Night*«, sagte ich. »Ein anderer Autor hat die Szenen neu geschrieben, die im Original fehlten, und dann war es vollendet und konnte veröffentlicht werden.«

»Es wurde zwar veröffentlicht«, sagte Haig. »Aber vollendet würde ich das nicht nennen. Und dieses Manuskript, *As Dark* –«

» – *As It Gets*. Laut unserem Klienten war es unvollendet. Offenbar hatte Woolrich jahrelang daran gearbeitet, und das, was er hinterließ, bestand aus halb fertigen Teilen mehrerer Versionen. Es gibt Figuren, die ziemlich früh sterben und plötzlich wieder auftauchen. Angeblich ist einiges toll geschrieben und voller paranoider Spannung, wie es typisch für Woolrich war, aber es reicht nicht für einen Roman. Aber für einen Sammler –«

»Jeden Sammler«, betonte Haig.

»Ja, Sir. Ich hab gefragt, was es wert war. Er meinte, er hätte fünftausend Dollar dafür bezahlt. Aber fragen Sie mich nicht, was es wirklich wert ist, weil ich nicht weiß, ob er sich als Verschwender oder als gewiefter Händler darstellen wollte.«

»Geld spielt dabei keine Rolle«, meinte Haig. »Er hat es seiner Sammlung einverleibt, und er will es wiederhaben.«

»Und der Dieb ist entweder ein Freund, ein Kunde oder beides.«

»Deshalb hat er uns gerufen und nicht die Polizei. Das Manuskript war noch da, als die Party anfing?«

»Ja.«

»Und wie viele Leute waren da?«

»Vierzig oder fünfzig«, sagte ich, »einschließlich der Frau vom Partyservice und ihrer Angestellten.«

»Wenn es einen Partyservice gab, warum war dann der Raum so unordentlich? Haben die nicht aufgeräumt?«

»Das habe ich ihn auch gefragt. Die Party dauerte länger, als mit dem Service vereinbart war. Nachdem ihre Leute weg waren, blieb die Chefin noch eine Weile, aber als Gast. Unser Klient hoffte auf die Gelegenheit, ihr seine Wohnung zu zeigen.«

Haig zuckte die Achseln. Er ist nicht so frauenfeindlich wie sein Vorbild, aber er spielt die Rolle auch noch nicht so lange. Lassen wir ihm Zeit. »Chip, das ist hoffnungslos«, sagte er. »Fünfzig Verdächtige?«

»Sechs.«

»Wie das?«

»Um zwei Uhr«, erklärte ich, »hatten die meisten sich verabschiedet. Der Rest wurde belohnt.«

»Und womit?«

»Mit fünfzig Jahre altem Armagnac aus edlen Kristallgläsern. Wir haben sie gezählt, es waren sieben. Sechs Gäste und der Gastgeber.«

»Und das Manuskript?«

»War zu der Zeit noch da und wie alle anderen Bücher in Plastik gehüllt. Aber die Dekantierkaraffe diente als eine Art Buchstütze für die Manuskripte, deshalb hat er die Folie abgenommen, um dranzukommen. Und gleichzeitig eins herausgenommen, um es zu zeigen.«

»Aber vermutlich nicht den Woolrich.«

»Nein. Der Woolrich war jedenfalls noch da, als er die Folie abgenommen hat, und vermutlich auch noch, als er das andere Manuskript zurückstellte. Er hat nicht darauf geachtet.«

»Und heute morgen war der Woolrich weg.«

»Ja.«

»Sechs Verdächtige«, sagte er. »Die Namen.«

Ich nahm mein Notizbuch heraus. »Jon und Jayne Corn-Wallace. Er ist Broker im Ruhestand, sie Schauspielerin in einer Seifenoper.«

»Schwachsinn.«

»Ja, Sir. Sie sind mit unserem Klienten seit Jahren befreundet und auch fast so lange seine Kunden. Sie sind Krimifans, und er hat sie darauf gebracht, Erstausgaben zu sammeln.«

»Einschließlich Woolrich?«

»Das ist Jaynes Liebling. Jon scheint eher zu nehmen, was kommt.«

»Ich frage mich, ob er gestern Abend was genommen hat. Sammeln die Corn-Wallaces auch Manuskripte?«

»Nur Bücher. Erstausgaben, obwohl sie sich neuerdings auch für ungewöhnliche Einbände und limitierte Ausgaben interessieren. Der erklärte Manuskriptsammler ist Zoltan Mihaly.«

»Der Geiger?«

Solche Sachen wusste Haig eben. Ich hatte nie von dem Mann gehört. »Ein großer Krimifan«, sagte ich. »Vermutlich geht auf den langen Konzerttouren mit Lesen die Zeit schneller rum.«

»Der Mann kann wohl kaum all seine freien Stunden mit den Ehefrauen anderer Männer verbringen«, sagte Haig. »Und wer weiß schon, ob all die Gerüchte wahr sind. Er sammelt also Manuskripte?«

»Er bettelte förmlich darum, eines kaufen zu dürfen, aber unser Freund blieb hart.«

»Das macht Mihaly ziemlich verdächtig. Wer sonst?«

»Philip Perigord.«

»Der Schriftsteller?«

»Genau. Ich wusste gar nicht, dass der noch lebt. Er hat doch schon seit Jahren nichts mehr geschrieben.«

»Seit mehr als zwanzig Jahren. *More Than Murder* erschien 1980.«

Auch solche Sachen wusste Haig immer. »Jedenfalls ist er nicht gestorben«, sagte ich. »Er hat noch nicht mal aufgehört zu schreiben. Er ist als Drehbuchautor nach Hollywood gegangen.«

»Das ist dasselbe wie mit dem Schreiben aufzuhören«, meinte Haig. »Und fast dasselbe wie tot sein. Sammelt er Bücher?«

»Nein.«

»Manuskripte?«

»Nein.«

»Vielleicht wollte er die Manuskripte als Schmierpapier«, sagte Haig. »Er könnte auf die Rückseiten schreiben. Wer war noch da?«

»Edward Everett Stokes.«

»Der Kleinverleger. Hat den Anteil seines Partners Geoffrey Poges gekauft und ist jetzt alleiniger Eigentümer von Stokes-Poges Press.«

»Sie machen limitierte Ausgaben, laut unserem Klienten. In Leder gebunden, kleine Auflagen, von Hand eingeklebte Faksimiles.«

»Das ist alles gut und schön«, sagte er, »aber das Nützliche an Stokes-Poges ist, dass sie von jedem Titel auch eine preiswerte Ausgabe herausgeben und anderweitig vergriffene Werke, einschließlich Sammelbände mit Erzählungen, die es sonst nur verstreut gibt.«

»Veröffentlichen sie auch Woolrich?«

»Sein ganzes Œuvre ist bei großen Verlagen erschienen und seine Storys in Anthologien. Sammelt Stokes selbst?«

»Das hat unser Klient nicht gesagt.«

»Egal. Wie viele haben wir jetzt? Die Corn-Wallaces, Zoltan Mihaly, Philip Perigord, E. E. Stokes. Und Nummer sechs ist – «

»Harriet Quinlan.«

Er blickte verwirrt und nickte dann. »Die Literaturagentin.«

»Sie vertritt Perigord«, sagte ich, »oder würde es, wenn er jemals wieder einen Roman schriebe. Sie hat Bücher bei Stokes-Poges untergebracht. Und sie könnte mit Zoltan Mihaly zusammen gegangen sein.«

»Ich glaube nicht, dass ihre Klientenliste das Woolrich-Erbe umfasst. Oder dass sie fanatisch Bücher und Manuskripte sammelt.«

»Hat er auch nicht gesagt.«

»Egal. Sie sprachen von sechs Verdächtigen, Chip. Ich zähle aber sieben.«

Ich zählte sie an den Fingern ab. »Jon Corn-Wallace. Jayne Corn-Wallace. Zoltan Mihaly. Philip Perigord. Edward Everett Stokes. Harriet Quinlan. Macht sechs. Oder wollen Sie unseren Klienten auch verdächtigen, diesen kleinen Mann mit dem palindromischen Vornamen? Das scheint mir zwar etwas weit hergeholt, aber – «

»Die Frau vom Partyservice, Chip.«

»Ach so. Er hat gemeint, sie wäre nur beruflich da gewesen. Kein Interesse an Büchern oder Manuskripten, kein echtes Interesse an Krimis. Und ganz bestimmt kein Interesse an Cornell Woolrich.«

»Und sie blieb, nachdem ihre Angestellten gegangen waren.«

»Auf einen Drink und etwas Gesellschaft. Technisch gesehen, ist sie auch verdächtig, aber – «

»Zumindest ist sie eine Zeugin«, sagte er. »Schaffen Sie sie her.«

»Hierher?«

Er nickte. »Schaffen Sie alle her.«

Schade, dass dies nur eine Erzählung ist. Wäre es ein Roman, würde ich Ihnen jetzt das Haus auf der Zwanzigsten West ausführlich beschreiben, das Leo Haig gehört und in dem er die beiden oberen Stockwerke bewohnt, während die beiden unteren an Madame Juana und ihr Etablissement vermietet sind. Sie würden erfahren, wie Haig jahrelang in zwei Zimmern in der Bronx gehaust, tropische Fische gezüchtet und Krimis gelesen hat, bis eine bescheidene Erbschaft ihm ermöglichte, sich als Arme-Leute-Nero-Wolfe zu etablieren.

Er ist schrullig, weiß Gott, und mit seinen Schrullen könnte ich leicht ein paar Seiten füllen, einschließlich der Tatsache, dass er mich sowohl wegen meiner schriftstellerischen Fähigkeiten als auch wegen meines potenziellen Werts als Detektiv angeheuert hat. Ich soll seine Fälle aufschreiben, genau wie Archie Goodwin das mit denen von Wolfe getan hat, und unser aktueller lässt sich zwar nicht zu einem Roman auswalzen, macht sich aber in einer Erzählung gut.

Also sage ich nur, dass Haigs schönste Schrulle sein unerschütterlicher Glaube daran ist, dass es Nero Wolfe wirklich gibt. Unter falschem Namen natürlich, um seine unantastbare Privatsphäre zu schützen. Und das legendäre Haus mit all seinen verschiedenen erfundenen Hausnummern steht nicht an der Fünfunddreißigsten West, sondern überhaupt in einem ganz anderen Teil der Stadt.

Und wenn Leo Haig sich als brillanter Ermittler genügend profiliert hat, hofft er, dass er eines Tages die ultimative Belohnung bekommt: eine Einladung zum Abendessen bei Nero Wolfe.

Jetzt haben Sie schon mal einen ersten Eindruck. Wenn Sie mehr wissen möchten, kann ich Sie nur auf meine bisherigen Veröffentlichungen zu diesem Thema verweisen. Es gibt zwei Romane, *Make Out With Murder* und *The Topless Tulip Caper*, voller Insiderinformationen über Leo Haig. (Es gibt noch zwei Bücher aus meiner Zeit vor Haig, *No Score* und *Chip Harrison Scores Again*, aber das sind keine Krimis. Sie verraten Ihnen lediglich mehr über mich, als Sie vielleicht wissen möchten.) Ende des Werbeblocks. Haig meinte, ich sollte das einschieben, und ich tue meist, was er sagt. Schließlich zahlt er mein Gehalt.

Und auf seine eigene zurückhaltende Art ist er ein Genie. Wie Sie noch sehen werden.

»Die werden nie herkommen«, sagte ich zu ihm. »Nicht heute. Heute ist erster Weihnachtstag, den will jeder im Schoße der Familie verbringen wollen, und –«

»Nicht alle haben Familie«, wandte er ein, »und nicht alle Familien haben einen Schoß.«

»Die Corn-Wallaces haben Familie. Zoltan Mihaly zwar nicht, aber vielleicht trifft er heute jemanden mit einem Schoß. Ich weiß nichts über die anderen, aber –«

»Egal, trommeln Sie sie zusammen«, sagte er, »aber nicht hier. Ich möchte, dass sie sich alle heute nachmittag um fünf Uhr am *Tatort* versammeln.«

»Im Buchladen? Sie wollen tatsächlich das Haus verlassen?«

»Es geht nicht nur ums Geschäft«, sagte er. »Unser Klient ist mehr als ein Klient. Er ist ein Freund und eine wichtige Quelle für Bücher. Die von ihm so verachteten Leseexemplare haben unsere Bibliothek enorm bereichert. Und Sie wissen, wie wichtig das ist.«

Wenn Sie irgendwas wissen müssen, finden Sie es in einem Krimi. Davon ist Haig zutiefst überzeugt, und ich glaube langsam, dass er Recht hat.

»Ich werde ihn besuchen«, fuhr er fort. »Ich werde um halb fünf oder so eintreffen, und vielleicht finde ich ein oder zwei Bücher für unsere Bibliothek. Sie sorgen dafür, dass die anderen gegen fünf kommen, und dann klären wir diese Angelegenheit auf.« Er dachte nach. »Ich sage Wong Bescheid, dass wir das Weihnachtsessen heute Abend um acht wollen. Dann haben wir genug Zeit.«

Noch mal: Wenn das ein Roman wäre, würde ich Ihnen ein ganzes Kapitel lang erzählen, was ich alles durchmachen musste, um alle rechtzeitig zusammenzutrommeln. Es war schon schwierig genug, sie überhaupt aufzutreiben, und dann musste ich sie überreden. Ich stellte das Treffen als die Fortsetzung der gestrigen Party hin – ihr Gastgeber hätte dafür gesorgt, dass sie live mitverfolgen könnten, wie ein echter Detektiv einen echten Fall löst.

Ich kriegte es hin, alle Verdächtigen dort zu versammeln, aber fragen Sie mich nicht, wie. Ich habe keine Zeit, Ihnen das zu erzählen.

»Tja«, sagte Zoltan Mihaly. »Wir sind alle da. Und kann mir jetzt jemand mal bitte erklären, warum?« Seine dunklen Augen funkelten dabei belustigt, und ein wissendes Lächeln huschte über seine Lippen. Er wollte eine Antwort, aber er würde dabei charmant bleiben. Bestimmt lagen ihm die Frauen reihenweise zu Füßen.

»Zuerst einmal sollten wir alle ein Glas Eggnog trinken«, sagte Jeanne Botleigh. »Das bringt uns alle in Weihnachtsstimmung.«

Ihr gehörte der Partyservice, und sie war auch selbst zum Anbeißen. Kurze braune Haare umrahmten ihr schmales, ovales Gesicht und brachten porzellanblaue Augen zur Geltung. Sie hatte einen britischen Akzent, durch zehn Jahre New York etwas aufgeraut, und sie war klein, schlank und kurvenreich. Mir war klar, warum unser Klient gehofft hatte, dass sie blieb.

Jetzt füllte sie Eggnog in unsere Tassen. Ich wartete, bis jemand anders ihn probiert hatte – nach all den Krimis, die Haig mir aufgedrängt hat, habe ich so meine Vorstellungen –, aber nachdem die Corn-Wallaces ihren ohne sichtbare Folgen runtergekippt hatten, nahm ich einen Schluck. Er war cremig und köstlich und raubte mir fast den Atem. Ich warf einen Blick auf Haig, der wenig trinkt, und er leckte sich die Lippen.

»Warum wir hier sind?«, wiederholte er die Frage des Geigers. »Das werde ich Ihnen sagen, Sir. Wir sind hier als Freunde und Kunden unseres Gastgebers, dem wir bei der Lösung eines Rätsels behilflich sein können. Gestern Abend befanden wir uns alle, ausgenommen natürlich ich selbst und mein Assistent, in diesem Raum. Ebenfalls in diesem Raum befand sich das Originalmanuskript eines unveröffentlichten Romans von Cornell Woolrich. Heute Morgen waren wir alle weg, genau wie das Manuskript. Jetzt sind wir wieder hier. Das Manuskript leider nicht.«

»Moment mal«, sagte Jon Corn-Wallace. »Wollen Sie damit sagen, dass einer von uns es gestohlen hat?«

»Ich sage nur, dass es weg ist, Sir. Vielleicht hat jemand in diesem Raum mit seinem Verschwinden zu tun, aber es gibt noch weitere Möglichkeiten. Was mich dazu gebracht, ja, getrieben hat, Sie hierher zu bestellen, ist die Wahrscheinlichkeit, dass einer oder mehrere von Ihnen etwas wissen, das Licht in die Sache bringt.«

»Aber die einzige Person, die etwas wissen könnte, wäre diejenige, die es gestohlen hat«, sagte Harriet Quinlan. Sie war, was man als Frau in einem gewissen Alter bezeichnet, womit meist eine Frau in ungewissem Alter gemeint ist. Ihre Figur lag ein paar Pfund über dem Mädchenhaften, und mir war so, als färbte sie die Haare und hätte sich irgendwann mal liften lassen. Was auch immer sie unternommen hatte, es hatte sich gelohnt. Vermutlich hätte sie die ältere Schwester meiner Mutter sein können, aber das hielt mich nicht von Gedanken ab, die ein Neffe nicht hegen sollte.

Haig erklärte ihr, dass alle etwas hätten beobachten können, nicht nur der oder die Schuldige, und Philip Perigord wollte etwas fragen, aber Haig unterbrach ihn, indem er die Hand hob. Die meisten hätten zu Ende gesprochen, aber vermutlich war Perigord daran gewöhnt, dass Studioleute ihn bei Proben zum Schweigen brachten. Er verstummte mitten im Wort.

»Es ist Feiertag«, sagte Haig. »Wir alle haben noch anderes vor, also vermeiden wir jede Ablenkung. Daher werde ich fragen, und Sie werden antworten. Mr. Corn-Wallace, Sie sammeln Bücher. Haben Sie mal daran gedacht, Manuskripte zu sammeln?«

»Ja«, sagte Jon Corn-Wallace. Er war der bestgekleidete Mann im Raum und wirkte erstaunlich ungezwungen im dunkelblauen Anzug mit gestreifter Krawatte. Seine Manschettenknöpfe stellten Bulle und Bär dar, und seine Uhr war von der Sorte, die fünftausend Dollar wert ist, wenn sie echt ist, oder fünfundzwanzig bei einem nigerianischen Straßenhändler. »Er wollte mich dafür begeistern«, sagte er und nickte unserem Klienten zu. »Aber ich habe mich immer lieber an Aktien gehalten.«

»Das heißt?«

»Das heißt, dass der Marktwert eines Manuskripts unmöglich zu beurteilen ist. Das ist mir viel zu ungewiss. Ich kaufe keine Bücher, um sie später wieder zu verkaufen, damit müssen sich meine Erben herumschlagen, aber ich möchte gern wissen, was meine Sammlung wert ist und ob sie eine gute Investition ist oder nicht. Für mich gehört das zu den Freuden des Sammelns. Deshalb habe ich die Finger von Manuskripten gelassen. Sie sind zu unberechenbar.«

»Und haben Sie sich *As Dark As It Gets* angesehen?«

»Nein. Ich interessiere mich nicht für Manuskripte, und für Woolrich schon gar nicht.«

»Jon mag Hardboiled-Krimis«, warf seine Frau ein, »aber Woolrich ist ihm ein bisschen zu seltsam. Ich jedoch halte ihn für ein Genie. Verschroben und gequält vielleicht, aber welches Genie ist das nicht?«

Haig, dachte ich. Als gequält konnte man ihn nicht bezeichnen, aber vielleicht machte er das wett, indem er das Maß an Verschrobenheit übererfüllte.

»Jedenfalls bin ich der Woolrich-Fan in der Familie«, meinte Jayne Corn-Wallace. »Was Manuskripte angeht, stimme ich jedoch Jon zu. Ihr Wert ist reine Spekulation. Wer will schon was kaufen und dann eine Schachtel dafür anfertigen lassen müssen? Das ist wie eine ungerahmte Leinwand zu kaufen und sie rahmen lassen zu müssen.«

»Das Woolrich-Manuskript hatte schon eine Schachtel«, bemerkte Haig.

»Ich meine überhaupt, als Sammelgebiet. Als Sammlerin hat mich *As Dark As It Gets* nicht interessiert. Wenn jemand es überarbeitet und beendet hätte und wenn es veröffentlicht worden wäre, hätte ich es mit Freuden gekauft. Ich hätte zwei Ausgaben gekauft.«

»Zwei Ausgaben, Madam?«

Sie nickte. »Eine zum Lesen und eine zum Hinstellen.«

Haigs Züge verfinsterten sich, und ich dachte schon, er würde jetzt seine Meinung über Leute ausbreiten, die Angst haben, ihre Bücher durch Lesen zu beschädigen. Aber er behielt sie für sich, und ich atmete auf. Jayne Corn-Wallace war eine große, attraktive Frau voller Selbstbewusstsein, und ich spürte, dass sie in einem Clinch mit Haig nicht nur einstecken, sondern auch kräftig austeilen würde.

»Sie hätten das Manuskript vielleicht lesen wollen«, vermutete Haig.

Sie schüttelte den Kopf. »Ich mag Woolrich«, sagte sie. »Aber stilistisch war er selbst nach Lektorat und Feinpolitur noch holprig genug. Im Manuskript wollte ich ihn nicht lesen, ganz zu schweigen in einem unfertigen wie diesem.«

»Mr. Mihaly«, sagte Haig. »Sie sammeln doch Manuskripte?«

»Ganz recht.«

»Und mögen Sie Woolrich?«

Der Geiger lächelte. »Wenn ich die Möglichkeit hätte, das Originalmanuskript von *The Bride Wore Black* zu kaufen«, sagte er, »würde ich mich darauf stürzen. Wenn es in Reichweite wäre und meine moralische Festigkeit durch Hochprozentiges aufgeweicht wäre, würde ich es vielleicht sogar unter den Mantel schieben und damit verschwinden.« Ein Zwinkern machte klar, dass er scherzte. »Wenigstens wäre ich in Versuchung. Das zur Debatte stehende Werk jedoch reizte mich nicht im Mindesten.«

»Und warum nicht, Sir?«

Mihaly zog die Augenbrauen zusammen. »Es gibt Leute, die öffentliche Proben besuchen und heimlich die Musik aufnehmen. Das ist ihnen viel wert, und sie machen sogar Kopien für andere Fans, die genauso denken. Ich verabscheue diese Menschen.«

»Warum?«

»Sie missachten die Privatsphäre des Künstlers«, sagte er. »Bei Proben verfeinert man seine Herangehensweise an ein Musikstück. Man geht Risiken ein, man nutzt die Gelegenheit ähnlich wie ein Maler seinen Skizzenblock. Wer so etwas aufzeichnet, macht eigentlich nichts anderes, als eine grobe Skizze mit einem Fixativ zu besprühen und in seinem Privatmuseum aufzuhängen. Ich finde es verstörend genug, dass Zuhörer Konzerte mitschneiden und somit verewigen, was als vorübergehende Erfahrung gedacht war. Aber eine Probe mitzuschneiden ist ein Unding.«

»Und ein Manuskript?«

»Das ist das vollendete Werk eines Schriftstellers. Es ist eine Aufzeichnung, wie er seine Gedanken angeordnet und überarbeitet hat und wie sie wiederum vom Lektor verbessert oder verschlechtert wurden. Aber es ist ein abgeschlossenes Werk. Ein unfertiges Manuskript jedoch ...«

»Ist wie eine Probe?«

»Das oder noch schlimmer. Ich frage mich, was Woolrich selbst gewollt hätte.«

»Noch einen Drink«, sagte Edward Everett Stokes und beugte sich vor, um sich Eggnog nachzuschenken. »Ich verstehe Ihre Argumentation, Mihaly. Und Woolrich hätte es vielleicht vorgezogen, dass sein unfertiger

Roman nach seinem Tod vernichtet worden wäre, aber er hat nichts dazu hinterlassen; wie können wir uns also anmaßen, seine Wünsche zu erraten? Wir wissen schließlich nicht, ob es vielleicht eine einzelne Szene in dem Buch gab, die ihm so wichtig war wie alles andere, das er geschrieben hat. Oder weniger als eine Szene – ein Dialog, eine Beschreibung, vielleicht nur ein einziger Satz. Wer sind wir denn, dass wir entscheiden wollen, ob es vernichtet wird?«

»Perigord«, sagte Mihaly. »Sie sind Schriftsteller. Würden Sie wollen, dass Ihre unvollendeten Werke nach Ihrem Tode veröffentlicht werden? Oder dass andere sie beenden?«

Philip Perigord zog eine Augenbraue hoch. »Da fragen Sie den Falschen«, sagte er. »Ich bin seit zwanzig Jahren in Hollywood. Unvollendete Werke können Sie da vergessen. Meine vollendeten Werke werden schon nicht veröffentlicht – oder produziert, wie das so schön verräterisch heißt. Ich bekomme mein Honorar, und das Werk landet in der Ablage. Und was das Beenden durch andere betrifft: Das passiert in Hollywood noch zu Lebzeiten, und man lernt damit zu leben.«

»Wir kennen die Wünsche des Autors nicht«, warf Harriet Quinlan ein, »und ich frage mich, wie wichtig sie überhaupt sind.«

»Aber es ist doch sein Werk«, meinte Mihaly.

»Wirklich, Zoltan? Oder gehört es uns allen? Vollendet oder nicht, der Autor hat es uns hinterlassen. Schubert hat eine seiner größten Symphonien nicht vollendet. Hättest du ihm die zwei fertigen Sätze mit in den Sarg gelegt?«

»Es gibt die Ansicht, dass das Werk vollendet ist, dass er es nur zwei Sätze lang haben wollte.«

»Das ist die Frage, Zoltan.«

»Sicher, meine Liebe«, sagte er mit einem Zwinkern. »Aber ich frage mich lieber weiter, als dass ich mit einer Antwort alles verderbe. Natürlich behalte ich die Unvollendete im Repertoire. Aber ich will nicht, dass irgendein Dummkopf sie vollendet.«

»Das hat doch noch niemand versucht, oder?«

»Nicht dass ich wüsste. Aber mehrere Schriftsteller hatten die Unverfrorenheit, *The Mystery Of Edwin Drood* fertigzustellen, und ich glaube, dass es Dickens mehr gerecht worden wäre, wenn das Manuskript mit seinen Knochen in der Kiste gelandet wäre. Und was Fortsetzungen angeht, etwa die zu *Pride And Prejudice* und *The Big Sleep*, oder dieser Bursche, der die kolossale Unverschämtheit besaß, in Rex Stouts unsterbliche Fußstapfen zu treten …«

Jetzt betraten wir heißen Boden. Haig glaubte fest daran, dass immer

Archie Goodwin Wolfes Fälle aufgeschrieben und dabei das durchsichtige Pseudonym Rex Stout benutzt hatte. (Es bedeutet »fetter König«, eine Anspielung auf Wolfes eigene königliche Korpulenz.) Robert Goldsborough, dem die Bücher seit Stouts »Tod« zugeschrieben werden, war nach Haigs Ansicht ein von Goodwin angestellter Ghostwriter, da er der Anstrengung nicht mehr gewachsen sei, die Bücher in die Maschine zu hacken. Er erzähle sie Goldsborough, der sie niederschreibe und ihnen den Feinschliff gebe. Auch wenn sie nicht mehr den ganzen Schwung von Goodwins eigener Schilderung hätten, lieferten sie doch einen wichtigen und genauen Bericht von Wolfes jüngsten Fällen. Sehen Sie, Haig glaubt, dass der berühmte Mann noch lebt und Orchideen züchtet und Mörder fängt. Vielleicht irgendwo auf der Upper East Side. Vielleicht in Murray Hill oder in der Nähe von Gramercy Park ...

Die Diskussion über Goldsborough und Fortsetzungen im allgemeinen riss Haig aus einem Dämmerzustand, um den Wolfe selbst ihn beneidet hätte. »Schluss jetzt«, bestimmte er. »Wir haben keine Zeit für weitschweifige literarische Gespräche. Kommen wir zur Sache. Einer von Ihnen hat das Manuskript samt Schachtel vom Regal genommen. Mr. Mihaly, wie mich dünkt, gelobt zu viel. Sie behaupten, kein Interesse an Manuskripten unveröffentlichter Romane zu haben, und ich glaube auch, dass Sie sich nicht nach *As Dark As It Gets* verzehrten, aber Sie wollten es doch mal sehen, oder?«

»Ich besitze kein Woolrich-Manuskript«, sagte er, »und natürlich interessierte mich, wie es aussah. Wie er tippte, korrigierte ...«

»Deshalb nahmen Sie das Manuskript vom Regal.«

»Ja«, stimmte der Geiger zu. »Ich nahm es mit ins andere Zimmer, öffnete die Schachtel und blätterte es durch. Man kann das Besondere seines Werks anhand des Aussehens seiner Manuskriptseiten förmlich schmecken. Die Sätze und Formulierungen, die er ausgeixt hat, die Anmerkungen mit Bleistift, die Überschneidungen, selbst die Tippfehler. Das Computerzeitalter hat all dem den Garaus gemacht, nicht wahr? Stellen Sie sich mal Chandler mit Rechtschreibprogramm oder Hammett in Blocksatz vor.« Er seufzte. »Diese wenigen Minuten erweckten in mir den Wunsch, einen Woolrich zu besitzen. Aber nicht diesen, wie ich schon erklärt habe.«

»Wie lange waren Sie mit dem Buch allein?«

»Höchstens eine Viertelstunde. Eher zehn Minuten.«

»Und kamen dann hierher zurück?«

»Ja.«

»Und brachten das Manuskript wieder mit?«

»Ja. Ich wollte es aufs Regal zurückstellen, aber mir war jemand im Weg. Sie waren das vielleicht, Jon. Es war jemand großes, und Sie sind am größten von uns.« Er wandte sich an unseren Klienten. »Sie waren es nicht. Aber ich glaube, Sie unterhielten sich gerade mit Jon. Jemand tat es jedenfalls, und ich hätte zwischen Sie beide treten müssen, um die Schachtel zurückzustellen, und das hätte zu Fragen geführt. Daher legte ich sie hin.«

»Wohin?«

»Auf einen Tisch. Diesen da, glaube ich.«

»Dort liegt sie nicht«, sagte Jon Corn-Wallace.

»Nein«, stimmte Haig zu. »Jemand hat sie weggenommen. Ich könnte durch anstrengende Kreuzverhöre feststellen, wer es war. Aber es geht schneller, wenn diese Person einfach erzählen würde, was als nächstes passiert ist.«

Schweigend sahen sie einander an. »Ich glaube, ich bin wohl jetzt an der Reihe«, sagte Jayne Corn-Wallace. »Ich saß in dem roten Sessel, in dem Philip Perigord jetzt sitzt. Mein Gesprächspartner ging sich noch einen Drink holen, und ich sah mich so um, und da lag es auf dem Tisch.«

»Das Manuskript, Madam?«

»Ja, aber ich wusste erst nicht, was es war. Ich dachte, es wäre eine schön gebundene limitierte Ausgabe. Ein paar Minuten vorher hatte es noch nicht dort gelegen, das wusste ich. Daher nahm ich an, dass es ein Buch war, in dem jemand geblättert hatte, und ich sah, dass es von Cornell Woolrich war, und ich kannte den Titel nicht, deshalb wollte ich selbst mal drin blättern.«

»Und Sie stellten fest, dass es ein Manuskript war.«

»Dazu gehörte ja nicht viel, oder? Vermutlich habe ich die ersten zwanzig Seiten überflogen, nur ganz oberflächlich, während um mich herum die Party weiterging. Nach etwa einem Kapitel habe ich aufgehört. Das war schon viel.«

»Es hat Ihnen nicht gefallen?«

»Da waren Korrekturen drin«, sagte sie abschätzig. »Wörter und ganze Sätze durchgestrichen, neue mit Bleistift reingeschrieben. Mir ist klar, dass Schriftsteller so arbeiten müssen, aber wenn ich ein Buch lese, möchte ich gern glauben, dass es dem Geist des Autors perfekt entsprungen ist.«

»Wie Athene der Stirn von Wie-hieß-er-noch«, sagte ihr Mann.

»Zeus. Ich will nicht wissen, dass ein Schriftsteller daran arbeiten musste, dass er sich entscheiden musste, Wörter hinschrieb und wieder änderte. Ich möchte den Autor vergessen und mich ganz in die Geschichte versenken.«

»Alle wollen den Autor vergessen«, sagte Philip Perigord und schenkte sich Eggnog nach. »Jedes Jahr bei der Oscar-Verleihung intoniert ein Blödmann: ›Am Anfang war das Wort‹ und verleiht dann die Drehbuchauszeichnungen. Und man hört den üblichen Scheiß, dass sie alles nur Burschen wie mir zu verdanken haben, die ihnen die Worte in den Mund legen. Das sagen sie, aber kein Mensch glaubt es. Jack Warner nannte uns ›Trottel mit Schreibmaschine‹. Die Zeiten sind lang vorbei. Heute sind wir Trottel mit Laptops.«

»Was Sie nicht sagen«, meinte Haig. »Auch Sie haben sich das Manuskript angesehen, nicht wahr, Mr. Perigord?«

»Unveröffentlichtes lese ich grundsätzlich nicht. Kann's mir nicht leisten, eine Plagiatsklage an den Hals zu kriegen.«

»Ach ja? Hatten Sie nicht ein besonderes Interesse an Woolrich? Haben Sie nicht aus einer Story von ihm ein Drehbuch gemacht?«

»Woher wissen Sie das? Ich war nicht der Einzige, der mit genau diesem Scheiß seine Brötchen verdient hat. Aber das wurde nie produziert.«

»Und Sie lasen dieses Manuskript in der Hoffnung, es in ein Drehbuch verwandeln zu können?«

Der Schriftsteller schüttelte den Kopf. »Mit Drehbüchern für Hollywood reibe ich mich nicht mehr auf.«

»Hollywood hat Sie aufgerieben«, sagte Harriet Quinlan. »Nehmen Sie's nicht persönlich, aber diese Stadt verbraucht Autoren und wirft sie dann weg. Nicht mal eine Verhaftung hätte Ihnen noch was genützt. Also kamen Sie wieder zurück an die Ostküste, um Romane zu schreiben.«

»Und Sie werden ihn vertreten, Madam?«

»Vielleicht, wenn er mir was bringt, das ich verkaufen kann. Ich habe gesehen, wie er in einem Manuskript blätterte, und dachte mir, dass er nach was Ausschau hielt, das er klauen könnte. Ach, gucken Sie doch nicht so empört, Phil. Warum nicht von Woolrich klauen? Er wird Sie schon nicht verklagen. Er hat all sein Zeug der Columbia-Universität vermacht, und Sie könnten abschreiben, was Sie wollen, egal, ob veröffentlicht oder nicht, und die würden das nie merken. Seit ich Sie darin hab lesen sehen, habe ich mich gefragt, ob Sie was gefunden haben, das sich zu klauen lohnt.«

»Ich klaue nicht«, sagte Perigord. »Trotzdem kann ein Blick auf das Werk anderer eine völlig legitime Inspiration hervorrufen –«

»Und, hat es das auch?«

Er schüttelte den Kopf. »Wenn es irgendwo in dem Manuskript eine gute Idee gibt, dann habe ich sie in den paar Minuten Lesen nicht entdeckt. Was ist denn mit Ihnen, Harriet? Ich weiß, dass Sie einen Blick drauf geworfen haben, denn das habe ich gesehen.«

»Ich wollte nur wissen, in was Sie so vertieft gewesen waren. Und ich habe mich gefragt, ob das Manuskript noch zu verwerten wäre. Einer meiner Autoren könnte sich dessen annehmen und es besser hinkriegen als der Schreiberling, der *Into The Night* fertiggemacht hat.«

»Aha«, sagte Haig. »Und was haben Sie festgestellt, Madam?«

»Ich habe nicht genug gelesen, um mich zu entscheiden. *Into The Night* war auch kein großer Verkaufsschlager, also warum sich an so was dranhängen?«

»Also legten Sie das Manuskript ...«

»Zurück in die Schachtel und ließ sie auf dem Tisch, auf dem sie gewesen war.«

Unser Klient schüttelte verwundert den Kopf. »*Murder On The Orient Express*«, meinte er. »Es sieht ja mittlerweile so aus, als hätten alle das Manuskript gelesen. Und ich hab überhaupt nichts gemerkt!«

»Na ja, Sie haben bei den Drinks ganz schön zugeschlagen«, erinnerte ihn Jon Corn-Wallace. »Und Ihre – äh – gesellschaftlichen Talente auf einen Punkt konzentriert.«

»Nämlich?«

Corn-Wallace nickte in Richtung Jeanne Botleigh, die gerade jemandem nachschenkte. »Für Sie war unsere charmante Partylieferantin die Einzige im Raum.«

Verlegenes Schweigen trat ein, während unser Gastgeber errötete und Jeanne Botleigh die Augen niederschlug. Haig räusperte sich. »Fahren wir fort«, sagte er harsch. »Miss Quinlan legte das Manuskript in die Schachtel zurück und die wieder auf den Tisch. Dann –«

»Hat sie nicht«, sagte Perigord. »Harriet, ich wollte den Woolrich noch einmal betrachten. Vielleicht hatte ich was übersehen. Aber erst sah ich, wie Sie ihn lasen, und als ich wieder hinsah, war er weg.«

»Ich habe ihn wieder hingelegt«, sagte die Agentin.

»Aber nicht dorthin, wo Sie ihn gefunden hatten«, sagte Edward Everett Stokes. »Sondern auf das kleine Drehregal.«

»Tatsächlich? Wäre schon möglich. Aber woher wissen Sie das?«

»Weil ich es gesehen habe«, meinte der Kleinverleger. »Und weil ich selbst mal einen Blick drauf werfen wollte. Ich wusste davon, einschließlich der Tatsache, dass es nicht wie *Into The Night* zu vervollständigen ist. Damit wäre es für einen kommerziellen Verleger wertlos, aber die Vorstellung, dass ein Woolrich-Roman unveröffentlicht bliebe, nagte an mir. Schließlich geht es um Cornell Woolrich.«

»Und Sie dachten –«

»Warum es nicht so veröffentlichen, wie es ist, mit allen Unebenheiten?

Ich könnte so etwas tun, mit einer Auflage von zwei-, dreihundert Stück, für Sammler, die Ungereimtheiten und Lücken gern in Kauf nehmen, nur um etwas ansonsten Unerreichbares zu haben. Ich wollte ein paar Minuten mit dem Buch allein sein, deshalb nahm ich es mit auf die Toilette.«

»Und?«

»Und las es dort oder blätterte es zumindest durch. Ich muss etwa eine halbe Stunde dort gewesen sein.«

»Ich erinnere mich, dass Sie eine Weile weg waren«, sagte Jon Corn-Wallace. »Ich dachte, Sie wären schon nach Hause gegangen.«

»Ich dachte, er wäre im anderen Raum«, sagte Jayne, »und hampelte mit Harriet auf den Mänteln herum. Aber das war wohl jemand anders.«

»Das war Zoltan«, sagte die Agentin. »Und Herumhampeln würde ich das nicht nennen.«

»Von mir aus auch herumgeschmust, aber –«

»Er hat mir eine Yogatechnik fürs Atmen beigebracht. Stokes, Sie haben das Manuskript mit aufs Klo genommen. Ich hoffe doch, dass Sie es wieder zurückgebracht haben?«

»Ähm, nein.«

»Sie haben es also mit nach Hause genommen?«

»Auf keinen Fall. Ich hab's nicht mitgenommen, und ich hoffe, ich bin auch nicht für sein Verschwinden verantwortlich. Ich habe es dort liegen gelassen.«

»Einfach so?«

»In der Schachtel, auf dem Regal über dem Waschbecken. Ich hatte es dort abgelegt, um mir die Hände zu waschen, und dann vergessen. Nein, es ist jetzt nicht mehr dort. Ich habe nachgesehen, sobald mir klar war, worum es hier eigentlich geht. Ich fürchte, andere Hände als meine haben es weg geschafft. Aber eins will ich Ihnen sagen – wenn es wieder auftaucht, will ich es unbedingt veröffentlichen.«

»Falls es wieder auftaucht«, meinte unser Klient düster. »Nachdem E. E. es schon im Bad liegen gelassen hatte, hätte jeder es ungesehen einstecken können. Ich sehe es wahrscheinlich nie wieder.«

»Aber das heißt, dass einer von uns ein Dieb ist«, meinte jemand.

»Ich weiß, und das kommt gar nicht in Frage. Sie sind alle meine Freunde. Aber gestern Abend haben wir alle was getrunken, und Drinks können sehr verwirren. Angenommen, jemand hat das Manuskript aus Spaß mit nach Hause genommen, so was findet man nach ein paar Drinks manchmal lustig. Wenn der- oder diejenige es schafft, es zurückzubringen, vielleicht so, dass nicht rauskommt, wer's war ... Haig, das sollten Sie doch arrangieren können.«

»Könnte ich«, stimmte Haig zu. »Wenn es so passiert wäre. Ist es aber nicht.«

»Nein?«

»Sie vergessen die am wenigsten verdächtige Person.«

»Mich selbst? Verdammt noch mal, Haig, wollen Sie damit sagen, dass ich mich selbst bestohlen habe?«

»Ich sage damit, dass es der Butler war«, meinte Haig, »oder die Person, die hier einem Butler am nächsten kommt. Miss Botleigh, Ihre Oberlippe hat gezittert, seit wir uns hingesetzt haben. Sie waren fast die ganze Zeit kurz davor, etwas zu gestehen, haben aber kein Wort gesagt. Haben Sie tatsächlich das Manuskript von *As Dark As It Gets* gelesen?«

»Ja.«

Der Klient keuchte auf. »Wirklich? Wann?«

»Gestern Nacht.«

»Aber –«

»Ich musste mal auf die Toilette«, sagte sie. »Da lag das Buch, obwohl ich sehen konnte, dass es kein wie üblich gebundenes war, sondern lose Seiten in einer Schachtel. Ich glaubte nicht, dass es ihm schaden würde, es mal anzusehen. Also saß ich da und las die ersten beiden Kapitel.«

»Was meinen Sie dazu?«, fragte Haig sie.

»Es war stark. Einiges schwer zu verstehen, aber die Szenen waren spannend, und ich hab mich festgelesen.«

»So ist Woolrich nun mal«, sagte Jayne Corn-Wallace. »Packend.«

»Und dann haben Sie es mit nach Hause genommen«, sagte unser Klient. »Sie waren so gefesselt, dass Sie es nicht aushalten konnten, es nicht fertig zu lesen, deshalb haben Sie es – äh – sich ausgeliehen.« Er tätschelte ihre Hand. »Absolut verständlich«, sagte er, »und absolut unschuldig. Sie wollten es zurückgeben, wenn Sie damit fertig sein würden. Also war der ganze Aufruhr wegen nichts.«

»So war's nicht.«

»Ach nein?«

»Ich habe zwei Kapitel gelesen«, sagte sie, »und dann wollte ich fragen, ob ich es mir mal ausleihen könnte. Aber ich habe die Seiten in die Schachtel zurückgelegt und sie dort gelassen.«

»Im Bad?«

»Ja.«

»Also haben Sie es nicht fertig gelesen«, meinte unser Klient. »Wenn es jemals wieder auftaucht, wäre ich überglücklich, es Ihnen einmal zu leihen, aber bis dahin –«

»Vielleicht hat Miss Botleigh es schon ausgelesen«, vermutete Haig.

»Wie denn? Sie hat doch gerade gesagt, dass sie es im Bad gelassen hat.«

»Miss Botleigh?«, sagte Haig.

»Ich habe es ausgelesen«, sagte sie. »Als alle anderen weg waren, bin ich noch geblieben.«

»Auf mein Wort«, sagte Zoltan Mihaly. »Nie hat Woolrich einen leidenschaftlicheren Fan gehabt oder auch nur eine halb so schöne Leserin.«

»Nicht, um das Manuskript auszulesen«, sagte sie und wandte sich an unseren Gastgeber. »Du hast mich gebeten, zu bleiben.«

»Ich wollte, dass Sie blieben«, gestand er. »Ich wollte Sie darum bitten. Aber ich erinnere mich nicht …«

»Vermutlich hattest du schon einiges getrunken«, sagte sie, »obwohl es nicht zu merken war. Aber du hast mich gebeten, zu bleiben, und das hatte ich auch gehofft, weil ich gern bleiben wollte.«

»Sie müssen auch selbst einiges getrunken haben«, murmelte Harriet Quinlan.

»So viel nun auch wieder nicht«, sagte Jeanne Botleigh. »Ich wollte das, weil er ein sehr attraktiver Mann ist.«

Unser Klient strahlte förmlich und errötete dann vor Verlegenheit. »Ich wusste, dass meine Erinnerung ein paar Lücken hat«, sagte er, »aber ich dachte, da wäre nichts Wichtiges reingefallen. Sie sind also tatsächlich geblieben? Mein Gott. Was, äh, ist passiert?«

»Wir sind nach oben gegangen«, sagte Jeanne Botleigh. »Und wir sind ins Schlafzimmer gegangen, und wir sind ins Bett gegangen.«

»Tatsächlich«, sagte Haig.

»Und es war …«

»Ganz wunderbar«, sagte sie.

»Und ich erinnere mich nicht mehr. Ich glaube, ich bringe mich um.«

»Aber nicht an Weihnachten«, sagte E. E. Stokes. »Und nicht bevor das Geheimnis gelüftet ist. Was wurde aus dem verdammten Manuskript, Haig?«

»Miss Botleigh?«

Sie sah unseren Gastgeber an und senkte dann den Blick. »Du bist danach eingeschlafen«, sagte sie, »und ich fühlte mich unheimlich energiegeladen und konnte nicht schlafen, daher wollte ich noch lesen. Dann fiel mir das Manuskript ein, und ich ging nach unten und holte es.«

»Und hast es gelesen?«

»Im Bett. Ich dachte, du würdest vielleicht wach, habe es sogar gehofft. Aber es passierte nichts.«

»Mist«, sagte unser Klient tiefempfunden.

»Also habe ich es ausgelesen und war immer noch nicht müde. Dann hab ich mich angezogen und bin nach Hause gegangen.«

Schweigen trat ein und wurde nach einer Weile von Zoltan Mihaly gebrochen, der unserem Klienten zu seinem Triumph gratulierte und ihn wegen des Gedächtnisverlustes bedauerte. »Wenn Sie Ihre Memoiren schreiben«, sagte er, »müssen Sie die Seiten in diesem Kapitel weiß lassen.«

»Oder einen Ghostwriter engagieren«, bot Philip Perigord an.

»Das Manuskript«, sagte Stokes. »Was ist jetzt damit?«

»Keine Ahnung«, sagte Jeanne Botleigh. »Ich hatte es durch –«

»Was Woolrich nicht von sich behaupten könnte«, meinte Jayne Corn-Wallace.

»– und ließ es dort.«

»Wo?«

»In seiner Schachtel. Auf dem Nachttisch, wo du es morgens bestimmt gleich sehen würdest. Aber das hast du wohl nicht.«

»Das Manuskript? Sie sagen mir, Haig, dass Sie das Manuskript wollen?«

»Finden Sie mein Honorar übertrieben?«

»Aber es war doch noch nicht mal verschwunden. Niemand hat es gestohlen. Es lag neben meinem Bett. Früher oder später hätte ich es gefunden.«

»Das haben Sie aber nicht«, sagte Haig. »Erst als Sie mich und meinen jungen Teilhaber um den größten Teil unseres Feiertages gebracht hatten. Sie haben Ihr ganzes Leben lang Krimis gelesen. Jetzt haben Sie erlebt, wie ein Fall direkt vor Ihrer Nase gelöst wurde – und das in Ihrer großartigen Bibliothek.«

Er strahlte. »Ein schöner Raum, nicht wahr?«

»Erstklassig.«

»Danke. Aber, Haig, seien Sie doch vernünftig. Sie haben das Rätsel gelöst und das Manuskript gefunden, aber jetzt verlangen Sie das, was Sie wiedergefunden haben, als Entschädigung. Das ist, als hätten Sie ein entführtes Kind gerettet und würden nun darauf bestehen, es selbst zu adoptieren.«

»Mumpitz. Das ist etwas ganz anderes.«

»Na gut, dann ist es wie die Wiederbeschaffung gestohlenen Schmucks, wobei Sie den Schmuck als Belohnung wollen. Es steht einfach in keinem Verhältnis. Ich habe Sie beauftragt, weil ich das Manuskript in meiner Sammlung wollte, und jetzt erwarten Sie, dass es in Ihrer Sammlung landet.«

Mir kam das auch ein bisschen seltsam vor, aber ich hielt den Mund. Haig war am Zug, und ich wollte sehen, wohin er ihn machte.

Er legte die Fingerspitzen aneinander. »In *Black Orchids*«, sagte er, »war Wolfes Freund Lewis Hewitt sein Klient. Als Honorar forderte Wolfe alle schwarzen Orchideen, die Hewitt gezüchtet hatte. Nicht nur eine. Alle Pflanzen.«

»Das kam mir schon immer ziemlich gierig vor.«

»Würden wir von Fischen reden«, fuhr Haig fort, »wäre ich geneigt, Ähnliches zu fordern. Aber Bücher stellen für mich nur Lesestoff dar. Ich möchte das Buch lesen, Sir, und ich möchte es zur Hand haben, um darin nachschlagen zu können.« Er zuckte die Schultern. »Aber ich brauche nicht das Original, das Ihnen so viel bedeutet. Machen Sie mir eine Kopie.«

»Eine Kopie?«

»Genau. Lassen Sie das Manuskript kopieren.«

»Sie wären mit einer ... einer Kopie zufrieden?«

»Und einem Gutschein«, sagte ich schnell, bevor Haig ihn zu billig davonkommen ließ. Wir hatten einen ganzen Tag gebraucht, und er sollte mehr als nur ein paar Stunden Lesegenuss davon haben. »Einen Gutschein über zweitausend Dollar für Ihren Laden«, fügte ich hinzu, »den Mr. Haig verwenden kann, wie er möchte.«

»Für Taschenbücher und Buchklubausgaben«, sagte unser Klient. »Das reicht jahrelang.« Er seufzte. »Eine Kopie und einen Gutschein. Tja, wenn Sie das glücklich macht ...«

Und das war praktisch das Ende. Ich raste nach Hause und setzte mich an die Schreibmaschine, und wenn die Geschichte ein bisschen hastig gestrickt wirkt, dann liegt das daran, dass ich es eilig hatte, sie aufzuschreiben. Sehen Sie, unser Klient versuchte, sich ein zweites Mal mit Jeanne Botleigh zu verabreden, vermutlich um seine Erinnerung aufzufrischen, aber eine Frau fühlt sich nicht gerade geschmeichelt, wenn man vergisst, dass man mit ihr im Bett war, deshalb wollte sie davon nichts wissen.

Also rief ich sie an, sobald ich zu Hause war, und wir redeten so über dies und das, und wir treffen uns in anderthalb Stunden. Ich sage nur so viel: Wenn ich Glück habe, werde ich mich bestimmt daran erinnern. Also wünschen Sie mir Glück, okay?

Ach, und übrigens ... Frohe Weihnachten!

Weihnachtsbüffet inspiriert von Nero Wolfe

Alle Gerichte für 6 Personen

Jesu Geburt und die Wintersonnenwende sind Anlass für das Weihnachtsfest. Im Jahr 1862 zeichnet ein Deutscher in den USA einen Weihnachtsmann, der ab 1931 durch Coca-Cola weltweit bekannt wird. Auch der Brauch, einen Weihnachtsbaum aufzustellen, stammt aus Deutschland.

Spinat-Timbalen

900 g Blattspinat
Butter für die Timbalenförmchen
40 g Butter
150 g Crème double
3 kleine Eier
2 Eigelb
Salz
Pfeffer
1 Prise Muskatnuss
1 Prise Cayennepfeffer

❖ Spinat waschen und die Rippen abtrennen. 18 große Blätter in kochendem Salzwasser 30 Sekunden blanchieren und in Eiswasser abschrecken. 6 Timbalen oder Auflaufförmchen (à 75 ml) buttern und mit den Blättern so auslegen, dass ein Rand überhängt.

❖ Restlichen Spinat in etwas Wasser garen und im Mixer pürieren oder fein hacken. Butter in einem Topf zerlassen und den Spinat darin 2–3 Min. dünsten, bis alle Flüssigkeit verdampft ist. Crème double einrühren und 1 Min. dünsten. Abkühlen lassen.

❖ Eier und Eigelbe unter den Spinat rühren und mit Salz, Pfeffer, Muskat und Cayennepfeffer abschmecken. Ofen auf 190 °C vorheizen. Spinatmischung in die Förmchen füllen, Blattränder darüberklappen und jedes Förmchen mit gebutterter Alufolie bedecken. Ins Wasserbad stellen und Wasser auf dem Herd aufkochen, dann im Ofen 12–15 Min. garen, bis die Oberfläche fest ist. Warm mit weißer Buttersauce servieren.

Lachsrillettes

Für die Brühe:
1 Bund Suppengrün
3 Stängel Fenchel
1 Zweig Thymian

❖ Suppengrün und Fenchel putzen und grob würfeln. Mit den Kräutern, Salz und Pfeffer in 600 ml kaltem Wasser aufsetzen und aufkochen lassen.

❖ Zugedeckt 25 Min. ziehen lassen. Brühe abseihen.

4 Zweige Dill
½ TL Salz
4 weiße Pfefferkörner

Für die Rillettes:
350 g Lachsfilet mit Haut
220 g weiche Butter
1 EL Armagnac, Cognac oder Calvados
1 Prise Salz
frisch gemahlener weißer Pfeffer
1 Msp. Cayennepfeffer
350 g Räucherlachs, grob gehackt
110 g Lachskaviar
etwas Dill zum Garnieren

❖ Brühe aufkochen lassen. Frischen Lachs zugeben und auf kleinster Stufe zugedeckt gar ziehen lassen. Vom Herd nehmen und in der Brühe abkühlen lassen.
❖ Brühe abgießen. Vom Lachsfilet Haut und Gräten entfernen und Fleisch zerkleinern. Alle Zutaten außer dem Kaviar im Mixer pürieren.
❖ Kaviar vorsichtig unter die Masse heben und mit Salz und Pfeffer abschmecken. In eine Schüssel füllen und zugedeckt 8 Stunden kalt stellen.
❖ 20 Min. vor dem Servieren mit einem kalt abgespülten Löffel auf vorgekühlte Teller verteilen und mit Dillspitzen garnieren. Mit Toaststreifen reichen.

Brasilianischer Hummersalat

…0 g ausgelöstes Fleisch von gekochten Hummern
6 Avocados
3 EL Schnittlauch, gehackt
½ Zwiebel, fein gewürfelt
1 Knoblauchzehe, zerdrückt
1 EL Tomatenmark
3 EL Mayonnaise
Salz, Pfeffer, Paprika- und Pimentpulver
80 ml Weißwein
200 g junger Blattspinat

❖ Hummerfleisch mundgerecht zerpflücken.
❖ Avocado entsteinen, schälen und eher grob würfeln.
❖ Kräuter, Gewürze, Mayonnaise, Tomatenmark und Weißwein zu einem Dressing verrühren.
❖ Spinat putzen, waschen und trocken tupfen. Vorsichtig mit Hummer und Avocado mischen. Dressing darübergießen.
❖ Mit Toastdreiecken, in Anchovisbutter gebraten, servieren.

Wachteln Véronique

6 Wachteln, küchenfertig
Salz, Pfeffer

❖ Backofen auf 200 °C vorheizen. Wachteln waschen, abtupfen, innen salzen und pfeffern und mit Wildreis

100 g Wildreis, gekocht
100 g Butter, zerlassen
160 ml Weißwein
120 ml Kalbsfond
60 g kernlose grüne Weintrauben, abgezogen
12 Scheiben Weißbrot
220 g gekochter Honigschinken, in feinen Streifen

und etwas Butter füllen. Zubinden, in einen flachen Bräter legen und mit Butter bestreichen. 5 Min. anbraten, dann auf 160 °C reduzieren und 20 Min. garen, öfter mit Butter bestreichen. Herausnehmen und warm stellen. Fond mit Wein und Brühe loskochen, dann darin die Trauben 5 Min. köcheln und nachwürzen. Brot in Dreiecke schneiden, pro Teller vier Stücke mit Schinken bestreuen, Wachteln auflegen und mit etwas Traubensauce übergießen. Restliche Sauce extra reichen.

Teufelsregensalat

2 Romanasalate
100 g Frühstücksspeck
1 große rote Paprikaschote
100 g Parmesan
3 Knoblauchzehen, geschält
10 Walnüsse, geröstet
1 TL Senfpulver
1/2 TL Cayennepfeffer
1 Bund Schnittlauch
1 TL Salz, 240 ml Olivenöl
60 ml Estragonessig
60 ml trockener Rotwein

❖ Salat waschen, trocken tupfen und mundgerecht zerpflücken.
❖ Frühstücksspeck in einer beschichteten Pfanne ausbraten, auf Küchenkrepp abtropfen und auskühlen lassen, bis er hart ist. Zerbröseln.
❖ Mit der gewürfelten Paprika unter den Salat heben, Parmesan darüber hobeln.
❖ Restliche Zutaten im Mixer pürieren. Vorsichtig unter den Salat heben.

Maisküchlein mit cremiger Tomatensauce

Zutaten für 18 Stück:
220 g Maismehl
110 g Mehl, 1 TL Backpulver
1/4 TL Salbei, gemahlen
1 1/2 TL Salz, 4 EL Butter
4 EL Staudensellerie, fein gehackt
2 große Eier
720 ml Milch

❖ Maismehl, Mehl, Backpulver, Salbei und Salz mischen. Sellerie in Butter weich dünsten. Eier verrühren und mit Sellerie und Butter zur Mehlmischung geben, gut verrühren. Milch langsam zugeben und rühren, bis der Teig dickflüssig ist. In einer großen Pfanne EL-große Portionen von beiden Seiten braun braten.
❖ Variante: Statt Salbei und Sellerie nur schwarzen Pfeffer verwenden, mit cremiger Tomatensauce reichen.

Für die Sauce:
2 EL Butter
2 EL Mehl
360 ml Crème double
120 g Fontinakäse, gewürfelt
2 Eigelb
120 ml Tomatenpüree
½ TL Salz, Pfeffer, Tabasco

❖ Mehl in Butter 3 Min. anschwitzen und unter Rühren Sahne zugeben. Vom Feuer nehmen. Eigelb mit etwas Sauce verschlagen und zugießen, bei kleiner Hitze rühren, bis die Sauce dick wird, dann Tomatenpüree einrühren.

Egg-Nog Waldorf Astoria

Zutaten für 1 Glas:
2 Eigelb, 1 cl Zuckersirup
2 cl Portwein
4 cl Bourbon
10 cl Milch, 1 cl Sahne
Muskat

❖ Alle flüssigen Zutaten mit Eiswürfeln schütteln, auf Eiswürfel in großes Becherglas abseihen. Muskat darüberreiben.

Colonel's-Special-Tee

Zutaten für 6 Gläser:
7 TL Teeblätter
750 ml Wasser
250 ml Milch
2 EL Kandiszucker
2 TL Honig
1 TL Zimt
1 Msp. Muskat
1 Msp. Kardamom

❖ Starken Tee zubereiten und 5 Min. ziehen lassen. Milch, Kandis, Honig und Gewürze erhitzen, aber nicht kochen.

❖ Eigelb mit Puderzucker verrühren und langsam in die heiße Milch geben. Tee hinzugießen und Mischung schaumig schlagen.

❖ Mit Shortbread servieren.

Silvesterball

Almuth Heuner

Es war wirklich ein Walzer, sie träumte es nicht.

Das Mieder ihres Ballkleides kniff unter der rechten Achsel, und der Duft des Mannes, der sie herumwirbelte, war herb, so wie Holz, darunter der Hauch schwerer Süße nach Tier ... Ihr war ein bisschen schwindelig, aber sein Arm lag fest auf ihrem Rücken, und sie spürte seinen samtenen Ärmel auf der Haut, dort, wo ihr Kleid tief ausgeschnitten war.

Er bewegte sich so sicher, dass sie einfach nur mitzuschweben brauchte, es machte nichts, dass sie die Schritte nicht kannte. Auf einmal verstand sie die Magie des Tanzens. Sie schloss die Augen.

Als die Musik endete, führte er sie beiseite.

»Eine Erfrischung?«

Er reichte ihr ein Glas. Über dessen Rand hinweg konnte sie ihm zum ersten Mal richtig ins Gesicht sehen. Schmal war es, und eingerahmt von hellen Haaren musterten sie unendlich dunkle Augen unter schrägen Brauen.

Sie ließ das Glas unberührt sinken, doch er umfasste ihre Hand, die es hielt, und führte das Glas wieder an ihre Lippen.

»Das wird Ihnen gut tun,«, sagte er. »Bis Mitternacht ist es schließlich noch lang.«

Sie hatte nicht vorgehabt, bis dahin zu bleiben. Sie hatte nicht einmal vorgehabt, zu kommen. Und selbst als sie wusste, dass dieser Kostümball am letzten Tag des Jahres auch ihre letzte Chance sein würde, hatte sie sich bis vor wenigen Stunden nicht entschließen können, hinzugehen. Ihr pochendes Herz wollte sich immer noch nicht beruhigen, doch das kam vielleicht vom Tanzen.

»Menschenmengen vertrage ich nicht«, sagte sie.

»Aber ist es nicht eine wunderbare Idee?« Er blickte zu den tanzenden Paaren, farbenprächtig vor den grausilbern verhängten Wänden des Saales. Kristalllüster spiegelten sich auf dem Eichenparkett. »Ein Verlag bedankt sich bei Mitarbeitern und Autoren für das gute Jahr, und was könnte ein passenderes Thema sein als ›Angélique und der König‹ – wenn uns doch allen der Glanz und die Liebe Brot und Arbeit geben?«

Der Verlag gab neben Zeitschriften, die über die Reichen und Schönen und Adligen berichteten, auch erfolgreiche Heftromane und Romanserien heraus. Und ihre Geschichten machten einen guten Teil davon aus – bis vor kurzem. Dann herrschte plötzlich Schweigen. Ihre Lektorin blieb unerreichbar. Keine Aufträge mehr. Und in der monatlichen Verlagsvorschau tauchten immer häufiger andere Namen auf, nicht mehr diejenigen, unter denen sie von verschmähter Liebe, geheimnisvollen Fremden und fast verlassenen Schlössern erzählte. Andere Namen. Neue Namen.

Und beinahe wäre sie vorhin nicht in den Saal hineingekommen. Am Eingang hatte sie ihren richtigen Namen gesagt, aber auf der Liste war er unerklärlicherweise nicht gewesen. Ihre herbeigerufene Lektorin bat sie schließlich verlegen herein, ließ sie dann aber stehen und redete mit einem anderen, einem Mann. Der drehte sich daraufhin nach ihr um, kam auf sie zu und forderte sie zum Tanzen auf, ohne ihren Protest zu beachten.

»Wer sind Sie?«, fragte sie.

»Eigentlich kenne ich Sie schon lange«, sagte er. »Durch Amelie.«

Sie drehte den Kopf, damit er ihre Tränen nicht sah.

»Es tut mir so leid.« Sacht legte er eine Hand auf ihren Arm. »Für mich war es auch ein Schock. Und ich habe ihr viel zu verdanken. Ihnen übrigens auch – wo ich doch so etwas wie Ihr Nachfolger bin, als Schüler sozusagen.«

Die Grande Dame des Liebesromans, Amelie, hatte sich ihrer, als sie noch eine junge Schreiberin war, angenommen, sie in die Szene eingeführt und ihr die Erfahrungen mitgegeben, die sich im Laufe zahlloser Veröffentlichungen angesammelt hatten. Die Debütantin wurde nicht nur flügge, sondern auch viel erfolgreicher als ihre Lehrerin. Das hatte ihr Angst gemacht – Angst, dass Amelie ihr den Erfolg übel nehmen würde. Immer seltener hatte sie die Mentorin angerufen und sich mit ihr auch nicht mehr an ihrem großen Schreibtisch voller Kaffeeflecke in der schattigen Altbauwohnung treffen wollen, sondern in Cafés. Dann ging einige Zeit später das Gerücht um, dass Amelie ein neues Ziehkind unter ihre Fittiche genommen habe, dass es dabei aber nicht nur ums Schreiben gehe. Amelie hatte ihr gegenüber niemals etwas davon erwähnt.

»Ich habe alles von Ihnen gelesen«, sagte er. »Kein Wunder, dass Ihre Bücher so erfolgreich sind. Sie sind richtig poetisch. Eines Tages, hoffe ich, wird mir das auch gelingen.«

Sie wandte sich ihm wieder zu, vermied es jedoch, seinem Blick zu begegnen. »Habe ich denn auch von Ihnen etwas gelesen?«

»Ich würde es mir wünschen.«

Er zählte seine Titel auf, und ihr fielen dazu die Namen ein, diese anderen, neuen Namen, die nun auf den Buchumschlägen standen. Er war das also.

Über das Rauschen in ihren Ohren hinweg sagte sie: »Sie erinnern mich im Stil sehr an Amelie.«

Sein Gesicht wurde einen Moment lang ganz starr. Wie rot seine Lippen wirkten. »Das ist verständlich. Ich orientiere mich ja noch an ihr.«

Bildete sie es sich ein, oder war seine Stimme kühler geworden, härter? »Sie hat mir immer wieder gesagt, ich solle meinen eigenen Stil finden.«

»Das wollte sie von mir natürlich auch.« Er sah zu Boden. »Das waren beinahe ihre letzten Worte. Beim nächsten Treffen fand ich sie dann wie tot daliegen, und im Krankenwagen ist sie gestorben, ohne noch einmal zu sich zu kommen.«

Sie hatte die näheren Umstände von Amelies Tod nicht erfahren. »Ich konnte nicht ... zur Beerdigung gehen.«

Seine dunklen Augen fingen ihren Blick ein. »Ich wollte es auch nicht. Für mich sollte sie immer weiterleben. Und schreiben! Ich habe alles von ihr gelesen, verschlungen. Am liebsten waren mir immer ihre Beschreibungen der Orte: Niemand außer Amelie konnte sie so echt wirken lassen.«

»Das graue Schloss am Meer«, sagte sie.

»Blaubarts Forsthaus. Oder die Wiese im Tessin.«

»Der Fischmarkt von Santo Miguele.«

»Man roch den Fisch geradezu ...« Er lächelte beinahe. »Den Strand in *Südseesterne* – obwohl, Südseestrände haben Sie in Ihren Romanen eigentlich viel besser beschrieben.«

Weil sie ihr Traum waren, ihr geheimes, ihr einziges Ziel. Weit entfernt im Osten lag es, dort wo der allererste Morgen eines jeden neuen Jahres anbricht. Palmen im Schein der Sonne, der weiße Strand einer unbewohnten Insel im Staat Kiribati. Im Fernsehen hatte sie den Strand gesehen, dort wollte sie sein, den Sand durch die Finger rieseln lassen und auf den Pazifik blicken, der sich scheinbar unendlich nach Osten erstreckte, umgeben nur von Wasser und Fischen und Vögeln.

Und sie wollte nie zurückkehren in die nasse Kälte hier, in die Enge der Straßen, der Gedanken. Niemals. Nur deshalb hatte sie die Einladung angenommen, nur deshalb war sie heute hier. Sie musste die Lektorin davon überzeugen, jetzt, hier, unbedingt, dass der Verlag ihre Romane wieder nahm. Sie brauchte die Aufträge, das Geld, damit sie fort konnte. Es war an der Zeit.

Sie dachte an die kleine Palme, die sie aus dem Müllcontainer hinter einem Supermarkt gerettet hatte. Sie hatte die Palme aufgepäppelt, aber die wollte nicht recht wachsen; jedesmal, wenn ein neuer kleiner Wedel sich entrollte, wurde ein anderer gelb und dürr. Sie ließ den Wedel so lange dran, wie sie es ertrug, hoffte darauf, dass er wieder grün wurde, und wenn sie ihn am Ende doch abschnitt, kam es ihr vor, als amputiere sie Flügel. Heute war einer der drei Wedel gelb geworden, ohne dass ein neuer gesprossen war. Es war an der Zeit.

»... und dann dieser Wald beim Schloss Eschentruth«, sagte er.

Den konnte er doch gar nicht kennen. Ein kalter Schauder rieselte über ihren Rücken. Dieses Buch war nie veröffentlicht worden. Es war Amelies letztes Manuskript gewesen, unvollendet; niemals hatte Amelie jemandem ein unfertiges Werk gezeigt; einmal nur hatte sie angedeutet, dass es aus einer Art Aberglauben heraus geschah. Nach ihrem Ableben, so war es in Amelies Letzten Willen festgehalten, sollten sofort alle Manuskripte, auch die unfertigen, an ihre ehemalige Schülerin gesandt werden. Sie hatte von dieser Verfügung nichts gewusst, und in ihr mischten sich immer noch Überraschung und Trauer, wenn sie daran dachte.

»Ihr armes Herz ...« Seine Stimme verwehte.

Herz? Wieso Herz? Dass der Rücken schmerze, hatte Amelie oft beklagt und dass die Bandscheiben angegriffen seien. Aber das Herz? Niemals.

Bevor sie ihn weiter dazu befragen konnte, trat die Lektorin neben ihn. »Du hast mir einen Walzer versprochen«, sagte sie.

Sie nahm ihren ganzen Mut zusammen und wandte sich der anderen Frau zu. »Kann ich Sie kurz sprechen?«

Die Lektorin sah sie an, verlegen. »Natürlich, gleich nach dem Tanz ...« Dann glitt sie in den dargebotenen Arm des Mannes und kreiste mit ihm davon.

So war das also. Sie sah ihnen nach. So bekam man die Aufträge. Man brauchte nur das passende Geschlecht, gutes Aussehen und ein Gespür dafür, wer die richtigen Leute waren. Womöglich konnte er noch nicht einmal schreiben – aber das hätte Amelie doch sofort gemerkt? Oder stimmte das Gerücht, dass sie sich von diesem Mann hatte betören lassen ... Ihr standen diese Möglichkeiten jedenfalls nicht zur Verfügung. Sie musste durch Qualität überzeugen und durch Zuverlässigkeit, wie wenig spektakulär das auch sein mochte. Es lag ihr nicht, sich selbst anzupreisen, und

beim Gedanken an das bevorstehende Gespräch mit der Lektorin wurden ihre Hände eiskalt.

Das Paar strandete wieder in ihrer Nähe. Die Lektorin schnappte nach Luft. Fand sie das Tanzen so anstrengend, oder nahm ihr sein verführerischer Blick den Atem? Die Frau wurde fahlgrün, keuchte und sackte langsam auf ihren Tanzpartner.

»Helfen Sie mir«, rief er. »In ihrer Handtasche – schnell, die Tabletten –«

Sie stürzte hinzu und wühlte in dem winzigen Abendtäschchen, das vom Arm der inzwischen fast leblosen Lektorin baumelte, während er sie hielt. Eine flache Schachtel, darin ein paar Streifen mit quadratischen Plättchen.

»Genau«, sagte er, nun selbst atemlos. »Legen Sie eine davon unter ihre Zunge.«

Widerwillig berührte sie die Lippen, schob ein Plättchen irgendwie hinein.

»Das muss die Hitze hier sein«, meinte er, »das macht ihr Herz nicht immer mit. Ich bringe sie in eine ruhige Ecke, es geht sicher gleich wieder.« Er machte eine Hand frei und legte sie ihr auf den Arm. »Bitte gehen Sie nicht weg. Warten Sie auf mich.«

Das war ja ein toller Liebhaber, dachte sie und verfolgte, wie die beiden langsam am Rande der Menge entlang verschwanden. Ist die eine außer Gefecht, sucht er sich gleich die nächste. Hatte Amelie das auch herausfinden müssen? Nachdem sie ihn ihrer Lektorin vorgestellt hatte? Musste sie mitansehen, dass sie selbst in diesem Augenblick bereits Vergangenheit war?

Doch was wollte er nun von ihr?

Sie hatte nicht gewusst, dass die Lektorin herzkrank war. Sie starrte auf den Tablettenstreifen in ihrer Hand. Herztabletten. Interessant. Für Menschen, deren Herzen eigentlich ganz gesund waren, sicherlich nicht bekömmlich; sie hatte mal gelesen, dass solche Tabletten Lähmungserscheinungen hervorrufen können.

Und während sie darüber nachdachte, ertappte sie sich dabei, wie sie Bilder, Szenen an ihrem inneren Auge vorbeiziehen ließ. Hatte er Amelie etwas angetan, um ihre unvollendeten Bücher als seine eigenen auszugeben, und machte sich nun, da der Vorrat erschöpft war, an die nächste Quelle der Inspiration heran? Dann wäre sie in Gefahr – und wenn sie ihm andeutete, dass sie über seine Machenschaften Bescheid wusste, erst recht. In ihren Romanen kamen solche Handlungsstränge nicht vor; ihre Figuren hatten immer nur ein Motiv, das sie vorantrieb, eine einzige Leidenschaft. Sie war sich nicht sicher, ob sie dieses Geflecht des wirklichen Lebens entwirren und für sich neu ordnen konnte.

Sie hielt immer noch die Tabletten in der Hand, als er zurückkehrte. Unauffällig schob sie den Streifen in den Ärmel ihres Kleides.

Er verbeugte sich. »Es geht ihr schon besser. Und wir haben noch viel Zeit bis zum Morgen. Darf ich um den nächsten Tanz bitten?«

Sie drehte sich mit ihm, traumverloren, bis das Rauschen in ihren Ohren verging und sie nicht mehr wusste, ob ihr Herz vor Angst so pochte oder aus einem anderen Grund.

»Langweilen Sie sich nicht auch?« Die blonden Haar fielen ihm über die Augen, als er den Kopf drehte und mit einer weit ausholenden Geste über den Saal wies. Die anderen Paare drehten sich im Dreivierteltakt, Licht funkelte von den Kandelabern auf die Geschmeide der Damen, versank in den dunklen Fräcken der Herren. »Sehnen Sie sich nicht auch nach einem anderen Leben?« Wieder sah er sie forschend an, mit diesen Augen voll bodenloser Dunkelheit, und rückte näher.

»Von welchem Leben träumen denn Sie?«, fragte sie leise.

»Walzer und Rüschen sind doch nichts«, sagte er, ohne sie anzusehen. »Und schon gar nicht auf Dauer.« Er wandte sich zu ihr, und im Licht des Ballsaales glommen seine hellen Haare auf. Sein Atem flüsterte über ihre bloßen Schultern.

Sie musste sich zwingen, reglos zu bleiben.

Kam jetzt die große Verführungsszene mit dem Bösewicht? Wenn sie etwas an ihrer Lohnschreiberei langweilte, dann das. Wie oft schon hatte sie den Widerstand ihrer Heldin dahinschmelzen lassen. Der Bösewicht, deutlich erkennbar an den schwarzen Haaren, versuchte immer den Widerstand zu brechen. Der Gute war natürlich blond und wollte die Heldin nicht verführen, sondern heiraten. Diesen Teil zu schreiben ödete sie eigentlich noch mehr an, aber zum Glück kam der ja erst viel später. Vorher musste die Unschuld der Heldin noch ein paar Walzerrunden mit dem Finsterling überstehen.

Dieser hier jedoch fuhr sich durch eine blonde Mähne, die ihm bis über die Ohren reichte. »All das Gesäusel …«

»Warum schreiben Sie dann ausgerechnet Liebesromane?«, fragte sie.

Er warf ihr von der Seite her einen Blick zu. »Warum tun Sie's?«

»Es bot sich an. Ich lernte Amelie kennen. Ich habe Talent.« Sie spürte, dass ihre Stimme nicht ganz gehorchen wollte.

»Genau so war's bei mir.«

»Und was wollen Sie jetzt?«

Wieder näherte er sich ihr, und unwillkürlich schauderte sie. Seine Zähne schimmerten im Widerschein. »Leben«, sagte er, eindringlich, beschwörend. »Genau wie Sie. Wirklich leben. Nicht nur darüber schreiben.«

»Ist das eine ohne das andere denkbar?«

Er sah sie an und zog scharf die Luft ein. Seine Augen waren Schattenteiche. Dann senkte er die Lider und wandte den Kopf zur Seite.

Im Drehen spürte sie hin und wieder die Blicke der anderen Paare auf sich. Wenn sie dann stolperte, hielt er sie, sodass sie nicht einen Taktschritt versäumten. Ihre Wange lag an seiner Schulter. Und wenn ich mich täusche, dachte sie, wenn es funktionieren würde? Einen wie ihn zum Geliebten zu haben ... Sie musste es nur sagen. Noch war es nicht zu spät.

Die Musik machte Pause, und die Menge strömte zum Büffet. Rechts und links raschelten die weiten Seidenröcke der Damen, die sich in Grüppchen zusammenfanden, von den Herren aufmerksam versorgt mit erlesenen Häppchen und Champagner. Die Tafel, die sich über die ganze Schmalseite des Saales erstreckte, war gedeckt mit Etageren voll exotischem Obst, silbernen Platten mit Canapés und Pasteten, Salatschüsseln, Brotkörben und, als Glanzstück, mit einem Schwan aus Eis, gefüllt mit grauem und rotem Kaviar.

«Sie sehen ja ganz erschöpft aus«, meinte er. »Warum setzen Sie sich nicht, und ich bringe Ihnen etwas?«

Er kam zurück mit einem Teller voller Leckerbissen und reichte ihr ein Glas. Sie nahm einen Schluck. Die Flüssigkeit prickelte ihre Kehle hinunter und löschte den Durst nicht.

»Was ist mit Ihrer Freundin?«

Er legte das angebissene Canapé hin und betrachtete sie kühl. »Sie ruht sich aus. Was kümmert Sie das jetzt?«

»Ich muss mit ihr sprechen.« Sie fühlte sich wie gelähmt.

Seine Lippen, blutrot gegen seinen blassen Teint, verzogen sich spöttisch. »Dazu ist doch noch viel Zeit ... Bleiben Sie!«

Er neigte sich über sie. Wieder dieser Duft nach Holz und Tier, und sie spürte, wie ihre Knie nachgaben. Er öffnete den Mund, um sie zu küssen.

Wo war eigentlich das Abendtäschchen der Lektorin mit den restlichen Tabletten geblieben? War es Amelie genau so ergangen? Hatten Amelie genau diese Tabletten, vielleicht in Champagner aufgelöst, so ruhig gemacht, wie es auf der Schachtel stand, so tödlich ruhig?

Das Glas fiel aus ihrer Hand und zersprang auf dem Boden. Er fuhr zurück. Dann warf er den Kopf in den Nacken und lachte ohne Laut.

»Ich hole ein neues Glas«, bot er an, und das Funkeln seiner Augen ließ ihr Inneres erstarren.

»Wasser«, krächzte sie.

Sie dachte an die Palme. Sie dachte an das Meer. Sie dachte an den Strand. Wenn sie alles hinter sich lassen wollte, dann auch den Tod der Freundin und alles, was sie daran fesselte. Sie wollte nur den Horizont vor sich sehen und mit leichtem Gepäck reisen.

Kaum hatte er ihr den Rücken gekehrt, zog sie den Tablettenstreifen aus dem Ärmel, griff nach seinem Canapé und schob eine, nein, besser zwei der flachen Tabletten zwischen Brot und Pastete. Die schwarzen Pfefferkörner in dem Aufstrich würden den Geschmack sicher überdecken, falls überhaupt einer vorhanden war.

Er schaffte es noch, ein weiteres Canapé zu essen, dann sank er zu Boden. Diesmal war sie es, die um Hilfe rief, und während sie ihn aufzurichten versuchte, steckte sie ihm ungesehen den Streifen mit den restlichen Tabletten zu. Fremde Gesichter und viele Hände waren um sie herum, aufgeregtes Rufen.

»Sein Herz«, sagte sie, »er braucht seine Medizin.« Man fand sie in der Tasche seiner Smokingjacke, legte ihm eine in den Mund, »am besten noch eine«, sagte jemand.

Als er weggebracht wurde, sah sie noch einmal einen Lichtreflex auf seinen Haaren funkeln. Seine Augen konnte sie nicht sehen, aber sie erinnerte sich an die Dunkelheit dahinter, und es kribbelte in ihren Kniekehlen.

Ein Gefährte würde sich vielleicht einfinden, vielleicht auch nicht.

Bis Kiribati würde ihr Erspartes reichen. Von dort konnte sie die Manuskripte per E-Mail senden. Und vielleicht würde sie es auch mal in einem anderen Genre versuchen.

Opulentes Silvesterbüffet

Alle Gerichte für 12 Personen

Schon Cäsar bestimmte den 1. Januar als Jahresbeginn, die Kirche tat dies erst 1691. Am letzten Tag des Jahres, gewidmet dem Heiligen Silvester, wird üppig gespeist und fleißig orakelt, und um Mitternacht unterstützt »böllernder« Lärm wie schon in der Antike den Übergang ins neue Jahr.

Blini-Röllchen mit Kaviar

Zutaten für 24 Stück:
2 Eier
100 ml Mineralwasser
30 g Weizenmehl
50 g Buchweizenmehl
Salz, 1 EL Butter
3 Blatt weiße Gelatine
200 g saure Sahne
1 Bund Dill, fein gehackt
weißer Pfeffer
frisch gemahlen
Saft und abgeriebene
Schale von 1 Limette
50 g Forellenkaviar

❖ Am Vortag Eier, Wasser, beide Mehlsorten und 1 TL Salz zu Teig verrühren, 30 Min. quellen lassen. In einer beschichteten Pfanne mit je 1/3 EL Butter nacheinander 3 dünne Pfannkuchen backen. Aufeinandergelegt und zugedeckt abkühlen lassen. Gelatine auflösen, mit saurer Sahne und Dill verrühren. Mit Pfeffer, Limettenschale, ein paar Tropfen Saft und wenig Salz abschmecken.

❖ Im Kühlschrank erstarren lassen, dann durchrühren. Jeweils 2/3 der Pfannkuchenfläche damit bestreichen, auf das restliche Drittel Kaviar geben.

❖ Vorsichtig aufrollen, fest in Alufolie wickeln und über Nacht im Kühlschrank aufbewahren.

❖ Zum Servieren in 2 cm dicke Scheiben schneiden.

Artischockenböden mit Gemüsejulienne

Zutaten für 12 Stück:
12 Artischockenböden aus der Dose
300 g junge Möhren, geputzt
200 g Prinzessbohnen, geputzt
1 l Wasser

❖ Artischockenböden abtropfen lassen. Möhren und Bohnen in sehr dünne Streifen schneiden.

❖ In zwei kleinen Töpfen je 1/2 l Wasser mit etwas Salz zum Kochen bringen. Möhren und Bohnen getrennt je 8 Min. garen. Abgießen, abtropfen und erkalten lassen.

❖ Artischockenböden auf einer Platte anrichten. Möhren und Bohnen vorsichtig mischen und auf den Artischocken verteilen.

einige Zweige Kerbel
einige Zweige Basilikum
10 Blättchen Estragon
2 Eigelb
2 Msp. weißer Pfeffer
1 Prise Zucker
10 EL Olivenöl
2 EL Crème fraîche
2 TL Senf
2 TL weißer Balsamico

❖ Kräuter klein hacken.
❖ Eigelb mit Pfeffer und Zucker verquirlen. Öl unter ständigem Rühren tropfenweise zugegeben. Crème fraîche, Senf und Balsamico einrühren. Kräuter unterheben.
❖ Auf jeden gefüllten Artischockenboden 1 EL Sauce geben.

Rehtaler-Canapés

Zutaten für 24 Taler:
12 Scheiben Toastbrot
1 Sellerieknolle
2 Äpfel
4 Scheiben Ananas
8 Cornichons
4 EL Mayonnaise
4 EL Joghurt
4 EL Sahne
Salz, Pfeffer
1 TL Zitronensaft
gebratenes Rehfilet
24 Walnusskernhälften

❖ Aus jeder Brotscheibe zwei Taler ausstechen.
❖ Sellerie und Äpfel schälen und fein raspeln. Ananas in Stückchen, Cornichons in dünne Streifen schneiden.
❖ Mayonnaise, Joghurt und Sahne verrühren, mit Salz, Pfeffer und Zitronensaft abschmecken. Mit dem vorbereiteten Gemüse und Obst mischen.
❖ Rehfilet in 24 dünne Scheiben schneiden, Scheiben halbieren. Salat auf die Taler verteilen. Mit je zwei halben Scheiben Rehfilet belegen und mit Walnüssen garnieren.

Hirse-Kiwi-Salat

500 ml Gemüsebrühe
250 g Hirse
400 g Fol-Epi-Käse
8 Kiwis, 8 EL Apfelessig
8 EL Pflanzenöl
Salz, schwarzer Pfeffer,
Cayennepfeffer

❖ Brühe aufkochen, Hirse einstreuen und zugedeckt bei schwacher Hitze 15 Min. garen. Auflockern und abkühlen lassen.
❖ Fol Epi in Streifen, Kiwis längs in Spalten schneiden.
❖ Essig, Öl und Gewürze verrühren.
❖ Hirse, Fol Epi und Kiwis vorsichtig mit Dressing vermengen.

Aalhappen auf Champignonsalat

Zutaten für 24 Stück:
1 geräucherter Aal
(40–50 cm lang),
ohne Haut und Gräten
6 Scheiben Roggenbrot oder
24 Vollkornbrottaler
15 gefüllte grüne Oliven
300 g kleine weiße und
braune Champignons,
geputzt
6 EL eingelegte Perlzwiebeln
1 Fleischtomate
1 grüne Peperoni
3 EL Öl
1 EL Tomatenmark
2 TL Weinessig
Salz, schwarzer Pfeffer
einige Schnittlauchhalme

❖ Aal in 12 Scheiben schneiden, Scheiben halbieren.
❖ Brotscheiben vierteln und mit Aal belegen.
❖ Oliven und Champignons in feine Scheiben schneiden. Zwiebeln abtropfen lassen und fein hacken. Tomate entkernen und klein würfeln.
❖ Peperoni entkernen, putzen und in sehr feine Streifchen schneiden.
❖ Öl, Tomatenmark und Essig verrühren, salzen und pfeffern. Gemüse und Peperoni unterheben und Salat auf den Aalhappen verteilen. Schnittlauch in etwa 4 cm lange Stücke schneiden und Happen damit garnieren.

Kaninchenrillettes

1 kg Kaninchenteile
250 g Schweineschulter
2 EL getrocknetes
Suppengrün
3 TL getrockneter
Thymian
2 EL schwarze
Pfefferkörner
2 TL Salz

❖ Fleisch in einem Topf mit kaltem Wasser bedecken. Mit Kräutern und Gewürzen aufkochen und bei schwacher Hitze halb zugedeckt 3–4 Stunden garen. Durch ein Sieb abgießen, Brühe auffangen. Fleisch von den Knochen lösen und fein zerpflücken. In einer Schüssel mit Brühe cremig rühren. In einer Terrinenform (1 l) über Nacht zugedeckt in den Kühlschrank stellen. Mit Mohnbrötchen servieren.

Entenspieße mit Ananas

1 kg Entenbrust
1 kleine Ananas
60 g weiche Butter
2 EL Honig
1 TL Curry
Cayennepfeffer
Salz, weißer Pfeffer
12 Schaschlikspieße

❖ Fleisch in 3 cm große Würfel schneiden, Haut mehrfach einritzen. Ananas schälen und so groß wie das Fleisch würfeln. Abwechselnd Ente und Ananas aufspießen. In einer Grillschale rundherum etwa 10 Min. grillen, auf der Hautseite jeweils etwas länger. Butter mit Honig, Curry und Cayennepfeffer verrühren und Spieße kurz vor Ende der Grillzeit einpinseln. Erst danach salzen und pfeffern.

Vierzig-Zehen-Huhn

12 Hähnchenschenkel
40 Knoblauchzehen, ungeschält
4 Stangen Bleichsellerie, in Stücke geschnitten
Saft von 2 Zitronen
250 ml Weißwein
150 ml trockener Wermut
8 EL Pflanzenöl
2 TL Oregano
4 EL Basilikum, gehackt
Salz, Pfeffer, Chilipulver

❖ Hähnchenschenkel mit der Haut nach oben in einen Bräter legen, Knoblauch und Sellerie darauf verteilen. Restliche Zutaten verrühren und darübergießen.

❖ Mit Alufolie abgedeckt im vorgeheizten Ofen 40 Min. bei 175 °C garen, dann Folie entfernen und 15 Min. bräunen.

❖ Warm servieren, dazu die gekochten Knoblauchzehen über den Toastscheiben ausdrücken und verstreichen.

Happy-New-Year-Cocktail

Zutaten für 1 Glas:
1 cl Brandy
2 cl Port
2 cl Orangensaft
Champagner

❖ Alle Zutaten im Shaker auf Eiswürfeln kräftig schütteln, in Champagnerkelch abseihen und mit Champagner auffüllen.

❖ Um Mitternacht auf das neue Jahr anstoßen.

Der verspätete Dreikönigslunch

Andrew Taylor

An dem Abend, als Charles starb, hörte ich den Notarztwagen, den Edith Thornhill gerufen hatte. Ich stellte gerade die Milchflaschen vor die Tür und machte mir kaum Gedanken über die Sirene. Wir wohnten in der Chepstow Road, in der auch das Krankenhaus lag; Notarztwagen kamen oft vorbei, denn hier an der Grenze zu Wales gibt es nicht viele andere Krankenhäuser.

Charles starb am Abend des Tages, an dem der Kammerjäger gekommen war – dem letzten Donnerstag im Oktober 1951. Unser Haus war noch fast neu, kurz vor dem Krieg gebaut, aber im Garten hatten wir einen alten Schuppen. Charles wollte ihn zur Garage umbauen, falls wir uns je ein Auto anschaffen würden, was genauso unwahrscheinlich war wie sein Einverständnis, ein Telephon zu installieren. So stellten wir dort die Gartengeräte unter und lagerten Äpfel. Doch fast alle Äpfel waren innerhalb nur einer Woche von Ratten angefressen worden. Daher der Kammerjäger.

Charles war spät dran, aber ich machte mir keine Sorgen. Er ging oft noch auf einen Drink ins Bull Hotel, wenn er das Geschäft geschlossen hatte. Plötzlich jedoch klingelte es an der Tür, und Dr. Bayswater und Mrs. Thornhill standen davor. Edith kannte ich aus der Kirche, und Dr. Bayswater ist unser Hausarzt.

»Ich fürchte, Anne«, sagte Edith, »wir haben schlechte Nachrichten. Dürfen wir reinkommen?«

Ich bat sie ins Wohnzimmer. Edith schlug vor, dass ich mich setze.

»Charles? Es ist was mit Charles, oder?«

»Es tut mir so leid, aber er ist tot«, sagte Edith.

Ich starrte sie an. Ich wusste nicht, was ich sagen sollte.

Der Arzt räusperte sich. »Herzinfarkt.«

»Herzinfarkt? Aber er war doch erst achtundvierzig.«

»Das kann vorkommen.«

»Aber er hatte doch nichts am Herzen. Bestimmt hätte es doch Anzeichen ...«

»Er war in den letzten vier Wochen dreimal bei mir.« Bayswater musterte seine Fingernägel. »Hat er Ihnen das nicht gesagt?«

»Doch, natürlich. Aber das war doch wegen seiner Verstopfung.«

»Er hatte eine Verengung der Herzkranzgefäße. Einige Symptome ähneln denen von Verstopfung.«

Der Arzt und Edith redeten weiter auf mich ein. Ich hörte kaum zu. Ich konnte nur daran denken, dass Charles mir nicht die Wahrheit gesagt hatte. Statt um ihn zu trauern, war ich wütend auf ihn.

An die nächsten Wochen erinnere ich mich nur undeutlich, als ob ein dichter Nebel über diesem Teil meines Gehirns läge. Einige Ereignisse ragen jedoch daraus hervor wie Eisberge aus einem kalten Meer. Die Beerdigung war in St. John's, und die Kirche war voller schwarzgekleideter Menschen, die wie Krähen aussahen. Marina Harper war auch gekommen, was mich überraschte, weil sie normalerweise nicht in die Kirche ging. Charles bekam einen Nachruf in der *Lydmouth Gazette*. Er war nicht besonders lang. Darin hieß es, dass er aus einer angesehenen alteingesessenen Familie stammte; auch Nigel wurde kurz erwähnt.

Leider war Nigel, Charles' jüngerer Bruder, in Tanganjika, um sich nach Sägemühlen umzuschauen, die er kaufen wollte. Mir war eigentlich nie so recht klar, womit Nigel sein Geld verdiente. Was auch immer es war, es brachte ihm einiges ein. Ich hatte ihn einmal danach gefragt.

»Ich kaufe Sachen, wenn sie billig zu haben sind, und verkaufe sie, wenn sie teuer werden. Eigentlich ganz einfach«, hatte er geantwortet.

Ich schickte ein Telegramm an ihn nach Daressalam. Nigel telegraphierte zurück, dass er so schnell wie möglich nach Hause käme. Charles und er hatten sich immer sehr nahegestanden, obwohl Nigel so alt war wie ich, also gut zehn Jahre jünger als sein Bruder. Er war auch Charles' Testamentsvollstrecker. Bis Nigel zurück war, konnte ich mir nur vage vorstellen, wie meine Zukunft aussehen würde. Ich wusste nicht einmal, ob ich das Haus behalten könnte. Das Geschäft – der Herrenausstatter Butter's in der High Street – würde solange von dem Mann geleitet, der seit vielen Jahren als Geschäftsführer für Charles und seinen Vater gearbeitet hatte.

Am meisten fiel mir die Stille auf. Wenn ich abends im Wohnzimmer am Feuer saß, herrschte ein Schweigen, das ich auch mit dem Radio nicht vertreiben konnte. Nach einer Weile versuchte ich es gar nicht mehr. Ich saß einfach in meinem Sessel, ein unaufgeschlagenes Buch auf dem Schoß, und betrachtete das vertraute Zimmer, das so mit einem Mal fremd geworden war: die dunkle Eichenanrichte, die meiner Schwiegermutter gehört hatte und die ich verabscheute; die Kipling-Gesamtausgabe, die Charles und Nigel als Kinder mühsam zusammengetragen hatten; den Fleck auf dem Kaminvorleger, wo Charles einmal an Weihnachten eine brennende Zigarette hatte fallen lassen.

Ich weiß nicht, wann mir auffiel, dass etwas nicht stimmte. Ich glaube, es begann mit dem Schlüssel. Als das Krankenhaus Charles' Sachen zurückschickte, war der Inhalt seiner Taschen in einen Extrabeutel gepackt. Es war nichts Ungewöhnliches dabei, bis auf den Schlüssel. Charles hatte seine Schlüssel in einem zuknöpfbaren Lederetui – für das Haus, für das Geschäft. Dieser Schlüssel jedoch war einzeln – für ein Sicherheitsschloss, aus Messing und offensichtlich ganz neu. Ich probierte ihn erfolglos in dem einzigen Sicherheitsschloss, das wir hatten, dem am Schuppen. Auch im Geschäft passte er nirgends. Am selben Morgen ging ich zur Bank, um Bargeld zu holen – das musste ich jetzt tun, wo Charles nicht mehr da war. Der Kassierer sagte, dass der Geschäftsführer mich sprechen wolle. Unser Konto war überzogen, und deshalb schlug der Geschäftsführer vor, dass ich Geld vom Sparbuch überwies.

Als ich die High Street von der Bank zur Bushaltestelle entlangging, traf ich Mr. Quale, der den Eingang des Bull Hotels fegte.

»Guten Morgen, Madam. Mein Beileid.«

»Danke.«

»Ein echter Gentleman. Ich habe ihn noch kurz bevor es passierte gesehen.«

»Wie ging es ihm da?«

»Bestens. Er kam auf ein schnelles Glas herein – ging ein bisschen früher als sonst. Hatte es wohl eilig, zu seinem Abendessen zu kommen.«

»Früher als sonst?« Charles war kurz nach halb acht vor dem Haus der Thornhills in der Victoria Road zusammengebrochen. »Meinen Sie nicht später?«

Quale schüttelte den Kopf. »Es war Viertel nach sechs.«

»Vermutlich ist er auf dem Heimweg noch mal ins Geschäft gegangen.«

Ich verabschiedete mich und stellte mich in die Schlange an der Haltestelle. Charles hatte abends nie gearbeitet. Ich stand da und brütete über dem, was Quale gesagt hatte, als von der anderen Straßenseite lautes Hupen ertönte. Es war Marina Harper in ihrem kleinen Zweisitzer. Sie wendete und bremste an der Haltestelle.

»Spring rein, Anne. Ich nehm' dich mit.«

Ich war müde, und es fing an zu regnen. Sonst hätte ich mir sicherlich eine Ausrede überlegt. Ich wusste nie so recht, was ich von Marina halten sollte. Sie hatte dickes, blondes Haar, eine kräftige Gesichtsfarbe und kleine, blasse Augen. Sie war gut situiert, denn ihrem Vater hatte die örtliche Busgesellschaft gehört. Wir kannten uns seit Kindertagen, waren aber nie richtig befreundet gewesen. Außerdem war ich so altmodisch zu meinen, dass eine verheiratete Frau bei ihrem Mann leben sollte.

Marina redete in einem fort, während sie mich nach Hause fuhr.

»Ich war gerade ein paar Tage in London ...« Ihr Mann arbeitete dort; Marina und er führten eine Wochenendehe: Unter der Woche blieb er in London, während sie lieber hier in Lydmouth wohnte. »... und du rätst nie, wen wir gestern Abend auf einer Party kennengelernt haben. Elizabeth David – ja, *genau*. Absolut fabelhaft. Dieser Stil! Sie sieht genauso aus, wie sie schreibt, wenn du weißt, was ich meine.«

»Elizabeth wer?«

Marina hob gezupfte Brauen. »Elizabeth David. Die Kochbuchautorin. Du weißt doch, die, die immer in *Vogue* ist. Und sie hat dieses fabelhafte Buch über die mediterrane Küche geschrieben. Warum kommst du nicht einfach morgen Mittag zu mir zum Lunch? Wir können eines der Rezepte ausprobieren.«

Marina setzte mich in der Chepstow Road ab. Nach dem Mittagessen ging ich ins Esszimmer. Charles bewahrte Scheckbücher und Dokumente in der obersten Schreibtischschublade auf. Ich setzte mich und versuchte herauszufinden, wie das Geld den Weg in unser Leben und aus unserem Leben fand. In der Geschäftspost, die ich für Nigel auf dem Garderobentisch stapelte, fand ich den neuesten Kontoauszug. Ich wünschte, Nigel wäre schon hier. Auf diesem Auszug war unser Konto noch nicht überzogen gewesen, doch jetzt war es das. In der Woche vor seinem Tod hatte Charles einen Scheck über einhundertneunundachtzig Pfund, neunzehn Shilling und elf Pence ausgestellt.

Ich blätterte die Scheckduplikate, die dem Auszug beilagen, durch. Der besagte Scheck war auf H. R. Caterford Ltd. ausgestellt und in einer Filiale der Barclays Bank in Cardiff eingelöst worden. Ich kam mir vor wie ein Detektiv, als ich Hut und Mantel anzog, zur Telephonzelle an der Ecke zur Victoria Road ging und das Telephonbuch aufschlug. H. R. Caterford Ltd. war ein Juwelier in der Royal Arcade in Cardiff. Plötzlich wurde mir alles klar: Charles hatte ein Geschenk für mich gekauft. Der Gute wusste, dass ich seit meinem Krankenhausaufenthalt im September etwas bedrückt war. (Zu wissen, dass man nie Kinder haben wird, *ist* etwas bedrückend.)

Aber wo war das Geschenk? Spontan wählte ich die Nummer. Schon beim zweiten Klingeln hob jemand ab.

»Guten Tag«, sagte ich. »Könnte ich mit Mr. Caterford sprechen?«

»Am Apparat.«

»Hier ist Mrs. Butter aus Lydmouth. Mrs. Charles Butter. Ich glaube, mein Mann ...«

»Mrs. Butter. Schön, Sie zu sprechen. Ich hoffe, Ihnen geht's gut?«

»Ja, danke. Ich frage mich ...«

»Kurioserweise musste ich gerade an Sie denken. Erst gestern brachte die Dame, die uns die Brosche verkauft hat, den dazu passenden Ring. Platin mit Opal. Meinte, sie wollte ihn auch nicht, weil ihre Tochter erklärt habe, dass Opale Unglück bringen, wenn man nicht im Oktober geboren ist. Na, darüber brauchen Sie sich ja keine Sorgen zu machen.«

»Ach?«

»Sie gehören doch zu den wenigen Glücklichen.«

»Ach ja.«

»Es ist ein wirklich entzückendes Stück. Die Opale passen genau zu Ihren Augen, wenn ich das so sagen darf. Wollen Sie mit Mr. Butter mal darüber sprechen? Dann könnte er mich anrufen. Ich lege den Ring ein paar Tage für Sie zurück. Es ist mir immer ein besonderes Vergnügen, guten Kunden einen Gefallen zu tun.«

»Ja, vielen Dank. Auf Wiederhören.«

Ich legte auf und ging nach Hause. Eine Platinbrosche mit Opalen. Charles wusste, dass ich Platin nicht mochte. Und dann noch Opale: Sie bringen Unglück, wenn man nicht im Oktober geboren ist. Und ich habe im März Geburtstag. Außerdem – wie konnten Opale zu meinen Augen passen? Die sind braun. Überhaupt hatte Mr. Caterford mit mir gesprochen, als würde er mich kennen. Doch bis heute Nachmittag hatte ich noch nie von ihm gehört.

Am nächsten Morgen fand ich die Ratte. Der Kammerjäger hatte mich gewarnt, dass das passieren könnte. »Sehen Sie, das ist ja das Problem mit Ratten«, hatte er gesagt. »Man kann nie wissen, wo sie auftauchen werden.«

Die Ratte lag auf dem Weg vom Schuppen zur Straße. Sie war dunkel und hatte einen langen Schwanz. Nachts hatte es Bodenfrost gegeben, und ihr Fell war mit gefrorenen Wassertröpfchen übersät, wie überzuckert. Eigentlich sah sie ganz niedlich aus. Wegen des Frosts würde der Boden schwer zu bearbeiten sein, daher wollte ich sie erst nachmittags vergraben – nach meinem Lunch mit Marina Harper.

Marina wohnte in Raglan Court, einem modernen Apartmenthaus, mit Blick auf den Jubilee Park. Bestimmt war es eine ganz hübsche Wohnung – wenn man harte, neumodische Möbel und amerikanischen Schnickschnack mochte. Es gab ein kombiniertes Wohn-Ess-Zimmer mit einem großen Panoramafenster zum Park und einer Durchreiche zur Küche. Die ganze Wohnung stank nach Knoblauch.

»Ich habe gerade ein paar Martini-Drys gemacht«, sagte Marina. »Du hast doch nichts dagegen, wenn ich weiterkoche? Wir können uns ja durch die Durchreiche unterhalten.«

Während sie die Drinks einschenkte, schimmerte die silberne Brosche, die sie trug, im Licht. Eine ziemlich hübsche Brosche mit Opalen.

Nicht aus Silber, sondern aus Platin?

»Das ist eine wunderschöne Brosche«, sagte ich.

»Ja, hübsch, nicht?«

»Aber Opale bringen doch Unglück?«

Marina lachte: ein Gurgeln, als ob Wasser aus der Wanne läuft. »Nicht wenn man im Oktober geboren ist. Dann bringen sie Glück. Setz dich doch, während ich in der Küche alles fertigmache.«

Ich beobachtete sie durch die Durchreiche – sah das Blitzen eines Messers, das Schimmern von Platin –; sie redete die ganze Zeit.

»Ich habe gedacht, wir gönnen uns *Filet de porc en sanglier* nach Elizabeth Davids Rezept. Schweinefleisch, das wie vom Wildschwein schmeckt. Das Geheimnis ist die Marinade. Das Fleisch muss acht Tage darin liegen. Mit den Zutaten für die Marinade – Sachen wie Koriandersamen, Wacholderbeeren, Basilikum und anderes – darf man nicht geizen. In der Brewer Street in Soho gibt es einen kleinen Laden, der das alles hat. Ich glaube, es ist der einzige in ganz England.«

Das ist doch alles vom Schwarzmarkt, dachte ich. *Schweinefleisch und Koriander. So eine Zicke. Dumme Kuh.*

Während Marina sprach, trieb der schwere, ungesunde Geruch des Essens ins Wohnzimmer. Meine Hände schwitzten trotz des kalten Glases. Vor lauter Nervosität trank ich schneller aus, als ich hätte sollen.

»Noch einen?«, rief Marina.

Ich stand auf. »Wenn ich mal eben ..., ist das hier entlang?«

»Zweite links.«

Im Flur öffnete ich meine Handtasche und nahm Charles' Sicherheitsschlüssel heraus. Mit angehaltenem Atem steckte ich den Schlüssel ins Schloss der Wohnungstür und drehte ihn. Er passte.

Ich zog ihn heraus und huschte ins sichere Badezimmer. Marina trug die Brosche. Der Juwelier in Cardiff hatte Marina für mich gehalten, hatte gedacht, Marina sei Charles' Frau. Also mussten sie zusammen in Cardiff gewesen sein und sich als Ehepaar ausgegeben haben. Der Schlüssel aus Charles' Tasche passte zu Marinas Tür. Für all das konnte es nur eine einzige Erklärung geben.

Wie seltsam, dass man in einer Krise Kraftreserven in sich entdeckt, von denen man nichts ahnte. Irgendwie schaffte ich es zurück ins Wohnzimmer und nahm einen zweiten Martini-Dry. Irgendwie schaffte ich es dann, das grässliche, zu stark gewürzte Schweinefleisch hinunterzuwürgen, das Marina mit solch triumphalem Schwung servierte, dass ich den Teller nach ihr werfen wollte. Ich machte ihr sogar Komplimente für ihre Kochkunst. Sie sagte, sie würde mir das Rezept geben.

Das Essen zog sich in die Länge. Für mittags war es viel zu schwer und zu elegant. Marina servierte es auf französische Art, mit dem Salat nach dem Hauptgang und dem Käse vor dem Dessert. Wie angeberisch. Was ist denn bloß falsch daran, es so zu tun, wie wir es gewohnt sind?

Als es endlich Zeit zu gehen war, half Marina mir im Flur in den Mantel. Dann beugte sie sich vor und küsste mich auf die Wange.

»Das hat Spaß gemacht«, sagte sie. »Lass uns das bald mal wiederholen. Ich fahre für ein paar Tage nach London, melde mich aber, sobald ich zurück bin.«

Ich ging durch den Park und die Victoria Road entlang nach Hause. Die Ratte lag immer noch auf dem Weg zwischen Haus und Schuppen. Nachdem ich den Hut abgelegt und mich umgezogen hatte, ging ich nach draußen und schob den steifen Körper mit Hilfe eines Spatens in einen Eimer. Inzwischen war das Eis geschmolzen, sodass das Fell vor Nässe glänzte. Den Eimer trug ich in den Schuppen und sah nach den verschiedenen Stellen, an denen der Kammerjäger das Gift ausgelegt hatte. Alles war weg. Ich fragte mich, ob es noch mehr Ratten gäbe. Da fiel es mir ein. Ich erinnerte mich an Kiplings Geschichte.

Nigel und Charles hielten Kipling für den größten Schriftsteller des Jahrhunderts. Ganz besonders mochten sie die Stalky-Geschichten um die Streiche von Internatsschülern irgendwo an der Küste. Ich hatte sie ganz früher einmal gelesen, als ich mit Charles und Nigel nur befreundet gewesen war, kurz bevor Charles und ich uns verlobten. Eine Ehefrau sollte sich bemühen, die Dinge zu mögen, die ihr Ehemann mag. Doch diese Geschichten hatten mir nicht gefallen. In einer davon töten die Jungs eine Katze mit einem Luftgewehr und schieben die Katzenleiche unter die Dielenbretter in einem verfeindeten Schlafsaal. Die Katze verfault, und nach und nach wird der Gestank in diesem Schlafsaal immer schlimmer und widerlicher. Statt einer Katze würde es sicher auch eine Ratte tun.

Es war nur eine alberne Idee – kindisch, unwürdig und vor allem unmöglich auszuführen. Ich ließ die Ratte im Schuppen und ging hinein auf eine Tasse Tee. Trotzdem musste ich den ganzen Tag lang an die Ratte denken. Und an Marina.

Marina war in London. Ich hatte einen Schlüssel zu ihrer Wohnung, und sie wusste das nicht. Wenn ich morgen Abend nach Einbruch der Dunkelheit hinüberginge, wäre das Risiko, auf dem Weg zu ihrer Wohnung oder zurück gesehen zu werden, gering. Vom Park führte ein kleines Tor in den Gemeinschaftsgarten des Apartmenthauses – das könnte ich benutzen. In Raglan Court blieben die Leute lieber für sich, und mit etwas Glück würde mich niemand bemerken. Sicherheitshalber könnte ich das bunte Kopftuch tragen, ein Vorkriegsgeschenk von Charles, das ich nie getragen hatte, und einen alten Regenmantel, der ihm gehörte.

Im Laufe des Abends erschien mir die Idee immer verlockender. Und warum auch nicht? Es würde Marina nicht schaden, einen weiteren Geruch in dieser ohnehin übel stinkenden Wohnung zu ertragen. Es war eine schöne Möglichkeit, es ihr für ihr mieses Verhalten heimzuzahlen. Es gibt keine Entschuldigung für Untreue. Es gibt keine Entschuldigung für das Stehlen des Ehemanns. Am nächsten Abend entschied ich mich zu handeln. Ich legte die in braunes Papier eingewickelte Ratte in meine Einkaufstasche, steckte eine Taschenlampe ein, ging zum Raglan Court hinüber und betrat die Wohnung. Angst hatte ich nicht. Im Grunde hatte ich sogar das eigenartige Gefühl, dass nicht ich, Anne Butter, all das tat. Es kam mir so vor, als sei ich nur eine Zuschauerin.

Ich ging gleich in die Küche. Von dort nahmen die widerlichen Gerüche ihren Ausgang – also der ideale Ort für die Ratte. Ich machte kein Licht, sondern benutzte nur vorsichtig die Taschenlampe. Ich packte die Ratte aus und ließ sie auf das Linoleum fallen. Der Gasherd hatte Füße, sodass darunter ein paar Zentimeter Platz war. Mit einem Schrubber schob ich die Ratte unter dem Herd entlang bis zur Wand. Die Taschenlampe war ein echter Segen. In ihrem Licht entdeckte ich eine Lücke zwischen dem Schrank neben dem Herd und der Wand dahinter. Ich stocherte mit dem Schrubber so lange herum, bis ich die Ratte in diese Lücke schubsen konnte. Selbst wenn Marina unter den Herd sah, würde sie nichts finden. Ich vermutete, dass die Ratte schon bald anfangen würde zu stinken: Die Wohnung hatte Zentralheizung, und in der Küche war es am wärmsten.

Ich ging nach Hause. Ab jetzt musste ich einfach warten. Auf Nigel und auf die Ratte.

Ein paar Tage später erschien Marina an meiner Tür mit einem Päckchen in der Hand.

»Für dich«, sagte sie lächelnd. »Nur eine Kleinigkeit.«

Ich bat sie herein auf eine Tasse Kaffee. Das Päckchen enthielt Elizabeth Davids Buch über die mediterrane Küche.

»Das Schöne am Kochen ist, dass dabei geteilte Freude irgendwie doppelte Freude ist«, sagte Marina. »Viele der Zutaten findest du nicht in Lydmouth. Vielleicht kann ich dir was aus London mitbringen.«

In den nächsten zwei Wochen traf ich mich regelmäßig mit Marina. Ich lud sie sogar zum Mittagessen ein. Viele von Elizabeth Davids Rezepten waren wirklich sehr einfach. Ich entdeckte sogar eines – *Tarte à l'oignon et aux oeufs* –, das den herzhaft belegten Mürbteigböden ähnelte, die ich immer für Charles gemacht hatte. Marina fand meine *tarte* ganz fabelhaft.

Warum tat sie das alles? Warum war sie so eine Lügnerin? Dafür gab es zwei mögliche Erklärungen: Entweder fühlte sie sich schuldig, weil sie mir den Mann weggenommen hatte, oder sie tat es aus boshafter Freude daran, mir die Freundin vorzugaukeln. Ich vermutete eher letzteres.

Als ich zum zweiten Mal zu ihr zum Lunch kam, war ich sicher, im Wohnzimmer etwas zu riechen. In der Luft hing eine schwache Bläue, eine unangenehme Ahnung von etwas, das in der Nase verweilte. Nach dem Essen half ich Marina, die Teller in die Küche zu tragen.

Ich schnupperte.

»Riechst du was?«, fragte Marina.

»Na ja ...«

»Ich denke auch immer, ich rieche was. Etwas eher Unangenehmes. Ich muss wirklich bald mal die Schränke aufräumen. Und den Vorratsschrank.«

Wir sprachen nicht mehr darüber, bis sie mich ein oder zwei Tage später mitnahm zu einer Matinee mit Shakespeares *Was ihr wollt* im Everyman in Cheltenham. Bald war Dreikönigstag, und Shakespeare hatte das Stück für die Feste geschrieben, die früher am Abend davor ausgelassen gefeiert wurden. In der Pause kam Marina wieder auf ihr Problem zu sprechen.

»Erinnerst du dich an den Geruch in der Küche? Ich glaube, es liegt am Abfluss.«

»Gab es aus den anderen Wohnungen Beschwerden?«

»Soweit ich weiß, nicht. Ich lasse jemanden kommen, der sich das ansieht.«

Zwei Tage später kam sie zum Tee und lieferte die nächste Folge. Leider war der Klempner ziemlich tüchtig. Er hatte schnell erkannt, dass der Geruch nicht aus dem Abfluss kam, den Herd vorgezogen und die modernde Rattenleiche zwischen Schrank und Wand entdeckt.

»Es war recht eklig«, sagte Marina. »Es sah genauso aus, wie es roch, wenn du weißt, was ich meine. Jedenfalls war der Klempner fabelhaft. Er schaffte das widerwärtige Ding aus der Wohnung, und langsam kehrt wieder der Normalzustand ein.«

»Ist es nicht eigenartig, in einem modernen Apartmenthaus eine Ratte zu haben?«

»Ungewöhnlich, vermute ich. Aber offenbar sind das sehr rührige Tiere, und man weiß nie, wo sie auftauchen. Der Klempner schlug vor, dass ich den Kammerjäger hole.« Marina schauderte ziemlich übertrieben. »Nur falls da noch mehr sind.«

»Wir hatten Ratten im Schuppen«, sagte ich. »Der Kammerjäger hat kurzen Prozess mit ihnen gemacht. Ich kann dir seine Adresse geben.«

Marina zog ein kleines ledergebundenes Notizbuch hervor und schrieb sie auf. Dabei schimmerte die Brosche an ihrer Strickjacke: Platin und unglückbringende Opale. Der Kammerjäger legte unter dem Herd und im Vorratsschrank Gift aus. Marina erzählte mir ganz genau, wie widerstrebend er das Gift in der Küche verteilt hatte und wie eindringlich seine Anweisungen gewesen waren. Das geschah kurz bevor sie übers Wochenende nach London fuhr. Sie würde am Samstag auf eine traditionelle Dreikönigsabendparty gehen, sagte sie, denn am Sonntag war der 6. Januar.

»Wir verkleiden uns alle als Figuren aus Shakespeare-Stücken, es wird getanzt, und es gibt Spiele und einen echten Julklotz im Kamin, den wir löschen werden, ganz wie das früher gemacht wurde ...«

Mir war nicht nach Feiern zumute, doch Marina war so voller Vorfreude auf das Fest, dass sie es nicht bemerkte.

»... das Essen ist alles mediterran, mit einem *Tortell*-Kuchen nach Elizabeth David, und sie selbst kommt auch zu der Party. Ich habe sie zwar bisher nur einmal getroffen, aber ich habe das Gefühl, sie schon richtig gut zu kennen – so gut, wie ich dich kenne –, nur durch ihr Buch.« Marina tätschelte meinen Arm; sie fasste mich dauernd an, was ich noch nie leiden konnte. »Ich werde ihr erzählen, dass ich in Lydmouth bereits Menschen bekehrt habe. Bestimmt wird ihr das sehr gefallen. Montag bin ich zurück und kann dir am Dienstag erzählen, wie es war.«

Ich fragte mich, warum sie so aufgeregt war, nur weil sie sich verkleiden durfte. Brauchte sie dazu eine Dreikönigsabendparty? Trug sie nicht schon eine Maske: die einer Freundin? Aber vielleicht trugen wir alle Masken.

Das ganze Wochenende lang war ich hin- und hergerissen. Sollte ich oder sollte ich nicht? Die Gelegenheit war zu günstig, sie wurde mir geradezu auf dem Präsentierteller gereicht. Und das würde den eher lahmen Einsatz der Ratte ausgleichen. Ich wollte Marina natürlich nicht weh tun, nicht ernsthaft. Aber das Risiko wäre gering. Die Menge an Gift, die eine Ratte tötete, würde bei einem Menschen doch höchstens eine leichte Gallenkolik verursachen.

Das ganze Wochenende lang spielte ich mit dem Gedanken. *Was wäre, wenn? Was wäre, wenn?* Am Sonntagabend, als es dunkel war, zog ich Kopftuch und Regenmantel über und verließ das Haus. Die Taschenlampe und den Schlüssel zu Marinas Wohnung hatte ich in der Tasche.

Alles ging so glatt wie beim letzten Mal. Im Kühlschrank stand ein Topf mit etwas, das ich mittlerweile als Ratatouille erkannte. Es sah ziemlich widerlich aus und roch auch so. Das Rattengift lag auf Untertassen, eine unter dem Herd und eine im Vorratsschrank. Von beiden nahm ich ein paar Körnchen und ordnete den Rest so, dass sie unberührt aussahen. Das Gift rührte ich in die Ratatouille. Zu meiner Erleichterung schien es sich schnell aufzulösen. Ich fragte mich, ob es nach etwas schmeckte. Doch selbst wenn: die Ratatouille war ja so stark gewürzt, dass jeder Zusatz überdeckt wäre.

Was wäre, wenn? Was wäre, wenn?

Ich ging nach Hause. In der Nacht träumte ich von Nigel. Komischerweise hatte ich immer schon häufiger von Nigel geträumt als von Charles. Am Montag wachte ich auf und fühlte mich leicht und munter. Jetzt konnte ich die Vergangenheit hinter mir lassen und nach vorne sehen, genau wie man es nach dem Dreikönigstag traditionell tut. In gewisser Weise war das, was ich am Vorabend in Raglan Court getan hatte, nichts Persönliches gewesen. Es gab keinen Grund, hämisch zu sein. Es hatte auch nichts damit zu tun, nachtragend zu sein – ich hatte nur meine Pflicht getan. Jemand musste dieser Frau einmal eine Lektion erteilen, und zufällig war ich dieser Jemand.

Ich spülte das Frühstücksgeschirr, als ein Mann am Küchenfenster vorbeiging und an die Hintertür klopfte. Ein Teller glitt mir aus der Hand und zerbrach im Spülstein. Ich trocknete meine Hände ab und öffnete die Tür.

Es war der Kammerjäger, ein gammeliger kleiner Mann in ausgebeulter Tweedjacke und kragenlosem Hemd.

»Morgen, Madam. Bin gekommen, um mal nach den kleinen Rackern zu fragen.«

»Ich habe gar nicht richtig darauf geachtet.«

»Auch keine Leichen gefunden?«

»Nein.«

»Soll ich mal nachgucken? Vielleicht brauchen sie einen Nachschlag?«

»Ja, bitte.«

Der Kammerjäger ging zum Schuppen. Ich warf den zerbrochenen Teller weg und räumte die Küche auf. Ein paar Minuten später kam der Mann zurück.

»Sie haben alles aufgefressen. Ich hab' noch was ausgelegt.«

»Sehr gut.« Ich öffnete meine Handtasche und nahm die Geldbörse heraus. »Gab es – gab es irgendwelche Leichen?«

Er lachte in sich hinein. »Sind alle zurück ins Nest. Wenn sie sich's aussuchen können, sterben sie gern im eigenen Bett – genau wie wir, was?«

Ich bezahlte ihn. Er wollte noch bleiben und schwätzen – meiner Erfahrung nach sind Männer viel schlimmere Klatschbasen als Frauen –, doch glücklicherweise wurden wir von der Klingel an der Vordertür unterbrochen. Es war ein Telegramm. Mein Herz setzte kurz aus, denn Telegramme verheißen meist schlechte Nachrichten, außer natürlich solchen zu Geburt und Hochzeit; und ich erwartete weder das eine noch das andere. Ich riss es auf.

SCHIFF GESTERN ABEND ANGELEGT. KOMME HEUTE. UNTER DIESEN UMSTÄNDEN ZIMMER IM BULL GEBUCHT. BIS UM FÜNF. NIGEL.

Das war typisch für meinen Schwager. Nigel konnte sehr rücksichtsvoll sein. Als Charles noch lebte, hatte Nigel immer bei uns übernachtet. Doch jetzt nach Charles' Tod war die Situation anders. Lydmouth war nicht London. Wenn wir unter demselben Dach allein wären, würde es Klatsch geben. Manche würden sich vielleicht auch erinnern, dass ich vor der Verlobung mit Charles oft mit Nigel aus gewesen war.

Um halb fünf war ich bereit – das Feuer im Wohnzimmerkamin brannte fröhlich, alles Messing im Flur war gewienert, das Wasser im Kessel kochte beinahe, das Tablett für den Tee war gedeckt. Während ich wartete, jagten närrische Gedanken durch meinen Kopf. *Was wäre, wenn? Was wäre, wenn?*

Nigel klingelte um zwanzig nach fünf.

»Anne – fabelhaft, dich zu sehen.« Er zog mich in die Arme. »Es tut mir so leid wegen Charles.« Er umarmte mich und trat dann einen Schritt zurück. »Tut mir leid, dass ich ein bisschen spät dran bin. Zug hatte Verspätung. Nichts in diesem Land funktioniert richtig.«

Nigel war größer als Charles es gewesen war, und das Alter war freundlicher mit ihm umgegangen. Als junger Mann war er schlaksig gewesen und hatte mit Mädchen nicht reden können, ohne rot zu werden. Doch der Krieg hatte das alles verändert. Ich brachte den Tee, und wir redeten eine Weile – vorwiegend über Charles.

»Du machst dir sicher Sorgen wegen des Geldes«, sagte Nigel. »Brauchst du aber nicht. Von mir aus kannst du im Haus bleiben, solange du willst, es gehört dir jetzt sowieso zur Hälfte. Und Charles' Anteil an dem Geschäft kommt noch dazu; das sollte dir ein ordentliches Einkommen verschaffen, selbst wenn wir etwas mehr Lohn bezahlen müssen.«

Ich fragte, wie lange er in Lydmouth bleiben wollte.

»Nur zwei Tage, fürchte ich. Am Donnerstag hüpfe ich rüber nach Paris.« Er grinste mich an. »Mal sehen, ob ich ein Parfum für dich finde.«

»Schade, dass du nicht länger bleiben kannst.«

Er begegnete meinem Blick. »Ich komme ja wieder.«

«Was ich fragen wollte – würdest du mir wohl mit Charles' Sachen helfen? Da ist zum Beispiel seine Kleidung. Und die Geschäftsunterlagen habe ich auch noch nicht durchgesehen.«

»Natürlich. Wann passt es dir?«

»Komm morgen zum Mittagessen – wir könnten einen verspäteten Dreikönigslunch machen. Und uns danach um alles kümmern.«

Er zögerte.

»Ich werde etwas Besonderes kochen«, sagte ich munter. »Ich habe nämlich in letzter Zeit ein wenig experimentiert. Ich liebe Elizabeth David. Ihre Rezepte lassen einem das Wasser im Mund zusammenlaufen.«

»Ja.« Er sah auf die Uhr. »So, so, Elizabeth David. Du hast dir ja einen weltgewandten Geschmack zugelegt in meiner Abwesenheit.«

»Ich gebe mir Mühe.« Ich lächelte ihm zu. »Trotz aller Einschränkungen und der Lebensmittelmarken gibt es keine Entschuldigung dafür, beim Kochen nicht auch einmal etwas zu wagen.«

Nigel stand auf und warf seine Zigarettenkippe ins Feuer. Mit der Spitze des Zeigefingers fuhr er über die Rücken der Kipling-Bände im Regal. Mich fröstelte. Er drehte sich um und sah mich an.

»Ach, übrigens: Ich schulde dir Geld.«

»Wirklich?«

»Ich hatte Charles gebeten, eine Schuld für mich zu bezahlen. In seinem letzten Brief erwähnte er, dass er das getan hat. Etwa hundertneunzig Pfund.«

Einhundertneunundachtzig Pfund, neunzehn Shilling und elf Pence?

»Ach – o ja.« Mir war, als kröche eine Horde Insekten über meine Haut. »Ich hab' den Scheck gesehen. Für einen Juwelier, nicht wahr?« Mit ungeheurer Anstrengung zwang ich mich zu lächeln. »Wer ist denn die Dame, die du damit beglückt hast? Wenn es denn eine *Dame* war.«

Nigels Wangen röteten sich. Den jungen Mann, den ich vor dem Krieg gekannt hatte, gab es also doch noch. »Ich – ich sollte es dir wohl besser erzählen. Also, in letzter Zeit habe ich mich, wenn ich hier war, mit einer Freundin getroffen. Einer besonderen Freundin.«

»Und Charles wusste davon?«

Er nickte, nahm sein Zigarettenetui heraus und drückte am Verschluss herum. »Und dann fuhr ich im Frühling geschäftlich nach Paris und lernte Ghislaine kennen. Eins kam zum anderen – na ja, jedenfalls werden wir heiraten.«

Er hielt inne und sah mich an, als erwartete er Glückwünsche. Ich konnte nicht sprechen.

»Doch da war immer noch diese – diese andere Lady. Das musste aufhören. Ich wollte ihr jedoch etwas schenken, als Andenken. Dann musste ich nach Tanganjika ...« Es gelang ihm endlich, das Etui zu öffnen. Er nahm eine Zigarette heraus und rollte sie zwischen den Fingern. Tabakkrümel fielen auf den Kaminvorleger.

»Ich bat Charles, ihr ein Geschenk zu kaufen. Das war, als du im Krankenhaus warst. Ein Schmuckstück – etwas Anständiges. Ich sagte ihm, wieviel ich ungefähr ausgeben wollte, und überließ den Rest ihm. Wir wollten abrechnen, wenn ich wieder zu Hause war. Ich hoffe, dass du jetzt nicht schlecht von mir denkst.«

Er sah mich an. Schließlich schüttelte ich den Kopf, womit er zufrieden schien. Männer sind leicht zufriedenzustellen.

»Es war nichts Ernstes«, sagte er, als würde es das entschuldigen. »Männer stoßen sich eben die Hörner ab, bevor sie sesshaft werden. Frauen sind da anders.«

Tatsächlich? Wenn alle Frauen anders waren, wie konnten sich dann die Männer die Hörner abstoßen?

Er sah wieder auf die Uhr. »Himmel, ich muss gehen. Wir sehen uns morgen. Um welche Zeit passt es dir?«

»Um halb eins?«

»Fabelhaft.«

Wir gingen in den Flur. Er beugte sich zu mir, und seine Lippen streiften meine Wange.

»Du bist immer ein guter Kamerad gewesen. Du bist nicht schockiert? Charles dachte, du wärst es.«

»Sei nicht albern.« Ich lächelte zu ihm hinauf. »Jungs sind doch nun mal so.«

Wir verabschiedeten uns, und ich schloss die Tür hinter ihm. Ich ging zurück ins Wohnzimmer. Der Raum war trostlos und leer. Von Nigel war nichts geblieben als ein benutzter Teller, eine Pfütze Tee am Grunde einer Tasse und goldene Tabakkrümel auf dem Kaminvorleger. Ich trat ans Bücherregal und strich mit dem Finger die Rücken der Kiplings entlang. Ich versuchte, mir Ghislaine vorzustellen, doch sie war zu abstrakt, zu fremd für mich. Sie war nicht aus Fleisch und Blut wie Marina. Marina, dachte ich müßig, müsste jetzt wieder zu Hause sein.

Eines der Bücher stand nicht ganz in der Reihe. Es war *Stalky & Co.*, die Schuljungengeschichten, die Nigel und Charles am besten gefallen hatten. *Jungs sind nun mal so.* Zwischen den Seiten steckte ein Stück Papier, vermutlich ein Lesezeichen. Ich nahm das Buch in die Hand, weil ich plötzlich die Geschichte mit der toten Katze und dem Gestank noch einmal lesen wollte. Das Lesezeichen war aus gelblichem Papier. Ich zog es heraus und stellte fest, dass es ein Telegramm war. Einen Augenblick lang dachte ich, dass Nigels Telegramm an mich irgendwie in *Stalky & Co.* geraten war. Doch das stand immer noch auf dem Kaminsims hinter der Uhr an die Wand gelehnt. Dieses hier war an Charles gerichtet und vom September, als ich im Krankenhaus war.

NUR ZU, ALTER JUNGE. IST DIE KATZ AUS DEM HAUS. AMÜSIER DICH. NIGEL.

Ich sank neben dem Regal in den Sessel, der noch warm war von Nigels Körper. Las wieder und wieder das Telegramm. Es war den weiten Weg von Suez gekommen. Nigel musste es auf seinem Weg nach Ostafrika geschickt haben. Plötzlich wurden viele Dinge klar. Nigel, Charles und Marina – alle hatten sie Masken getragen. Sie hatten mich alle auf ihre Weise betrogen, sogar Nigel.

Nigel am schlimmsten.

Es wurde sehr kalt. Ich stand auf und legte Kohle nach. Das Buch über die mediterrane Küche lag auf der Anrichte. Ich blätterte es schnell durch, suchte ein passendes Rezept für morgen. Ich wusste, dass ich etwas finden würde. Und ich wusste auch, dass Nigel alles, was ich kochen würde, mit offensichtlichem Appetit äße, weil er sich schuldig fühlte.

Etwas später ging ich nach draußen. Die Nacht war kalt, mit Sternen wie Diamanten. Der Mond schien klar und hell. Frost schimmerte auf dem Pfad zum Schuppen. Ich öffnete die Tür. Mondlicht strömte über den Boden und beschien eine Untertasse in der Ecke. Ich hob sie auf und verließ den Schuppen.

Auf dem Weg zum Haus hörte ich einen Notarztwagen. Die Sirene kam immer näher. Die Victoria Road herunter aus der Richtung des Parks und Raglan Court. In der schneidenden Nachtluft stand ich da und hörte, wie der Krankenwagen vor der Kreuzung Chepstow Road langsamer wurde, links abbog und zum Krankenhaus raste.

Was wäre, wenn? Was wäre, wenn?

Büffet zum Dreikönigsabend

Alle Gerichte für 6 Personen

Am Vorabend des Dreikönigstages (6. Januar), englisch »Twelfth Night«, wird das Ende der zwölftägigen Weihnachtszeit gefeiert. In England wurde dazu früher auf der Straße Theater gespielt und getanzt, der am 25. Dezember im Kamin entzündete Julklotz wurde feierlich gelöscht, die Apfelbäume wurden mit Wassail gesegnet, und wer im Dreikönigskuchen die Münze fand, herrschte am 6. Januar über die Festgesellschaft.

Brunnenkressesuppe

große Bund Brunnenkresse
25 g Butter
1 Zwiebel, fein gehackt
450 g Kartoffeln, gewürfelt
600 ml Hühnerbrühe
600 ml Milch
Salz, schwarzer Pfeffer
150 ml Sahne

❖ Brunnenkresse waschen und ein Drittel beiseite stellen. Vom Rest Stiele abschneiden und Blätter grob hacken. Butter in einem großen Topf bei geringer Hitze zergehen lassen und Zwiebeln darin andünsten. Kartoffeln, Brunnenkresse, Brühe und Milch zufügen und aufkochen lassen. Salzen und pfeffern und etwa 1 Stunde köcheln lassen. Pürieren.

❖ Vor dem Servieren grob gehackte restliche Brunnenkresse und Sahne einrühren.

❖ Die Suppe kann auch eisgekühlt serviert werden.

Tarte à l'oignon et aux œufs

Für den Boden:
200 g Mehl
60 g Butter
40 g Schmalz
50 ml Wasser
Salz

Für den Belag:
700 g Zwiebeln
20 g Butter

❖ Alle Zutaten zu einem glatten Teig verkneten, dünn ausrollen und eine Tarteform (26 cm) damit auskleiden. Etwas Teig zur Verzierung beiseite stellen.

❖ Zwiebeln in Ringe schneiden und in etwas Salzwasser zu Brei kochen.

❖ Für die Bechamelsauce Butter in einer Pfanne erhitzen, Mehl zufügen und kräftig rühren, damit sich keine Klümpchen bilden. Unter Rühren Milch zugießen, bis eine cremige Sauce entsteht. Vom Herd nehmen, mit Muskat, Salz und Pfeffer kräftig würzen.

20 g Mehl
200 ml Milch
frisch geriebene Muskatnuss
Salz, weißer Pfeffer
mehrere Eier
2–3 EL Essig

❖ Zwiebeln mit der Sauce mischen und auf den Teig streichen. Teigstreifen gitterförmig darüberlegen. Tarte bei 175 °C etwa 45 Min. backen.
❖ Eier in Wasser mit Essig pochieren und auf die Tarte legen. Warm oder kalt servieren.

Filet de porc en sanglier mit Sauce chasseur

1,6 kg Schweinelende

Für die Marinade:
Weinessig
Salz, Pfeffer
1 TL Korianderkörner
5 Wacholderbeeren
2 Knoblauchzehen, zerdrückt
je 1 Zweig Thymian, Basilikum, Salbei, Minze, Petersilie
1 Lorbeerblatt
3 Nelken

Für die Sauce:
60 g Butter
60 g Mehl
200 ml Brühe
2 EL Sahne

❖ Reichlich Essig in eine Schüssel geben (Fleisch sollte bedeckt sein) und die Zutaten hineingeben. Das Fleisch 8 Tage marinieren und täglich wenden. Herausnehmen und abwischen. Ofen auf 250 °C vorheizen. Bratform fetten und Fleisch 15 Min. im Ofen anbraten. Hitze reduzieren und bei etwa 170 °C gut 2 Stunden braten.
❖ Für die Sauce Marinade auf ein Drittel einkochen. Butter zerlassen und Mehl darin anschwitzen, mit Brühe löschen. Reduzierte Marinade und Bratensaft zugießen. Erwärmen und Sahne einrühren.
❖ Braten mit Sauce warm servieren und Kastanienpüree dazu reichen.

Reissalat mit Thunfisch

150 g Tiefkühl-Erbsen
150 g Langkornreis (parboiled)
1 Staude Chicorée (etwa 300 g)
75 g Champignons

❖ Erbsen auftauen. Reis in Salzwasser garen, abschrecken.
❖ Untere Enden vom Chicorée abschneiden und Blätter quer in 3 cm breite Streifen schneiden. Champignons putzen, in dünne Scheiben schneiden und mit Zitronensaft beträufeln. Thunfisch abtropfen lassen.

1 EL Zitronensaft
0 g Thunfisch aus der Dose
1 Dose Mandarinen (150 g Abtropfgewicht, Saft auffangen)
150 g Crème fraîche
2 EL Tomatenketchup
100 g saure Sahne
Salz, Pfeffer

Gemüse, Reis und Fisch in einer Schüssel mischen. Übrige Zutaten mit 1 EL Mandarinensaft verrühren und unter den Salat heben.

Patafla

4 Tomaten
2 grüne Pepperoni
60 g schwarze Oliven
85 g grüne Oliven
1 große Zwiebel
60 g Kapern
60 g saure Gurken
1 Baguette
1–2 EL Olivenöl
Paprikapulver
Salz, schwarzer Pfeffer

❖ Tomaten schälen, Pepperoni entkernen, Oliven entsteinen. Alle Zutaten außer dem Brot klein hacken und mischen. Brot der Länge nach aufschneiden und weiche Krume entfernen. Krume mit der Gemüsemischung, etwas Öl und Gewürzen verkneten. Mischung in die Brothälften füllen, zusammensetzen und über Nacht kühl stellen.

❖ Zum Servieren in dünne Scheiben schneiden.

Pikantes Konfetti

1 große Gurke
¼ Zwiebel
1–2 TL Zitronensaft
Salz, Pfeffer
1 Zweig Minze
12 Blatt weiße Gelatine
2 große Rote Bete
500 ml Wasser
1 EL Essig
1 Prise Zucker

❖ Gurke mit Schale und Zwiebel raspeln und mit Zitronensaft mischen. Salzen und pfeffern. Minze fein hacken und unterrühren. 6 Blatt Gelatine in kaltem Wasser auflösen und in die Gurkenmischung rühren. Kalt stellen.

❖ Rote Bete ungeschält 45–60 Min. im Ofen bei 190 °C backen. 6 Blatt Gelatine in kaltem Wasser einweichen, ausdrücken und in 500 ml Wasser auflösen. Rote Bete schälen, raspeln, ins Wasser geben, salzen und pfeffern. Mit Essig und Zucker 10 Min. bei geringer Hitze erwärmen. Durchseihen und kühl stellen. Zum Servieren abwechselnd vom Gurken- und Rote-Bete-Gelee mit einem Löffel Nocken abstechen und in eine Glasschüssel schichten.

Wassail oder Lamb's Wool

Für 1 Glas:
150 ml Apfelwein (Cidre) oder dunkles Bier (Ale, Altbier)
je 1 Prise Zimt, geriebenen Muskat, Piment- und Nelkenpulver
1 TL Honig
¼ gebratener Apfel

❖ Cidre oder Bier mit Gewürzen und Honig mixen. Apfel klein schneiden und in ein Glas geben, mit dem Mix auffüllen. Kann auch warm getrunken werden.
❖ Dazu gehört der Trinkspruch »wassail« (von keltisch »waes hael«, alles Gute), und ein paar Tropfen werden an die Wurzeln von Apfelbäumen gespritzt, für eine gute Ernte.

Ballmilch

Für 1 Glas (250 ml):

alkoholfrei:
3 TL Grenadine
Saft von ½ Orange
etwa 200 ml kalte Milch

Mit Alkohol:
1 TL Zucker
Saft von ½ Mandarine
1 cl Arrak
etwa 200 ml kalte Milch

❖ Einen Cocktailshaker halb mit Eiswürfeln füllen. Grenadine und Saft oder Zucker, Saft und Arrak darin schütteln, durch ein Sieb in das Glas gießen. Mit Milch auffüllen.

Tortell (südfranzösischer Dreikönigskuchen)

400 g Mehl
½ Würfel Hefe
45 g Zucker
125 ml Milch
¾ TL Salz
150 g weiche Butter
2 Eier, verquirlt

Für die Füllung:
200 g Marzipanrohmasse
125 ml Vanillesauce
1 EL Aprikosenkonfitüre
60 g Rosinen

Für die Glasur:
250 g Puderzucker
kandierte Früchte, gewürfelt
60 ml warmes Wasser

❖ Mehl in eine Schüssel geben und eine Mulde hineindrücken. Hefe zerbröckeln und mit Zucker und Milch in der Mehlmulde verrühren. Mit etwas Mehl bestäuben und etwa 15 Min. stehen lassen, bis sich Schaum bildet.

❖ Salz, Butter und Eier zugeben und mit der Mehl-Hefe-Mischung zu einem glatten Teig verkneten. Zugedeckt etwa 1 Stunde bei Zimmertemperatur auf die doppelte Menge gehen lassen. Für die Füllung Marzipan mit Vanillesauce und Aprikosenkonfitüre gut verkneten. Mit Rosinen bestreuen und nochmals kneten, zu einer 60 cm langen Rolle formen.

❖ Ofen auf 180 °C vorheizen. Teig zu einem Rechteck von etwa 60x15 cm ausrollen. Marzipan darauf legen und Teig darüberklappen. Zu einem Kranz formen und in der unteren Hälfte des Ofens etwa 45 Min. backen. (Bei sehr weichem Teig eine Kranzkuchenform nehmen.)

❖ Für die Glasur Puderzucker mit Wasser glatt rühren und ausgekühlten Kuchen damit überziehen. Mit kandierten Früchten verzieren.

❖ Für das Dreikönigsfest werden im Teig eine Münze und eine Bohne eingebacken. Wer die Münze findet, ist am 6. Januar König oder Königin, wer die Bohne findet, muss den Kuchen bezahlen.

Weiberfastnacht

Sabine Deitmer

An Weiberfastnacht gehört die Bar des Golfklubs Hohenschönhausen den Damen.

Der glänzende Mahagonitresen, die Bilder mit den Gewinnern der Klubturniere in ihren blinkenden Messingrahmen, die Barhocker mit ihren dunkelroten Ledersitzen, die mächtigen Polstermöbel, bezogen mit englischen Stoffen: Heute ist dies das Reich der Damen. In einem kleinen Festakt, von der örtlichen Presse durch die Entsendung eines pubertären Praktikanten mit Kamera begleitet, übergibt der Präsident des Vereins, Herr Diekneite, pünktlich um elf Uhr elf mit schwarzem Zylinder und einer Seidenkrawatte, die karnevalistisch korrekt unterhalb des gebundenen Knotens abrupt endet, eine Kette, an der unzählige Schlüssel hängen. Die Präsidentin der Hohenschönhauser Golfdamen, Frau Holte, streift sich die dezent klirrende Kette mit geübtem Griff und unter dem Beifall der anwesenden Damen – sie macht das nicht zum ersten, sondern zum fünfzehnten Mal – über die frisch violett getönten Haare, in denen neckisch buntes Konfetti aufblitzt. Sie drapiert die Kette auf dem weißen Lederblouson, zupft daran herum, bis alle Schlüssel in gleicher Richtung nebeneinander liegen. Zufrieden wirft sie den Kopf in den Nacken und lächelt das Lächeln, mit dem sie morgen neben einem würdig dreinblickenden älteren Herrn mit Zylinder auf der Titelseite des *Hohenschönhauser Boten* zu bewundern sein wird. In ihrem engen weißen Lederanzug mit den Fransen und der Peitsche in der Hand hat die Präsidentin sich stilsicher, ihrem Naturell und der vor ihr liegenden Aufgabe entsprechend, als Raubtierbändigerin verkleidet. Sie beugt sich, wie das Protokoll es vorschreibt, zu Herrn Diekneite hinunter. Er ist gut zwanzig Zentimeter kleiner und dreißig Kilo schwerer als sie. Die Präsidentin presst ihm zwei Küsse auf seine runden Wangen. Schmatz. Der Praktikant schießt seine Photos. Herr Diekneite widersteht der Versuchung, ein Tempotaschentuch aus der Tasche zu ziehen und die lächerlichen roten Flecken, die ihm aus dem Spiegel der Bar entgegenlachen, abzuwischen. Die Damen klatschen. Herr Diekneite lächelt tapfer. Gleich hat er es geschafft. Herr Diekneite ist kein Fan von Karneval. Noch weniger von Weiberfastnacht. Er misstraut Frauen, die saisonal bedingt zu Scheren greifen, Krawatten abschneiden und die Peitsche schwingen. Die schwarzen Lederriemen, die sachte vor- und zurückschaukeln, machen ihn nervös. Das Klatschen endet. Herr Diekneite ist gerettet. »Ja, dann.« Herr Diekneite verbeugt sich überraschend wendig und galant. »Wünsche ich den Damen noch viel Vergnügen.« Er schüttelt die Hand der Präsidentin, die Hand der zweiten Vorsitzenden, die Hand des Praktikanten und entfernt sich gemessenen Schrittes. Es soll nicht so aussehen, als würde er vor diesem Frauenhaufen, der in seinem Rücken giggelt und lacht, die Flucht ergreifen.

Auf dem Weg nach draußen kommt er am Büffet vorbei. Mit sehnsüchtigem Blick streift er das Roastbeef auf der silbernen Platte, rot und blutig liegt es da. Das Wasser läuft ihm im Mund zusammen. Daneben die Heringe mit den Zwiebel- und Apfelringen in ihrer weißen Sahnesauce, nichts ist so zart wie ein fachmännisch eingelegter Hering, Herr Diekneite schluckt. Der rosa schimmernde Lachs lässt ihn kalt. Dazu diese seltsame Sauce, allein schon die Farbe. Aber die Minifrikadellen, oha, mit ihrer appetitlich braunen Kruste, und die frisch mit Fleischsalat gefüllten Tomaten, außerordentlich, ganz außerordentlich, frohlockt es in ihm. Der Waldorfsalat mit den ganzen Walnüssen, na ja. Das Werk von Jungspunden, die das Alter der Klubmitglieder und die Einschränkungen der Kauwerkzeuge nicht bedacht haben, und die roten und grünen und gelben Dips, gefährlich gesund sehen sie aus, und harmlos, aber nur für den, der nicht weiß, welche mörderischen Kalorien in ihnen lauern. Da hält man sich besser an die mit Sesam und Mohn besprenkelten Brötchen oder die Baguettes, die mit blau-weiß-roter Halskrause ausgerichtet wie die Orgelpfeifen neben den silbernen Bestecken liegen. Die Luftschlangen zwischen den Platten und Tellern erinnern ihn daran, aus welchem Anlass er sich an diesem Ort befindet. Weiberfastnacht. Keine der Kostbarkeiten ist für ihn bestimmt. Alles für die Damen. Schweren Herzens trennt er sich von den Leckerbissen, die auf weibliche Zungen warten, und lenkt seine Schritte Richtung Ausgang. Zu Hause wartet auf ihn ein Rohkostteller, den seine Frau, die heute zusammen mit den Golfdamen schlemmt, für ihn vorbereitet hat. Auf dem Weg in den Flur begleitet ihn lautes Gekreische aus Frauenkehlen. Er legt einen Schritt zu. Ein Schauder kriecht ihm den Rücken hinunter. Weiberfastnacht ist ihm von je her unheimlich.

Während Herr Diekneite sich hinter das Lenkrad seines Mercedes klemmt, froh, den feiernden Frauen zu entfliehen, kommt Frau Holte, die Präsidentin, unter den anfeuernden Rufen der Damen: »Elke, Elke«, ihrer nächsten Amtshandlung nach. Sie lässt den Korken der ersten Champagnerflasche knallen. Der Applaus wogt, während sie die Champagnergläser füllt. Die zweite Vorsitzende, Frau Diekmann, eine dralle Sechzigerin, die ihre prächtigen Hüften in einem goldenen Haremskostüm zur Schau stellt, köpft derweil im Hintergrund diskret mit einem leisen Plopp die nächsten Flaschen. Die Devise der Damen betreffs der alkoholischen Versorgung an Weiberfastnacht lautet: Bloß keine Nachschubprobleme entstehen lassen.

Im Nu hält jede der anwesenden Damen ein gut gekühltes Glas in der Hand und blickt auf die Perlen, die an die Oberfläche steigen. Alle vierundzwanzig formieren sich jetzt so, wie es das Protokoll vorschreibt, zu einem Kreis. Jeweils zwei von ihnen treten aus der Runde hervor, stoßen miteinander an, trinken einen Schluck und treten wieder in die Reihe zurück. Bis jede sich mit jeder zugeprostet hat. Mit hoch erhobenen Gläsern stehen sie wieder nebeneinander im Kreis.

Die Präsidentin tritt einen Schritt vor. »Hake, Bake«, intoniert sie feierlich, und vierundzwanzig Frauenstimmen schreien zurück: »Schnute, Kake.« Kurz darauf kreischen alle gemeinsam: »Hölleken, Pölleken, Puff.«

Nach diesem rituellen Akt brechen die Dämme der Contenance. Die Damen kichern und kreischen. Eine Nonne bekommt einen Lachanfall, ihr Kopf schwillt rot unter der schwarz-weißen Haube an. Zwei Klubschwestern führen sie zu einem Sofa, überreden sie, sich dort lang auszustrecken.

Der große Kreis löst sich nach und nach in kleine Grüppchen und Paare auf. Zu zweit und dritt und viert stehen die Damen des Golfklubs Hohenschönhausen unter dem Kristalllüster und bringen die Gläser zum Klingen. Die ersten sind das Stehen leid und lassen sich in die weichen Polstermöbel vor den breiten Glasscheiben fallen, die einen hervorragenden Ausblick auf die Anlage des Golfklubs bieten. Sie sehen auf sanfte grüne Hügel, auf die an diesem Morgen ein leichter Schneeregen hinunterrieselt.

Ein Punkt des Protokolls, der auf keiner Tagesordnung steht, ist der, dem die Damen sich in der Folge mit Inbrunst widmen. Sie begutachten sich gegenseitig, machen sich Komplimente für die Kostüme. Keine der

Damen taucht je in einem Kostüm auf, das sie schon einmal getragen hat. Jedenfalls nicht im Klub. Und tatsächlich: Die Kostüme verdienen die Komplimente. Es gibt geheimnisvoll verschleierte Gesichter, kecke Hüte, Kopfbedeckungen ausladend wie Wagenräder, weit schwingende Röcke, die bei jeder Bewegung rascheln, und enge, die wie eine zweite Haut an den Hüften kleben. Es gibt die Auferstehung von Hexen, die auf dem Scheiterhaufen gebrannt haben. Die Wiederkehr von Gauklerinnen und Marketenderinnen, von Cowgirls und Balletteusen, von Zarah Leander und Mata Hari. Gläserklirren und Lachen bestimmen die Runde. Unter dem Gejohle der Damen verrät die Präsidentin, Frau Holte, dass sie ihr Kostüm nach einer Raubtierbändigerin gewählt hat, die in den zwanziger Jahren mit großem Erfolg im Zirkus erotische Raubtiernummern vorführte. Eine Frau, die sich auf dem Boden des Käfigs lasziv mit ihren geliebten Tigern wälzte. Und die Farbe Weiß für ihr Kostüm wählte, weil darauf der Samen der männlichen Raubkatzen nicht zu sehen war.

Nach dem Champagner, großzügigen Komplimenten und launigen Anekdoten folgt der Teil der Zusammenkunft, den viele Damen als attraktivsten Teil des Treffens sehen: das gemeinsame Singen der Karnevalslieder. Eine Dame mit roter Perücke in einer meergrünen Tunika aus Seidenschuppen über hellblau glitzernden Hosen humpelt auf Krücken ans Klavier. Sie lässt sich auf dem Hocker nieder, stimmt die ersten Takte an. Dann gibt sie den Einsatz. »Es war einmal ein treuer Husar«, tönt es aus zwei Dutzend Frauenkehlen durch die Bar, »der liebte sein Mädel ein ganzes Jahr, ein ganzes Jahr und noch viel mehr, die Liebe na-a-a-hm kein Ende mehr.«

Keine scheint zu bemerken, dass sich die Präsidentin, Frau Holte, die zweite Vorsitzende Frau Diekmann und eine weitere Dame im Clownskostüm aus dem Kreis der Sängerinnen verabschieden. Niemand scheint mitzubekommen, dass die folgenden Strophen, in denen das Liebchen des Husars zu Tode erkrankt und er auf sein Ross steigt, um zu ihr zurückzukehren und sie zu retten, ohne diese drei gesungen werden. Während die Damen in der Bar des Golfklubs das nächste Lied singen, »Am alten Schlossturm zu Düsseldorf am Rhein ...«, kann man draußen auf dem Golfplatz ein Golfcart durch den Schneeregen fahren sehen, den grünen Hügel hinauf, bis sein Umriss hinter den Hügeln verschwindet. Aber keine der Damen schaut nach draußen, sie haben sich längst alle ausnahmslos rund um den Flügel versammelt und blicken auf die Frau mit den roten Locken und der meergrünen Tunika am Klavier, die den Ton angibt.

Als ein neues Lied angestimmt wird, »Du sollst mich lieben für drei tolle Tage, du sollst mich küssen, das ist deine Pflicht«, kommt das Golfcart

über den Hügel zurück zum Klubhaus gefahren. Sieht das jemand? Wahrscheinlich nicht. Die Damen blicken hinunter auf das Notenblatt, das sie in ihrer Hand halten. Laut schmettern sie: »Nur nach dem Namen frag mich bitte, bitte nicht. Nur nach dem Namen frag mich bitte, bitte nicht.« Und dann sind die drei Damen, die den Kreis verlassen hatten, genauso unauffällig und plötzlich, wie sie verschwunden waren, wieder zurück.

Vereint mit den anderen setzen sie an zum Ende und Höhepunkt des musikalischen Potpourris: »Am Aschermittwoch ist alles vorbei. Die Schwüre von Treue, sie brechen entzwei. Von all deinen Küssen will ich nichts mehr wissen, wie schön es auch sei, dann ist alles vorbei.« Gut gelaunt, kichernd und vor sich hinsummend stürmen die Damen das Büffet.

Die akustische Untermalung erfolgt von nun an aus der Konserve, die Lautstärke ist dezent gedimmt. Damit die Musik die Unterhaltung der Damen nicht behindert. Auch das hat Tradition. Die Bläck Föss singen: »Un' dann stonn' mer in de' Kaffebud un' kippen uns de' Kaffee in de' Kopp, in de' Kopp.« Die eine oder andere der Damen hat inzwischen ebenfalls das Champagnerglas mit einer Tasse Kaffee vertauscht. Zu den Klängen der Bläck Föss klappern jetzt die Gabeln, kratzen Messer über Porzellan, scheppern Tassen auf Untertassen, plappern Stimmen, schwirren Gekicher und der ein oder andere dezente Rülpser durch den Raum.

Bevor die Damen vom Deftigen zum Süßen schwenken und sich den Verlockungen des Nachtischs ergeben, verlässt die Präsidentin als einzige noch einmal die Runde. Kurze Zeit darauf fährt das Golfcart noch einmal im Schneeregen den grünen Hügel hinauf, verschwindet ein weiteres Mal dahinter. Auch diesmal geschieht der kleine Ausflug unbemerkt. Die Damen sind von den Gaumenfreuden des Nachtischs gefangen.

Als von der Mousse nur noch schmierige Spuren auf dem Tablett übrig sind, die Panna cotta in sich zusammengefallen ist, kehrt die Präsidentin mit einem ernsten Ausdruck und von der Kälte geröteten Wangen in den Kreis der Damen zurück. Sie wirft ihren Pelz achtlos auf einen Sessel und läuft zu einer zierlichen Frau, die, als Balletttänzerin verkleidet, auf einem Polsterhocker sitzt und ihr bleich und mit großen Augen entgegenblickt. Es ist, als wäre gerade von draußen ein eisiger Windstoß hereingeweht. Die Gespräche verstummen, keine der Damen spricht.

Die Präsidentin beugt sich zu der Frau im weißen Tutu, nimmt sie in den Arm. »Es tut mir leid …«, sagt sie. Die versammelten Damen tauschen verunsicherte Blicke. »Sophie, es tut mir so leid.«

Die Präsidentin flüstert der Balletttänzerin, die wie eine leblose Puppe in ihren Armen hängt, etwas ins Ohr. Keine kann hören, was sie sagt. Jede fühlt, dass es nichts Fröhliches ist.

Behutsam lässt die Präsidentin die Balletttänzerin auf den Hocker zurückgleiten. Dann reckt sie sich zu ihrer vollen Größe und ergreift das Wort: »Er ist tot.« Sie hält inne, sucht nach Worten. »Ich weiß nicht, warum. Aber er lebt nicht mehr.«

Geschockt starren die Anwesenden auf ihre Präsidentin, auf die Frau im Ballettdress.

Die Frau im weißen Tutu schluchzt auf.

»Es tut mir leid, Sophie.« Die Präsidentin zuckt hilflos die Achseln. Ihre Stimme klingt müde. »Keine Ahnung, wie das passieren konnte.«

Keine sagt etwas, nur die Bläck Föss singen leise, dass der Dom da bleiben soll, wo er hingehört. Nichts ist mehr da, wo es hingehört. Nicht für die Präsidentin, nicht für Sophie, nicht für die anderen Klubdamen.

Eine als Cowgirl verkleidete Frau bricht das Schweigen: »Das erste Mal in all den Jahren, dass etwas schief gegangen ist.« Sie steht auf und stellt die Musik ab. Die Nonne steckt sich eine Zigarette an und reicht die Zigarettenschachtel weiter. Die Präsidentin räuspert sich. »Mein Gott.« Sie fährt sich hilflos durch die kurzen violett gefärbten Haare. »Alle anderen haben es überlebt. Wir sind doch keine Dilettanten.«

»Das letzte, was wir jetzt tun sollten, ist uns selbst zerfleischen«, ergreift die Nonne das Wort. »Ihr habt bestimmt alles korrekt, so wie immer gemacht.«

Frau Diekmann, die zweite Vorsitzende, läuft in ihrem Glitzerkleid zur Bar und kommt mit einer Cognacflasche und Gläsern wieder zurück.

»Fünfzehn Jahre lang ist alles gut gegangen.« Die Präsidentin schüttelt den Kopf. »Und jetzt das ...«

»Fünfzehn Männer haben es überlebt, an Weiberfastnacht eine Stunde lang auf dem Rasen zu frieren.« Die Frau im Clownskostüm nimmt ihren hohen Hut mit den bunten Punkten vom Kopf. »Und jedem von ihnen hat es gut getan, einmal darüber nachzudenken, wie sie mit uns umgehen. Bei klarem Kopf.«

Die anderen Frauen sehen sie an.

»Ein kleiner Denkzettel, eine sanfte Nachhilfe zur Umkehr, mehr wollen wir doch nicht.«

»Am Anfang war das doch nur ein Scherz.« Eine Frau im Frack mit schulterlangen weißen Haaren schnippt die Asche ihrer Zigarette achtlos auf den Teppich. »Wenn sie nicht so eitel gewesen wären, hätte das doch gar nicht geklappt. Mein Gott, wer von uns hätte so was je geglaubt? ›Aufgrund Ihrer besonderen Verdienste um die Förderung der Frauen im Golfsport laden wir Sie zu unserer Sitzung zu Weiberfastnacht ein und möchten Sie mit der Ehrennadel der Hohenschönhauser Golfdamen auszeichnen. Wir bitten um äußerste Geheimhaltung. Die Nadel wird zum allerersten Mal verliehen, und wir möchten das mit größtmöglicher Presseresonanz auch in den nationalen Medien einstielen. Finden Sie sich bitte Weiberfasching um zwölf Uhr auf dem Parkplatz des Vereinsheims ein.‹«

»Aber jetzt haben wir einen Toten«, stellt die Präsidentin fest. Ihre Stimme klingt gepresst. »Und das wollten wir nicht.«

»Elke, trink.« Die zweite Vorsitzende reicht der Frau im weißen Lederdress ein üppig gefülltes Cognacglas. »Das hilft.«

Die Frau im Frack ergreift erneut das Wort. »Wir hätten damit doch gar nicht weitergemacht, wenn es nicht so gut geklappt hätte. Für uns war das doch ein Gag, ein Witz. Zum ersten Mal haben wir das bei meinem Helmut probiert. Ich hätte nicht darauf gewettet, dass er überhaupt kommt. Aber er kam, mein Helmut, arglos und stolz wie ein Pfau. Und wunderte sich, dass eine Araberin mit Tschador ihm den Anzug auszog und ihm Handschellen anlegte. Und anschließend mit ihm Golfcart fuhr. Um ihn mitten im Februar bei Eiseskälte in Unterhemd und Unterhose draußen auf seinem geliebten Platz an eine Krüppelkiefer zu ketten.«

Sie zündet sich eine neue Zigarette an. »Das hat ihm den Schock seines Lebens versetzt. Ich wollte nur, dass er seine Affären in Zukunft diskret abwickelt. Und er war so geschockt, dass er seine Spielchen ganz gelassen hat.« Sie bläst den Rauch in den Raum. »Es hat perfekt funktioniert.«

Die Präsidentin gibt ihr Recht. »Jedes Mal. Da haben wir natürlich weitergemacht.«

»Und keiner von ihnen hat den anderen was erzählt.« Das Cowgirl schüttelt ungläubig ihren Kopf samt Federschmuck. »Was ich bis heute nicht verstehe, ist, warum sie sich nicht gegenseitig gewarnt haben.«

Die Klavierspielerin greift nach ihren Krücken und humpelt zu der Frau mit dem bunten Federschmuck auf dem Kopf. »Eitelkeit, Anna. Keiner wollte vor den anderen zugeben, dass wir sie ausgetrickst haben.« Sie lehnt die Krücken an den Sessel und lässt sich hineinfallen. »Ihr habt mir auf jeden Fall das Leben gerettet. Ich war kurz davor, Schluss zu machen. Vor den Kindern hat er mich beleidigt und Witze über mich und meine Krücken gemacht. Nachher hat er das nie wieder getan.«

Die Präsidentin betrachtet die Frau im meergrünen Dress nachdenklich. »Wir wollten ihnen ihre Grenzen zeigen. Und sie warnen. Töten wollten wir nicht.«

»Wo liegt er?«, fragt eine Frau in Taubenblau, an deren Armen Federn wie von einem Vogel hängen.

»In dem Gebüsch neben dem Teich bei Loch siebzehn.«

Stille legt sich über den Saal. In der Bar surrt der Kühlschrank.

»Haben wir etwas zu befürchten?«, fragt die taubenblaue Frau, die in ihrer aktiven Zeit Vorsitzende eines Landgerichts gewesen ist.

»Die Obduktion wird zeigen, dass es kein Fremdverschulden war.« Die Stimme der Präsidentin klingt wieder zuversichtlich. »Ich habe ja nichts mit ihm gemacht.«

»Aber jeder wird sich fragen, wie ein Mann bei der Kälte gefesselt und in Unterwäsche auf den Golfplatz kommt.«

Die Präsidentin überlegt eine Weile. Dann schüttelt sie den Kopf. »Nein, das glaube ich nicht. Bei einem Mann wie Harald? Der mehr als einen Drohbrief pro Tag erhält, weil er Bilanzen fälscht und Anleger um ihr Geld betrügt?«

»Die arme Sophie«, seufzt die Vizepräsidentin neben ihr.

»Sophie braucht jetzt unsere ganze Hilfe und Unterstützung«, stimmt die Präsidentin ihr zu. »Und die wird sie auch bekommen.«

Die Frau mit dem weißen Ballettrock sitzt nach wie vor zusammengekauert auf ihrem Hocker. Ihre Schultern zucken, sie schluchzt.

Die Präsidentin nimmt sie in den Arm. »Schhh. Es wird schon wieder«, versucht sie zu trösten.

Sophie befreit sich aus ihren Armen. »Ihr wisst doch gar nichts!«, schluchzt sie auf.

Alle Augenpaare sehen sie neugierig an.

»Ich war es. Ich, ich, ich …« Sie springt auf und pocht theatralisch an die weiße Brust ihres Ballettkostüms.

Keine der anderen sagt ein Wort.

»Ich sollte ihm seine Herztropfen bringen heute Morgen, aber ich habe nur Sirup auf die Zuckerstücke getan.«

Die Präsidentin sieht sie ratlos an. »Du hast uns nie gesagt, dass er Probleme mit dem Herzen hatte.«

»Die Verabreichung von Sirup ist straffrei«, stellt die Juristin im taubenblauen Kleid fest.

»Ich habe das nicht mehr ausgehalten mit ihm«, schluchzt Sophie auf. »Ihr könnt euch nicht vorstellen, wie das ist, wenn man um jeden Euro betteln muss. Und dann seine Eifersucht …«

Die anwesenden Damen schweigen, hängen ihren eigenen Gedanken nach. Den eigenen Problemen, die sich erst gebessert haben, nachdem sie gemeinsam drastische Maßnahmen ergriffen haben. In diesen Minuten schweben Männer durch den Saal, aufgeblasene selbstherrliche Patriarchen, überlebensgroße Puppen, die von ihren Frauen wieder auf den Boden gebracht worden sind. Außenstehende sähen nichts als Rauchschwaden, die von den Zigaretten und Zigarillo schmauchenden Damen des Golfklubs durch den Raum geschickt werden. Aber die Frauen wissen es besser. Der Tod eines Mannes hat die böse Aura der Männer, die längst andere geworden sind, wieder entfesselt.

Die Vizepräsidentin ignoriert ihren Ehemann, der verkleidet als böser General, der seine Truppen kujoniert, über ihr schwebt. Sie zupft an ihrem goldenen Hüftrock und erinnert sich an das Motto des Abends: bloß keine Nachschubprobleme aufkommen lassen. Hier geht es um mehr als alkoholischen Nachschub, hier geht es um die Vertreibung böser Gespenster, und da ist jedes Mittel heilig.

Sie steigt in die Katakomben des Weinkellers hinab und öffnet mit Hilfe eines kleinen Schlüssels aus dem Schlüsselkranz der Präsidentin die geheime Schatzkammer. Das Allerheiligste, wo die geheimen Schätze der Männer lagern. Jahrgangschampagner, die auf die runden Geburtstage der Herren warten.

Als Herr Diekneite zurückkommt, um die Damen zu verabschieden, hört er sie von weitem singen. Was heißt singen, es klingt eher nach dem Gegröle angeschlagener Zecher: »Wwwwenn das Wwwwwasser im Rhein goldner Wein wwwär.« Das hat er noch nicht erlebt. Sie sind ihm unheimlich, die Hohenschönhauser Damen. Mit einem mulmigen Gefühl öffnet er die Tür. Was er sieht, lässt seinen Atem stocken. Er hat gedacht, er würde sie kennen nach all den Jahren. Und dann das. Angeschlagen hängen sie in den Polstern, vor sich Champagnergläser. Obwohl längst die Zeit für ein Verdauungsschnäpschen angebrochen ist. Was ist passiert?

Er sucht nach seiner Ehefrau unter den verkleideten Frauen. Das da könnte sie sein, die Frau im Clownskostüm. Oder doch eher die Indianerin mit dem Federschmuck? Er seufzt. Wenn sie stehen würde, würde er sie vielleicht an ihrer schlanken Figur erkennen. Auch das ist nicht sicher. Er seufzt ein zweites Mal. Bis heute weiß er nicht, wer sich hinter der Hexe versteckt hat, die ihm vor fünf Jahren an Weiberfastnacht den Anzug ausgezogen, Handschellen angelegt und ihn im Freien ausgesetzt hat. In klirrender Kälte. Plötzlich friert er trotz der Wärme im Saal. Und er zieht den Bauch ein. Damals hatte die Hexe ihm angedroht, ihn in der Kälte erfrieren zu lassen, sollte er je mehr als neunzig Kilo wiegen. Seither kämpft er mit den Pfunden. Es fällt ihm weiß Gott nicht leicht. Er wirft einen gierigen Blick auf die Reste der Mousse in den Schalen. Am liebsten würde er die jetzt gleich mit der Zunge ausschlecken. Aber nicht hier. Und schon gar nicht an Weiberfastnacht. Und vor allem nicht vor den Augen der hier versammelten Damen.

Rheinisches Büffet zur Weiberfastnacht

Alle Gerichte für 8 Personen

Am »Schmalzigen« oder »Schmutzigen Donnerstag« vor Beginn der Fastenzeit wurde früher noch einmal groß geschlachtet und gebacken. Die den Frauen vorbehaltenen Bräuche an diesem Tag reichen bis ins 14. Jahrhundert zurück. In vielen Rathäusern übernehmen die Frauen die Herrschaft.

Roastbeef mit Remouladensauce

4 EL getrocknete Kräuter (Thymian, Rosmarin, Petersilie, Basilikum)
5 EL Olivenöl
1 Roastbeef oder Rostbraten (ca. 2 kg)
1 Bund Suppengrün
6 große Tomaten
½ l Wasser oder Weißwein
Salz, Pfeffer

Für die Sauce:
400 g Salatmayonnaise
4 TL Senf
1 große Zwiebel, sehr fein gehackt
1 große Gewürzgurke, sehr fein gehackt
3 Sardellenfilets, sehr fein gehackt
6 TL Kapern, sehr fein gehackt
1 ½ Bund Petersilie
je 6 Zweige Kerbel und Estragon
Salz, weißer Pfeffer
4 Prisen Zucker

❖ Kräuter und Pfeffer mit 3 EL Olivenöl mischen und das Fleisch damit einstreichen. 4 Stunden bei Zimmertemperatur ziehen lassen. Suppengrün waschen und klein schneiden, Tomaten achteln.

❖ Backofen auf 225 °C vorheizen. Tiefes Backblech oder Grillpfanne mit restlichem Öl bepinseln. Fleisch darauf legen und salzen. In den Ofen schieben und während der Bratzeit regelmäßig mit Bratenfond vom Backblech begießen. Nach 30 Min. 500 ml Wasser oder Wein zugießen, Tomaten und Suppengrün aufs Blech legen. Weitere 30 Min. braten. Das Roastbeef ist rosa, wenn das Bratenthermometer 65 °C im Inneren anzeigt. Vor dem Anschneiden 15 Min. ruhen lassen. Wird das Roastbeef kalt serviert, in der Bratflüssigkeit abkühlen lassen und dabei gelegentlich wenden.

❖ Für die Remouladensauce Mayonnaise mit Senf verrühren. Gehackte Zutaten unterheben. Petersilie, Kerbel und Estragon waschen und abtrocknen. Fein hacken und zur Mayonnaise geben. Mit Salz, Zucker und Pfeffer kräftig abschmecken. Vor dem Servieren gut durchziehen lassen.

Sesamlachs mit Mango-Guacamole

800 g Lachsfilet
1 ½ EL weiße Pfefferkörner
1 EL Korianderkörner
3 EL grobes Meersalz
2 EL brauner Zucker
Saft von 1 Limette
2 Msp. Wasabi-Paste
1 Eiweiß
6 EL Sesamsamen
1–2 EL Butter
2 TL Sesamöl

Für die Mango-Guacamole:
½ Mango
1 rote Chilischote
1 Knoblauchzehe
½ Bund Koriandergrün
1 walnussgroßes Stück Ingwer
2 reife Avocados
Saft und abgeriebene Schale von 2 Limetten
Salz
Tabascosauce
Zucker

❖ Lachs waschen und trocken tupfen. Pfeffern und Koriander fein zerstoßen und mit Salz und Zucker mischen. Lachs mit der Mischung rundum bestreichen. Limettensaft mit Wasabi verrühren und Lachs damit beträufeln. Fisch fest in Alufolie wickeln, in eine Schale legen, mit einem beschwerten Brett abdecken und einige Stunden kalt stellen.

❖ Für die Guacamole Mango schälen und entsteinen, Fruchtfleisch fein würfeln. Chili entkernen und fein hacken. Knoblauch pressen. Koriandergrün hacken. Ingwer schälen und reiben. Avocados schälen, entsteinen und mit Limettensaft und -schale pürieren. Mango unterheben und mit Chili, Knoblauch, Ingwer, Salz, Tabasco und Zucker würzen. Kalt stellen und mindestens 1 Stunde ziehen lassen. Vor dem Servieren durchrühren und eventuell nachwürzen.

❖ Lachs abwischen und trocken tupfen. Mit Eiweiß bepinseln und in Sesamsamen wenden. In einer beschichteten Pfanne Butter und Öl erhitzen und Lachs von jeder Seite 2–3 Min. rosa braten (oder je 4–5 Minuten durch braten).

❖ Zum Servieren Lachs in dünne Scheiben schneiden und Guacamole dazu reichen.

Radicchio-Mango-Salat

1 großer Kopf Radicchio
1 reife Mango
1–2 EL Öl
200 g Putenbrustfilet
1–2 EL Mehl
Salz, weißer Pfeffer

❖ Radicchiostrunk abschneiden, Salat waschen und trocken schleudern.

❖ Mango schälen, in feine Spalten und dann in Stücke schneiden.

❖ Öl erhitzen. Fleisch schräg in 3 cm dicke Scheiben schneiden und mit Mehl bestäuben. 5–7 Min. braten, salzen, pfeffern.

Für die Marinade:
3 EL Weinessig
2 EL Öl
Salz, Pfeffer

Für das Dressing:
75 g Joghurt
2–3 EL Crème fraîche
1–2 EL Zitronensaft
Salz, Pfeffer
Zucker
½ Bund Schnittlauch
½ Bund glatte Petersilie

❖ Essig, Öl, Salz und Pfeffer verrühren. Radicchio und Mango in eine Schüssel geben und mit der Marinade mischen.
❖ Joghurt, Crème fraîche und Zitronensaft verrühren, mit Salz, Pfeffer und Zucker würzen. Schnittlauch und Petersilie klein schneiden und unter die Joghurtmischung heben.
❖ Fleischscheiben auf dem Salat anrichten und mit Joghurtsauce übergießen.

Frikadellchen vom Blech

2 altbackene Brötchen
2 Zwiebeln
1 kg gemischtes Hackfleisch
2 Eier
3–4 TL mittelscharfer Senf
Salz, Pfeffer
Edelsüß-Paprikapulver
4 ungebrühte feine Bratwürste
1–2 Frühlingszwiebeln
25 g gehackte Oliven
25 g gehackte Kapern
25 g geröstete Walnüsse, grob gehackt
40 g grob geraffelter Parmesan
abgeriebene Schale von ½ Zitrone
1 TL Öl zum Backen

❖ Brötchen 10 Min. in kaltem Wasser einweichen und ausdrücken. Zwiebeln fein würfeln. Beides mit Hackfleisch und Eiern in eine Schüssel geben, mit Senf, Salz, Pfeffer und Paprika würzen und zu einem glatten Teig verkneten. Bratwurstbrät aus der Pelle drücken und mit dem Fleischteig gut vermischen.
❖ Teig in vier Portionen teilen. Eine Portion mit Frühlingszwiebeln, Oliven und Kapern verkneten, eine mit Walnüssen, eine mit Parmesan und eine mit Zitronenschale.
❖ Backofen auf 250 °C vorheizen. Fettpfanne des Backofens mit Öl bepinseln. Je einen gehäuften EL Fleischteig zu einem Bällchen formen, sodass sich etwa 42 Stück ergeben. Dicht nebeneinander in die Fettpfanne setzen und etwa 20 Min. backen.

Kartoffel-Birnen-Salat

750 g kleine festkochende Kartoffeln
Salz
1 TL Korianderkörner
3 Frühlingszwiebeln
200 ml Gemüsebrühe
4 EL Olivenöl
2 EL Weißweinessig
Pfeffer
2 Birnen
2 EL Zitronensaft

❖ Kartoffeln mit Salz und Koriander 20–25 Min. kochen. Zwiebeln putzen, das Grün schräg in Ringe schneiden, das Weiß würfeln.

❖ Brühe aufkochen und Zwiebelwürfel hineingeben. Abkühlen lassen, mit Öl und Essig verrühren und kräftig salzen und pfeffern. Kartoffeln abgießen, schälen und in mundgerechte Stücke schneiden. Kartoffeln in die Brühe geben.

❖ Birnen vierteln, entkernen und quer in Scheiben schneiden. Mit Zitronensaft vermischen und unter die Kartoffeln heben.

❖ Salat mindestens 1 Stunde ziehen lassen und zum Servieren mit den grünen Zwiebelringen bestreuen.

Waldorfpilze

8 Cocktailtomaten
8 Minipaprika
8 braune Champignons

Für die Füllung:
½ Knollensellerie
1 säuerlicher Apfel
8 halbe Walnüsse, gehackt
1–2 EL leichte Mayonnaise
Salz, Pfeffer
8 halbe Walnüsse zum Garnieren

❖ Von Tomaten und Paprika das Oberteil als Deckel abschneiden und jeweils beide Teile entkernen. Von den Pilzen den Stiel abschneiden, Hüte etwas aushöhlen.

❖ Für die Füllung (Waldorfsalat) Sellerie und geschälten und entkernten Apfel raspeln und mit Nüssen mischen, mit etwas Mayonnaise verrühren, salzen und pfeffern.

❖ Tomaten, Paprika und Pilze mit Salat füllen. Auf Tomaten und Paprika jeweils das Oberteil als Deckel setzen und mit Mayonnaisetupfen garnieren. Gefüllte Pilze mit halben Walnüssen garnieren.

Gurkentaler mit Schafskäse

1 Salatgurke
100 g Schafskäse
3 EL Sahne
1 kleine Knoblauchzehe
1 Bund Schnittlauch
50 g gekochter Schinken
Pfeffer
24 Pumpernickeltaler

❖ Gurke waschen und mit einem Ziseliermesser oder einer Gabel der Länge nach einritzen. Gurke längs halbieren und entkernen.

❖ Schafskäse mit Sahne glatt rühren. Knoblauch zerdrücken. Schnittlauch in Röllchen schneiden. Schinken sehr fein würfeln. Knoblauch, Schnittlauch und Schinken mit der Käsecreme verrühren und pfeffern. Masse in die Gurkenhälften füllen, Gurke zusammensetzen und 2 Stunden kühlen.

❖ Gurke in 1 cm dicke Scheiben schneiden und auf die Pumpernickeltaler legen.

Panna cotta mit Marsalafeigen

1 Vanilleschote
650 ml Sahne
6 EL Zucker
6 Blatt weiße Gelatine

Für die Feigen:
2 EL Zucker
150 ml Marsala
8 frische Feigen

❖ Mark der Vanilleschote auskratzen. Mark, Schote, Sahne und 6 EL Zucker aufkochen und bei geringer Hitze 10 Min. ziehen lassen.

❖ Gelatine in kaltem Wasser einweichen. Schote aus der Sahne nehmen. Gelatine ausdrücken und in der Sahne auflösen. Abkühlen lassen, dabei öfter umrühren.

❖ Sahne in 8 Förmchen umfüllen, sobald sie beginnt, fest zu werden. Mindestens 4 Stunden kalt stellen.

❖ Für die Feigen 2 EL Zucker in einer Pfanne leicht bräunen. Marsala zugießen und köcheln lassen, bis der Zucker aufgelöst ist. Feigen halbieren und kurz in der Pfanne erwärmen.

❖ Den Rand der Panna cotta mit einem Messer lösen. Förmchen kurz in heißes Wasser tauchen und auf Dessertteller stürzen. Feigen mit Sud dazu anrichten und servieren.

Süßes Konfetti

2 Beutel Götterspeise Himbeer
200 g Zucker
750 ml Wasser
2 Beutel Götterspeise Waldmeister
200 g Zucker
750 ml Wasser
2 Beutel Götterspeise Zitrone
200 g Zucker
500 ml Wasser
500 g Quark
250 ml Milch
100 g Zucker

❖ Himbeer- und Waldmeister-Götterspeise getrennt und jeweils mit Zucker und Wasser nach Packungsanweisung zubereiten. Sehr kalt stellen und erstarren lassen.

❖ Zitronen-Götterspeise mit Zucker in heißem Wasser auflösen und kühl stellen.

❖ Quark mit Milch und Zucker glatt rühren und mit der abgekühlten, noch flüssigen Zitronen-Götterspeise verrühren.

❖ Erstarrte Himbeer- und Waldmeister-Götterspeise würfeln und abwechselnd mit der halbfesten Quarkcreme in Gläser schichten.

Krapfen

Für den Teig (ergibt 10–15 Stück):
500 g Mehl
250 ml Milch
1 Würfel Hefe
60 g Zucker
1 Prise Salz
4 Eigelb
50 g Butter, in Flöckchen

Für die Füllung:
10 EL Sauerkirschkonfitüre
2 EL Orangensaft
1 Eiweiß

Für die Glasur:
50 g Mokkaschokolade

❖ Alle Zutaten sollen Raumtemperatur haben. Mehl in eine Schüssel sieben. Milch erwärmen und Hefe in die lauwarme Milch bröckeln. 4 EL Mehl und eine Prise Zucker einrühren, bis ein dicker Brei entsteht. Abdecken und 30 Min. gehen lassen.

❖ Mehl mit Zucker und Salz mischen und eine Mulde hineindrücken. Eigelb und Butter hineingeben. Hefebrei dazugießen. Mit der Hand zu einem glatten Teig verarbeiten.

❖ Auf einer bemehlten Fläche 2 cm dick ausrollen. 5 cm große Kreise ausstechen. Für die Füllung Konfitüre mit Saft pürieren und auf die Hälfte der Teigkreise je 2 TL Füllung setzen; Teigränder mit Eiweiß bestreichen. Mit den restlichen Teigkreisen abdecken; Ränder fest andrücken. Unter einem Tuch 1 Stunde gehen lassen.

❖ Fett auf 180 °C erhitzen. Die Teigstücke in heißem

150 g weiße Schokolade
Mokkaschokobohnen
Butterschmalz zum Ausbacken

Fett schwimmend portionsweise auf beiden Seiten ausbacken. Dabei den Deckel erst abnehmen, wenn die Krapfen gewendet werden. Fertige Krapfen auf Küchenpapier abtropfen lassen.

❖ Für die Glasur dunkle und helle Schokolade getrennt im Wasserbad schmelzen. Krapfen mit heller Schokolade überziehen, dunkle in Streifen darüberziehen und mit Schokobohnen verzieren. Glasur trocknen lassen.

❖ Variante: Für die Füllung 10 EL Ananaskonfitüre mit 1 TL Zitronensaft pürieren. Für die Glasur 8 EL Puderzucker mit 2–3 EL Kokoslikör oder -milch glatt rühren, Krapfen überziehen und mit leicht gerösteten Kokosraspeln bestreuen.

Chinesisches Neujahrsfest

Martina Bick

»5. Ein Chinese darf nicht vorkommen« stand auf dem Zettelchen, das Solveig, jetzt offenbar komplett sparwütig geworden, aus einem Oktavheftchen herausgerissen und für mich neben das Telephon gelegt hatte. »Claus« stand zwei Zeilen tiefer darunter. Sonst nichts.

Ich ließ den Wisch wieder neben das Telephon fallen und warf einen Blick in die Küche, während ich mich meiner Jacke und Schuhe entledigte. Die Lady war nicht zu Hause – oder etwa noch im Bett? Es war halb eins, ich hatte fünf Schulstunden hinter und mindestens ebenso viele Stunden Unterrichtsvorbereitung und Korrekturen vor mir. Nachdem wir im Studium solidarisch zusammen gebüffelt hatten, hatte ich mich nach dem Ersten Staatsexamen für Referendariat und Lehrerberuf entschieden, während Solveig die freie Existenz einer Schriftstellerin wählte. Okay, man muss die Begabung dafür haben. Mir geht sie ab, zum Glück so eindeutig, dass ich ohne Neid und anfangs sogar mit aufrichtiger Bewunderung ihre wortwörtlich über Nacht entstehenden Texte (als Allererste!) lesen, korrigieren (natürlich nur Rechtschreibung, Zeichensetzung, Grammatik) und schließlich auf diversen Lesungen immer wieder anhören durfte. Eine Zeitlang verdiente sie sogar richtig viel Geld mit ihnen. Im Moment lief es schlechter. Aber man darf nicht gleich die Flinte ins Korn werfen, wenn nach dem ersten Anfängerglück die Langstrecke mit ihren tückischen Passagen anhebt. Kurz, ich zahlte seit einigen Monaten die Miete allein, dafür kochte Solveig mehr oder weniger regelmäßig und half mir manchmal beim Korrigieren der Aufsätze. Und sie nahm meine Telephonanrufe entgegen – so wie ich ihre. Es nervte sie allerdings ungeheuer, wenn das

Telephon klingelte und ein Anruf nicht für sie war, von ihrem Agenten, vom Verlag, einer Lektorin, einem Veranstalter, gar einem Preiskomitee kam. *Schreiben macht einsam*, hatte ich mal irgendwo aufgeschnappt. Vielleicht war es diese traurige Aussicht, die mich veranlasste, es weiterhin mit Solveig auszuhalten.

Je nachlässiger sie jedoch ihren Pflichten unserer kleinen Wohngemeinschaft gegenüber wurde, je seltener sie kochte und einkaufte, je kleiner und hingeschmierter ihre Telephonzettel wurden, desto schwerer fiel mir dies. Erstens machte Schreiben nämlich ganz offenkundig nicht nur einsam, sondern auch ziemlich eingebildet. Und zweitens machte die Arbeit in der Schule mindestens genauso einsam. Ich stand zwar jeden Morgen vor einer hungrigen Schülermeute und war leider überhaupt nicht mit mir und meinen Gedanken allein, dafür aber den ganzen Nachmittag und Abend über, wenn ich den nächsten Unterricht vorbereitete. Nach ein paar Jahren sollte das besser werden, hatten ältere Kolleginnen und Kollegen mich getröstet. Darauf wartete ich nun seit drei Jahren. Aber gut, was sind schon drei Jahre im Laufe eines Lebens – mein Spruch für Solveig, wenn sie mal wieder entmutigt davon war, wie lange manche Manuskripte in Schubladen »reifen« mussten, bis sie einen Verlag fanden!

Claus ist mein Bruder. Hatte er angerufen und wenn ja, warum? Wir telephonierten eigentlich nur an Geburtstagen und zu Weihnachten miteinander. War etwas Schlimmes passiert, wollte er zurückgerufen werden? Missmutig wählte ich die auswärtige Nummer. Zuerst ging niemand ans Telephon, dann hatte ich die verschlafene Stimme meiner kleinen (siebzehn Jahre alt schon!) Nichte am Apparat. »Ja? «, meldete sie sich anonym. Ich kannte ihre Stimme inzwischen jedoch ganz gut und begrüßte sie.

»Ich glaube, dein Vater hat mich angerufen, gibt es irgendwas Besonderes? «

»Papa ist in Schanghai, schon seit Montag.« Melusine gähnte. »Und Mama ist noch in der Schule.«

Thea, meine Schwägerin, unterrichtet Mathematik und Politik und ist auch sonst das genaue Gegenteil von mir – ich unterrichte Musik und Deutsch. Obwohl wir inzwischen beruflich der gleichen Spezies angehören, sind wir immer noch so verschieden wie Feuer und Wasser.

»Habe ich dich etwa geweckt, bist du krank?«

»Nö, ja – ich hab' schulfrei wegen Abi-Klausuren.«

Nach ein paar tantenhaften Sätzen über das Schulleben und die immer grotesker werdende Stundenplangestaltung beendete ich das Telephonat und begab mich in die Küche, um mir den Rest Nudeln mit Tomatensauce vom Vorabend aufzuwärmen. Solveigs Kaffeebecher stand noch auf dem Küchentisch, genau wie der Aschenbecher, in dem sie den Stummel ihrer Morgenzigarette ausgedrückt hatte. Auf dem Holzbrett neben dem Kühlschrank krümelten Brotreste. Ein Marmeladenglas stand mit abgeschraubtem Deckel daneben. Alles war wie immer, und doch hatte ich das Gefühl, irgendetwas war anders.

Ich kratzte in der Nudelpfanne herum und dachte an meinen Bruder. Wie spät mochte es jetzt in Schanghai sein? Claus arbeitet für einen großen deutschen Pharmakonzern und betreut die so genannten Ex-Pats, das deutsche Führungspersonal der Niederlassungen in Asien. Ein paar Jahre hat er mit seiner Familie ganz dort gelebt. Dann sind ihm die Asiaten »auf den Zeiger gegangen« – so jedenfalls hatte er sich mir gegenüber ausgedrückt. Besonders die Chinesen hatten ihm den letzten Nerv geraubt: zu laut, zu unordentlich, zu dreckig, zu chaotisch, zu schnell, zu langsam, zu hektisch, zu gierig, zu geizig, zu ehrgeizig, zu faul, zu wenig Rückgrat – keine Beschreibung war schlimm genug gewesen, besonders für die Bewohner von Schanghai. Seine Frau und seine Tochter hatten ihn kräftig unterstützt. *Ein Chinese darf nicht vorkommen*, ja, bei Claus bestimmt nicht. Nur wobei darf er nicht vorkommen? Bei der nächsten Familienfeier? Bei Claus' fünfzigstem Geburtstag am 5. Juli? Stand nicht eine 5 vor dem komischen Satz? O Solveig, fluchte ich leise. Wenn du nicht mal eine korrekte Telephonnotiz formulieren kannst, wohin soll das dann führen?

Was bitte schön konnte diese Chinesengeschichte eigentlich mit mir zu tun haben, grübelte ich weiter. Hatte ich etwa jemals einen chinesischen Freund oder gar Verlobten mit nach Hause gebracht? Hatte ich nicht immer brav in Deutschland gelebt, deutsche Sprache und deutsche Musik studiert, deutsch gekocht und gegessen, deutsche Lieder gesungen und zwei auf Dauer eher unerfreuliche deutsche Männer an meiner Seite gehabt? War ich nicht immer das Ziel des Spotts meiner Familie gewesen, weil ich so »deutsch« war, am liebsten sowieso zu Hause blieb, mit einem guten (deutschen) Buch, ein paar CDs hörte oder einen soliden (deutschen) *Tatort* im Fernsehen guckte ... Ich hatte mich damit abgefunden, den exotischen Teil des Lebens meinem Bruder und seiner Familie zu überlassen. Es musste doch auch sesshafte Menschen geben. *Alles Elend dieser Welt kommt daher, dass die Menschen nicht an einem Ort bleiben wollen*, hatte mir mal ein Freund erklärt. Das ist ein Zitat, aber ich weiß nicht mehr, von wem. Pascal oder Jean Paul oder sonst jemandem. Also mit mir konnte dieser Chinese unmöglich etwas zu tun haben. Wobei ich im Übrigen überhaupt nichts gegen Chinesen habe! Ich kenne ja nicht mal einen.

Den Nachmittag über korrigierte ich die zweite Hälfte von sechsundzwanzig Aufsätzen aus dem Leistungskurs der zwölften Klasse.

Gegen sieben Uhr abends stand ich vom Schreibtisch auf und erschrak bei dem Gedanken, dass Solveig noch immer nicht nach Hause gekommen war. Sie ist doch sonst nie lange unterwegs. War etwas passiert? War sie überraschend verreist? Ihre Mutter lebt im Rheinland, aber die Besuche bei ihr sind doch schon Wochen vorher Thema; ein sehr schwieriges Thema. Spontan reist Solveig niemals dorthin. Ich lugte in die Küche – alles unverändert. Die Spülmaschine stand offen, wie ich sie hinterlassen hatte. Kaffeebecher, Krümel, Zigarettenkippe, alles noch da. Im Bad war es dunkel. In Solveigs Zimmer auch. Neben dem Telephon lag noch immer der herausgerissene Schnipsel aus dem Oktavheft mit der kryptischen Nachricht. Ich nahm den Telephonhörer auf und drückte die Taste für die Wahlwiederholung. Es klingelte dreimal, viermal, fünfmal, sechsmal. Niemand ging an den Apparat. Mein Bruder war natürlich noch immer in Schanghai, meine Schwägerin vielleicht zum Sport oder eine Freundin besuchen, Melusine unterwegs.

»Chinesen spucken und schmatzen beim Essen, du kannst es dir nicht vorstellen«, hatten Melusine und ihre Mutter erzählt, damals, als sie von ihrem ersten Besuch aus Asien zurückkamen. »Japaner sind sauber, Koreaner auch. Aber Chinesen – warte ab, bis die alle hierher kommen. Dann können wir Deutsche einpacken.«

Sie waren ganz besessen gewesen von dem Gedanken, dass den Chinesen ihr Land zu klein werden könne und sie dann ausgerechnet nach Deutschland strömen und uns persönlich die Arbeitsplätze und die Lebensqualität wegnehmen würden.

Ich starrte auf Solveigs ausgerissenes Zettelchen, ihre krakelige Handschrift: *Ein Chinese darf nicht vorkommen*, 5. – 5., was sollte diese 5 nur? Ich ging zurück an meinen Schreibtisch, stellte meinen Computer an und wählte mich ins Internet ein. Ich rief Google auf, Rettung in letzter Not, und gab ein: *Chinese* 5. Es dauerte einen Moment, dann erschien die gewohnte Liste mit den blauen Titeln. Ganz oben stand als Erstes: »Chinese 5 Spice Powder« und dann folgte ein Rezept für ein Gericht für das Chinesische Neujahrsfest am 9. Februar 2005 – das war heute! Hatte meine Schwägerin mir nicht im letzten Jahr einen fast ethnologisch genauen Bericht über den Ablauf dieses Festes geschickt? Ein Familienfest, mit dem im Frühjahr der Beginn des Neuen Jahres nach dem chinesischen Kalender gefeiert wird. Es gibt wie bei uns zu Silvester Feuerwerk und Böller, Tanz und Tombola, dazu Umzüge und Kostümierung und ganz spezielle Gerichte wie zum Beispiel einen schrecklich süßen Reiskuchen und andere klebrige Köstlichkeiten. Hatte sie mir nicht auch Photos gezeigt? Und gab es vielleicht irgendeinen geheimnisvollen politischen Hintergrund für

die diesjährigen Festlichkeiten? War das Neujahrsdatum womöglich der Startschuss für die erwartete ungeheure Auswanderungswelle Richtung Europa? Oder sickerten Chinesen schon ständig ein in deutsches Staatsgebiet, ohne dass unpolitische Deutsche wie ich dieses beachteten? Ich gehe ganz gern chinesisch essen, aber ich habe mir nie Gedanken darüber gemacht, warum es inzwischen reichlich viele von diesen Asia-Restaurants gibt – große leere Esssäle, bei deren Anblick man sich fragt, wovon die Besitzer eigentlich leben. Oder die zahllosen kleinen, engen Imbisse, in denen »Schlitzaugen« für »Langnasen« kochen – »Langnasen«, das sind wir, hatte Melusine mir lachend erklärt. War das schon der Anfang vom Ende?

Ich kam mir plötzlich irgendwie bedroht vor. Seltsame Dinge gingen in der großen, weiten Welt da draußen vor sich, außerhalb unserer mir so sicher erscheinenden vier Wände. Jeden Morgen tauchte ich aufs Neue ein in das lärmende, betriebsame Schulzentrum und hatte mir doch nie klar gemacht, dass auch dort immer mehr asiatische Köpfe die Klassen bevölkerten. War das gute alte Europa womöglich wirklich schon dabei, an kompletter Überfremdung zugrunde zu gehen?

Im Schreibwarenladen an der Ecke zum Beispiel – bediente dort nicht seit kurzem eine asiatische Frau an Stelle der langjährigen deutschen Geschäftsinhaberin? Gleich drei Kollegen fielen mir ein, die im Laufe der letzten Jahre Asiatinnen geheiratet hatten – Chinesinnen? Vietnamesinnen? Wer konnte das schon auseinanderhalten? Ich jedenfalls nicht. Es war mir bisher auch völlig unwichtig erschienen.

Wieder starrte ich auf Solveigs Botschaft und wurde immer wütender auf meine Mitbewohnerin. Schließlich kramte ich in meinem Adressbuch die aktuelle Handy-Nummer meines Bruders heraus. Der Anruf würde ein Vermögen kosten, aber egal. Ich wählte die Nummer und wartete ungeduldig auf das Rufzeichen. Währenddessen fiel mir ein, dass die Zeitverschiebung zwischen Deutschland und China sechs Stunden plus betrug – das hieß, es war dort jetzt ungefähr zwei Uhr nachts ... Mein Bruder ging natürlich nicht an den Apparat. Er hatte schon immer einen gesegneten Schlaf gehabt. Nach dem siebten Klingeln sprang die Mailbox an. Genervt warf ich den Telephonhörer auf den Apparat.

Schluss jetzt, beschloss ich und packte voll Energie die korrigierten Aufsätze in meine Schultasche für den morgigen Tag. Solveigs Zettel zerknüllte ich und warf ihn in den Papierkorb. Ich ging ins Bett, legte jedoch den Krimi *Die großen Vier* von Agatha Christie, den ich vor einer Weile auf dem Flohmarkt gekauft hatte, ärgerlich beiseite, als ich feststellte, dass es darin nicht nur um einen amerikanischen Millionär und eine französische Frau, sondern auch um einen mysteriösen chinesischen Gentleman ging ...

Für gewöhnlich habe ich keine Schlafprobleme, ganz egal, wann ich ins Bett gehe und worüber ich mir tagsüber den Kopf zerbrochen habe. So löschte ich auch nach diesem beunruhigenden Abend voller Zuversicht das Licht. Aber ich musste gerade eingeschlafen sein, da war ich schon wieder wach, hochgeschreckt von einem vermeintlichen Geräusch. Hatte das Telephon geklingelt? War da jemand in der Wohnung? War Solveig endlich nach Hause gekommen?

Ich sprang aus dem Bett und riss die Tür zum Flur auf. Mein Herz raste. Es hätte mich nicht im Geringsten gewundert, wenn in unserem Flur eine Horde Chinesen campiert oder mit einem Wisch vom Wohnungsamt ihre Einquartierung gefordert hätte. Aber da war niemand. Die Wohnung war dunkel, leer und totenstill.

Ich schlich in Solveigs Zimmer. Irgendein Hinweis auf eine Verabredung, eine Einladung, auf irgendetwas würde sich doch auffinden müssen. Ich wagte nicht, Licht zu machen. Im matten Schein einer Straßenlaterne überblickte ich das Chaos aus Zetteln und Papieren auf ihrem Schreibtisch. Ein *Mordsbuch über Krimis*, ein dicker Wälzer, gespickt von Solveigs Notizzetteln, lag mitten auf der Arbeitsplatte. Ich trat damit ans Fenster und schlug ihn auf, wobei mein Blick als Erstes auf einen der Notizzettel fiel. »Zehn Regeln für einen guten Detektivroman – von Ronald A. Knox« stand dort als Überschrift. Und unter fünftens, als wäre sie mit Leuchtschrift geschrieben, las ich die Regel: »Kein Chinese darf in der Geschichte vorkommen.«

Ich musste wohl eine ganze Weile aus dem Fenster gestarrt haben, da hörte ich, wie die Lichtanlage im Treppenhaus mit einem tickernden Geräusch ansprang. Ich tappte in den Flur. Ganz deutlich zeichnete sich vor der Milchglasscheibe unserer Wohnungstür der Umriss einer dunkel gekleideten Person mit rundem Kopf ab, die sich herunterbeugte, als wolle sie durchs Schlüsselloch linsen. Dann hörte ich ein kratzendes, knirschendes Geräusch, als ob sie versuchte, unser Haustürschloss zu knacken. Ich huschte hinter die Eingangstür und hob das dicke Buch, das ich noch immer in der Hand hielt, hoch über meinen Kopf. Mit einem Knacksen sprang das Schloss auf. Die Tür wurde zögernd aufgedrückt. Kaum dass der runde Kopf sich durch die Tür geschoben hatte, ließ ich das Buch auf ihn hinuntersausen. Es rumste ordentlich, als der Wälzer auf die Schädelplatte traf. Dann sackte der Körper in sich zusammen und fiel der Länge nach durch die Tür in den Flur. Ich taumelte selbst für einen Augenblick, fing mich und beugte mich hinab. Vor mir lag Solveig, meine Mitbewohnerin. Ihre schwarze Wollmütze war ihr fast bis über die Augen gerutscht. Ihre Hand hielt noch immer das Schlüsselbund umklammert.

Es dauerte zum Glück nicht lange, bis Solveig von ein paar kräftigen Spritzern Essigwasser wieder zum Leben erweckt wurde. Sie war von dem Schlag sogar wieder nüchtern geworden. Denn das war sie vorher nicht gewesen, gab sie später zu. Deshalb hatte sie auch so lange am Schlüsselloch herumgeprokelt.

»Wo kommst du denn so spät her?«, stammelte ich. »Ich habe mir den ganzen Tag Sorgen gemacht.«

»Von einer Veranstaltung des deutsch-chinesischen Freundschaftsvereins. Die feiern gerade das ...«

»Chinesische Neujahrsfest«, fiel ich ein.

»Genau.«

»Genau«, wiederholte ich blöd. »Und was hast du mit Chinesen zu tun?«

»Ich schreibe gerade an einer Kurzgeschichte«, erklärte Solveig und bat mich, ihr ihre Handtasche zu reichen. Zwei chinesische Glückskekse fielen heraus und rollten über den Teppich. »Darin geht's um das chinesische Neujahrsfest. Aber ein Chinese soll nicht vorkommen. Und was treibt dich mitten in der Nacht schwer bewaffnet durch die dunkle Wohnung?«

»Ach, ich konnte nicht schlafen. Und dann war da diese Nachricht von meinem Bruder ...«

»Claus? Ich habe mir heute Morgen gerade überlegt, dass ich meinen Mörder in der Story Claus nennen werde, mit C geschrieben, genau wie dein Bruder. Es sieht so ... exotisch aus.« Solveig gähnte und klopfte mir auf die Schulter. »Aber jetzt muss ich dringend ins Bett.«

Ich hatte plötzlich das Gefühl, mich reichlich lächerlich benommen zu haben. Dann beschloss ich, gleich morgen einen extra Block für Telephonnotizen anzuschaffen, den ich neben dem Apparat an die Wand pinnen würde. Und wehe, Solveig würde ihn jemals für ihre chaotischen Literaturnotizen missbrauchen!

Chinesisches Büffet zum Neujahrsfest

Alle Gerichte für 4 Personen

Das neue Jahr beginnt in China in der ersten Neumondnacht zwischen dem 21. Januar und dem 20. Februar. Es wird mit dem einwöchigen Frühlingsfest begrüßt. Zum wichtigsten Fest des Jahres machen sich Heerscharen auf den Weg, um mit der Familie zu feiern. Welche Speisen gereicht werden, hängt von der Region ab. Meist kommen alle Gerichte gleichzeitig auf den Tisch. Dazu serviert man grünen Tee und Reiswein.

Chinesische Glückskekse

Für 6 Stück:
2 Eiweiß
60 g Puderzucker
25 g weiche Butter
40 g Mehl

❖ Eiweiß zu steifem Schnee schlagen. Langsam Puderzucker einrieseln lassen, weiter schlagen. Butter unterrühren und Mehl mit einem Löffel vorsichtig unterheben. 10 Min. ruhen lassen.

❖ Backofen auf 180 °C vorheizen. Zwei Backbleche mit Backpapier auslegen. Mit einem Glas von ca. 8 cm Durchmesser jeweils 3 Kreise auf das Papier aufzeichnen.

❖ Knapp 2 TL Teig jeweils auf einen Kreis mit einem Messer aufstreichen.

❖ Auf der mittleren Schiene 8 Min. backen, nicht länger. Währenddessen Botschaften oder Glückwünsche auf kleine Papierstreifen schreiben und zusammenfalten. Kekse herausnehmen. Nacheinander die Kekskreise mit einem breiten Messer vorsichtig abheben, Zettelchen in die Mitte legen, Keks rasch einmal in der Mitte zusammenfalten, dabei den hinteren Rand nicht knicken, sondern gewölbt lassen. Den gefalteten Keks ganz vorsichtig etwas anknicken.

❖ Auf einem Kuchengitter auskühlen lassen, dabei die beiden Enden des Kekses leicht in die Rillen des Gitters hineinstecken, damit sie die Form behalten.

Garnelenplatte mit vier Saucen

Für die Platte:
2 EL Salz
120 ml Reiswein
1 Frühlingszwiebel
20 g frischer Ingwer
12 große Garnelen
1 Salatgurke
2 unbehandelte Zitronen
einige krause Salatblätter und Radieschen zum Garnieren

❖ 1 Liter Wasser zum Kochen bringen. Salz und Reiswein mit der fein gehackten Frühlingszwiebel und dem fein gehackten Ingwer ins kochende Wasser geben; 2 Min. kochen. Garnelen ins Wasser geben. 4–5 Min. kochen, abgießen und in kaltem Wasser 30 Min. abkühlen lassen.

❖ Die Köpfe der Garnelen abbrechen. Garnelen schälen und einmal längs durchschneiden. Servierplatte mit Gurken- und Zitronenscheiben auslegen. Garnelen darauf anrichten und mit Salat und Radieschen garnieren. Die Saucen getrennt dazu reichen.

Für die erste Sauce:
Öl zum Ausschwenken
3 EL Öl
1–2 Knoblauchzehen, geschält und fein gehackt
½ EL Chilisauce oder Sambal Oelek
1 EL Tomatenketchup
1 EL Zucker, 1 Prise Salz
½ TL weißer Pfeffer aus der Mühle
2 EL Reiswein
10 g frischer Ingwer, geschält und fein gehackt
½ TL Speisestärke, mit 2 EL Wasser verrührt
Sesamöl nach Belieben

❖ Für die erste Sauce etwas Öl in eine heiße Pfanne oder einen Wok geben, ausschwenken und abgießen. Vorgang einmal wiederholen. Dann 3 EL Öl leicht erhitzen. Knoblauch und Chilisauce oder Sambal Oelek zugeben und verrühren. Ketchup, Zucker, Salz, Pfeffer, Reiswein, Ingwer und Speisestärke in einer Tasse verrühren und in die Pfanne geben. Sesamöl zufügen; 1–2 Min. kochen lassen.

Für die zweite Sauce:
1–2 Knoblauchzehen, durchgepresst
2 EL Sesampaste
½ EL Essig (konzentriert, 25 %)
6 EL Wasser

❖ Für die zweite und dritte Sauce die Zutaten kalt miteinander verrühren.

1 EL Sojasauce
1 TL Chiliöl
½ TL weißer Pfeffer aus der Mühle

Für die dritte Sauce:
das Weiße einer Frühlingszwiebel, fein gehackt
1 Knoblauchzehe, durchgepresst
einige Zweige Petersilie, fein gehackt
1 EL Austernsauce
1 ½ EL Zucker
5 EL Reiswein, 2 EL Sesamöl

Für die vierte Sauce:
1 EL Wasabi
1 ½ EL helle Sojasauce

❖ Für die vierte Sauce das Wasabipulver mit 1 ½ EL lauwarmem Wasser verrühren und zugedeckt 5–10 Min. ziehen lassen. Dann Sojasauce unterrühren.

Betrunkene Walnüsse

Sesamsamen
250 g Walnüsse
100 g Kandiszucker
25 g Honig
15 g kandierte Cassiablüten (chinesischer Zimt)
2 EL Reiswein
1 TL angerührte Speisestärke

❖ Sesam in einer Pfanne trocken rösten.
❖ Walnüsse mit kochendem Wasser überbrühen, etwas ziehen lassen, schälen und sauber abspülen.
❖ Kandis mit 100 ml Wasser erhitzen, bis er sich aufgelöst hat; Honig zufügen. 200 ml Wasser in einem Topf erhitzen, die Honig-Zucker-Lösung zugeben und mit dem Schneebesen schaumig schlagen. Walnüsse, Cassiablüten und Reiswein zufügen. Einige Min. kochen lassen; dann die angerührte Stärke einrühren und noch einmal kurz aufkochen. Walnüsse herausnehmen. Backblech mit Pergamentpapier auslegen, Walnüsse darauf legen und bei schwacher Hitze im Ofen trocknen lassen. Mit Sesam bestreuen.

Eierblumensuppe mit Hühnerfleisch

10 g Glasnudeln
60 g weißes Hühnerfleisch
2 frische Eier
2 Handvoll frische Spinatblätter
1 l Hühnerbrühe
2–3 TL Salz
Pfeffer
2 TL Zucker
1 Frühlingszwiebel, in Stücke geschnitten
1 TL Sesamöl

❖ Glasnudeln 10 Min. in heißem Wasser einweichen. Hühnerfleisch in Streifen schneiden. Eier verquirlen. Spinat verlesen und waschen.

❖ Brühe aufkochen. Fleisch und Glasnudeln zufügen und Hitze reduzieren. Suppe mit Salz, Pfeffer und Zucker würzen.

❖ Eier einrühren und Spinat zufügen, dann Frühlingszwiebeln und Sesamöl. Brühe noch mal kurz aufkochen lassen und servieren.

Karpfen in saurer Sauce

Saft von 1 Zitrone
5 EL helle Sojasauce
1 TL Fünf-Gewürze-Pulver
1 EL geriebene Ingwerwurzel
Salz, schwarzer Pfeffer
800 g Karpfenfilet
2 Eiweiß
50 g Speisestärke
Fett zum Ausbacken
2 EL Erdnussöl
2 Chilischoten, gehackt
2 Knoblauchzehen, gehackt
je 1 rote und grüne Paprikaschote, gewürfelt
1 Glas chinesische Mixed Pickles
¼ l Gemüsebrühe

❖ Zitronensaft, Sojasauce, Gewürzpulver, Ingwer, Salz und Pfeffer verrühren. Fischstreifen in die Marinade geben und kurz ziehen lassen.

❖ Karpfenstreifen mit Eiweiß und Speisestärke mischen und in heißem Fett ausbacken.

❖ Erdnussöl in einer Pfanne erhitzen. Chilischoten, Knoblauch und Paprikawürfel unter Rühren braten. Mixed Pickles zufügen, Brühe angießen und aufkochen lassen.

❖ Fischstücke auf dem Gemüsebett arrangiert servieren.

Ingwernudeln mit Frühlingszwiebeln

250 g getrocknete chinesische Eiernudeln

Für die Sauce:
80 g frische Ingwerwurzel
150 g Frühlingszwiebeln
3 EL Erdnussöl
Salz
Pfeffer aus der Mühle
2 EL Austernsauce
Begonien- oder Chrysanthemenblüten zum Garnieren

❖ Ingwer schälen, zuerst in dünne Scheibchen und dann in dünne Streifen schneiden. Frühlingszwiebeln waschen und in feine Streifen schneiden.
❖ Nudeln in sprudelnd kochendem Salzwasser 6–7 Min. bissfest kochen.
❖ Inzwischen das Öl in einem Wok gut erhitzen. Ingwer hineingeben und unter ständigem Rühren knapp 1 Min. braten. Frühlingszwiebeln zufügen und ebenfalls nur ganz kurz unter Rühren anbraten lassen, sie sollen noch etwas knackig bleiben. Salzen und pfeffern. Wok beiseite stellen.
❖ Nudeln abtropfen lassen und in den Wok geben. Alles gut durchmischen. Mit Austernsauce verrühren und in Schälchen geben. Mit Blüten garniert servieren.

Jap-Chea

3 EL Sojasauce
2 EL Sherry, 1 EL Honig
2 EL Sesampulver
2 EL Sesamöl
EL gepresster Knoblauch
g mageres Rindfleisch in dünnen Streifen
Pfeffer
g chinesische Glasnudeln
1 Bund Brunnenkresse
5 Shiitake-Pilze, in Streifen geschnitten
1 grob geraspelte Möhre
1 Schalotte, in Streifen geschnitten
2 Frühlingszwiebeln, nne Streifen geschnitten
Pinienkerne

❖ Je 1 EL Sojasauce, Sherry, Honig, Sesampulver, Sesamöl, Knoblauch verrühren und über das Fleisch gießen. Mit Pfeffer bestreuen. 30 Min. ziehen lassen. In einem Topf Wasser aufkochen, chinesische Nudeln einlegen und kochen, bis sie weich sind, mit kaltem Wasser abschrecken. In einem Wok oder einer Pfanne das marinierte Fleisch braten. Kresse zerpflücken und zufügen. Restliches Gemüse beigeben und dünsten, bis die Zwiebeln weich sind. Beiseite stellen.
❖ Nudeln in 1 EL heißem Sesamöl unter häufigem Wenden anbraten. Fleisch, Gemüse und restliche Gewürze beigeben und gut vermischen. Eventuell mit Salz und Pfeffer nachwürzen. In einer Schüssel mit Pinienkernen bestreut servieren.

Gemüsepfanne mit Hirse

4 EL Balsamessig
1 TL Honig
1 EL Sesamöl
150 g Tofu, in 1 cm große Würfel geschnitten
5 getrocknete Mu-Err-Pilze
200 g Hirse
Reiswein
300 ml Gemüsebrühe
Sojabohnensprossen
2 Knoblauchzehen, fein gehackt
1 Bund Frühlingszwiebeln, in feine Ringe geschnitten
1 Stückchen frischer Ingwer, fein gehackt
Zitronengras, Sojasauce

❖ Essig mit Honig und Öl verrühren. Tofu darin mindestens 1 Stunde marinieren.
❖ Pilze 30 Min. in lauwarmem Wasser einweichen. Hirse heiß abspülen, in einem Topf mit 2 EL Reiswein und Gemüsebrühe aufkochen und auf kleinster Stufe 15 Min. garen.
❖ Pilze kalt abbrausen und mit der Schere in kleine Stücke schneiden. Sojabohnensprossen abgießen und kalt abspülen. Abtropfen lassen.
❖ Sesamöl in Pfanne oder Wok erhitzen. Knoblauch darin anbraten. Zwiebeln und Paprikaschote zufügen und unter Rühren 3 Min. braten.
❖ Sprossen und Hirse zugeben. Tofu und Pilze vorsichtig unterheben. Pikant abschmecken mit Ingwer, Zitronengras, Sojasauce und Reiswein.

Ananas-Ingwer-Sorbet

1 frische Ananas, geschält und in Stücke geschnitten
4 in Sirup eingelegte Ingwernüsse
3 EL Honig
100 g Mandelsplitter
6 EL Puderzucker
½ TL gemahlener Ingwer
2 Eiweiß
1 Prise Salz
ausgehöhlte Früchte nach Wahl
feiner Zucker
2 EL kandierte Früchte, fein gehackt

❖ Ananas mit Ingwernüssen durch die feine Scheibe des Fleischwolfs drehen. Püree mit Honig und Mandelsplittern mischen, in eine Schüssel geben und im Tiefkühlfach leicht erstarren lassen. Dabei öfter umrühren. Puderzucker und gemahlenen Ingwer mischen. Eiweiße mit Salz sehr steif schlagen; Puderzuckermischung einrieseln lassen,
❖ Eischnee unter das Ananaspüree heben und wieder ins Eisfach stellen. Erstarren lassen, dabei öfter umrühren.
❖ Ausgehöhlte Früchte mit dem Rand in feinen Zucker tauchen. Sorbet darin servieren und mit kandierten Früchten bestreuen.

Chinesische glasierte Orangen

4 mittelgroße Orangen mit unbehandelter Schale
4 cl Orangenlikör
100 ml Wasser
150 g Zucker

❖ Orangen waschen, abtrocknen und mit einem scharfen Messer hauchdünne Streifen abschälen. In einem kleinen Topf Wasser aufkochen, die Streifen 5 Min. kochen, abgießen und kalt abschrecken.

❖ Orangen mit einem Messer bis auf das Fleisch schälen (es darf keine weiße Haut mehr daran sein) und in 4 Glasschälchen setzen, mit Likör übergießen und beiseite stellen.

❖ 100 ml Wasser mit Zucker zum Kochen bringen und 20 Min. köcheln lassen, bis ein hellbrauner Karamellsirup entsteht. Orangenstreifen kreuz und quer über die Orangen legen und den heißen Sirup vorsichtig darüberlaufen lassen. Gut gekühlt servieren.

Vitae

Martina Bick, geboren 1956, lebte nach ihrem Studium der Musikwissenschaft und Germanistik längere Zeit im Ausland. Heute ist sie in Hamburg an der Hochschule für Musik und Theater tätig und schreibt Bücher. Sie veröffentlichte zahlreiche Kurzgeschichten, aber auch Romane und Krimis; zuletzt erschienen ihr Roman *Spur der Träume* und der Band *Die Winterreise.*

Lawrence Block ist Autor von mehr als 50 Romanen, überwiegend Krimis (einige wurden auch verfilmt), sowie mehr als 80 Kurzkrimis, außerdem veröffentlichte er vier Bücher über das Handwerk des Schreibens. Er ist vielfach international ausgezeichnet worden, darunter 1994 mit dem Grand Master Award für seinen herausragenden Beitrag zum Krimigenre. Block lebt mit seiner Frau in New York.

Virginie Brac de la Perrière ist Französin, in Algerien geboren, und studierte Psychologie in Boston und Paris. Seit 1980 veröffentlicht sie Krimis und Romane. Heute arbeitet sie überwiegend als Drehbuchautorin für das Fernsehen und lebt mit ihrer Familie in Paris.

Andrea C. Busch ist Diplom-Übersetzerin. Ihre kriminelle Karriere begann mit einer Diplomarbeit und führte über den Verkauf von Membranen für DNA-Analysen, Silikonimplantaten und mehrere Jahre freiberuflicher Übersetzungstätigkeit schließlich an die TU Darmstadt, wo sie mittlerweile eine Gruppe von Zellbiologen in Schach hält.

Sabine Deitmer, geboren 1947 in Jena, wuchs in Düsseldorf auf, studierte Anglistik, Romanistik und Literaturwissenschaft und absolvierte Lehr- und Wanderjahre in Bonn, Brighton, Bristol, Berlin und am Bodensee. Heute lebt und arbeitet sie in Dortmund. Für ihren Roman *Dominante Damen* wurde sie mit dem Deutschen Krimi-Preis ausgezeichnet, ihr Roman *Scharfe Stiche* wurde für den Friedrich-Glauser-Preis nominiert.

Bengt Fosshag, geboren 1940, hat Graphik-Design studiert und war Art Director einer Werbeagentur. Seit 1983 arbeitet er als freier Illustrator. Er ist national und international vielfach ausgezeichnet worden, unter anderem mit dem Silbernen Löwen von Cannes und dem Golden Award of Montreux.

Ulrike Gerold, geboren 1956, studierte Germanistik, Theaterwissenschaften und Kunstgeschichte und arbeitete als Produktions- und Öffentlichkeitsdramaturgin sowie als freie Journalistin für die Bereiche Kultur, Wissenschaft und Reise. Ulrike Gerold und Wolfram Hänel haben eine Tochter und leben meistens in Hannover und manchmal auch im irischen Kilnorovanagh.

Ann Granger studierte in London Französisch und Deutsch, unterrichtete im Ausland und arbeitete in verschiedenen Botschaften. Mit ihrem Mann, einem Diplomaten, und den zwei Söhnen lebte sie in Sambia und Deutschland, bevor sie mit ihnen nach England zurückkehrte. Sie schrieb zunächst historische Liebesromane, dann Krimis; ihre Bücher erscheinen auch auf Deutsch.

Kate Grilley lebt auf den Virgin Islands. Sie hat 1998 den Derringer Award und 2000 den Macavity Award für verschiedene Kurzgeschichten erhalten. 2001 gewann ihr auf der fiktiven Insel St. Chris angesiedelter Debütroman *Death Dances to a Reggae Beat* den begehrten Anthony Award. 2002/03 war sie Vizepräsidentin der Sisters in Crime International.

Wolfram Hänel, geboren 1956, studierte Germanistik und Anglistik und arbeitete als Gebrauchsgraphiker, Theaterphotograph, Studienreferendar, Spiele-Erfinder und Dramaturg. Er ist Dramatikerpreisträger des Bundes der Theatergemeinden. Seit 1987 schreibt er Theaterstücke, Kinderbücher und Reiseberichte.

Almuth Heuner, geboren 1962, in Wattenscheid aufgewachsen, studierte Russisch und Englisch mit Abschluss Diplom-Übersetzerin, anschließend Germanistik. Bis 1998 war sie in der Redaktion einer Wochenzeitung tätig, seitdem schreibt sie und arbeitet als freie Übersetzerin. Sie lebt in Frankfurt am Main.

Heidi M. Holzer, 1958 in Boston geboren, aufgewachsen in Vermont, studierte in Salzburg und Leipzig Deutsch und in Monterey Übersetzen.

Heute lebt sie als freie Übersetzerin mit Mann und Hund in Cupertino, Kalifornien.

BIRGIT H. HÖLSCHER, 1958 in Memphis, Tennessee, als behütetes Kind mit morbiden Phantasien aufgewachsen, lebt nun in Mecklenburg-Vorpommern. Ihre jahrelangen Erfahrungen in Gefängnissen, in der Drogenszene und im Hamburger Rotlichtviertel St. Pauli mündeten beinahe zwangsläufig in das Dasein als freie Autorin. 2000 erhielt sie den Marlowe der Raymond-Chandler-Gesellschaft für die beste deutschsprachige Kriminalerzählung und wurde 2001 für den Wiesbadener Frauenkrimipreis nominiert.

CARMEN IARRERA studierte Politikwissenschaft, ist in Rom als Journalistin und Übersetzerin tätig und schreibt Kurzgeschichten über Kriminologie und Spionage sowie Drehbücher für Rundfunk- und Fernsehsendungen. Sie erhielt den Premio Gran Giallo Cattolica für die beste Spionagegeschichte; ihre Werke sind in mehrere Sprachen und auch ins Deutsche übersetzt.

BEATRIX M. KRAMLOVSKY, 1954 im oberösterreichischen Steyr geboren, studierte Anglistik und Romanistik in Wien, veröffentlichte daneben Essays, Short Storys und Lyrik und stellte ihre Bilder in Wien und den Niederlanden aus. Von 1987 bis 1991 lebte sie in Ostberlin und war von 1988 bis zum Mauerfall in der DDR mit Ausstellungs- und Veröffentlichungsverbot belegt. Seit 1992 wohnt sie als freie Künstlerin und Autorin mit ihrem Mann und ihren zwei Kindern in der Nähe von Wien. 1997 erhielt sie den Anerkennungspreis des Landes Niederösterreich für Literatur.

HARTMUT MECHTEL, 1949 in Potsdam geboren, studierte Journalistik in Leipzig. Drei Jahre war er Redakteur der *Freien Erde* in Mecklenburg. Seit 1978 arbeitete er als Autor und freier Theater- und Literaturkritiker für Zeitung und Rundfunk, seit 1996 auch als Schauspieler; 1980 war er Mitbegründer des *theater Zinnober*, der ersten freien Theatergruppe der DDR. Er schreibt Romane, Erzählungen, Dokumentationen, Fernseh- und Hörspiele, Theaterstücke und Essays. 1997 wurde er mit dem Friedrich-Glauser-Preis, dem Autorenpreis Deutsche Kriminalliteratur, ausgezeichnet.

SUSANNE MISCHKE wurde im schroffen Allgäu geboren, dem idealen Ort, um einen Knacks fürs Leben zu bekommen. Sie nahm einen Umweg über Berlin und die Computerbranche, ehe sie sich öffentlich zu ihrer Mordlust bekannte; inzwischen lebt sie in der Nähe von Hannover in einem Haus mit schalldichten Kellerräumen ... 1996 erhielt sie den Lichtenbergpreis für

Literatur, 2001 die »Agathe«, den Wiesbadener Frauenkrimipreis. Neben zehn Romanen hat sie Kriminalerzählungen, Hörspiele und Drehbücher verfasst.

Kris Neri ist Autorin von mehr als 50 Kriminalerzählungen, von denen zwei mit dem Derringer Award ausgezeichnet wurden, und schreibt auch Kriminalromane. Daneben unterrichtet sie das Schreiben von Kriminalliteratur im Rahmen des Writers' Program der Universität von Kalifornien in Los Angeles. Sie lebt mit ihrem Mann in Arizona.

Nina Schindler arbeitete nach dem Studium bis Anfang der 1990er Jahre als Lehrerin, engagierte sich im Bereich Kinder- und Jugendbuch als Übersetzerin und Rezensentin und schreibt selbst Kinder- und Jugendbücher. Sie ist Herausgeberin des *Mordsbuch. Alles über Krimis* und anderer Bücher zu kulturwissenschaftlichen Themen.

Andrew Taylor, geboren 1951, wuchs im ostenglischen Marschland auf und lebt heute mit seiner Familie an der walisischen Grenze. Seit 1982 hat er mehr als 30 Krimis und Thriller, auch für Jugendliche, veröffentlicht. Aus seiner Serie um die fiktive Stadt Lydmouth sowie aus der Roth-Trilogie wurden mehrere Bände mit internationalen Preisen ausgezeichnet, ebenso wie sein Bestseller *The American Boy*.

Regula Venske, geboren 1955, Dr. phil., ausgezeichnet unter anderem mit dem Oldenburger Jugendbuchpreis, dem Deutschen Krimi-Preis und dem Lessing-Schriftstellerpreis des Hamburger Senats, lebt als freie Schriftstellerin in Hamburg. Zuletzt erschienen von ihr *Warum leben?* und ihre Kurzgeschichtensammlung *Herzschlag auf Maiglöckchensauce* sowie die Kinderbücher *Ein Haus auf Reisen* und *Lale und der goldene Brief* bei Gerstenberg.

Marianne Weissberg, Jahrgang 1952, lebt und schreibt in Zürich, umringt von Familie und ihren geliebten Viechern. Nach Satirewerken und dem Kochroman *Meine Chaos-Küche – Was Sie schon immer essen wollten, aber nicht zu kochen wagten* kreierte sie ihre Heldin Lili Liakowski, eine gut gereifte Gourmetkolumnistin, die beim Abkochen von Schurken in jedes Fettnäpfchen tritt. Lilis erster Fall in Romanlänge ist in Arbeit. Seit dem Abschluss ihrer Diplomarbeit über angloamerikanische Frauenliteratur leitet die Autorin im eigenen, klitzekleinen Kurszentrum »Das Seminar-Atelier« Kurse für künftige Chutzpe-Ladys.

Gabriele Wolff, geboren 1955, studierte Rechtswissenschaften. 1974 trat sie der Karl-May-Gesellschaft bei. Sie ist als Oberstaatsanwältin am Justizministerium in Potsdam tätig und im Zweitberuf Autorin von Kriminalerzählungen und -romanen, unter anderem um die Kölner Staatsanwältin Beate Fuchs. Für ihren Roman *Das dritte Zimmer* wurde sie mit dem Friedrich-Glauser-Preis ausgezeichnet.

Rezepte nach Gruppen

Fisch und Meeresfrüchte

Gemüse und Beilagen

Desserts und Gebäck

Getränke

Rezepte alphabetisch

Mord im Grünen

20 Krimis mit vielen Gartentipps und Giftpflanzenplakat im Großformat
Herausgegeben von Busch & Heuner
Illustrationen von Bengt Fosshag
Gartentipps von Heinz Siedler
272 Seiten, gebunden, Siebdruckcover mit Prägung
ISBN 978-3-8369-2574-7

Gärtnerinnen und Waldläufer, Kräuterhexen und Parkbesitzer, Landschaftsgärtner und Naturliebhaberinnen – was könnte es Harmloseres geben? Autoren aus aller Welt, unter ihnen Carmen Iarrera, Lawrence Block, Gabriele Wolff und Ann Granger, wissen es besser. Sie verwandeln in ihren Originalkrimis die unschuldigsten Naturschauplätze in Tatorte und zeigen, dass auch ein grüner Daumen ein Messer halten kann ...

Neben 20 anregenden Kriminalgeschichten (...) enthält das schön gestaltete Buch auch eine Reihe von Tipps für den ambitionierten Hobby-Gärtner (...) – von Strauchrosen über Rhododendron bis zum Wurzelgemüse, das man irgendwann von unten betrachten darf. Hamburger Abendblatt

Es ist erstaunlich, was dieser Band an Informationen bietet. Selten wurden in Thrillern Tatorte so reizvoll mit Ergänzungen und Details versehen. Krimi- und Gartenfreunde kommen beide auf ihre Kosten. NDR

War es immer der Gärtner? Eben nicht. In Mord im Grünen haben zwanzig Krimiautoren einen Reigen mörderischer Kammerspiele inszeniert. Jede Story ist garniert mit Tipps rund ums grüne Leben. Elle decoration

Mord im Weinkeller

12 Kriminalgeschichten mit ausgesuchten Rezepten
für exquisite Weinspeisen
Herausgegeben von Busch & Heuner
Illustrationen von Bengt Fosshag
272 Seiten, gebunden, Halbleinen mit Goldprägung und Farbschnitt, Siebdruckcover mit Prägung
ISBN 978-3-8369-2522-8

Wein, Weib und Mord. Weinbegeisterte Autoren schreiben weinselige Mordgeschichten, ein kleines Weinkompendium führt uns in die Geheimnisse des Weins ein, und der Illustrator Bengt Fosshag nimmt uns mit in die dunkelsten Weinkeller.
Ein kriminelles Weinbuch der Extraklasse – jetzt in einer bibliophilen Neuausgabe als Halbleinenband mit Goldprägung und rotem Farbschnitt!
Mit Kriminalgeschichten von Ann Granger, Peter Zeindler, Fernando Martínez Laínez, Gabriele Wolff, Serge Dounovetz u.v.a. und vielen Rezepten.

SECONDBEST WINE LITERATURE BOOK (WORLDWIDE)
GOURMAND WORLD
COOKBOOK AWARD 2007

Perfekte Verbrechen und perfekte Menüs gehören zusammen wie Hühnerkeule und Gänsehaut! Mord zwischen Messer und Gabel ist ein Muß für krimiliebende Feinschmecker. Passend zu den Storys Rezepte von klassisch bis exotisch. Inspirierend.
Der Feinschmecker

»Die Anleitungen zum lukullischen Glücklichsein gehen, nun ja, runter wie Öl. Desgleichen die Krimi-Miniaturen. (...) Dazu munden schließlich auch noch die süffigen Illustrationen von Bengt Fosshag. À votre santé!« Die Welt

Krimi, Kunst & Kochen

Friedrich Glauser

Die Fieberkurve

Wachtmeister Studer ermittelt
Kriminalgeschichte mit Menü
Illustrationen von Reinhard Michl
272 Seiten, Halbleinen, Coverprägung
ISBN 978-3-8369-2633-1

Zwei rätselhafte Morde verschlagen Wachtmeister Studer bis nach Marokko, wo er in der Fremdenlegion einen seiner schwierigsten Fälle lösen muss. Keine leichte Aufgabe für den Schweizer Ermittler, der in seinem Heimatkanton Bern fest verwurzelt ist. In Glausers Studer-Romanen wird nicht nur akribisch ermittelt, sondern auch gern und häufig gegessen. Der Kommissar liebt die Schweizer Küche. Die Leser dieses Buches können ein klassisches Schweizer Menü am Ende des Textes selbst nachkochen und genießen. Glausers Romane sind spannend, atmosphärisch dicht und müssen den Vergleich mit Werken anderer Größen dieses Genres wie etwa Georges Simenon keinesfalls scheuen. Der Schweizer Schriftsteller schuf mit der Figur seines Wachtmeister Studer eine der ersten Detektivgestalten des deutschsprachigen Raumes.

Illustriert von Reinhard Michl – eine Bereicherung bei der Lektüre.
Buchkultur

Ein starker und spannender Begleiter. buchmedia magazin

Krimi, Kunst & Kochen

Agatha Christie

Hercule Poirots Weihnachten

Kriminalgeschichte mit Menü
Illustrationen von Reinhard Michl
256 Seiten, durchgehend illustriert,
Halbleinen, Coverprägung
ISBN 978-3-8369-2658-4

Ein traditionelles englisches Weihnachtsfest ist äußerst stimmungsvoll – mit gefülltem Truthahn, Plumpudding und einem prasselnden Kaminfeuer. Doch Familienzwist und eine Leiche verderben alles. Aber nicht für Hercule Poirot, der erst dann in seinem Metier ist! Das skurrile Personal dieses spannenden Krimis wird von Reinhard Michl mit spitzer Feder illustriert.
In den Romanen von Agatha Christie, der »Queen of Crime«, wird eigentlich mehr gemordet als gegessen. Ihr Detektiv Hercule Poirot hat jedoch eine Schwäche für kulinarische Freuden. Das opulente Weihnachtsessen, das in Gorston Hall, dem Schauplatz dieses Krimis, serviert werden soll, wäre sicher auch nach seinem Geschmack. Die Rezepte hierzu findet der interessierte Hobbykoch und Krimifreund am Ende des vorliegenden Bandes.

Agatha Christie schuf den modernen britischen Kriminalroman. Die Autorin von 73 Krimis, zahlreichen Kurzgeschichten und Theaterstücken gilt als die meistgelesene Schriftstellerin überhaupt. Psychologischer Feinsinn, skurriler Humor und Ironie kennzeichnen die Krimis von Agatha Christie, die 1976 im Alter von 85 Jahren starb.

Herrlich britisch. Für Sie

Krimi, Kunst & Kochen

Gilbert Keith Chesterton

Der Salat des Oberst Cray

Pater Brown ermittelt
Kriminalgeschichte mit Menü
Illustrationen von Reinhard Michl
Aus dem Englischen von Isabelle Fuchs
144 Seiten, durchgehend illustriert,
Halbleinen
ISBN 978-3-8369-5288-0

Neben »Der Salat des Oberst Cray« präsentiert dieses Buch drei weitere der schönsten Pater-Brown-Geschichten von Chesterton in einer aktuellen Neuübersetzung: »Die verdächtigen Schritte«, »Das Paradies der Diebe« und »Das Hundeorakel«. Reinhard Michl hat Chestertons Figuren, allesamt britische Originale, mit sicherer Feder illustriert.

Gilbert K. Chesterton, der Erfinder des begabten Ermittlers Pater Brown, galt als Gourmet. Seine Vorliebe für kulinarische Genüsse schlägt sich in »Die verdächtigen Schritte« nieder. Dort versammeln sich angesehene Clubmitglieder zu einem opulenten Dinner. Die Rezepte zu ihrem »Mahl der Fischer« findet der interessierte Hobbykoch und Krimifreund am Ende des vorliegenden Bandes.

Folgende Krimis wurden von Andrea C. Busch und Almuth Heuner aus dem Englischen übersetzt:
Heidi Holzer, *Einbruch am Nouruz-Fest*
Kate Grilley, *Karibischer Karneval*
Kris Neri, *Der Halloween-Rächer*
Ann Granger, *Die Guy-Fawkes-Puppe*
Lawrence Block, *In einer finsteren Weihnachtsnacht*
Andrew Taylor, *Der verspätete Dreikönigslunch*

Virginie Bracs Krimi *Gefährliche Pfingsten* wurde von Sarah Pasquay aus dem Französischen übersetzt.

Carmen Iarreras Krimi *Tod am 1. Mai* wurde von Reinhild Weskott aus dem Italienischen übersetzt.

3. Auflage 2012 der erweiterten und überarbeiteten Neuausgabe des 2003 unter dem Titel *Mord zum Dessert* erschienenen Werks

Satz aus der FF Quadraat, der Today und der Prater
Gestaltung und Satz: typocepta, Wilhelm Schäfer, Köln
Druck und Bindung: CPI – Ebner & Spiegel, Ulm
Printed in Germany

www.gerstenberg-verlag.de

ISBN 978-3-8369-2742-0